Jay McLean

be my first

Jay McLean

be my first

First & Forever

Teil 1

Aus dem amerikanischen Englisch
von Tamara Reisinger

Ravensburger

TRIGGERWARNUNG
Dieses Buch enthält Themen, die potenziell triggern können.
Auf Seite 407 befindet sich ein Hinweis zu den Themen.

ACHTUNG: Dieser enthält Spoiler für die gesamte Handlung.

MIX
Papier | Fördert gute Waldnutzung
FSC® C111262
www.fsc.org

1 3 5 4 2

Deutsche Erstausgabe

Die englische Originalausgabe erschien erstmals 2019
unter dem Titel »Heartache & Hope«.

Editor: Tricia Harden (Emerald Eyes Editing)
Published by arrangement with Trident Media Group LLC.

Umschlaggestaltung unter Verwendung von Motiven von Shutterstock:
© tomertu und © Ensuper

Übersetzung: Tamara Reisinger/www.tamara-reisinger.de

Lektorat: Nina Schnackenbeck

Printed in Germany

ISBN 978-3-473-58615-8

ravensburger.com

Für Jordan McLean

Prolog

AVA

Im einen Moment bist du noch auf deiner ersten Lagerfeuerparty, trinkst dein erstes Bier. Du trägst den Hoodie des Jungen, in den du seit Monaten verknallt bist. Er legt seinen Arm um deine Hüfte, zieht dich näher an sich. Er senkt den Kopf und flüstert ganz nah an deinem Ohr: »Du bist wunderschön, Ava.«

Heute ist dein fünfzehnter Geburtstag, und die Welt liegt dir zu Füßen. Du starrst in das Feuer vor dir, beobachtest die lodernden Flammen, die Funken, die immer wieder neu aufsteigen … und du denkst dir: Das ist das Leben.

Dein Handy klingelt. Du ziehst es aus der Tasche, liest den Namen deines Stiefvaters auf dem Display, drückst den Anruf weg und steckst das Telefon wieder ein.

Der Junge küsst deinen Nacken, du trinkst einen weiteren Schluck Bier. Dann schließt du die Augen, während du die sanfte Berührung seiner Lippen an deiner Haut genießt.

Dein Handy klingelt erneut.

Doch du ignorierst es jedes Mal.

Irgendwann macht ihr es euch auf der Ladefläche des Pick-ups gemütlich, deine Hände graben sich in seine Haare, seine liegen schwer auf deinen Brüsten – und du fühlst dich so sehr zu diesem

Jungen hingezogen, dass du diesen Moment, dieses Leben in vollen Zügen genießen willst.

Dieses Leben.

Dieses perfekte Leben.

Es ist drei Uhr morgens, als du zur Haustür reinstolperst, vollkommen betrunken. Dein Stiefvater sitzt gekrümmt auf dem Sofa, eine einzelne kleine Lampe taucht das Wohnzimmer in ein schwaches Licht voller Schatten.

»Ich hab dich angerufen«, sagt er, aber du bist so neben der Spur, dass es dir egal ist. »Es geht um deine Mutter.«

Einen Tag nach deinem fünfzehnten Geburtstag sitzt du mit deinem Stiefvater in demselben Wohnzimmer, in dem er die ganze Nacht auf dich gewartet hat. Die Nacht ist inzwischen zum Tag geworden, doch im Gegensatz zu ihm schaust du nicht zur Tür. Nein. Du starrst auf dein Handy.

Und wartest.

Zwei Tage nach deinem fünfzehnten Geburtstag kommt der Anruf. Weder du noch dein Stiefvater haben in den letzten Stunden ein Auge zugetan. Dein Stiefbruder ist auf dem Weg von Texas nach Hause, und du fängst wieder an, deine Hände zu kneten.

Und du wartest.

Drei Tage nach deinem fünfzehnten Geburtstag erfährst du, dass es um deine Mutter so schlimm steht, dass sie sie nicht wie geplant nach Deutschland, sondern direkt nach Hause bringen. Zu dir. Zu ihrer Familie.

Vier Tage nach deinem fünfzehnten Geburtstag kommt dein Stiefbruder heim. Du suchst bei ihm nach Mut, findest sie in seinen Augen, in seinen Händen, mit denen er deine festhält, während ihr nichts weiter tun könnt, als zu warten.

Fünf Tage nach deinem fünfzehnten Geburtstag fliegst du nach Washington D.C. Du siehst deine Mutter zum ersten Mal seit fünf Monaten. »Sei vorsichtig.« Das waren die letzten Worte, die sie zu dir gesagt hat. Sie hat dich angelächelt, wie Mütter es immer tun, wenn sie ihre Kinder beruhigen wollen, und du hast den Schmerz und die Angst hinuntergeschluckt, Schwäche durch Mut ersetzt und ihr Lächeln erwidert.

Sechs Tage nach deinem fünfzehnten Geburtstag suchst du nach genau diesem Lächeln in ihrem Gesicht, während du an ihrem Krankenhausbett sitzt. Aber du findest es nicht. *Kannst* es auch gar nicht finden, weil die Hälfte ihres Gesichts fehlt. Die Hälfte ihres Arms ebenfalls.

Eine Granate, haben sie gesagt.

Sieben Tage nach deinem fünfzehnten Geburtstag sagst du dir: Das ist das Leben. Und es hat nur sieben Tage gedauert, bis dir klar geworden ist, dass es ganz und gar nicht perfekt ist.

Kapitel 1

CONNOR

LeBron James war in seiner Kindheit bettelarm gewesen, hatte eine alleinerziehende Mutter und null Beziehungen gehabt. Seine Highschool war komplett unbekannt gewesen, bevor er und seine drei Freunde aufgetaucht waren und die Basketballliga aufgemischt hatten. Mit achtzehn, in seinem Abschlussjahr, wurde er direkt von den Cleveland Cavaliers unter Vertrag genommen und wechselte zur NBA. Sie zahlten ihm 18,8 Millionen Dollar für vier Jahre. Selbst Nike bot ihm einen Werbevertrag über mehr als 100 Millionen Dollar. Und das alles, bevor er auch nur ein NBA-Spiel gespielt hatte.

Er hat im wahrsten Sinne des Wortes das Spiel – und sein Leben – herumgerissen.

Natürlich bin ich nicht wie LeBron James.

Niemand ist das.

Abgesehen davon, dass wir beide nur von einem Elternteil großgezogen wurden, haben wir nicht viel gemeinsam. Mich selbst mit LeBron zu vergleichen, wäre, als würde ich meinen Träumen hinterherjagen.

Außerdem musste LeBron nicht in seinem Abschlussjahr die Schule wechseln, um auch nur den Hauch einer Chance zu haben, von irgendwelchen Scouts entdeckt zu werden.

Ich laufe bereits zum gefühlt tausendsten Mal die Auffahrt runter, jeder Zentimeter meiner Haut ist mit Schweiß bedeckt, und ich versuche, die Müdigkeit wegzublinzeln. Wir sind die ganze Nacht durchgefahren. Dad steht am Ende des gemieteten Umzugswagens und stellt den letzten Karton, den wir noch in den Lkw gestopft bekommen haben, auf den Boden. Bleiben nur noch die ganzen Möbel. Das wird ein Spaß.

»Wohin soll der?«, frage ich, nachdem ich einen großen, schweren Karton hochgehoben habe.

»Was steht drauf?« Dad ringt nach Atem. Er hat mehr zu kämpfen als ich.

Ich werfe einen Blick auf den Karton, auf das »Irgendwohin« in Dads Handschrift, und verdrehe die Augen. »Hier steht ›Irgendwohin‹.«

Dad lacht. »Das muss gewesen sein, als ich langsam den Verstand verloren habe. Wenn nur jemand da gewesen wäre, um mir zu helfen …«

Ich zucke mit den Schultern. »Ich hatte keine Zeit.« Besser gesagt, keine Lust.

»Stell ihn einfach ins Wohnzimmer. Wir sehen die Kartons dann später gemeinsam durch, aber ich muss jetzt los.«

»Wohin?« Ich bleibe auf halbem Weg zur Tür stehen und schaue erst zum Umzugswagen, dann zu Dad und wieder zum Umzugswagen. »Und wer hilft mir dabei, die Möbel auszuladen?«

»Fang erst mal mit den kleineren Sachen an. Ich bin in ein paar Stunden zurück.«

»Ein paar *Stunden?*« Ich stelle den Karton ab und wische mir mit dem Saum des T-Shirts den Schweiß aus den Augen, bevor ich mich nach einem Gartenschlauch umsehe, mit dem ich mich ertränken kann. Aber vermutlich brauche ich dafür nicht mal Wasser. Mein Selbstmitleid würde reichen. Davon habe ich schließlich mehr als genug.

Ich beobachte meinen Dad, der an mir vorbeiläuft und dann versucht, mit dem Fuß die Haustür zu öffnen, während er *zwei* schwere Kartons auf einmal trägt. Shit. Ich muss mich zusammenreißen und aufhören, mich ständig zu beschweren. Er hat weitaus mehr aufgegeben als ich. Davon abgesehen ist er nur meinetwegen hier. Aus keinem anderen Grund. Schnell laufe ich zu ihm und halte ihm die Tür auf.

»Mach dir keine Sorgen, Paps. Lass dir ruhig Zeit, ich schaff das schon«, sage ich und zwinge mich zu einem Lächeln.

»Überanstrenge dich nicht, Connor. Nur die kleineren Sachen.«

Nachdem Dad weg ist, versuche ich als Erstes, das Dreisitzersofa allein aus dem Wagen zu heben. Warum? Weil ich manchmal dumm bin und nicht gern auf andere höre.

»Hey, brauchst du Hilfe?«, fragt plötzlich ein Typ hinter mir und greift schnell nach dem anderen Ende des Sofas, damit es nicht von der Kante der Ladefläche rutscht. »Dachtest du ernsthaft, du könntest das allein tragen?«

Seine Worte hätten mich wütend gemacht, wenn er dabei nicht gelacht hätte. Außerdem ist der Typ riesig. Er könnte glatt Shaqs verlorener Sohn sein – wenn Shaq einen Sohn hätte. Daher ist es wahrscheinlich besser, mich nicht direkt mit ihm anzulegen.

»Anscheinend«, murmle ich.

Zusammen schaffen wir es, das Monstrum in wenigen Sekunden ins Wohnzimmer zu tragen.

»Hey, Mann. Danke«, sage ich und stoße meine Faust gegen seine, während wir das Haus wieder verlassen.

»Kein Ding.«

Eigentlich erwarte ich, dass er geht, dahin zurück, wo er so plötzlich hergekommen ist, aber er läuft einfach zurück zum Umzugswagen, klettert rein und kommt mit einer Matratze zum Vorschein.

»Mann, ehrlich, du musst mir nicht helfen.«

»Ich hab nichts weiter vor.« Er springt runter und hebt die Matratze auf seine Schulter, als würde sie nichts wiegen.

»Ich kann dir aber nichts dafür *zahlen* oder so.«

Er schüttelt den Kopf. »Mann, hör auf.« Dann deutet er auf den Rest unserer Sachen im Wagen. »Aber ich mach das hier nicht allein.«

»Schon klar.«

Eine Stunde später ist der Umzugswagen leer. Ich bin vollkommen schweißgetränkt. Genau wie Trevor – nach dessen Namen ich erst vor einer Minute gefragt habe.

»Ich würde dir ja was zu trinken anbieten«, sage ich, während ich die Tür des Umzugswagens schließe, »aber wir haben nicht wirklich was da.«

Er schaut nachdenklich zu unserem Haus. »Habt ihr ’ne Klimaanlage?«

Ich nicke. »Ich denke schon.«

»Okay«, sagt er und klopft mir auf den Arm. »Dann mach sie an. Bin gleich wieder da.«

Kurz darauf läuft die Klimaanlage im Wohnzimmer, und Trevor kommt mit zwei Flaschen Bier zurück, von denen er mir eine in die Hand drückt. Ich nehme sie, ohne nachzudenken, und leere die halbe Flasche in einem Zug, während er es sich auf dem Sofa bequem macht und die Füße auf den »Irgendwohin«-Karton legt. »Ich wohn übrigens nebenan.«

Ich setze mich auf den Schreibtischstuhl ihm gegenüber. »Hab ich mir schon gedacht. Ich kann dir gar nicht genug danken, Mann. Mein Dad musste weg, du bist also genau zum richtigen Zeitpunkt gekommen. Oder zum falschen, je nachdem.«

Er lacht. »Ich hätte dir meine Hilfe nicht angeboten, wenn ich nicht hätte helfen wollen«, sagt er mit tiefer Stimme.

»Okay, danke. *Noch mal.*«

Er prostet mir mit seiner Bierflasche zu und sieht sich im Raum um. »Du lebst also mit deinen Eltern hier?«

»Nur mit meinem Dad.«

»Ist er das? Der Kerl, der gerade die Verandatreppe hochläuft?«

Ich schaue aus dem Fenster hinter mir, und tatsächlich ... Zu spät fällt mir ein, dass ich immer noch die Bierflasche in der Hand halte. Dummerweise ist es das Erste, was Dad sieht, als er ins Haus kommt.

Das Zweite ist Trevor.

»Das ist Trevor«, sage ich an Dad gewandt und versuche, die Flasche einfach zu übergehen. »Er wohnt nebenan.«

Dad räuspert sich und nimmt mir das Bier aus der Hand. »Freut mich, dich kennenzulernen, Trevor. Ich nehme an, mein Sohn hat vergessen zu erwähnen, dass er noch *minderjährig* ist.«

»Oh, sorry. Meine Schuld.« Trevor steht auf, um Dad die Hand zu schütteln. »Um ehrlich zu sein, hab ich auch nicht gefragt.«

Dad nickt nur und nimmt einen großen Schluck von meinem Bier. »Du hast ihm geholfen, die Möbel reinzutragen?«

»Ja, Sir.«

Als Dad wortlos seinen Geldbeutel hervorholt, zucke ich leicht zusammen. Innerlich winde ich mich allerdings noch viel mehr.

Dad zieht einen Zwanzigdollarschein heraus, doch Trevor steckt nur demonstrativ die Hände in die Taschen und schüttelt den Kopf. »Das ist gut gemeint, Sir. Aber ich hab bloß gesehen, wie Ihr Sohn mehr heben wollte, als wir alle zusammen wiegen. Und ich wollte nicht, dass er sich verletzt, wissen Sie?«

»Nun gut, danke. Ich weiß das sehr zu schätzen.«

Trevor mustert mich neugierig. »*Minderjährig?*«

Mein Gesicht wird vor Verlegenheit ganz rot, also nicke ich nur.

»Highschool?«

»Jap.«

»West High?«

»Nope. St. Luke's Academy.«

Trevor hebt überrascht die Augenbrauen. »Ach? Das war früher auch mal mein Revier.« Er sieht sich in dem kleinen Drei-Zimmer-Küche-Bad-Farbe-blättert-von-den-Wänden-Mietshaus um, sieht unser Zeug, das überall herumsteht. Einen kurzen Moment lang bleibt sein Blick an einem gerahmten Larry-Bird-Trikot hängen, dann dreht er sich mit einem Grinsen wieder zu mir. »Lass mich raten. Basketballstipendium?«

»Yeah«, sagen Dad und ich gleichzeitig, und Dad fügt hinzu: »Spielst du auch?«

Trevor blickt auf seine Füße hinunter. »Football. Also, ich hab mal gespielt. Momentan nicht mehr.«

»Du gehst aufs College?«, fragt Dad, während ich mir auf die Zunge beiße, um nicht mit »OmeinGott, Dad. Hör auf, du bist so peinlich!« oder so rauszuplatzen.

»Nö. Ich arbeite Vollzeit. Hab meine eigene Firma«, erklärt Trevor, zieht eine Visitenkarte aus seinem Geldbeutel und gibt sie Dad. »Elektriker. Wenn Sie etwas brauchen, meine Nummer steht drauf.«

»Gut zu wissen.«

Trevor lächelt uns beide an. »War echt nett, aber ich muss los. Ich hoffe, ihr lebt euch gut ein.«

»Hey, danke noch mal«, sage ich, während Dad nickt und dann hinzufügt: »Bist du sicher, dass du kein …?«

Trevor, der bereits auf halbem Weg zur Tür ist, hebt nur abwehrend die Hand. »Nicht nötig.«

»Okay, aber wenn du kein Geld nehmen willst, dann komm doch einfach in den nächsten Tag mal vorbei. Dann werfe ich uns ein paar Steaks auf den Grill.«

Trevor bleibt stehen, die Hand bereits an der Türklinke. Als er sich umdreht, grinst er übers ganze Gesicht. »Also, *das* Angebot kann ich nicht ausschlagen.« Er nickt noch mal zum Abschied, bevor er das Haus verlässt.

Dad wartet, bis Trevors Schritte auf der Veranda verklingen und er außer Hörweite ist, bevor er sagt: »Netter Kerl.«

»Yeah.«

»Gutes Bier.«

Ich presse die Lippen zusammen, doch Dad lacht nur.

»Kommst du mit?«

»Wohin?«

Ohne meine Frage zu beantworten, stellt Dad die leere Bierflasche auf eine Kiste mit der Aufschrift »Spross« und geht nach draußen.

Ich folge ihm zu einem Haufen Metall auf vier Rädern.

»Also?«, fragt Dad und schaut mich abwartend an. Dann erscheint auf seinem übermüdeten, überarbeiteten und von den alltäglichen Problemen gezeichneten Gesicht ein breites Grinsen. Ein leichtes Zucken meiner Mundwinkel, der Ansatz eines Lächelns reicht dazu vollkommen aus.

»Gefällt es dir?«

Das ist eindeutig die falsche Frage. Denn mal ehrlich, ob es mir *gefällt?* Nein. Das Auto ist nicht mehr als ein verbeulter Haufen Scheiße. Reif für die Schrottpresse. Es sieht aus, als hätte es jemand komplett zerlegt, dann wieder zusammengebaut, nur um es dann noch mal komplett zu zerlegen. Rost zieht sich fast über das gesamte Dach des Zweitürers. Die Griffe wurden – so wie es aussieht – durch Kleiderhaken ersetzt. Die Heckscheibe ... Nun ja, es gibt keine. Nur eine schwarze Plastikplane. Also ... Ob es mir *gefällt?* Scheiße, nein. Ob ich mich darüber *freue?* Auf jeden Fall.

»Ist das dein Ernst, Dad?« Mein Grinsen ist inzwischen genauso breit wie seins. »Das wäre nicht nötig gewesen. Ich meine, du hättest es nicht tun müssen. Es ist schon schwer genug mit dem Umzug, und ...«

»Connor«, unterbricht er mich mit erhobener Hand, mit der anderen streicht er über die verstaubte Motorhaube. »Es ist *mein* Job, mir darüber Gedanken zu machen, was zu schwer ist und was nicht.« Er atmet tief ein, sodass sich seine Schultern heben, während er sich auf die Spur konzentriert, die er gerade in den Staub gemalt hat.

Als sich unsere Blicke wieder treffen, kann ich die Erschöpfung in seinen Augen sehen. Er ist völlig ausgelaugt, *fix und fertig.* Er versucht zwar, es zu verbergen, indem er das Lächeln von eben wieder aufsetzt, aber ich merke, dass es nachlässt, langsam, aber sicher.

Ich inspiziere das Auto genauer. Oder tu zumindest so, denn meine Gedanken sind ganz woanders. Sie drehen sich um ein und dasselbe Ereignis, führen mir alle möglichen Szenarien, die meine Zukunft für mich bereithalten könnte, vor Augen. Und nicht mal meine gesamte Zukunft, sondern nur den *morgigen* Tag.

Am ersten Tag des Abschlussjahres sind alle etwas nervös, aber wenn man als neuer Mitschüler – noch dazu nur dank eines Stipendiums – an eine Schule voller reicher Kids kommt, die vermutlich schon von Weitem riechen können, dass ich weniger Geld habe als sie? O ja, morgen wird ein schlimmer Tag. Und wenn ich dann auch noch mit diesem Auto aufkreuze? Das wird die Hölle … Aber das werde ich Dad auf keinen Fall erzählen. Und auch sonst niemandem. Allerdings *habe* ich, wenn ich ehrlich bin, auch niemanden außer Dad. Zwischen Tallahassee, Florida, und Shemeld, North Carolina, liegen 598 Meilen. Auf der Landkarte zumindest. Aber für meine sogenannten Freunde und Teamkollegen zu Hause ist es, als wäre ich auf den Mars gezogen. Ab dem Moment, in dem sich die ersten Gerüchte herumgesprochen hatten, dass ich wegziehen würde, um meine Träume besser verwirklichen zu können, habe ich auch keine Einladungen und Anrufe mehr bekommen. In der einen Sekunde war ich noch der Held des Teams und in der nächsten wurde ich zugespamt mit »Fick dich, du Verräter«-Nachrichten.

In was für einer Zeit wir doch leben.

Ich greife nach dem improvisierten Türgriff und ziehe daran. Als Metall über Metall schabt, verziehe ich schmerzhaft das Gesicht.

»Das wird schon wieder. Ich glaube nicht, dass es in letzter Zeit viel gefahren wurde«, sagt Dad und tritt leicht gegen den Reifen. Die Radkappe löst sich und fällt auf den Boden, wo sie sich noch kurz weiterdreht. Immer im Kreis.

Während ich die Drehungen verfolge, spüre ich, wie ein Lachen in meiner Brust aufsteigt. Ich presse die Lippen aufeinander, versuche, es zurückzuhalten, da ich Dad auf keinen Fall enttäuschen will.

Doch in dem Moment fängt Dad selbst an zu lachen. Erst ist es leise, tief in seiner Brust, aber bereits einen Moment später bricht es vollends aus ihm heraus, ein dröhnendes Lachen, das so ansteckend ist, dass ich auch lospruste.

»Verdammt, das ist wirklich eine Schrottkarre«, murmelt er, nachdem er sich halbwegs gefasst hat.

»Ist es nicht«, versichere ich ihm. *Doch, ist es.*

»Na ja, so hast du wenigstens eine Möglichkeit, rechtzeitig zur Schule und zu den Spielen zu kommen. Es geht schließlich nur darum, das Ziel zu erreichen, richtig?«

Ich nicke. Das »Ziel« ist in diesem Fall der Plan für meine Zukunft – und die St. Luke's Academy ist nur der erste Schritt dorthin. Mein Agent Ross hat den Umzug vorgeschlagen, und Dad und ich haben uns schon früh darauf geeinigt, dass das, was Ross sagt, auch gemacht wird – und Ross sagt: »Trust the process« – Vertrau auf den Weg.

Also vertraue ich darauf.

Ross hat daraufhin alles für den Umzug organisiert. Alles, was *ich* tun muss, ist, zur Schule zu gehen, Basketball zu spielen und meinen Notendurchschnitt zu halten – dann wird Ross dafür sorgen, dass ich ein Stipendium an einem der besten D-1-Colleges bekomme.

Vier Jahre.

Collegeabschluss.

NBA.

Das Ziel: NBA-Finale.

Ross ist kein großer Fan von dem Collegepart des Plans, aber Dad will, dass ich einen Abschluss habe. Und wenn ich ehrlich bin, ich auch. Ein Profisportler kann seine Fitness nur für eine gewisse Zeit aufrecht erhalten. Davon abgesehen, eine größere Verletzung kann den ganzen Plan ruinieren – und was dann?

Ich fange den Schlüssel auf, den Dad mir zuwirft.

»Du musst mich zu meinem Wagen fahren.«

»Was? Machst du dir denn gar keine Sorgen, dass dein Image darunter leidet, wenn du von mir in dem Teil hier herumkutschiert wirst?«, frage ich mit gespieltem Entsetzen.

»Junge«, erwidert er spöttisch, während er die Beifahrertür öffnet, »mit *dir* gesehen zu werden, hat mein Image schon vor langer Zeit zerstört.«

Kapitel 2

AVA

Die Schulflure sind verlassen, die erste Unterrichtsstunde hat schon längst angefangen. Durch die dünnen Wände und Türen hört man die lauten, autoritären Stimmen der Lehrer, die ihr Wissen an die Schüler weitergeben.

Die St. Luke's Academy ist die prestigeträchtigste Highschool im Umkreis von fünfzig Meilen, und ich kann froh sein, dass ich hier zur Schule gehe. Zumindest, wenn man die Lehrer fragte.

Ich laufe die Haupttreppe hinunter ins Erdgeschoss, vorbei an der Mahagonitür, über deren Rahmen die Worte *Vincit qui se vincit* eingraviert sind. Übersetzt bedeutet das: Es siegt, wer sich selbst besiegt.

Also im Prinzip: Beherrsche dich selbst, dann wirst du auch die Welt beherrschen. Was jedoch zwischen den Zeilen steht, ist: St. Luke's bringt dich zur Perfektion, wirft dich raus in die reale Welt und hofft darauf, dass du weißt, was zum Teufel du jetzt überhaupt tun sollst.

Ich sehe mich nach allen Seiten um. Hier unten im Erdgeschoss ist es genau wie in den oberen Stockwerken: Die Gänge sind wie ausgestorben. Über mir brummt die Klimaanlage und lässt mich frösteln. Plakate und Flugblätter flattern im Luftzug. Das größte nimmt sogar eine ganze Wand ein, reicht von einer Tür bis zur nächsten: »*Wildcats! Wildcats! Wildcats!*« An dieser Highschool gibt es nur zwei Gruppen: Sportler und Streber.

Mein Stiefbruder gehörte zu den Sportlern.

Genau wie ich, bis vor zwei Jahren.

Auf jeden Fall mehr als zu den Strebern.

Jetzt gehöre ich zu keiner Gruppe mehr. Ich bin eine Einzelgängerin, bewege mich irgendwo am Rand, unbemerkt und ungesehen.

Unsichtbar … zumindest bis jetzt.

Der lange, enge und menschenleere Flur scheint sich ins Endlose zu ziehen, der Ausgang fällt immer weiter zurück. Obwohl die Klimaanlage mir eine Gänsehaut beschert, spüre ich, wie mir langsam der Schweiß ausbricht, im Nacken, am Haaransatz … Ich presse das Psychologiebuch an meine Brust und halte den Kopf gesenkt. Ein Schritt nach dem anderen. Die Wände scheinen immer näher zu kommen. Vor der Tür zum Klassenzimmer bleibe ich stehen, als wäre ich festgefroren, und versuche, mein Ohr nicht gegen das Holz zu pressen, um zu lauschen. Ich wünschte, ich könnte einfach weglaufen, stattdessen atme ich kurz ein und wieder aus. Zerknülle den Zettel in meiner Hand: eine Nachricht von unserer Schulpsychologin, die mein Zuspätkommen begründet. Die Sätze sind so geschwollen formuliert, dass ich Probleme habe, sie zu verstehen – obwohl es darin um mich geht. Es ist, als wollte sie die Wahrheit verstecken, eine Wahrheit, die jeder hier bereits kennt. In der Nachricht sollte einfach nur stehen: »Seid nett. Ihr wisst alle, was sie durchgemacht hat.«

Ich atme noch einmal ganz tief ein, um meine Nerven zu beruhigen, bevor ich entschlossen mit der Schulter die Tür aufdrücke. Sie gibt unerwartet leicht nach, sodass ich regelrecht in den Raum stolpere. Meine Schuhe quietschen auf dem Marmorboden, als ich versuche, mein Gleichgewicht wiederzufinden.

»Miss Diaz«, brummt Mr McCallister, eine Hand auf meinem Arm, um mich zu stützen.

Ich spüre, wie meine Wangen sich rot färben. Schnell drücke ich ihm die Nachricht der Schulpsychologin in die Hand. Um uns herum herrscht absolute Stille. Kein einziger Laut, nicht mal ein Flüstern, ist zu hören. Mr McCallister macht sich gar nicht erst die Mühe, die Notiz zu lesen; er legt sie einfach auf seinen Tisch und deutet ins Klassenzimmer. »Setzen Sie sich bitte, damit wir hier weitermachen können.«

In dem Moment vibriert mein Handy in meiner Rocktasche.

Ignoriere es.

Aber ich kann nicht. Gerade als ich es herausziehen will, räuspert sich Mr McCallister. »*Jetzt,* Miss Diaz.«

Ich schlucke und schaue nervös auf. Alle Augen sind auf mich gerichtet, aber ich weigere mich, die Blicke zu erwidern.

Es gleicht einem Wunder, dass mich meine Beine überhaupt zu dem einzigen noch freien Platz tragen. Ich lasse die Tasche fallen und setze mich; der Kloß in meinem Hals ist inzwischen fast so groß wie der Basketball, der aus irgendeinem Grund unter dem Tisch liegt.

Mr McCallister dreht sich wieder zur Tafel und fängt an, den Lehrplan aufzuschreiben. Es dauert eine Weile, doch schon bald hört man nur noch das eifrige »Tapp, tapp« der Tastaturen.

»Hey«, flüstert jemand neben mir. Eine männliche Stimme.

Ich habe keine Ahnung, wer der Kerl ist, und ich reagiere auch nicht, als er sich vorstellt: »Ich bin Connor.« Stattdessen öffne ich mein Psychologiebuch auf der ersten Seite.

»Ich bin neu hier …«, fügt mein Sitznachbar hinzu. Es ist klar, dass er auf eine Antwort von mir wartet.

»Hi, ich bin Ava«, sage ich in Gedanken. *»Willkommen in meiner persönlichen Hölle. Ich bin nur aus einem einzigen Grund hier: weil meine Schuldgefühle mich dazu zwingen.«*

Doch in der Realität schweige ich.

Er wird schon bald alles erfahren, was es über mich zu wissen gibt.

Kapitel 3

CONNOR

Das Auto ist nicht ein einziges Mal abgesoffen.

Eigentlich ein Wunder.

Ich war heute Morgen früher in der Schule, etwa eine halbe Stunde, bevor ich hätte hier sein müssen. Denn ich wollte wegen meiner neuen Schrottkarre auf keinen Fall in eine peinliche Situation geraten. Nicht dass ich mich wirklich dafür schämen würde. Das tue ich nicht. Aber der erste Eindruck zählt schließlich. Ich wollte das Highschooljahr nicht unbedingt als »der Typ« beginnen.

Natürlich ist das sinnloses Wunschdenken. Ein Auto auf dem Parkplatz, ein Schüler auf dem Campus. Zähl zwei und zwei zusammen und heraus kommt meine Wenigkeit.

Die ersten zwanzig Minuten habe ich allein in der Sporthalle verbracht, um mich an den Hartholzboden zu gewöhnen, der in den nächsten Monaten mein zweites Zuhause werden würde. Irgendwann sind auch meine neuen Teamkollegen dazugekommen.

Rhys, der Teamkapitän, war der Erste, der mich begrüßte. Danach folgte sein Kumpel Mitch und dann der Rest der Jungs. Abgesehen von Rhys schienen sich allerdings alle mehr für mein Auto als für mich zu interessieren. Obwohl Rhys sie schließlich gebeten hat, nicht länger auf mir herumzuhacken, haben sie trotzdem weitergemacht.

Das erste offizielle Training der Saison war eine absolute Katastrophe. Ich hatte im Sommer Stunden damit verbracht, mir die Spiele und meine Positionen einzuprägen. Eigentlich dachte ich, ich wäre perfekt vorbereitet. Mann, lag ich falsch. Aber so was von falsch. Ich war viel zu langsam. Die Bälle flogen mir so schnell um die Ohren, dass ich sie nicht mal fangen konnte. Ebenso eine ganze Tirade an Beleidigungen und Drohungen. Und die kamen nur von Coach Sykes. Später in der Umkleide hat niemand ein Wort mit mir gesprochen – abgesehen von Rhys. Das alles passierte noch vor dem ersten Klingeln, quasi meine Einführung in den scheißelitären Teil der St. Luke's Academy.

Danach kam die erste Stunde, Psychologie. Von da an ging alles nur noch bergab. Niemand wollte sich neben mich setzen, und abgesehen von ein paar Mädchen, die mich schüchtern anlächelten, wurde ich völlig ignoriert.

Und dann hat *sie* den Raum betreten – wie ein Babyvögelchen, das sein Nest zum allerersten Mal verließ: mit einem wilden Rudern der Arme. Nach dem Start, den *ich* hier heute Morgen hingelegt hatte, dachte ich eigentlich, alle würden sie auslachen, aber dem war nicht so. Vielleicht nahm man die Dinge abseits vom Spielfeld ernster, oder vielleicht lag es daran, dass das Mädchen verdammt sexy war: natürlich gebräunte Haut und unglaublich lange Beine, die unter dem Rock hervorschauten. Ich hätte nie erwartet, dass ich so auf den Mädchen-in-Schuluniform-Look abfahren würde, aber *wow …*

Was für ein Auftritt! Aber vielleicht ist das auch nur mir aufgefallen. Vielleicht habe ich ein bisschen *zu sehr* auf sie geachtet. Sie hat sich neben mich gesetzt, auf den einzigen Stuhl, der noch frei war … und hat einfach nichts gesagt oder getan. Selbst als ich es endlich geschafft hatte, meine Gedanken so weit zu beruhigen, um mich vorzustellen … keine Reaktion. Während die ganze Klasse damit beschäftigt war, sich Notizen zu machen, hat sie nur geradeaus geschaut und leise mit den Fingern auf dem Tisch herumgeklopft.

Erst als ungefähr vierzig Minuten später die Schulglocke läutet, bewegt sie sich wieder. Wir sehen uns an, während wir unsere Sachen zusammenpacken, und unsere Blicke treffen sich. Diesmal sieht sie nicht weg. Im Sonnenlicht, das durch das Fenster fällt, leuchten ihre Augen in einem hellen Braun – es ist dieselbe Farbe wie der Hartholzboden, über den ich regelmäßig schlittere. Ihre Lippen öffnen sich leicht, und meine ganze Aufmerksamkeit richtet sich automatisch auf ihren Mund. Ich versuche es noch mal, doch dieses Mal strecke ich ihr meine Hand hin. »Hi, ich bin Connor. Heute ist mein erster …« Ich verstumme, als sie sich umdreht und zur Tür geht.

Eine Hand landet auf meiner Schulter und ich drehe mich überrascht um. »Vergiss es«, sagt Rhys, der meinem Blick folgt.

Ich zucke nur mit den Schultern. »Ich hatte nicht vor, sie anzubaggern.«

Er schüttelt den Kopf. »Nein. Ich meinte damit nicht, dass sie vergeben ist. Ich meinte eher, dass sie nicht mehr ganz …«, er tippt sich mit dem Finger gegen die Schläfe, »*da* ist.«

»Nicht mehr ganz richtig im Kopf«, fügt Mitch hinzu, der hinter Rhys auftaucht. Er macht mit dem Finger eine kreisende Bewegung neben seinem Ohr – das universelle Zeichen für *verrückt* – und flüstert: »Völlig unzurechnungsfähig.« Mitch mustert mich von oben bis unten, und sein Blick bleibt an meinen ausgelatschten Sneakers hängen. »Aber wenn ich ehrlich bin, ihr beide würdet gut zusammenpassen. Ghetto und Ghetto. Das perfekte Paar.«

Ich sollte ihm eine reinhauen. Einmal für mich. Und dann noch zweimal für das Mädchen ohne Namen. Stattdessen lasse ich ihn stehen und versuche, mir selbst einzureden, dass Menschen manchmal einfach Arschlöcher sind. Und Highschool-Kids? Die bringen es verdammt noch mal zur Perfektion.

Außerdem bin ich nicht hier, um Freunde zu finden.

Ich bin hier, um Spiele zu gewinnen.

Kapitel 4

AVA

Angst- und Belastungsstörungen: Wie gehe ich damit um?

Ich lese nun schon zum tausendsten Mal den Titel der Infobroschüre, während ich ungläubig den Kopf schüttle. Schließlich bin nicht *ich* diejenige, die eine posttraumatische Belastungsstörung hat. Vielleicht hätte ich anders reagiert, wenn die Schulpsychologin mir Infomaterial darüber gegeben hätte, wie man *mit* Menschen umgeht, die eine Belastungsstörung haben. Ich verstehe auch nicht wirklich, warum ich überhaupt zur Schulpsychologin gehen soll, aber Trevor hat mit dem Rektor darüber gesprochen, wie wir »mein letztes Jahr so angenehm wie möglich« gestalten können – und das ist nun mal einer der Punkte auf einer sehr langen Liste. Daher muss ich jetzt jeden Montag und Mittwoch eine halbe Stunde lang auf einem unbequemen Stuhl sitzen und über mich selbst reden: was in meinem Leben so passiert, wie ich mich dabei fühle und wie ich mit allem *umgehe.*

Ich habe zu keinem dieser Punkte irgendwas zu sagen, daher verbringe ich diese Termine damit, Miss Turner – einer Frau, die nicht viel älter ist als ich selbst – davon zu überzeugen, dass es mir *gut geht.* Sehr gut sogar. Dass die Situation zu Hause keine Auswirkungen auf die Schule, auf meine Noten oder meine Zukunft hat.

Vincit qui se vincit: Es siegt, wer sich selbst besiegt.

Und ich bin eine Siegerin.

Ich wiederhole die Worte wie ein Mantra, während ich an dem Ring um meinen Daumen herumspiele.

Ich wünsche mir so sehr, dass diese Worte stimmen, denn sie waren das Letzte, was mein Stiefvater William zu mir gesagt hat, bevor er abgehauen ist. »Du bist eine Siegerin, Ava. Du schaffst das.« Damals habe ich ihm keine Antwort gegeben; ich habe ihm nur die Tür aufgehalten und zugesehen, wie er in seinen Wagen stieg und die Straße hinunter verschwand. Es war mir egal. Ich habe ihn auch nicht gefragt, warum er mich beziehungsweise *uns* verlässt. Die Antwort war glasklar: Er liebte uns nicht. Deshalb hat er uns auch verlassen. Denn Liebe bedeutet, dass wir bei den Menschen, die wir lieben, bleiben wollen. Dass wir sie nicht im Stich lassen. Dass wir diejenigen, die wir lieben, in unserer Nähe haben wollen.

Zumindest dachte ich das … bis ich eines Tages die Badezimmertür geöffnet und vor Entsetzen einen lauten Schrei ausgestoßen habe. In dem Moment musste ich einsehen, dass auch Liebe Grenzen hat. Ich bin auf die Knie gefallen und habe mich völlig blutverschmiert an das letzte bisschen Hoffnung geklammert – und mir ist klar geworden, warum William uns wirklich verlassen hat. Denn manchmal reicht Liebe einfach nicht aus. Genauso wenig wie das Schulmotto, das uns vom ersten bis zum letzten Tag immer wieder daran erinnert, dass wir *alles und jeden besiegen* müssen. Immer. Wenn dir jedoch die Tränen die Sicht verschleiern, deine Hände unkontrolliert zittern, dein Hals von den vielen Schluchzern, die dich immer wieder überfallen, bereits vollkommen wund ist und du nach dem Telefon greifst, dich fragst, wen du anrufen sollst, wer dir helfen soll … dann versagst du.

Dann rufst du nicht den Notruf, obwohl du genau weißt, dass du es tun solltest.

Erneut drohen mich die Schuldgefühle zu erdrücken, sodass mir sogar das Atmen schwerfällt, und ich spiele wieder an dem Ring herum.

Ich bin keine Siegerin.

Ich bin eine Versagerin.

Eine absolute Versagerin.

***

Gegen halb sechs, als draußen eine Autotür zuknallt, packe ich die Infobroschüre und meine Schulsachen zusammen, die auf dem ganzen Küchentisch herumliegen, und mache mich daran, das Abendessen zuzubereiten.

Mit schweren Schritten betritt er das Haus. Er hat den Kopf gesenkt, in der einen Hand den Werkzeugkasten, in der anderen seine Arbeitsmütze. Von der Küche aus beobachte ich, wie er sich auf die Couch neben der Tür fallen lässt, um seine Schuhe auszuziehen. Seine Schultern hängen nach unten, und die Haare stehen wirr in alle Richtungen. Er wirkt nicht nur müde, sondern vollkommen erschöpft, strahlt aber dennoch Verantwortungsbewusstsein aus – und ich hasse es. Ich hasse es, dass er sich um uns kümmert, obwohl er eigentlich seine eigenen Träume verfolgen sollte: Football spielen und seinen Abschluss an der Texas A&M University machen.

Ich frage gar nicht erst, wie sein Tag war, ich weiß es auch so.

»Wie war der erste Schultag?«, will er wissen. Dabei schaut er nicht einmal von seinen Schuhen auf.

»Gut«, lüge ich.

Er nickt, bohrt aber nicht weiter nach. Stattdessen sieht er zur Schlafzimmertür auf der anderen Seite des Wohnzimmers. Hinter dieser Tür liegt der Grund für *unsere* Situation und weshalb *er* die Verantwortung übernimmt. Er murmelt etwas, was ich nicht verstehen kann. Als er sich zu mir dreht, ein schwaches Lächeln auf den Lippen, spüre ich einen Stich im Herzen, und der Kloß in meinem Hals wird wieder größer. Meine Augen beginnen zu brennen, aber ich kämpfe dagegen an.

»Essen ist in zehn Minuten fertig«, sage ich.

Er seufzt. »Danke, Ava.«

Am liebsten würde ich ihn anschreien. Ihm sagen, dass es nichts gibt, wofür er sich bei mir bedanken müsste. *Ich* bin diejenige, die ihm dankbar sein sollte … die für immer in seiner Schuld stehen würde. Und ich wollte ihm sagen, wie sehr ich ihn liebe.

Aber wenn ich eins gelernt hatte, nachdem mein Stiefvater uns verlassen hatte, dann das:

Liebe ist kein Nomen.

Liebe ist etwas, was du durch deine Handlungen zeigst.

Etwas, was du *beweisen* musst.

Etwas, was du nur durch harte Arbeit *erschaffst.*

Liebe ist nicht etwas, was einfach nur existiert, weil du es sagst.

Liebe ist kein Nomen.

Liebe ist ein Verb.

Kapitel 5

CONNOR

Es ist gerade mal eine Woche her, dass die Schule angefangen hat, und ich zähle schon die Tage, bis dieses Jahr vorbei ist. Ich bin mir sicher, dass es besser wird. Es muss. Sobald die Basketballsaison losgeht, kann ich meine ganze Energie auf den Ball konzentrieren. Aber jetzt? Ich habe das Gefühl … festzustecken. Irgendwo zwischen meinem alten Leben und meinem neuen. Ich habe immer noch Probleme, mich zurechtzufinden – nicht nur, was die Lage der Klassenräume betrifft, sondern auch im Hinblick auf soziale Hierarchie. Die Kids hier sind anders, der Unterricht ist herausfordernder, die Lehrer sind strenger und die Mädchen … die Mädchen sind auf einem ganz anderen Level. In der letzten Woche bin ich öfter angesprochen worden als in meinem ganzen Leben davor. Die Mädchen hier wissen, was sie wollen – und ich bin mir sicher, dass sie auch gewohnt sind, es zu bekommen. Ich könnte natürlich lügen – ihnen sagen, dass ich eine Freundin habe, da, wo ich herkomme. Wenn ich ehrlich bin, fühle ich mich hier einfach nur verdammt fehl am Platz, und jeden Morgen, wenn ich aufwache, habe ich das Gefühl zu ertrinken.

Das alles erzähle ich Dad, während wir in unserer Garage Gewichte heben.

»Es könnte schlimmer sein«, meint Dad nur.

»Ja? Wie?«

Er hilft mir, die Hantel zurück in die Halterung zu legen und reicht mir eine Flasche Wasser. Dann zieht er die Augenbraue hoch und sieht mich an, als wollte er fragen: *Willst du das wirklich wissen?*

Ich trinke die halbe Flasche in einem Zug leer und schüttle den Kopf. Nein, ich will es nicht wissen. Ich habe es schon zu oft gehört. Dad ist Rettungssanitäter, er hat schon alles gesehen. Er hatte ziemliches Glück, dass er hier auch einen Job als Sanitäter gefunden hat. Der Nachteil ist allerdings, dass er nachts arbeiten muss.

Ich bewundere ihn für das, was er macht. Wirklich. Aber manchmal wünschte ich, ich könnte mich einfach über die Dinge beschweren, ohne dass er mir das vorhält. Manchmal will ich einfach nur Dampf ablassen, ohne ein schlechtes Gewissen zu bekommen. Und manchmal will ich auch einfach an meine alte Schule zurück und Basketball spielen, als würde nicht meine ganze Zukunft davon abhängen.

Fairerweise muss ich aber zugeben, dass Dad mir nie das Gefühl gegeben hat, ich wäre allein für meine Zukunft verantwortlich.

Aber das bedeutet nicht, dass ich mich nicht manchmal so fühle.

Profibasketballer zu werden, ist unser Ticket hier raus. Unsere Rettung. Es ist schon schwer genug, als alleinerziehender Vater ein Kind großzuziehen, aber wenn dieses Kind auch noch ein gut bezahlter Sportler werden will? Dann ist das eine ganz andere Nummer. Trainingslager, Spielkleidung, Ausrüstung, Sprit, um zu den Trainings und Spielen zu fahren – Spiele, von denen Dad bis vor ein paar Jahren kein einziges verpasst hat –, Gleittage, Essen … Und ich esse *verdammt viel.* Es ist eigentlich ein Wunder, dass er immer noch irgendwie das Dach über unserem Kopf bezahlen kann.

»Es ist nur ein Jahr, Connor. Häng dich rein. Bleib konzentriert. Lass dich nicht ablenken …«

»Von Mädchen?«, unterbreche ich ihn mit einem Grinsen.

»Es braucht nur eines«, murmelt er, während er die Gewichte von der Hantel nimmt.

Seine Worte treffen mich hart. Schnell senke ich den Blick. »Es könnte schlimmer sein«, wiederhole ich Dads Worte.

Er verschränkt die Arme vor der Brust, und jetzt fragt er: »Ja? Wie?«

Ich zucke mit den Schultern. »Ich könnte nichts weiter als ein Fleck auf deinem Bettlaken sein.«

»So habe ich das nicht gemeint, Sohn«, sagt er, seine Stimme voller Reue.

»Nein? Das ist aber das, was ich gehört habe, *Dad.*«

Kapitel 6

CONNOR

Ich war als Kind ziemlich unbeholfen, ein Einzelgänger, ängstlich, hatte kaum soziale Kompetenzen. Nach mehreren Gesprächen mit meinen Lehrern hat Dad dafür gesorgt, dass ich alles Mögliche ausprobierte, um mein Selbstvertrauen und das Gefühl, irgendwo dazuzugehören, zu stärken. Egal wo.

Rückblickend ist mir klar, dass Dad alles in seiner Macht Stehende getan hat, um mir dabei zu helfen, nicht nur meinen Platz in der Welt zu finden, sondern mich in meiner eigenen Haut so wohl wie möglich zu fühlen. Die meiste Zeit meines Lebens hat er die Rolle von zwei Elternteilen übernommen. Ich kann mir gar nicht vorstellen, wie schwierig das für ihn gewesen sein muss. Er ist immer für mich dagewesen. *Immer.* Das ist vielleicht auch der Grund, warum solche Worte wie die von gestern Abend – Worte, die er ohne Hintergedanken und böse Absichten sagt – mich so tief treffen.

Tiefer, als ich jemals zeigen würde.

Der Punkt ist, ich habe knapp ein Jahr damit verbracht, alle möglichen Dinge auszuprobieren: Baseball, Football, Fußball, Karate, Pfadfinder, *Nähen.* Egal, was einem noch so einfällt, ich habe es ausprobiert. Aber nichts davon hat mir Spaß gemacht, nichts hat mich wirklich begeistert. Bis ich zum ersten Mal einen Basketball in der Hand hatte. Ich war damals zehn, und irgendetwas hat einfach … »klick« gemacht.

Meine Trainer meinten, ich sei der geborene Sportler, was vermutlich Sinn ergibt, wenn man sich meine Gene ansieht.

In den darauffolgenden Jahren hat sich viel verändert.

Je mehr ich auf dem Spielfeld gab, desto leichter wurde es abseits von Basketball. Und der Wachstumsschub, der nicht zu enden schien, tat noch sein Übriges. Plötzlich hatten sich alle für mich interessiert. Sogar einige Mädchen. Zu meinem Glück war Dad immer da, um mich an die unendlich lange Liste an Prioritäten zu erinnern – und mit einem Mädchen auszugehen? Das stand nicht mal in einer Fußnote.

Es ist also keine große Überraschung, dass sich meine Erfahrungen mit dem anderen Geschlecht auf ein bisschen Rumknutschen auf unseren Siegesfeiern beschränken. Ich war noch nie in einer Beziehung, hatte noch nicht mal ein Date. Daher ist die Wucht an Aufmerksamkeit und Angeboten, die ich hier plötzlich bekomme, ziemlich einschüchternd, was noch untertrieben ist, und verdammt unangenehm. Vor allem, wenn es nicht aufhört. Wie zum Beispiel bei diesem einen Mädchen, Karen, das es irgendwie schafft, mich jeden Morgen an meinem Spind abzupassen. Sie ist auf jeden Fall hübsch, wie man es eben sein kann, wenn man das Geld dafür hat. Perfektes Make-up, passend zu ihrer perfekten Haut, perfekt gestylte Haare und perfektes Auftreten. Ich bin mir sicher, sie wäre perfekt für einen Jungen, der genauso perfekt ist wie sie. Aber für mich? Ich habe nicht das geringste Interesse an ihr, und ich habe auch nicht wirklich die Zeit, mich darum zu bemühen, an ihr Level an Perfektion heranzukommen. Ich habe dafür absolut keine Zeit … zumindest, wenn es nach meinem Dad geht.

Aber sie ist irgendwie immer in meiner Nähe. Bestes Beispiel: Montagmorgen. Erste Stunde. Psychologie. Und rate mal, wer in meinem Kurs ist?

Genau, Karen.

Karen, die mich gerade quer durch den Raum anstarrt. Oder vielleicht sieht sie auch zu dem Mädchen neben mir: Ava, deren Namen ich über meine Mitschüler herausgefunden habe, da sie immer noch nicht mit mir redet, obwohl sie in jeder Psychologiestunde neben mir sitzt.

Sie ist mir echt ein Rätsel.

Außerhalb dieses Klassenzimmers habe ich sie noch nie gesehen, nicht mal in der Cafeteria. Nicht dass ich nach ihr Ausschau gehalten hätte. *Lüge.* Und wenn sie nicht gerade möglichst unauffällig unter dem Tisch nach ihrem Handy greift, gibt sie keinerlei Lebenszeichen von sich. Es ist, als würde sie in einer Blase leben – und alle akzeptieren das.

Manchmal, wenn wir so wie jetzt nebeneinandersitzen, frage ich mich, wie es wohl wäre, diese Blase zum Zerplatzen zu bringen.

»Ah, bevor ich es vergesse ...« Mr McCallisters laute Stimme reißt mich aus meinen Gedanken. »Den Aufsatz über angeborene versus anerzogene Faktoren der Entwicklung schreiben Sie bitte in Zweiergruppen. Sie haben drei Sekunden Zeit, sich einen Partner zu suchen.«

Am anderen Ende des Klassenzimmers weiten sich Karens Augen, und ihr Blick richtet sich auf mich. Stuhlbeine kratzen über den Boden, Schüler stolpern durch den Raum, während Panik in mir hochkriecht. Reflexartig – *dummerweise* – greife ich nach Ava, genau in dem Moment, in dem sie sich erheben will. Kaum eine Sekunde später steht Karen vor uns, ihr Blick wandert von mir zu

Ava und dann zu meiner Hand an Avas Arm. Avas Augen sind weit aufgerissen, als sie zu mir sieht, dann zu Karen, dann zu der Stelle, an der ich sie berühre.

Hinter mir räuspert sich jemand. Rhys. Er mustert uns mit unverhohlener Verwirrung.

»Ava?«, sagt Karen und deutet auf mich.

Avas Schultern heben sich, als sie tief einatmet – und dann zieht sie ihren Arm aus meinem Griff. Vor Scham schließe ich die Augen, während meine Wangen vermutlich rot anlaufen. *Was zum Teufel habe ich mir nur dabei gedacht?*

»Ava?«, wiederholt Karen mit fester Stimme. In ihrem Ton schwingt etwas mit, was ich nicht genau erkennen kann.

»Bist du okay, A?«, fragt Rhys. Es ist das erste Mal, dass ich mitbekomme, dass einer meiner Mitschüler so mit Ava spricht, als würde er sich Sorgen machen. Und von Rhys hätte ich das am allerwenigsten erwartet.

Ava schluckt nervös, ihr Blick flackert zu mir, bevor sie schnell wieder wegsieht. »Ich arbeite lieber mit Rhys«, sagt sie so leise, dass ich sie kaum höre.

Doch ich verstehe sie. Mein Magen zieht sich zusammen, und ich muss wieder an meine Kindheit denken. Unbeholfen, ängstlich, ein Einzelgänger. Ich beiße mir auf die Zunge, sowohl physisch als auch metaphorisch, und versuche, gegen meine Unsicherheit anzukämpfen. Dennoch komme ich nicht gegen das Gefühl an, jemand würde mich vorschnell verurteilen. Aber am schlimmsten ist, dass genau die Person, die mir in der ganzen Schule bisher absolut keine Aufmerksamkeit geschenkt hat, diejenige ist, die mich verurteilt.

»Zweiergruppen, nicht Vierergruppen!«, ruft unser Lehrer und deutet auf uns. »Da offenbar keiner von Ihnen die einfachsten Anweisungen befolgen kann, nehme ich Ihnen die Entscheidung ab. Ava und Connor. Rhys und Karen.«

Rhys unterdrückt einen Fluch. Mit zusammengepressten Lippen wendet er sich an Ava. »Kommst du damit klar?«

»Na toll«, murmle ich. »Da fühl ich mich gleich viel besser.«

Ich beobachte Ava, warte auf eine Reaktion, aber sie ignoriert mich weiterhin. Nicht so Rhys; er bekommt ein kaum wahrnehmbares Nicken.

Karen stampft mit dem Fuß auf, dreht sich abrupt um und stürmt zu ihrem Platz zurück. Kurz darauf folgt Rhys ihr.

Ich wende mich zu dem Mädchen neben mir um, meine Unsicherheit verwandelt sich in Wut. »Ich bin nicht dumm.«

Ihr Blick findet meinen, während sie langsam den Kopf schüttelt. »Es tut mir l…«

»Nein«, unterbreche ich sie, weil ich ihr Mitgefühl nicht hören will. »*Mir* tut es leid. Es tut mir leid, dass ich dich enttäusche, bevor du mich überhaupt kennengelernt hast.« Ich atme tief durch, um meine Fassung wiederzuerlangen. »Ich bin nicht dumm«, wiederhole ich, nun ruhiger. »Nur weil ich hier neu bin und ein Sportstipendium habe, heißt das nicht, dass ich ein Idiot bin. Ich arbeite genauso hart wie du, wenn nicht sogar härter, weil ich noch etwas zu beweisen habe. Ich erwarte nicht, dass du die ganze Arbeit machst, falls es das ist, was du denkst.«

Verwirrt sieht sie mich an. »Connor, oder?«

»Ja …?«

»Lass mich eins klarstellen, *Connor.*« Sie spuckt meinen Namen regelrecht aus. »Ich habe keinerlei Erwartungen an dich, weil ich mir noch nicht mal Gedanken über dich gemacht habe. Nicht ein einziges Mal. Du bist mir völlig egal. Es gibt also keinen Grund, mir eine Meinung über dich zu bilden. Also, lass uns einfach anfangen.« Sie knallt ein Blatt Papier zwischen uns und schreibt unsere Namen an den oberen Rand, bevor sie mich anfunkelt, als würde sie mich am liebsten ermorden. »Denkst du, es liegt an den angeborenen oder anerzogenen Faktoren, dass du glaubst, dein überdramatisches Gejammer sei etwas anderes als egozentrisches Anspruchsdenken?«

In meinem Kopf dreht sich alles, trotzdem fällt mir kein schlagfertiger Konter ein. Nicht mal eine gute Antwort. Die ganze Zeit habe ich mich gefragt, wie es wäre, ihre Blase zum Zerplatzen zu bringen, und nun … war sie es, die meine komplett zerstörte.

Kapitel 7

AVA

Einer der einzigen beide Freunde, die ich noch habe, ist eigentlich ein Freund meines Bruders beziehungsweise Stiefbruders. Er war schon an seiner Seite, als ich Trevor kennengelernt habe – damals, als ich nicht mehr als ein Kinderkartenkind war, das ein leuchtend violettes Kleid und regenbogenfarbene Socken getragen hat. Seitdem war er so gut wie jeden Tag da. Von der Grundschule über die Middle School bis zur Highschool; wo Trevor Knight war, war auch Peter Parker. Und ja, das ist sein richtiger Name.

Nach ihrem Highschoolabschluss sind beide auf die Texas A&M University verschwunden. Wir sind zwar zusammen aufgewachsen, aber durch den Altersunterschied von vier Jahren war klar, dass wir gewisse Dinge zu unterschiedlichen Zeiten erleben würden. Als die beiden an die Highschool kamen, war ich gerade mal in der Fünften – und versuchte, mich zwischen Harry Styles und Justin Bieber zu entscheiden, während der Soundtrack von »Glee« aus meinem Zimmer schallte.

Doch jetzt, wo ich älter und weiser bin, wo die Erfahrungen, die ich in meinem Leben gemacht habe, mich dazu gezwungen haben, erwachsen zu werden, kommen mir die vier Jahre Altersunterschied gar nicht mehr so viel vor.

Peter wuchs im »richtigen« Teil der Stadt auf, derselbe Teil, in dem auch Trevor und ich groß geworden sind, bevor wir unser Haus verkaufen mussten, um die Arztrechnungen meiner Mutter zu bezahlen. Der Teil mit den riesigen noblen Häusern und Booten im Garten. Für gewöhnlich verreisen seine Eltern den Sommer über, jedes Jahr in ein anderes Land, und für gewöhnlich begleitet er sie. Doch nicht so letztes Jahr. Letztes Jahr hat Peter den Sommer damit verbracht, Trevor mit seinem Unternehmen zu helfen. Trevor hat ihm im Gegenzug angeboten, ihn dafür zu bezahlen – so viel, wie er sich leisten kann. Aber Peter lehnt jeden Cent ab, da er genau weiß, dass wir das Geld dringender brauchen als er.

Er ist auch für mich zu einem guten Freund geworden, ein Fels in der Brandung, auf den ich mich immer verlassen kann – und von dem ich nie geglaubt hätte, wie sehr ich ihn brauchen würde.

Das ist auch der Unterschied zwischen Trevors Freunden und meinen: Als unsere Welt zusammengebrochen ist, war Peter an unserer Seite. Meine sogenannten Freunde hingegen haben aufgehört vorbeizukommen, da sie zu viel Angst hatten vor der Frau mit dem halben Gesicht und dem abgetrennten Arm.

Bald darauf haben sie auch aufgehört anzurufen.

»Mir gefällt, was du aus dem Haus gemacht hast.« Peter grinst, während er sich mit seinem ganzen Gewicht neben mich auf die Couch fallen lässt. »Es sieht sehr …«

»Nach secondhand aus?«, beende ich seinen Satz.

Er schüttelt den Kopf und stellt eine Schüssel Popcorn auf meinen Schoß. Peter ist übers Wochenende zu Hause, und als er gehört hat, dass Trevor nach Feierabend noch arbeitet, hat er angeboten vorbeizukommen, damit ich nicht allein bin.

»Nein«, sagt er. »Es hat teilweise etwas von deiner Persönlichkeit.« Er greift hinter sich nach einer Decke und legt sie sich über die Beine. »Das hier zum Beispiel«, fährt er fort, während er den Stoff zwischen seinen Fingern reibt. »Es hat etwas von … Boho-Chic.«

»Du meinst Hippie?«

Mit einem Glucksen legt er den Arm hinter mir auf die Sofalehne und macht es sich bequem. »Also, Ava. Erzähl mal: Wie läuft es so bei dir?«

»So wie immer, eigentlich. Ich zähle die Tage, bis die Schule endlich vorbei ist.« Ich starte den Film, lasse den Ton aber stumm.

»Wenn die Schule erst mal vorbei ist, wirst du sie vermissen«, versichert er mir.

Ich schnaube ungläubig. »Deine Vorstellungen von der Highschool und meine sind sehr unterschiedlich, Peter.«

»Ja, könnte sein.« Er nimmt sich eine Handvoll Popcorn, bevor er fragt: »Bist du immer noch mit diesem Rhys befreundet?«

Ich nicke, während ich mich auf die Anfangsszene des Horrorfilms konzentriere, den Peter ausgesucht hat.

»Hilft er dir noch in der Schule? Und bringt dir die Mitschriften aus den Kursen, die du verpasst?«

»Ja«, antworte ich langsam. Auf dem Bildschirm läuft gerade ein blondes Mädchen eine Treppe hoch, an deren Ende der Killer bereits auf sie wartet.

»Gut«, sagt er zufrieden, bevor er fortfährt: »Er ist ein guter Kerl, Ava. Er ist nur nicht gut genug für *dich*.«

»Okay«, murmle ich, da es egal ist, was er denkt.

»Ava?« Peters Beine berühren meine. Er ist näher als noch vor ein paar Minuten, und ich spüre, wie sich ein unbehagliches Gefühl in mir ausbreitet.

»Ja?«, presse ich hervor.

Sein warmer Atem streicht über meine Wange, während seine Finger über die Haut an meiner Schulter gleiten. Es ist nicht das erste Mal, dass er das macht. Es wird auch nicht das letzte Mal sein. Und es wäre so leicht, ihn einfach zu benutzen, mit jemandem zusammen zu sein, der einen auch ohne Erklärungen versteht und der einem auch ohne Entschuldigungen verzeiht.

Nervös schlucke ich. »Wenn Trevor wüsste, was du gerade denkst, würde er dich mit bloßen Händen umbringen.«

Kapitel 8

CONNOR

Die Art und Weise, wie Stephen Curry die Verteidiger mit einem Crossover hinter dem Rücken austrickst, ist von historischer Bedeutung. Er hat bewiesen, dass ein hammermäßiger Sprungwurf über Sieg oder Niederlage entscheiden kann. Möglicherweise macht ihn das sogar zum besten Ballführer in der NBA.

Und ich?

Ich kann nicht mal den verdammten Ball fangen, wenn er mir direkt zugespielt wird.

Es ist nun einen Tag her, seit Ava mich in der Luft zerrissen hat. Nach einem weiteren katastrophalen Training hocke ich nun in der Umkleide und starre auf meine Hände, versuche, sie anzuspornen. Jahrelang habe ich nur für diesen Sport gelebt. Ich habe sogar davon geträumt, wenn ich wach war. Mit all den Dingen, die ich zu Hause kaputt gemacht habe, weil ich nicht aufhören konnte, mit dem Basketball rumzuspielen, könnte man glatt ein ganzes Haus füllen. Aber jeder Rasen, den ich gemäht habe, um diese Dinge zu ersetzen, war es wert. Sogar jeder Hausarrest, den ich bekommen habe, war es wert. Und jede Stunde, die ich damit verbracht habe, Spielaufzeichnungen anzusehen, Spiele zu analysieren oder davon zu träumen, wie es wäre, im Madison Square Garden zu spielen … jede einzelne Stunde war es verdammt noch mal wert.

Aber hier? Jetzt? Hinterfrage ich alles.

»Hast du jemals den Film ›Kleine Giganten‹ gesehen?«, fragt Rhys, als er sich neben mir auf die Bank fallen lässt.

Ich dachte, ich wäre der Einzige, der noch in der Umkleide ist, aber offenbar habe ich mich geirrt. »Der mit den schwächlichen Kids, die es nicht ins Team geschafft haben und deshalb beschließen, ihre eigene Footballmannschaft zu gründen?«, frage ich und schlage die Spindtür zu.

Er nickt. »Da gibt es diese eine Stelle, an die ich immer denke, wenn ich einen schlechten Tag hab. Es geht im Prinzip darum, dass Football zu achtzig Prozent in deinem Kopf ist und nur zu vierzig Prozent körperliche Stärke.«

Mit gerunzelter Stirn starre ich ihn an. »Das ergibt keinen Sinn.«

Er tippt sich mit dem Finger an die Schläfe. »Du bist viel zu verkopft«, sagt er und drückt meine Schulter. »Entspann dich, der Rest kommt von selbst.« Ich zwinge mich, ruhig zu atmen, als Rhys aufsteht und hinzufügt: »Kennst du Miss Turner?«

»Nein.«

»Sie ist die Schulpsychologin.«

Meint er das ernst? »Mir geht's gut.«

»Ich habe für dich für morgen nach der Schule einen Termin ausgemacht.«

Ich merke, wie sich erneut Frust in mir breitmacht. »Mann, ich brauche keine …«

»*Trust the process*«, unterbricht er mich, unwillkürlich muss ich an Ross denken, an Dad und an all die Erwartungen, die unglaublich schwer auf meinen Schultern lasten.

Rhys wendet sich zur Tür, bleibt aber noch mal stehen. »Und, hey. Nicht dass ich denke, dass das Ganze etwas damit zu tun hat, dass du so scheiße spielst – du könntest immerhin auch einfach ein grottenschlechter Basketballer sein –, aber die Sache mit Ava? Versuch, es nicht persönlich zu nehmen, okay?«

***

Versuch, es nicht persönlich zu nehmen.

Es ist drei Uhr morgens, und Rhys Worte gehen mir immer wieder durch den Kopf. Wie eine Schallplatte, die hängt.

Und ich *habe* es versucht.

Genauso, wie ich versucht habe, Dads Worte zu vergessen.

Und genauso, wie ich versucht habe, die Tatsache zu verdrängen, dass ich bisher noch keine richtige Verbindung zu meinem neuen Leben aufbauen konnte.

***

Der nächste Tag vergeht nur schleppend, und mit jeder Sekunde wird meine Unruhe größer. Als ich endlich vor dem Büro der Schulpsychologin sitze, bin ich das reinste Nervenbündel. Mein Knie zuckt, meine Handflächen sind schweißnass und zwischen meinen Augen ist ein Pochen, das verdammt noch mal nicht aufhören will. Stöhnend stütze ich die Ellbogen auf die Knie, senke den Kopf und kneife mir in den Nasenrücken, in der Hoffnung, den Schmerz so irgendwie lindern zu können. Am liebsten würde ich dem Schlafmangel die Schuld geben, aber ich weiß es besser. Ich war schon zu oft an diesem Punkt.

In dem Moment öffnet sich die Tür, und als ich aufsehe, entdecke ich Ava.

»Du kannst jederzeit zu mir kommen«, sagt eine junge Frau, vermutlich Miss Turner. »Egal, was du brauchst.«

Ava antwortet nicht; sie hat den Kopf schief gelegt, die Augen zusammengekniffen, und ihre ganze Aufmerksamkeit liegt auf mir.

Toll, nun bin ich der »egozentrische« Neue mit *Problemen.* Aber sie ist auch hier, was bedeutet …

Ich versuche, ihr ein Lächeln zu schenken.

Doch sie verzieht nur abfällig die Lippen.

Fantastisch.

»Sagen Sie mir, warum Sie hier sind«, fordert Miss Turner mich auf.

Ich lege die Hände auf die Knie, um das Zittern zu verbergen, und atme tief durch. Ihr Büro besteht aus nichts anderem als weißen Wänden und leeren Bücherregalen. Unruhig rutsche ich auf meinem Stuhl herum.

»Tut mir leid«, sagt sie. »Die Stühle sind nicht besonders bequem.« Sie deutet einmal durch den ganzen Raum. »Und wie Sie sehen können, warte ich immer noch auf finanzielle Unterstützung seitens der Schule, um mein Büro einzurichten.«

»Ich bin mir sicher, die Eltern von einigen der Kids hier könnten Ihnen ein bisschen Kleingeld abgeben.« Mein Blick bleibt an den Akten auf ihrem Tisch hängen.

»Connor Ledger«. Und darunter: »Ava Diaz«.

»Bestimmt«, sagt sie lächelnd, während sie die beiden Akten in eine Schublade schiebt. »Aber die Eltern interessieren sich weniger für die mentale Gesundheit ihrer Kinder als für ihre Noten – oder dafür, wie viele Triple-Doubles sie in einem Basketballspiel erzielen.«

Überrascht sehe ich sie an.

Sie grinst. »Also, warum sind Sie hier?«

Ich zucke mit den Schultern. »Meine Statistiken sind ziemlich schlecht, und ich nehme an, mein Mannschaftskapitän will herausfinden, warum zum Teufel ich an dieser Schule bin.«

»Fragen Sie sich auch manchmal, warum Sie hier sind, Connor?«

Jede verdammte Minute, jeden Tag. »Nope. Ich *weiß*, warum ich hier bin.«

»Dann klären Sie mich auf.«

»Weil es Leute gibt, die glauben, ich wäre gut genug.«

»Und Sie glauben das nicht?«

Ich zucke erneut mit den Schultern.

»Okay.« Sie stößt einen tiefen Seufzer aus, der von den leeren Wänden zurückhallt, »fangen wir von vorn an.« Sie nimmt einen Stift aus einer Tasse, die die Form eines Einhornkopfs hat, bevor sie mich auffordernd ansieht. »Erzählen Sie mir von Ihrem Privatleben.«

Da wären wir wieder …

Das Gespräch mit Miss Turner hat nicht geholfen, meine Nerven zu beruhigen. Wenn es überhaupt zu etwas geführt hat, dann dazu, dass es nur noch schlimmer geworden ist. Als ich endlich aus dem Gebäude rausstürme, rast mein Herz wie verrückt. Und meine Gedanken? Meine Gedanken sind immer noch damit beschäftigt, sich zu fragen, was sie in ihrer unleserlichen Handschrift alles über mich aufgeschrieben hat, dass sie dafür *fünf* Seiten gebraucht hat. Ich bin mir ziemlich sicher, sie ist auf genau dieselbe generische Diagnose gekommen, die alle anderen vor ihr auch schon gestellt haben: »Connor Ledger ist in der Lage, vernünftige und verantwortungsvolle Entscheidungen zu treffen, aber ihm fehlt es aufgrund seiner Verlustängste an Selbstvertrauen.«

Am Ende hat sie mich noch gefragt, ob ich einen neuen Termin ausmachen wolle. Am liebsten wäre ich aufgesprungen und hätte meinen Stuhl durchs Fenster geworfen, so verzweifelt war ich. Stattdessen habe ich höflich abgelehnt und ihr versprochen, dass ich mich »bessern« würde. Auch wenn ich keine Ahnung habe, was ich mit »bessern« gemeint habe, aber sie schien zufrieden damit.

Mein Auto ist das einzige, das noch auf dem Schülerparkplatz steht. Inzwischen weiß jede Person hier, wem der Wagen gehört; daher gibt es eigentlich absolut keinen Grund mehr, mich dafür zu schämen. Und auch wenn ich dieses Gefühl nicht immer unterdrücken kann, im Moment ist es mir scheißegal, meine Nerven sind alle aufgebraucht.

Auf halbem Weg zu meinem Auto ruft mich jemand zurück: »Hey!« Ich nehme an, dass es Miss Turner ist, aber sie ist es nicht.

Es ist Ava.

Sie steht ein paar Schritte entfernt und hat die Finger in die Träger ihrer Tasche gekrallt. Ich bleibe stehen und beobachte, wie sie näher kommt. Und ich meine »beobachten« im wahrsten Sinne des Wortes; ich verfolge jede ihrer Bewegungen, denn egal, wie sehr sie mich auch verabscheut, ich fühle mich trotzdem irgendwie zu ihr hingezogen. Dieses Gefühl lässt sich einfach nicht abschütteln, und vielleicht …

Vielleicht hat Rhys recht. Denn egal, wie sehr ich versucht habe, es zu leugnen, das, was Ava gesagt hat, ist mir auf eine Art und Weise unter die Haut gegangen, die ich nicht wirklich verstehe.

»Ist das dein Auto?«, fragt sie und wirft einen Blick auf die Schrottkarre hinter mir.

Habe ich gerade noch gedacht, dass es mir scheißegal wäre, wie mein Auto aussieht? Tja, jetzt nicht mehr. Es ist mir absolut gar nicht egal, und ich spüre, wie meine Wangen heiß werden.

»Ja.« Meine Stimme ist nur noch ein Flüstern. *Verflucht.* Ich räuspere mich. »Ja, das ist meins.«

»Cool …«

»Willst du …?«, fange ich an, während ich die allerletzten Reste an Selbstvertrauen zusammenkratze. »Ich meine, soll ich dich mitnehmen?«

Es ist eine Sache, im Unterricht neben Ava zu sitzen. Ava auf dem Beifahrersitz direkt neben mir zu haben? Das ist eine ganz andere Geschichte. Abgesehen von der Wegbeschreibung sagt sie kein Wort, aber ich höre jedes Geräusch. Jeden Atemzug, jedes trockene Schlucken, jede raschelnde Bewegung ihres Rocks auf ihren Oberschenkeln …

Und meine Augen? Meine Augen können sich nicht auf die Straße konzentrieren, weil sie zu beschäftigt damit sind, Ava aus ihren Winkeln aus anzusehen.

»Genau hier«, sagt sie irgendwann und reißt mich damit in die Realität zurück.

Ich halte etwas abrupt vor dem Diner am Straßenrand. Ava schaut aus dem Fenster, während sie unbewusst mit dem Zeigefinger an dem Ring an ihrem Daumen dreht. Der Ring ist viel zu groß für ihre schmalen, zarten Finger. Unwillkürlich frage ich mich, wem er gehört. Die Sonne spiegelt sich in dem leuchtend roten Stein, und als ich genauer hinsehe, erkenne ich die Wörter »United States«.

In dem Moment schließt Ava die Finger um den Daumen, sodass der Ring komplett verdeckt ist. Mit der anderen Hand greift sie in ihre Rocktasche und holt ihr Handy hervor. Ihr Daumen fliegt regelrecht über den Bildschirm, als sie eine Nachricht eintippt. Allerdings macht sie keinerlei Anstalten auszusteigen.

Nervös trommle ich mit den Fingern aufs Lenkrad.

»Musst du irgendwohin?«, fragt sie, ohne aufzusehen.

»Nein, schon okay.« Ich schlucke meine Nervosität hinunter. »Hör mal, wegen gestern …«, fange ich an. Ich warte kurz, ob sie darauf reagiert, doch als sie weiterhin schweigt, fahre ich fort: »Ich glaube, wir hatten einen schlechten Start. Ich hätte dich nicht so anfahren sollen, und ich … ähm … möchte mich entschuldigen.« *Geschafft.* Ich habe es gesagt. Kaum sind die Worte ausgesprochen, fällt der Druck von mir ab.

»Wir alle sagen mal Sachen, die wir nicht so meinen«, murmelt sie mit einem Schulterzucken. Ihre Worte sind genauso echt wie das vorsichtige Lächeln, das auf ihre Lippen tritt und bei dessen Anblick sich mein Magen zusammenzieht. »Das gilt auch für mich«, fügt sie hinzu. »Ich hätte das auch nicht sagen sollen.«

Ich beiße mir auf die Lippen, um mein Grinsen zu verbergen, bevor ich einen weiteren Schritt wage. »Also … *Freunde?*«

Sie dreht sich zu mir, und ihre Mundwinkel zucken leicht. »Ich bin eine schlechte Freundin.«

Ich lehne mich mit dem Rücken gegen die Tür, schenke ihr meine volle Aufmerksamkeit. »Um ehrlich zu sein, du könntest die absolut schlechteste Freundin der Welt sein, du wärst trotzdem die beste, die ich habe.«

Ihr Lächeln verblasst, und Sorge stiehlt sich in ihre Stimme. »Aber du hast doch das Team.«

Meine Augen weiten sich. *Erwischt.* Es hat keinen Sinn, weiter zu lügen. »Ich dachte, du hättest dir über mich keine Gedanken gemacht? Nicht mal eine Sekunde lang?«, necke ich sie daher.

»Nur, weil ich nicht zuhöre, heißt das nicht, dass die Leute nicht reden«, sagt sie schnell und ihre Wangen laufen rot an. Sie kneift die Augen zusammen und schüttelt den Kopf. Einmal, zweimal. »Egal«, sagt sie dann, während sie sichtlich nach Worten ringt. »Du bist ein gut aussehender Basketballer. Du brauchst keine Freunde, wenn du jedes Mädchen haben kannst.«

»Warte.« Ich setze mich aufrecht hin, mein Herz legt einen Gang zu. »Du denkst, ich sehe gut aus?«

Hastig verbirgt sie ihr ganzes Gesicht in ihren kleinen Händen. »Shit. Das ist nicht … Ich meine nicht … Ich wollte sagen … Ich muss los!«

Kapitel 9

AVA

Ich fliege praktisch aus Connors Auto und vorbei an Trevors Truck mit dem Aufkleber »*Knight Electrical*«. Als ich das Diner betrete, halte ich den Kopf gesenkt, suche jedoch mit den Augen nach Trevor. Beinahe sofort entdecke ich ihn an einer alten Jukebox, an der er gerade herumschraubt. Unauffällig fasse ich mir an die Wangen, um herauszufinden, ob sie sich irgendwie wärmer anfühlen – denn ich bin mir sicher, dass sie gerötet sind. Natürlich könnte ich den Leuten im Diner die Schuld geben, da sie mich alle anstarren, aber es liegt nicht an ihnen. Der *wahre* Grund ist gerade weggefahren, nachdem ich aus seinem Wagen geflüchtet bin, um meinen Fuß wieder aus dem Fettnäpfchen herauszuziehen. *Du bist ein gut aussehender Basketballer* … Gott! Was bin ich nur für eine Idiotin? Wer sagt denn so etwas?

Ich trete gegen Trevors Ferse, als ich bei ihm ankomme, und warte, bis er seinen Kopf hinter der Jukebox hervorzieht. Bei meinem Anblick weiten sich seine Augen, und ich tippe auf die unsichtbare Uhr an meinem Handgelenk. »Hast du mich vergessen?«

»Shit, Ava. Sorry. Ich hab's komplett verpeilt.«

Ich lasse meine Tasche fallen und setze mich auf die Bank neben seinem Werkzeugkasten. »Schon okay. Ich konnte mit einem muskulösen Kerl mitfahren, der beide Arme tätowiert hat und ein Frettchen namens Roger dabeihatte.«

Trevor verdreht die Augen. »Ich nehme an, er fährt einen Transporter mit verdunkelten Scheiben?«

»Ein Motorrad. Cooler Typ.«

Kopfschüttelnd wendet er sich wieder seiner Arbeit zu. »Wo war denn das Frettchen während der Fahrt?«

»In seiner Brusttasche. *Wo denn sonst?*«

Trevor gluckst amüsiert, während er nach einem anderen Werkzeug greift. »Ich bin hier fast fertig. Du kannst dir gern was zu trinken bestellen.«

»Nein, danke.«

Ein paar Minuten später reicht der Inhaber Trevor einen Scheck. Während wir nebeneinander zu seinem Truck laufen, stupst er mit der Schulter gegen meine. »Rate mal, was passiert ist.«

»Was?«

»Wir haben den Preston-Auftrag bekommen.«

»Trevor!«, rufe ich begeistert und bleibe mitten auf dem Gehweg stehen. »Ist das dein Ernst? Das ist ja großartig!« Lachend umarme ich ihn. Gott, genau so etwas haben wir gebraucht. Mal ganz abgesehen von dem zusätzlichen Einkommen haben wir genau das gebraucht: ein kleines Licht in der Dunkelheit.

Trevor erwidert meine Umarmung genauso enthusiastisch. Schließlich löst er sich wieder von mir. »Aber mal im Ernst, wie bist du hierhergekommen?«

»Irgendein Junge aus der Schule hat mich mitgenommen.«

»Irgendein Junge?«, fragt er mit hochgezogenen Augenbrauen.

Ich zucke mit den Schultern und versuche, möglichst gelassen zu bleiben. »Anscheinend bin ich jetzt seine neue beste Freundin.«

Seit Trevor die Neuigkeit verkündet hat, kann ich nicht mehr aufhören zu grinsen. Und er auch nicht.

»Also«, fange ich an, während ich in der Küche herumhantiere, als wäre das meine Aufgabe, »erzähl mir, wie ist es dazu gekommen?« Ich muss regelrecht gegen die laute Musik anschreien, die das bisschen Hoffnung, das wir haben, nach außen trägt.

Morgen können wir uns wieder Sorgen machen, uns nur von Ramen-Nudeln und Kartoffeln ernähren. Aber heute? Heute feiern wir. Mit einem Drei-Gänge-Menü aus Trevors Lieblingsgerichten. Eigentlich hätte er das jeden Tag verdient, aber wir waren bisher nie wirklich in einer Situation, in der wir uns keine Gedanken um Geld machen mussten.

Trevor sitzt am Küchentresen und lässt seine Beine hin und her baumeln, während er den Kuchenteig, den ich gerade gemacht habe, von einem Holzlöffel schleckt. »Der Elektriker, den sie bisher hatten, ist in Rente gegangen. Deshalb haben sie jemand Neuen gesucht. Also hab ich mich beworben, mich bei Tom Preston vorgestellt, ihm von unserer Situation erzählt …«

»Du hast unsere rührselige Geschichte erzählt, um einen Auftrag zu bekommen?«

Trevor zieht eine Braue hoch. »Ich habe getan, was getan werden musste, Ava. Dieser Auftrag gibt uns ein klitzekleines bisschen mehr Luft zum Atmen – und das können wir im Moment echt gut gebrauchen.«

»Oh, ich weiß«, versichere ich ihm. »Ich mache dir keine Vorwürfe. Wahrscheinlich hätte ich dasselbe getan.« Wahrscheinlich hätte ich sogar noch mehr auf die Tränendrüse gedrückt, wenn es uns diesen Auftrag garantiert hätte. Jeder in der Stadt weiß, dass Tom Preston ein weiches Herz hat, vor allem, wenn es um Familie geht.

Ich schiebe den Kuchen in den Ofen, bevor ich mich zu Trevor umdrehe. Auf seinen Lippen liegt ein dümmliches Grinsen. Es ist nicht schwer zu erraten, warum.

»Also …«, beginnt er mit singender Stimme, während er vor und zurück schaukelt. »Wer ist der Kerl?«

Ich drehe ihm wieder den Rücken zu und tue so, als müsste ich mich ganz aufs Salatschleudern konzentrieren. »Welcher Kerl?«

»Welcher Kerl?«, wiederholt er spöttisch. »Der Kerl, wegen dem du so durch den Wind bist, seit du ins Diner gekommen bist.«

»Pff.« Ungläubig sehe ich ihn an. »Wovon redest du?«

Er deutet auf mich. »Glaubst du wirklich, ich kenne dich nicht, Ava?«

Er hat recht. Er kennt mich. Und das viel zu gut. Schnaubend werfe ich ihm ein Salatblatt an den Kopf, aber er duckt sich einfach. Und natürlich macht er sich nicht die Mühe, es aufzuheben.

»Also?«, bohrt er nach.

»Glaub mir, es gibt keinen Kerl. Und selbst wenn ich an jemandem interessiert wäre, kann ich nicht einfach …«

»Natürlich kannst du.«

»Kann ich was?«

»Mit jemandem ausgehen.«

»Nein.« Ich schüttle den Kopf.

»Warum nicht?«

»Weil«, blaffe ich ihn an. Auch wenn ich weiß, dass er mich nur ärgern will, kann ich das klitzekleine Gefühl der echten Enttäuschung, das sich in meinem Magen breitmacht, nicht ignorieren. »Weil ich die unzuverlässigste Freundin der Welt wäre, deshalb.«

Unwillkürlich vergleiche ich mich mit all den Mädchen, die Connor problemlos haben könnte. Ich meine, der Kerl ist ein Gott. Und zum wiederholten Mal frage ich mich, warum er mir vorher noch nicht *so* aufgefallen ist. Klar, ich habe es vermieden, ihn anzusehen, habe ihn nicht weiter beachtet, aber eigentlich ist seine Gegenwart schwer zu ignorieren. Weit über eins achtzig groß, Augen so blau wie das Meer. Seine Haare – diese ungewollt perfekt verstrubbelten Haare –, die so liegen, dass klar ist, dass er immer wieder mit seinen Fingern hindurchfährt. Sein Körper … Gott, es ist ein Wunder, dass die Mädchen an der Schule ihn noch nicht mit Haut und Haaren verschlungen haben. Und dann erst seine Grübchen … Ich wusste nicht mal, dass er welche hat, bis ich in seinem Auto mitgefahren bin. Aber ich glaube, was mich am meisten an ihm fasziniert hat, ist die Art und Weise, wie ihm das Blut in die Wangen gekrochen ist und seine Augen aufgeleuchtet haben, als mir rausgerutscht ist, dass ich ihn gut aussehend finde. Ich meine, das muss er doch wissen, oder? Wenn er seinem Spiegelbild schon nicht glaubt, gibt es immerhin noch genug Mädchen und bestimmt sogar Jungs, die es ihm sagen würden.

Als ich das letzte Auto auf dem Parkplatz gesehen habe, habe ich zwei und zwei zusammengezählt und angenommen, dass es seins ist. Irgendwie habe ich es sogar gehofft. Ich habe mir vorgestellt, wie es wäre, neben jemandem zu sitzen, der (hoffentlich) nichts über mich oder meine Vergangenheit weiß oder darüber, wie es dazu gekommen ist. Es hat sich wie ein Segen angefühlt. Zumindest, bis ich tatsächlich neben ihm saß, in diesem engen Wagen, ohne Möglichkeit, ihm zu entkommen. Bis ich nicht länger ignorieren konnte, wie gut seine Arme unter den aufgekrempelten Ärmeln aussahen oder wie sich seine großen Hände um das Lenkrad legten. Und ich konnte definitiv nicht ignorieren, wie sein Blick von der Straße zu mir gehuscht ist, zu meinen Beinen, und – aaaaargh!

Es ist so sinnlos. Dumm sogar.

»Nein, Ava«, sagt Trevor, während er vom Küchentresen hüpft und mich damit aus meinen Gedanken reißt. Ich kann das Mitleid quer durch die Küche spüren. »Du wärst nicht die unzuverlässigste Freundin der Welt. Du wärst eine großartige Freundin, weil du ein großartiges Mädchen bist. Du musst nur …«

»Ich muss nur was?«, unterbreche ich ihn. »Ich muss nur ein paar freie Stunden in der Woche finden, um genug Zeit zu haben, mit jemandem abzuhängen, auf Dates zu gehen …? Nein. Das würde nicht funktionieren. Und ich will das auch nicht.«

Trevor mustert mich skeptisch. Eine Sekunde, zwei. Dann nickt er langsam, als würde er sich nicht trauen, noch mehr zu sagen.

Ich lege ihm die Hand an den Rücken und schiebe ihn Richtung Wohnzimmer. »Gehst du bitte und entspannst dich? Lass mich zur Abwechslung auch mal etwas tun.«

Seufzend gibt er nach. Er holt sich noch ein Bier aus dem Kühlschrank, bevor er ins Wohnzimmer geht.

Wenig später essen wir gemeinsam am Tisch, nur Trevor und ich. Wir lachen, wir reden und wir sind wieder diejenigen, die wir »davor« waren. Bevor die Ungewissheit und Verantwortung über uns hereingebrochen ist und uns eine Welle der Hoffnungslosigkeit und Verzweiflung nach der anderen überrollt hat. Wir sind wieder Menschen, die von Hoffnungen erfüllt sind und Träume von der Zukunft träumen – auch wenn sie noch so klein und unwahrscheinlich sind.

Als wir nach dem Essen gemeinsam an der Spüle den Abwasch machen, schaue ich immer wieder aus dem Fenster und beobachte die Glühwürmchen, die auf ihrer Suche nach Freiheit wie Feuerfunken herumfliegen.

»Sie werden bald weg sein«, murmle ich und deute auf die Käfer. »Sie sind wunderschön.«

Schweigend sieht Trevor nach draußen. Dann legt er seine Hand auf meine Schulter und drückt mir einen Kuss auf die Schläfe.

»Ich bin froh, dass sie dieses Jahr hier war, um sie zu sehen, Ava. Dass wir alle hier waren.«

Trevor ist auf der Couch eingeschlafen, seine Hände liegen auf der Brust, während er gleichmäßig atmet. Obwohl seine Augen geschlossen und seine Muskeln entspannt sind, sind seine Brauen zusammengekniffen, als würden ihn die Sorgen nie wirklich loslassen. Auf dem Wohnzimmertisch liegen mehrere Elektropläne herum, sein Laptop inmitten des ganzen Chaos. Ich will ihn gerade zuklappen, als mir das Foto auf dem Bildschirm auffällt. Es zeigt seine Ex-Freundin Amy, Arm in Arm mit einem anderen Kerl. Sie lächelt, als hätte es zwischen ihr und Trevor nie Liebeskummer und Trennungsschmerz gegeben.

Mein Blick wandert zu Trevor, zu den Sorgenfalten, die sein junges Gesicht zeichnen, und etwas in meiner Brust zieht sich zusammen. Meine Augen beginnen zu brennen. Schnell presse ich mir die Hand auf den Mund, sodass mein Schluchzer ihn nicht weckt.

Trevor war gerade mal zwei Wochen auf dem College, als er und Amy zusammengekommen sind. Wenn ich an der Existenz der wahren Liebe gezweifelt habe, bin ich zu ihnen gegangen. Wenn mein vierzehnjähriges Ich das Leben infrage gestellt hat, bin ich zu ihnen gegangen. Nicht nur zu einem von ihnen, sondern zu beiden. Sie waren ein Team, eine Festung; ihre Liebe war so stark, dass ich niemals gedacht hätte, etwas könnte sie zerstören. Aber ich habe mich geirrt. *Ich* habe sie zerstört. Ich erinnere mich noch genau daran, wie ich Trevors Telefonat mit Amy belauscht habe – er hier und sie in Texas – und wie er mit den Worten gekämpft hat. »Ich kann nicht zurückkommen«, hat er ihr gesagt. »Und ich kann auch nicht erwarten, dass du bei mir bleibst.« An diesem Abend habe ich heulend in meinem Zimmer gesessen. Immer wieder sind die Tränen gekommen. Hoffnungslosigkeit hat mich erfüllt, drohte mich zu erdrücken.

Als mein Blick auf die leeren Bierflaschen auf dem Boden fällt, versuche ich, mich zusammenzureißen, meine Gefühle unter Kontrolle zu kriegen. Sie zu *bezwingen.* Tränen laufen mir über die Wangen, während ich ein weiteres Schluchzen unterdrücke. Doch es gelingt mir nicht. Ich kann es nicht länger zurückhalten, bin nicht so stark wie meine Mutter.

In dem Moment wacht Trevor auf, und als er meinen Kummer bemerkt, setzt er sich sofort auf. »Hey«, sagt er sanft und legt die Arme wie einen Schild um mich. Er ist mein Beschützer. Immer. »Ava, schon gut. Was ist passiert?«

Schluchzend drücke ich mich an seine Brust; Tränen des Selbsthasses laufen mir übers Gesicht und durchnässen sein T-Shirt. Ich bringe keinen Ton heraus, bringe die Worte einfach nicht über meine Lippen.

Reue.

Bedauern.

Schuld.

Er hält mich fest – Trevor Knight, mein persönlicher *Ritter* –, und ich versuche, mich daran zu erinnern, warum ich damals ausgerechnet ihn angerufen habe. Warum ich es im dunkelsten und schrecklichsten Moment meines Lebens nicht geschafft habe, mein Bedürfnis nach Trevors Nähe – oder nach irgendjemandem – zu unterdrücken, nur damit ich das Ganze hier nicht allein durchstehen muss. Sein Vater hatte uns schon ein Jahr vorher sitzen lassen, und seitdem hatte Trevor alle paar Tage angerufen, um zu fragen, wie es mir geht – und das, obwohl es dafür gar keinen wirklichen Grund gab. Wenn ich jetzt zurückdenke, an den Puls, der nur noch schwach unter meinen Fingern gepocht hat, an all das Blut, das sogar auf dem Bildschirm meines Handys war und es unmöglich machte, etwas zu erkennen – als wären die Tränen, als wäre die Szene vor mir noch nicht Grund genug, die Augen zu schließen … Wenn ich jetzt zurückdenke, weiß ich, dass ich den Notruf hätte wählen sollen.

Stattdessen habe ich Trevor angerufen. Ich habe ihm keine andere Wahl gelassen, als nach Hause zu kommen und die Last auf sich zu nehmen, die eigentlich sein Vater hätte tragen müssen. Aber im Gegensatz zu ihm ist Trevor geblieben.

Denn für Trevor ist *Liebe* Grund genug.

Liebe ist für ihn alles.

Darum ist *er* der Sieger.

Das ist er tatsächlich.

Kapitel 10

AVA

In meiner Schreibtischschublade lebt ein Scheck.

Ein Scheck über einen sechsstelligen Betrag.

Unterschrieben von Peter Parker.

Die Summe reicht, um meiner Mom einen Platz in einem Behandlungszentrum zu ermöglichen.

In meinen Gedanken

frage ich mich, wie es wäre, wenn wir uns nicht mehr so viele Sorgen machen müssten.

In meinem Herzen

versuche ich mir vorzustellen, wie es sich anfühlen würde, sie auf diese Weise *aufzugeben.*

Der Scheck ist auf meinen Namen ausgestellt.

Ich kann mich um dich kümmern, Ava,

hat Peter gesagt.

Aber es ist unser kleines Geheimnis.

In meinen Gedanken

frage ich mich, warum er den Scheck nicht Trevor angeboten hat.

Doch in meinem Herzen

weiß ich es bereits.

In meiner Schreibtischschublade lebt ein Foto.

Mom und ich, umgeben von Glühwürmchen.
Wenn die Welt am dunkelsten ist,
das ist die Zeit, in der die Magie erscheint,
hat meine Mom immer gesagt.
In meinen Gedanken
frage ich mich, ob der Scheck eine Art von Magie ist.
Aber in meinem Herzen
glaube ich daran, dass *Hoffnung* den Magier erschafft.

Kapitel 11

CONNOR

Während des Trainings bin ich in Bestform. Jeder Wurf, jeder Spielzug, jede Bewegung meiner Beine ist perfekt. Ich habe mein altes Ich wiedergefunden – oder mein *neues* Ich, wie meine Teamkollegen sagen würden. Und dann kommt *sie* in die Halle, und ich vergesse, wer ich bin und warum ich hier bin.

Dieses Mädchen hat irgendetwas an sich. Obwohl sie wie alle anderen auch nur ihren Schulblazer, die knöchelhohen Strümpfe und den knielangen Rock trägt, ist ihr deutlich anzusehen, dass sie einen Teil ihrer Schönheit verbergen will, während andere Mädchen alles dafür geben, diese Dinge so gut wie möglich hervorzuheben.

Ich starre sie an.

»Ledger!«, ruft jemand einen Sekundenbruchteil bevor der Ball mich am Kopf trifft und damit das letzte bisschen Verstand, das ich noch habe, k. o. schlägt.

Um nicht noch mal getroffen zu werden, mache ich eine Pause und gehe zur Bank, um etwas zu trinken.

Dabei starre ich sie immer noch an.

Ich kann einfach nicht *nicht* hinsehen.

»Wie läuft's zwischen euch?«, fragt Rhys und nickt in Avas Richtung, als er sich neben mich fallen lässt.

Sie geht gerade in eine Ecke der Halle und hebt einen Rucksack auf, von dem ich nicht mal wusste, dass er da war. »Hm?«

»Du sabberst«, sagt er lachend und reicht mir ein Handtuch.

Ohne auf seine Bemerkung zu reagieren, wische ich mir über den Mund.

»Sie hat mir erzählt, dass du sie gestern im Auto mitgenommen hast«, fügt Rhys hinzu, während er sich bückt, um seine Schnürsenkel zu binden.

»Hat sie?« Das heißt, Rhys und Ava sind befreundet. Gut zu wissen. Ich räuspere mich und versuche, nicht allzu … neugierig zu klingen. »Was …? Ich meine, was hat sie sonst noch über mich gesagt?«

Rhys prustet laut los. Nachdem er sich wieder gefasst hat, steht er kopfschüttelnd auf, sieht zwischen Ava und mir hin und her, bevor er mir die Hand auf die Schulter legt. Die Geste bedeutet eindeutig: *Du armer, bedauernswerter kleiner Junge.* Aber seine Worte … seine Worte treffen mich viel mehr: »Sie hat gesagt, sie fühlt sich in deiner Gegenwart unwohl.«

Die erste Stunde, die ich an dieser Schule hatte, war Psychologie gewesen. Nachdem ich alles, was ich für die Anmeldung brauchte, im Sekretariat abgegeben hatte, war ich spät dran gewesen. Es war nur eine Minute, aber es hatte gereicht, um meine Nervosität zum Überlaufen zu bringen. Als ich schließlich das Klassenzimmer betreten habe, gab es nur noch einen freien Tisch mit zwei Stühlen, also nahm ich, was ich kriegen konnte. Einige Schüler haben mich beobachtet, als ich zwischen den Reihen hindurchgegangen bin, aber niemand hat etwas gesagt. Zum Glück. Und ein paar Minuten später ist Ava reingekommen. Am Anfang dachte ich noch, sie wäre vielleicht auch neu, aber ich hatte sie nicht im Sekretariat gesehen, und so, wie unser Lehrer mit ihr gesprochen hat, war schnell klar gewesen, dass sie einfach spät dran war.

Nun laufe ich zu demselben Klassenzimmer und wünschte, ich wäre wieder zu spät. Oder besser, ich wünschte, ich könnte im Boden versinken. Leider fällt mir keine Ausrede oder eine plötzlich auftretende chronische Krankheit ein, die mich für den Rest des Schuljahrs vom Unterricht befreien könnte; also greife ich nach der Tür, die mir jemand aufhält, und betrete den Raum.

Sie sitzt bereits an ihrem Platz, das Psychologiebuch vor sich auf dem Tisch, und starrt ins Nichts. *Typisch Ava* eben, zumindest, soweit ich das beurteilen kann. Betont langsam durchquere ich den Raum, aber offenbar bin ich nicht langsam genug, denn plötzlich stehe ich neben ihr. Mein Stuhl schabt über den Boden, als ich ihn zurückziehe, woraufhin Ava aufschaut und sofort wieder wegsieht.

Ich räuspere mich, bevor ich mit leiser Stimme frage: »Ist es okay, wenn ich hier sitze?«

Ihr Blick findet meinen, hält ihn gefangen. Ihre Lippen verziehen sich zu einem mitleidigen Lächeln, das auch eine Spur von Abneigung enthält, da bin ich mir sicher.

»Natürlich«, murmelt sie. »Warum sollte es das nicht sein?«

»Ich weiß nicht«, erwidere ich, während ich mich setze. »Das Letzte, was ich will, ist, dass du dich *unwohl* fühlst.«

Sie stößt einen Laut aus, eine Art Quietschen, bevor sie sich zu der Person hinter uns umdreht.

Rhys.

Ihre Augen sind groß, als sie ihn kopfschüttelnd ansieht.

Doch Rhys lacht nur. *Arschloch.*

Und ich?

Ich verbringe den Rest des Tages im Typisch-Ava-Modus.

Kapitel 12

AVA

»Ihre Noten sind großartig, Ava. Seit Sie hier sind, halten Sie Ihren hohen Schnitt. Es gibt viele Colleges, die sich glücklich schätzen würden, Sie aufzunehmen«, sagt Miss Turner, auf deren Schreibtisch unzählige Kataloge liegen. »University of North Carolina, Duke, North Carolina State. Ich nehme an, Sie wollen unter den gegebenen Umständen in der Nähe bleiben?«

Sie hat nur zur Hälfte recht. Ich werde auf jeden Fall hierbleiben; ich werde nur nicht auf ein College gehen – sehr zu Trevors Missfallen.

Das sage ich ihr natürlich nicht. Stattdessen nicke ich nur, während ich die Minuten zähle. Ich will hier keine Sekunde länger sein als nötig. Ich will früh genug zu Psychologie kommen, um noch kurz mit Connor zu reden – falls er mir überhaupt zuhört.

»Wissen Sie schon, wo Sie sich bewerben wollen?«

Eine Minute noch, bis es zur ersten Stunde klingelt.

»Überall«, sage ich schnell.

»Das ist großartig, Ava.« Miss Turner strahlt mich an. »Ich bin so froh, dass Sie …«

»Ich muss los«, unterbreche ich sie und stehe auf. »Ich muss noch etwas erledigen.«

Als ich das Klassenzimmer betrete, sitzt Connor bereits auf seinem Platz. Er hat den Kopf auf den Tisch gelegt, seine Arme dienen ihm als Kissen, und er strahlt eine Art Hoffnungslosigkeit aus.

Ein schweres Gefühl macht sich in mir breit. Es ist so stark, dass ich wie paralysiert stehen bleibe. Meine Mitschüler laufen an mir vorbei, rempeln mich an, ohne sich dafür zu entschuldigen. Ich zwinge mich, auf Connor zuzugehen.

»Hey«, flüstere ich, als ich neben ihm stehe.

Müde und mit gequältem Gesichtsausdruck sieht er zu mir hoch. Eine Sekunde, zwei. Dann lässt er den Kopf wieder auf seine Arme sinken.

Das Herz rutscht mir sozusagen in die Hose.

»Setzen Sie sich, Ava«, sagt Mr McCallister, als er den Raum betritt. »Connor, sind Sie bei uns?«

»Leider«, murmelt Connor, richtet sich aber langsam auf.

Mr McCallister wartet, bis auch der Rest der Klasse Platz genommen hat. »Heute ist Ihr Glückstag«, verkündet er, sobald alle verstummt sind. »Mein Laptop hat den Geist aufgegeben, das heißt, Sie werden die Stunde nutzen, um mit Ihrem Aufsatz über angeborene versus anerzogene Faktoren in der Entwicklung zu beginnen. Und da das Wetter so schön ist, können Sie sogar rausgehen und arbeiten, wo immer Sie wollen. Sofern es Sinn ergibt.«

Aufgeregtes Getuschel erfüllt den Raum.

Neben mir stöhnt Connor genervt auf. »O Gott, nein.«

Schweigend und beinahe widerwillig folgt Connor mir. Seine Füße bewegen sich nur schleppend, während er, den Rucksack in einer Hand, einen Basketball in der anderen, hinter mir herläuft.

Ich führe ihn in die Sporthalle.

»Hier?«, fragt Connor und läuft zum Mittelkreis. »Du willst *hier* arbeiten?«

Ich zucke mit den Schultern. »Ich dachte, hier fühlst du dich am wohlsten.«

Er stellt seinen Rucksack auf den Boden und lässt den Blick durch die Halle wandern: von den Meisterschaftsflaggen, die von der Decke hängen, bis zu den Trikots zurückgetretener Spieler an den Wänden.

Ich versuche es mit Small Talk. »Das erste Spiel der Saison ist in ein paar Wochen, oder?«

Connor sieht mich schief an, dann seufzt er tief auf.

Unwillkürlich fällt mein Blick auf seine muskulöse, breite Brust, auf seine starken Schultern. Einen Moment lang beobachte ich fasziniert, wie sein T-Shirt bei jeder Bewegung leicht verrutscht, bevor ich schnell wegschaue. Hoffentlich bekommt er nicht mit, wie heiß sich meine Ohren, meine Wangen, mein ganzer Körper plötzlich anfühlen.

Ich räuspere mich verlegen. »Also, ich denke, wir sollten darüber reden ...«

»... wie wir das Projekt angehen«, unterbricht er mich.

»... was Rhys gesagt hat«, beende ich meinen Satz.

Connor lässt den Ball auf dem Boden aufprallen und fängt ihn wieder auf, während er sich auf die Unterlippe beißt. »Also, das Projekt ...«, sagt er ausweichend. »Ich habe mir schon ein paar Notizen gemacht. Das sollte hoffentlich als Ausgangspunkt reichen.« Er greift in seinen Rucksack, zieht ein paar Blätter heraus und hält sie mir hin.

Okay.

Also.

Offensichtlich will er nicht darüber reden, was passiert ist, und ich komme so auch nicht wirklich weiter.

Entschlossen trete ich zu ihm in den Mittelkreis und nehme die Zettel entgegen. Während ich seine Notizen durchblättere, ohne sie wirklich zu lesen, sucht mein Gehirn verzweifelt nach einer Möglichkeit, die Sache zwischen uns zu klären. Ich muss irgendwie meine Schuldgefühle loswerden.

»Ich denke …«, fange ich stockend an. Es ist, als wären wir wieder in seinem Auto. Als wären wir uns wieder nahe. Fast schon *zu* nahe. Und es ist niemand hier außer uns beiden. »Ich denke …«, wiederhole ich, als mir spontan eine Idee kommt. Sie ist zwar egoistisch, aber auf diese Weise finde ich vielleicht einen Weg, wie ich Connor dazu bringe, dass er mir verzeiht. »Wir sollten die Arbeit etwas abwandeln, ihr unseren eigenen Stempel aufdrücken.«

»Wie?«, fragt er, und als ich aufschaue, merke ich, dass er mich beobachtet. Eine Sekunde später senkt er den Blick und konzentriert sich wieder auf den Ball in seiner Hand.

»Ich dachte, wir könnten die Arbeit etwas persönlicher machen. Vielleicht mit einer richtigen Versuchsperson, anstatt nur online zu recherchieren. Dann ist es auch nicht dasselbe, was alle machen.«

Nachdenklich lässt er den Ball abermals auf dem Boden aufprallen, fängt ihn und wiederholt das Ganze. Immer wieder.

»Denkst du da an eine bestimmte Person?«

»Dich.«

Seine Augen weiten sich. »Mich?«

Ich nicke.

»Und was genau müsste ich tun?«

»Du musst mir alles über dich erzählen. Genetische Veranlagung versus Erziehung.«

Er weicht einen Schritt zurück und schüttelt entschieden den Kopf. Sein Kiefer ist angespannt, sein Blick dunkel, und es ist, als hätte er eine Mauer zwischen uns hochgezogen. Seine Reaktion kommt aus dem Nichts, sie ist allerdings ziemlich intensiv. Langsam schließt er die Augen, und seine dunklen Wimpern breiten sich fächerartig darunter aus. Als er die Augen wieder öffnet, sind alle Emotionen daraus verschwunden.

»Ich wäre keine gute Versuchsperson für dieses Projekt«, sagt er mit tonloser Stimme. »Du wärst besser geeignet.«

»Auf keinen Fall.« In Großbuchstaben. Auf gar keinen Fall werde ich freiwillig etwas über mich preisgeben.

Noch nicht.

Nicht ihm gegenüber.

»Okay, ich bin jedenfalls raus.«

»Aber …«

»Nichts aber, Ava. Ich werde nicht zum Versuchskaninchen«, sagt er bestimmt.

»Aber du brauchst gute Noten, oder? Um spielen zu können, meine ich. Das wäre die perfekte …«

»Ich sagte Nein!« Seine Stimme hallt so laut von den Wänden wider, dass Connor sich selbst davor erschrickt. »Lass es einfach gut sein«, fügt er etwas leiser, aber immer noch wütend hinzu.

Ich zucke zusammen. Ich hasse es, wenn jemand so mit mir redet. Mich anschreit. »Mann, was ist denn dein Problem?«, blaffe ich ihn an. »Ich versuche nur, dich besser kennenzulernen, und du …«

»Ja?«

»Du stellst dich quer.«

»Okay.« Connor stößt ein frustriertes Schnauben aus, bevor er einen Schritt auf mich zumacht. »Du wolltest es so. Ich kann nicht tun, was du von mir willst, weil ich absolut nichts über meine Mom weiß.« Bei den letzten Worten bricht seine Stimme.

Mein Atem stockt, und das Herz rutscht mir in die Hose. Beschämt senke ich den Blick. Am liebsten hätte ich mir selbst ein Loch gegraben, um mich darin zu verkriechen.

»Es tut mir so leid, Connor«, stammle ich. »Ist sie … ähm … ist sie gestorben oder …?«

»Nein«, sagt er leise. »Ich meine, ich weiß es nicht. Sie hat mich alleingelassen, als ich noch klein war.«

Ich blicke auf, direkt in seine Augen, die auf mich gerichtet sind. »Alleingelassen wie in ›Sie hat euch verlassen‹?«

Seine Lippen öffnen sich, aber es kommt kein Ton heraus. Abrupt atmet er ein, bevor er langsam wieder ausatmet. Sein Adamsapfel bewegt sich, als er hart schluckt. Dabei hält er die ganze Zeit Blickkontakt zu mir. Schließlich räuspert er sich. »Alleingelassen wie in ›Sie ist mit mir zum Flughafenparkplatz gefahren, an einem 37 Grad heißen Julitag, hat sich vergewissert, dass ich in meinem Kindersitz richtig angegurtet war, hat mich zum Abschied auf die Stirn geküsst und ist dann weggegangen‹. Sie ist einfach weggegangen und nie wiedergekommen. Also nein, Ava, sie hat mich nicht einfach ›verlassen‹. Sie hat mich verflucht noch mal aus ihrem Leben gestrichen.«

Kapitel 13

CONNOR

In meinen Ohren dröhnt das Geräusch des Balls, der vom Hartholzboden, vom Korbbrett, vom Korb abprallt. Immer wieder. *Bumm, bumm, bumm.* Meine Schuhe quietschen über den Boden. Die Muskeln in meinen Armen und Beinen, in meiner Brust brennen. Schweiß sammelt sich auf meiner Stirn, läuft mir übers Gesicht, aber ich kann nicht aufhören. Werde nicht aufhören. Ich gebe noch mehr. Es ist die einzige Möglichkeit, die Erinnerung zu verdrängen, zu verhindern, dass sie über mich hereinbricht.

Ich erinnere mich daran, dass ich auf meine Hände hinabgesehen habe, auf den Schweiß, der sich auf den zwei Spielzeugautos gesammelt hatte, die ich fest umklammerte. Lightning McQueen in meiner Rechten, Sally in meiner Linken. Ich nahm sie überallhin mit, sogar wenn ich schlief. »Du bist der Mittelpunkt meines Lebens, Connor. Vergiss das nie«, hat sie gesagt und mich auf die Stirn geküsst, während ich den Blick gesenkt hielt, auf meine dreijährigen Beine, die vor und zurück schwangen.

Ich erinnere mich an die Hitze.

Wie die Sonne durch die offene Tür schien, meine Haut wärmte …

Bis sie die Tür zwischen uns zuschlug.

Keine weiteren Worte.

Keine Warnung.

Ich habe zugesehen, wie sie wegging, Schritt für Schritt, bis sie zwischen den Autoreihen verschwunden war.

Minuten vergingen, und irgendwann habe ich angefangen, mir Sorgen zu machen.

Sie hatte mich noch nie alleingelassen, nicht so lange.

Ich habe immer weniger Luft bekommen.

Es war so heiß.

Ich habe frustriert gegen den Sitz vor mir getreten. Dabei habe ich Lightning fallen lassen.

Ich habe noch versucht, ihn wieder aufzuheben, aber mein Gurt war zu eng.

Viel zu eng.

Und so heiß.

In dem Moment sind mir die Tränen gekommen.

Ich erinnere mich daran, wie der Gurt in meine Haut geschnitten hat, während ich immer wieder versucht habe, das Spielzeugauto aufzuheben.

Ich habe mich gewunden.

Ich habe geschrien.

Ich erinnere mich, wie sich die Tränen auf meinen Handflächen angefühlt haben. Warm und nass.

Ich erinnere mich an die Spuren, die meine verzweifelten Handabdrücke auf dem Fenster hinterlassen haben.

Ich erinnere mich an den Schmerz in meiner Brust, das Brennen in meiner Kehle vom vielen Schreien. Nach meiner Mama. Immer wieder.

Mama! Mama! Mama!

Ich erinnere mich an die Hitze.

Gott, wie ich mich an die Hitze erinnere.

Wie ein Feuer, das mich innerlich verbrennt.

Ich erinnere mich an die stickige Luft in meiner Kehle.

Den Schweiß in meinen Augen.

Und ich erinnere mich an den exakten Moment, in dem mein Körper angefangen hat abzuschalten.

Nachzugeben.

Aufzugeben.

Ich erinnere mich, wie meine Augenlider schwerer wurden.

Meine Gliedmaßen schwächer.

Meine Angst größer.

Meine Verzweiflung stärker.

Ich erinnere mich an diese letzten Momente.

Die Welt war nur noch verschwommen.

Bevor sie von Dunkelheit verschluckt wurde.

Ich bin völlig benommen, als ich aus meiner Erinnerung auftauche. Meine Augen sind feucht. Erschöpft sehe ich zu, wie der Ball vom Boden abprallt und in Avas Armen landet. *Fuck.* Ich habe vollkommen vergessen, wo ich bin, und schlimmer: Ich habe vergessen, mit wem ich hier bin.

Kraftlos sacke ich zusammen, jeder Muskel in meinem Körper schreit nach einer Pause.

Aber ich bin nicht bereit.

Noch nicht.

Ich stütze mich mit einer Hand auf meinem Knie ab, um nicht umzukippen, und strecke die andere aus. »Gib mir den Ball, Ava.«

»Nein.«

Wütend knirsche ich mit den Zähnen. »Nicht jetzt, okay?«

Sie zuckt mit den Schultern. »Okay.«

Ich richte mich auf. »Dann gib mir den verdammten Ball.«

Doch sie versteckt ihn hinter ihrem Rücken. »Komm und hol ihn dir.«

Ich bin wirklich nicht in der Stimmung für solche Spielchen. Kopfschüttelnd sehe ich ihr in die Augen, mache ein paar Schritte auf sie zu, um ihr den Ball abzunehmen. Doch kaum bin ich in ihrer Nähe, wirft sie den Basketball von sich, und das Nächste, was ich bewusst wahrnehme, sind ihre Arme, die mich fest umschlingen, und ihre Nase und ihr warmer Atem an meiner Brust. Ich spüre, wie mein T-Shirt über meinem Oberkörper spannt, als sie mich noch fester drückt.

»Es tut mir so leid, Connor«, flüstert sie.

Alles in mir erstarrt.

Bricht.

Zersplittert.

Zittrig atme ich ein. Und wieder aus. Ich schließe die Augen, nehme diesen Moment ganz in mir auf. Genieße ihn. Nur für eine Sekunde.

»Wofür ist die Umarmung?«, frage ich schließlich.

Sie sieht zu mir auf, ihre Augen voller Kummer. »Es hat so ausgesehen, als könntest du das jetzt gut gebrauchen.«

Seufzend lege ich meine Hand an ihren Hinterkopf und halte sie fest. Ich habe in meinem Leben bereits alles Mögliche probiert und gehofft, dass es die Erinnerungen erträglicher machen könnte, aber die Berührung eines anderen Menschen und ein Augenblick voller Mitgefühl waren bisher nicht die Lösung. Bis jetzt. Vielleicht, weil mich noch nie zuvor jemand so einfühlsam in den Arm genommen hat. Oder vielleicht liegt es an ihr.

Als sie sich von mir lösen will, ziehe ich sie noch näher an mich. Halte sie fester. Denn ihre Berührung …

… ihre Berührung ist wie Feuer.

Nur dieses Mal,

ist es mir egal, wie heiß es brennt.

Kapitel 14

CONNOR

Dad wartet an der Tür auf mich, als ich nach Hause komme. Es ist jetzt ganze zwei Wochen her, seit wir uns länger als nur ein paar Minuten gesehen haben, da er meistens schläft, wenn ich von der Schule nach Hause komme, und sich für die Arbeit fertig macht, wenn ich ins Bett gehe.

»Kann ich Ihnen helfen?«, fragt er und drückt seine Hand auf meine Brust, um mich daran zu hindern, ins Haus zu gehen.

»Was?« Verwirrt sehe ich ihn an.

»Kennen wir uns? Ich meine, Sie sehen aus wie mein Sohn, aber es ist schon so lange her, dass ich ihn gesehen habe, dass ich mir nicht sicher bin.«

Lachend schlage ich seine Hand weg und dränge mich an ihm vorbei. »Hahaha. Du bist wohl über Nacht zum Comedian geworden.«

»Ich hab uns Pizza bestellt!«, ruft er mir nach, als ich schon auf dem Weg zu meinem Zimmer bin.

»Kann's kaum erwarten.«

Nachdem ich den Rucksack und den Basketball aufs Bett fallen gelassen habe, stöpsle ich mein Handy an die Lautsprecher und wähle ein Lied von Kendrick Lamar aus. In meiner Vorstellung bin ich James Harden, damals die Nummer 13 der Houston Rockets, und habe gerade in der Toyota Arena gegen die Brooklyn Nets einen unglaublichen Fadeaway-Sprungwurf versenkt. In diesem Match hat Harden nach seinem Punkt seine Hand wie eine Schüssel geformt und mit dem Zeigefinger der anderen so getan, als würde er darin rühren und Bewegung in die Sache beziehungsweise das Spiel bringen. Mit diesem Move feiert Harden alle seine Treffer. Ich mache es ihm nach, während die imaginären Zuschauer meinen Namen jubeln: *Led-ger! Led-ger! Led-ger!* Zufrieden halte ich die Hand an mein Ohr, um sie noch mehr anzuspornen. *Lauter! Lauter! Lauter!* Ich schließe die Augen, gebe mich ganz diesem Moment hin, erinnere mich an das Gefühl von Avas Körper an meinem. Erinnere mich daran, wie sie mir tief in die Augen gesehen hat. *Connor! Connor! Connor!*

Ein dümmliches Grinsen breitet sich über mein ganzes Gesicht aus.

»Connor!«

Überrascht reiße ich die Augen auf. In der Tür steht Dad, die Hand an der Klinke, und mustert mich mit schief gelegtem Kopf. Sein Blick wandert von mir zu den Lautsprechern und wieder zu mir zurück.

Ich schüttle den Kopf, während ich zu meinem Handy gehe und die Musik ausmache.

»Pizza ist da«, meint Dad nur.

Ich nicke und gehe wortlos an ihm vorbei in Richtung Küche.

»Sieht aus, als hättest du einen guten Tag gehabt.«

Ich zucke mit den Schultern. »Wie immer«, sage ich, bevor ich leicht verlegen hinzufüge: »Wie viel hast du gesehen?«

»Genug, um zu wissen, dass du es niemals schaffen wirst, dir einen so perfekten Bart wachsen zu lassen wie Harden.«

Nachdenklich reibe ich mir über das Kinn und frage mich – für einen ganz kurzen Moment –, ob Ava auf Bärte steht. »Ich könnte mir bestimmt einen Bart wachsen lassen.«

»Also …«, fängt Dad an, als er es sich auf dem Stuhl mir gegenüber bequem gemacht hat.

Ich nehme mir ein Stück Pizza und beiße die Hälfte davon ab. »Hmm?«, murmle ich mit vollem Mund.

Er wirft eine Serviette nach mir. »Also, erzähl mir alles. Wir hatten keine richtige Unterhaltung mehr, seit die Schule angefangen hat. Wie ist der Unterricht?«

Ich schlucke. »Gut.«

»Und das Team?«

»Auch gut.«

»Okay. Ich bin froh, dass wir darüber gesprochen haben«, sagt er scherzhaft und steht auf. Er öffnet den Kühlschrank und sucht nach etwas zu trinken.

Ich beobachte jede seiner Bewegungen, warte auf den richtigen Moment, ihm zu erzählen, was heute vorgefallen ist. Abgesehen von den Menschen, die an dem Tag dort waren, und Dads Eltern weiß niemand, was mir damals passiert ist. Bis Ava kam.

Ich versuche, das Thema langsam anzugehen. »Ich habe ein Mädchen kennengelernt …«

Seine Schultern verspannen sich. »Ach ja?«, sagt er, ohne sich zu mir umzudrehen.

»Ja.« Ich schlucke nervös. »Sie ist … ähm … sie ist in meinem Psychologiekurs. Wir arbeiten zusammen an einem Projekt.«

Er bewegt sich wieder. Gerade als ich denke, weitererzählen zu können, fragt er: »Psychologie? Wie ist das so?«

Ich ignoriere seine Frage, setze mich aufrechter hin. »Ihr Name ist Ava.«

»Okay.« Er dreht sich zu mir um, den Blick zu Boden gerichtet. »Aber vergiss nicht, wir müssen uns auf das Ziel konzentrieren, Connor.«

»*Wir?*«, frage ich wütend.

Er seufzt. »Du. Ich meinte, *du.*«

Schnaubend lasse ich mich in meinem Stuhl zurückfallen und werfe meine Serviette in den noch fast vollen Pizzakarton. Ich bin frustriert. Das ist offensichtlich. Dabei habe ich wirklich versucht zu verstehen, warum er sich so verhält. Warum er *allen* Frauen gegenüber so abgeneigt ist. Seit der Sache mit Mom hatte er kein Date mehr, er hat nicht mal mit einer Frau einfach so rumgemacht. In gewisser Weise kann ich das auch verstehen. Die einzige Frau, die er so sehr geliebt hat, dass er ein Kind mit ihr wollte, ist gegangen, hat nicht nur mich, sondern auch ihn zurückgelassen. Nur war er damals nicht direkt dabei gewesen. Im Gegensatz zu mir. Eigentlich sollte ich derjenige sein, der Frauen mit so viel Abneigung und Misstrauen begegnet. Denn, seien wir mal ehrlich, sosehr ich es auch hasse, daran zu denken: *Ihn* hat sie nur *verlassen.* Mich? Mich wollte sie *umbringen.* Und das ist verdammt schwer zu schlucken, egal, wie sehr ich es auch versuche. Ich atme tief durch und verdränge diesen Gedanken, vergrabe ihn ganz tief in mir. Wie immer.

»Das Ziel ist nicht in Gefahr«, sage ich mit gleichgültiger Miene. »Ich bin mir ziemlich sicher, dass sie kein Interesse an mir hat.«

Dad nickt. »Das ist wahrscheinlich am besten.«

»Wahrscheinlich«, murmle ich und stehe auf. Der Appetit ist mir vergangen. »Danke für die Pizza … und für das Gespräch.«

»Connor!«, ruft er mir hinterher, als ich schon fast an der Tür bin.

»Schon gut.«

Ich wusste schon vor Schulbeginn, dass ziemlich viel Arbeit auf mich zukommen wird. Ich dachte, ich wäre darauf vorbereitet. Aber da habe ich mich geirrt. Das Arbeitspensum ist verflucht hoch, was im Moment gerade noch machbar ist, aber sobald die Basketballsaison anfängt, werde ich wahrscheinlich auf Schlaf verzichten müssen. Das ist die einzige Möglichkeit. Die meisten meiner freien Abende verbringe ich damit, Spiele zu analysieren, mir Spielzüge einzuprägen und meine Hausaufgaben zu machen. Doch heute kann ich mich irgendwie auf nichts konzentrieren. Okay, auf nichts, außer auf das Mädchen, das es irgendwie geschafft hat, in meine Gedanken einzudringen. Ich weiß, es ist dumm, so sehr von ihr zu schwärmen, und ich bin auch nicht jemand, der ein Mädchen anmacht. *Und das werde ich auch nicht*, sage ich mir selbst.

Es sei denn …

Ohne vom Schreibtisch aufzustehen, greife ich in meinen Rucksack und hole die Mannschaftsmappe hervor. Auf der ersten Seite ist eine Liste mit Telefonnummern, unter anderem die der Trainer und Spieler. Mit dem Finger fahre ich suchend die Seite hinunter, bis ich die richtige Nummer habe. Ich starre auf den Namen, greife nach meinem Handy. Dann stehe ich auf. Laufe auf und ab. Versuche, mich selbst davon zu überzeugen, dass *bestimmt* auch James Harden solche Momente hatte.

Entschlossen tippe ich eine Nachricht.

Connor: Hey.

Rhys: Wer bist du?

Connor: Connor.

Rhys: Hey, Kumpel, was ist los?

Ich höre auf, auf und ab zu laufen.

Fange wieder an.

Lasse mein Telefon aufs Bett fallen.

Nehme es wieder in die Hand.

Kratze all meinen Mut zusammen.

Connor: Hast du Avas Nummer? Ich muss sie etwas wegen Psychologie fragen.

Sekunden vergehen.

Zehn Minuten.

Eine verdammte *Ewigkeit.*

Als er endlich antwortet, ist ihre Nummer angehängt, gefolgt von den Worten:

Rhys: Denk dran: Was immer sie tut, nimm es dir nicht zu sehr zu Herzen. Und was immer du tust, tu ihr ja nicht weh.

Connor: Danke?

Ich laufe wieder auf und ab. Denke – *laut* – über die erste Nachricht nach, die ich ihr schicke. »Hey … Hi, hier ist Connor … Hey, ich bin's, Connor … Yo … Yo, ich bin's Connor, aus der Schule …«

In dem Moment öffnet Dad ohne zu klopfen die Tür und unterbricht mein absurdes Gemurmel. »Alles okay?«

»Ja.«

Er schlägt mit der Hand an die Tür. »Ich bin dann mal weg …« Die Spannung von vorhin hängt noch zwischen uns.

»Okay.«

***

Connor: Hey, ich bin's, Connor. Aus Psychologie. Ich habe eine Idee für unser Projekt.

Sie antwortet so schnell, dass sich mein Magen regelrecht überschlägt.

Ava: Hi, Connor aus Psychologie ☺ Was für eine Idee?

Connor: Ich glaube, ich habe etwas gefunden, was uns von den anderen abhebt.

Ava: Erzähl mehr.

Connor: Serienmörder.

Ava: Alter!

Connor: Nicht? Zu abgedreht? Zu böse?

Ava: Das ist genial! Ich liebe True Crime.

Connor: Ich auch! Du solltest dir mal ein paar Podcasts reinziehen. Ich hör sie immer auf dem Schulweg.

Ava: Im Ernst? Ich auch. *Casefile* ist mein Lieblingspodcast.

Connor: Meiner auch! Und der Sprecher …

Ava: Mega.

Connor: Richtig gut.

Ava: LOL

Connor: Cool.

Ava: Cool.

Connor: Also.

Ava: Also …

Connor: Wie geht's dir?

Ava: Ach, du weißt schon. Ich lebe meinen Traum.

Connor: In Gold schwimmen.

Ava: In Gold schwimmen?

Connor: Weiß auch nicht. Ich versuche hier wirklich, cool zu klingen.

Ava: LOL. Was machst du gerade?

Connor: Hausaufgaben.

Ava: Soll ich aufhören zu schreiben?

Connor: Auf keinen Fall.

Connor: Moment.

Connor: Störe ich dich?

Ava: Nein. Ich mache auch nur Hausaufgaben. Könnte eine Pause gebrauchen.

Connor: Ja?

Ava: Ja.

Connor: Also.

Ava: Also.

Connor: Wir sind echt gut darin, uns zu unterhalten.

Ava: Richtig gut, nicht? Ich ... ich würde sogar sagen ... das ist Gold wert.

Connor: Ziehst du mich gerade auf?

Ava: Ein bisschen. Hass mich nicht.

Connor: Das könnte ich nicht mal, wenn ich's versuchen würde.

Ava: Sicher? Für einen Moment hast du mich bestimmt gehasst.

Connor: Wann?

Ava: Die Sache mit Rhys?

Connor: ...

Ava: Dass ich mich in deiner Gegenwart unwohl fühle ...

Connor: Ach so! Du meinst *die* Sache.

Ava: ...

Connor: Also, was genau hast du damit gemeint?

Ava: Das willst du nicht wissen.

Connor: Ich habe gefragt, oder?

Die drei Punkte auf meinem Bildschirm erscheinen, verschwinden. Erscheinen. Verschwinden. Meine Nervosität steigt und steigt, bis sie …

Ava: Also, zu den Serienmördern …

Kopfschüttelnd lese ich die Nachricht und muss grinsen.

Connor: Was ist dein zweiter Vorname, Ava?

Ava: Ich habe drei. Ava Elizabeth Diana.

Connor: Wie die Königsfamilie?

Ava: LOL. Ja. Meine Mutter war ein ziemlicher Fan. Und du, Connor? Was ist deiner?

Connor: Jordan.

Ava: Wie Michael? LOL. Hattest du dein Leben schon geplant, bevor du überhaupt geboren wurdest?

Connor: Ich würde gern Ja sagen, aber nein. Nur ein Zufall.

Ava: Verstehe.

Connor: Yep.

Ava: Also …

Connor: Also …

Ava: Ich sollte wieder Hausaufgaben machen.

Connor: Ja, ich wahrscheinlich auch.

Ava: Wir sehen uns in der Schule?

Connor: Yep.

Ich lasse mein Handy in die Schreibtischschublade fallen und schiebe sie entschlossen zu. Damit ich nicht in Versuchung komme. Ihr unsinnige Ein-Wort-Nachrichten zu schicken, ist das Zweitbeste, was ich gemacht habe, seit ich hierhergezogen bin. Das Beste war, als ich sie in meinem Auto mitgenommen habe.

Ich versuche, etwas zu essen.

Versuche zu lernen.

Versuche zu schlafen.

Aber nichts funktioniert.

Stunden vergehen, und ich bin immer noch hellwach, drehe mich unruhig hin und her, bis das Handy in meiner Schublade vibriert.

Eine Nachricht.

Ich starre in Richtung meines Telefons. Es könnte eine Nachricht von Dad sein, aber er ruft normalerweise an.

Es vibriert noch mal.

Und noch mal.

Hoffnung breitet sich in meiner Brust aus. *Bitte, lass es Ava sein.* Ohne aus dem Bett zu steigen, öffne ich die Schublade und hole mein Handy heraus.

Ava: Hey, ich hoffe, ich wecke dich nicht auf.

Ava: Ich musste nur gerade an dich denken … daran, was du mir heute erzählt hast. Und ich habe eine Frage. Du musst sie nicht beantworten.

Ava: Ich frage mich nur: Kannst du dich an irgendetwas erinnern … was dir damals passiert ist?

Die Frage ist schnell beantwortet, leicht formuliert. Denn ich gebe ihr dieselbe Antwort, die ich allen anderen auch gegeben habe:

Connor: Nein, ich erinnere mich an nichts.

Kapitel 15

AVA

Der Wecker klingelt viel zu früh; es ist gerade mal halb fünf.

Nach einer schnellen Dusche lese ich die Notizen durch, die Krystal, Moms Pflegerin, mir dagelassen hat. Sie ist immer montags bis freitags hier, von sieben Uhr morgens, bis ich von der Schule komme. Am Wochenende sind es nur Trevor und ich. Oder meistens nur ich. Trevor lässt mich nicht gern so viel mit Mom allein, aber er muss arbeiten, und ab und zu zwinge ich ihn dazu, auszugehen und auch mal wie ein normaler Zweiundzwanzigjähriger zu leben.

Wir können uns glücklich schätzen, dass er den Familienbetrieb übernehmen konnte, nachdem sein Dad uns sitzen lassen hat. Es hat auch nur ein paar Monate gedauert, bis er die Zulassung dafür bekommen hat. Hätte er mich gelassen, hätte ich die Schule geschmissen und wäre auch arbeiten gegangen, aber das war für ihn keine Option. Ihm ist meine Zukunft sehr wichtig; er will, dass wir weiterdenken als nur an den nächsten Tag.

Das Frühstück steht bereits auf dem Tisch, als Mom um Punkt fünf Uhr aus ihrem Schlafzimmer kommt. Und das ohne Wecker. Der jahrelange Militärdienst hat ihre innere Uhr perfekt konditioniert.

»Morgen«, begrüßt sie mich und gibt mir einen Kuss auf die

Wange. Während sie am Tisch Platz nimmt, richtet sie die Kapuze ihres Bademantels, um ihre Narben zu verdecken.

»Morgen, Mama. Hast du gut geschlafen?«, frage ich, obwohl ich die Antwort bereits kenne. Keine nächtlichen Schreie bedeuten keine Flashbacks oder Erinnerungen an den Albtraum, den sie durchgemacht hat, und darüber bin ich froh, immer, aber letzte Nacht sogar noch mehr, da ich selbst nicht schlafen konnte.

Meine Gedanken waren zu beschäftigt mit Connor.

Und mit mir.

Nicht mit Connor und mir.

Zumindest nicht auf diese Art.

Aber ich habe viel an ihn gedacht, den ganzen Tag und die ganze Nacht, bin in Gedanken immer wieder durchgegangen, was er mir erzählt hat.

Habe mich gefragt, ob sich andere Menschen auch so an traumatische Erlebnisse erinnern wie ich. So lebhaft, stark und intensiv. Als würde man es immer und immer wieder erleben. Vielleicht war er auch zu jung. Oder er hat es völlig verdrängt. Manchmal würde ich gern Mom fragen, ob sie sich an irgendetwas erinnert, aber ich habe Angst vor ihrer Antwort.

Manchmal habe ich auch Angst vor *ihr.*

»Ich habe geschlafen wie ein Baby«, antwortet sie, eine Scheibe Toastbrot in der Hand. Sie merkt, dass ich sie beobachte, und legt das Brot wieder auf den Teller. Mit ihrem gesunden Arm schiebt sie den Stuhl zurück und steht auf. »Ava?«, fragt sie mit tonloser Stimme.

Ich schlucke, unsicher, was sie als Nächstes tun wird. Sie bleibt vor mir stehen, ihr Blick schießt zwischen meinen Augen hin und her. »Ma?«, flüstere ich.

Sie legt den Kopf schief.

Meine Muskeln spannen sich an.

Ich wappne mich. Warte.

Von all den Wunden und Auswirkungen, die sie von ihrem »Unfall« davongetragen hat, sind es die, die niemand sehen kann, die am schwierigsten zu bewältigen sind. Während die ganze Stadt über ihre physischen Verletzungen entsetzt war, hat nicht ein Einziger jemals an die unsichtbaren Narben gedacht. Posttraumatische Belastungsstörung, Anpassungsstörung, Agoraphobie und Verlust des Kurzzeitgedächtnisses sind nur ein paar davon. Manchmal habe ich Angst, dass sie eines Tages aufwacht und nicht mehr weiß, wer ich bin, dass sie mich irgendwann einfach vergisst.

Mom lächelt. Der Anblick lässt mich erleichtert aufatmen und wärmt mich von innen.

»Du siehst so erschöpft aus«, sagt sie und legt ihre Hand auf meine Wange. »Aber du bist trotzdem unglaublich hübsch, Ava.«

Bitte, bitte vergiss mich nicht.

CONNOR

Die Sonne geht gerade erst auf, als ich mit meinem wöchentlichen Sechsmeilenlauf fertig bin. Schwer atmend drossle ich mein Tempo und jogge gemächlich in eine Sackgasse. Die Häuser sind alle gleich, aber jedes ist für sich genommen anders. Ist anders gepflegt. Unseres befindet sich am Ende der Straße; es ist eins der »schlichtesten«: ein einfaches Häuschen mit einer Tür in der Mitte, je einem Fenster zu beiden Seiten und einer vermoderten Veranda, die Dad und ich möglichst bald reparieren wollen.

Trevors Truck mit dem »*Knight Electrical*«-Aufkleber steht vor seinem Haus. Ich sollte ihn zum Abendessen einladen, wie Dad gesagt hat, aber als ich auf die Uhr sehe, verschiebe ich es auf später; es ist noch viel zu früh, um an Türen zu klopfen. Also gehe ich nach Hause, stelle mich unter die Dusche und setze mich dann auf die Couch; im Hintergrund läuft »Medical Detectives«. Eine Stunde vergeht, und alles, was ich in der Zeit getan habe, ist, meinen Nachrichtenverlauf mit Ava viel zu oft durchzulesen.

AVA

Eine der offensichtlichsten Auswirkungen von Moms »Unfall«, abgesehen von den körperlichen Verletzungen, ist die Artikulationsstörung. Sie spricht immer noch verständlich, zumindest für mich, aber durch das Trauma in ihrem Gehirn hat sie eine verwaschene und langsame Aussprache. Die Ärzte meinen, ihr Gehirn verarbeite alles normal, aber die Signale an ihren Mund seien noch etwas … undeutlich.

Mom übt gerade die deutliche Aussprache mithilfe von Karteikarten, die Krystal erstellt hat, während ich das Essen für die Woche vorbereite. Sie hat sich extrem verbessert, seit wir mit der Sprachtherapie begonnen haben, aber mir ist bewusst, wie frustrierend das für sie sein muss. Sie muss nicht nur eine Fähigkeit neu lernen, die sie schon erworben hat, als sie noch Windeln trug, sondern muss das alles auch noch vor *mir* machen. Ich denke, das ist für sie am allerschwierigsten. Ihr war es immer wichtig, für mich eine Mutter zu sein. Alles andere kam an zweiter Stelle – sogar die Marine. Für mich wird sie trotz allem immer die Frau sein, die mich in den Arm genommen hat, wenn ich mir ein Knie aufgeschürft habe, wenn eine Freundschaft zu Bruch gegangen ist oder mir jemand das Herz gebrochen hat. Sie wird immer diejenige sein, die mit mehr Geduld für mich da ist, als ich es verdiene. Das Mindeste, was ich tun kann, ist, dasselbe für sie zu tun.

CONNOR

»O Gott, mir ist so langweilig«, flüstere ich, während ich auf dem Rücken liegend den Ball zum zigsten Mal in die Luft werfe und wieder fange. Blind greife ich nach dem Handy unter meinem Kopfkissen.

Connor: Hey, gibt es eigentlich irgendwelche regelmäßigen Basketballspiele, bei denen ich mitmachen kann?

Es dauert fast zehn Minuten, bis er antwortet.

Rhys: Klar, Mann. Das Team spielt gerade eins.

Ich stocke, als ich die Nachricht lese. Ich lese sie noch mal und noch mal.

Rhys: Willst du mitmachen?

Connor: Das Team?? Danke für die Einladung.

Rhys: Willst du einen Löffel?

Connor: Was?

Rhys: Für die »Heul doch«-Suppe?

Connor: Ach, vergiss es.

Rhys: Das war ein Witz. Ernsthaft, willst du mitmachen?

Connor: Nein, danke.

AVA

Als das Handy in meiner Tasche vibriert, schaue ich schnell nach, wer geschrieben hat. Ich versuche, das Lächeln zu verbergen, als ich seinen Namen sehe.

Connor: Jeffrey Dahmer, Ted Bundy, Richard Ramírez.

Ava: Okay, ich nehme »Männer, mit denen ich *ums Verrecken* nichts zu tun haben will« für zweihundert, bitte.

Connor: Ah. Du bist also nicht nur hübsch. Du kannst auch witzig sein.

Mein dummes Herz setzt kurz aus und schlägt dann holpernd weiter. Schnell beiße ich mir auf die Lippe, damit sich mein Grinsen nicht übers ganze Gesicht zieht.

Ava: Du findest mich hübsch?

Connor: Natürlich. Aber Ted Bundy bestimmt auch, also …

Ava: Ich glaube, wir ersetzen Richard Ramírez durch Blanche Taylor Moore.

Connor: Wer ist das?

Ava: Eine Serienmörderin, die ihre Opfer über die Zeitung (aka Textnachrichten) kennengelernt hat. Sie hat ihnen Liebe versprochen (sagte ihnen, sie wären gut aussehend), und wenn ihre Opfer sie dann besuchten (um gemeinsam eine Psychologie-Arbeit zu schreiben), hat sie sie vergiftet, zerstückelt und auf ihrer Farm vergraben. Danach hat sie sich mit der Lebensversicherung und ihrem ganzen Geld ein schönes Leben gemacht.

Connor: Ha! Damit schießt du dir selbst ins Knie! Ich hab gar kein Geld ☹

Ich unterdrücke ein Lachen.

Ava: Was machst du an diesem schönen Tag, Connor?

Connor: Ich habe eine Reihe von Dates.

Ava: Hast du das?

Connor: Yep. Zuerst mit meinem Basketball, dann mit meinem Laptop und später, wenn ich noch Lust habe, mit einem Stück Pizza. Also nicht viel. Du?

Ava: So ziemlich dasselbe.

Connor: Du spielst Basketball?

Ava: Nicht mal ansatzweise. Aber ich kann eine ziemlich fiese Spirale werfen.

Connor: Du stehst auf Football?

Ava: Liegt in der Familie. Ich hab keine Wahl.

Connor: Okay.

»Hast du die Liste für mich?«, fragt Trevor und streckt ungeduldig die Hand aus.

Schnell lasse ich das Telefon fallen und ziehe die Einkaufsliste aus meiner Tasche, um sie ihm zu geben.

»Was ist mit deinem Gesicht?«

Ich fahre mit dem Handrücken über meine Wange: *heiß*.

Trevor grinst. »Schreibst du gerade mit *irgendeinem Jungen aus der Schule*?«

»Welcher Junge aus der Schule?«, fragt Mom von ihrem Platz auf der Couch.

Hastig schaue ich aus dem Fenster. »Es ist so ein schöner Tag«, sage ich ausweichend, auch wenn es wahr ist. Die Sonne scheint, die Blätter färben sich orange. Ich wäre in diesem Moment viel lieber da draußen als hier …

»Ist das der Typ, der …?«, fängt Trevor an.

Aber ich unterbreche ihn: »Bring ja nicht zu wenig Schokolade mit! Ich hab Krämpfe.«

»Verflucht, Ava, ich muss so was nicht wissen.« Er macht sich schnell auf den Weg, als hätte er Angst, sich sonst an Menstruation anzustecken.

»Es fließt ziemlich stark!«, rufe ich ihm noch hinterher. Als er hinter sich die Haustür zuschlägt, pruste ich laut los.

»Glaubst du nicht, dass er genug durchmacht?«, fragt Mom.

Ich zucke mit den Schultern. »Ich muss mir meinen Spaß dort holen, wo ich kann.« Dann drehe ich mich zu ihr, und mein Lächeln verblasst. »Meinst du, du könntest deine Prothese für eine Weile tragen? Nur ganz kurz?«

»Heute nicht, Ava.«

»Aber Krystal …«

»Nein.« Sie wendet sich von mir ab, sodass die Narben auf ihrem Gesicht deutlich zu sehen sind. »Wir hatten das Thema schon …«

»Aber …«

»Nichts ›aber‹. Er wird nicht nachwachsen. Es hat also keinen Sinn, so zu tun, als wäre er da, wenn er das nicht ist!« Abrupt springt sie auf und läuft in ihr Zimmer. Bevor sie die Tür zuknallt, murmelt sie: »Ich habe einen funktionierenden Arm. Das ist alles, was ich brauche.«

CONNOR

Dad und ich können zwar viel, aber handwerkliche Tätigkeiten gehören nicht dazu. Ich habe das ganze Haus samt Garage nach einem Maßband abgesucht und keins gefunden. Nun bin ich auf der Veranda und messe das Teil mit einem dreißig Zentimeter langen Lineal ab. Ein paar Kids, nicht älter als zehn, fahren auf ihren Fahrrädern vorbei. Bei ihrem Anblick überkommt mich ein Gefühl kindischer Eifersucht. Sie lassen ihre Räder fallen und fangen an, sich einen Football zuzuwerfen. Ich schaue hinüber zu Trevors Haus, aber sein Truck steht nicht davor. Als ich die Veranda fertig abgemessen habe, gehe ich wieder rein, mache YouTube an und verbringe die nächste Stunde damit, mir Videos von alten Männern anzusehen, die eine Veranda von Grund auf selbst bauen. Ich dachte, wir müssten nur die oberen Platten austauschen, aber anscheinend kann es auch der Unterbau sein, was bedeutet, dass ich vielleicht sogar unter die Veranda kriechen muss. Stöhnend stehe ich auf und zwinge mich, wieder rauszugehen, erstarre aber, als ich sehe, dass die Kids den Maschendrahtzaun vor Trevors Haus mit Klopapier umwickeln, während sie dabei hysterisch kichern. Dann bewundern sie ihr Meisterwerk.

»Hey!«, rufe ich, im selben Moment, in dem Trevors Truck quietschend zum Stehen kommt.

Er springt aus dem Wagen. »Verschwindet von hier!«, schreit er und jagt hinter den Kids her, jedoch viel langsamer, als er eigentlich rennen könnte.

Die Jungs eilen fluchend zu ihren Fahrrädern, während ich die Verandatreppe hinunterlaufe und neben Trevor auf dem Gehweg stehen bleibe.

»Was zum Teufel sollte das denn?«, frage ich und helfe ihm, das Klopapier vom Zaun zu entfernen.

Trevor schüttelt den Kopf. »Nur dumme Kids, die sich kindisch verhalten«, murmelt er und zieht an einem längeren Stück.

Ich mustere sein Gesicht, den angespannten Kiefer, die Frustration in seinen Brauen.

»Was war bei dir so los?«, fragt er. »Wie läuft es an der St. Luke?«

»So gut, wie man erwarten kann.« Ich reiche ihm das Klopapier, das ich eingesammelt habe. »Weißt du, wo man hier gut essen gehen kann?«

»Klar.« Er knüllt das Papier mit beiden Händen zu einem Ball zusammen. »Der beste Ort an einem Samstag ist der Sportpark. Dort gibt's eine Reihe von Foodtrucks. Da kannst du's dir dann aussuchen.«

»Sportpark?«

»Yeah, es gibt Schlagkäfige, Basketballfelder, manchmal stellen sie auch so einen Kletterfelsen auf. Ziemlich cool. Solltest du dir mal anschauen.«

Ich nicke. Dann überwinde ich meine Unbeholfenheit und frage: »Willst du mitkommen?«

Seine Augen weiten sich, und seine Lippen verziehen sich zu einem schiefen Grinsen. »Klar?«

Ich zucke mit den Schultern. »Geht auf mich.«

»Okay«, sagt er und deutet auf seinen Truck. »Lass mich nur schnell die Einkäufe reintragen.« Er drückt mir das Klopapier in die Hand. »Kümmerst du dich bitte darum?«

»Alles klar.«

Er holt ein paar Tüten aus seinem Truck, während ich den Müll entsorge. Als ich wieder auf dem Gehweg stehe, fällt mein Blick auf einen Zettel, den bestimmt die Kids an den Briefkasten geklebt haben: »Irrenhaus«. Ich schaue kurz zu dem Haus. Die Rollläden sind zwar offen, aber die Vorhänge verhindern, dass ich mehr darin erkennen kann.

Als Trevor zurückkommt, bemerkt er, dass ich auf den Zettel starre. Wortlos reißt er ihn ab und steckt ihn ein.

»Was wollen die damit erreichen?«, frage ich.

»Wie gesagt, dumme Kids …«

***

Der Sportpark ist mega; ich habe ihn in Gedanken schon zu meiner neuen Spielwiese erklärt. Und Trevor? Er ist ein cooler Typ, und ich würde ihn sogar als so etwas wie einen Freund betrachten. Ich habe herausgefunden, dass er bei seiner Stiefmutter und -schwester lebt und dass er am College Football gespielt hat. Nach einer Knieverletzung hat er aber damit aufgehört. Ich habe außerdem herausgefunden (auf die harte Tour), dass Trevor der geborene Sportler ist. Gib ihm einen Ball oder Schläger – es ist, als wäre er überall ein Naturtalent. Sogar auf dem Basketballfeld hat er mich fertiggemacht; er hätte mich sogar beinahe an die Wand gespielt, bis mir klar geworden ist, dass ich das Ganze viel lockerer sah als er. Daraufhin habe ich mehr Gas gegeben, habe hundert Prozent gegeben, und am Ende hat Trevor mir versichert, dass ich keine Probleme damit haben würde, an einem D-1-College angenommen zu werden. Damit hat er mir genau die Zuversicht gegeben, die ich gerade brauche.

Als wir nach Hause fahren, geht die Sonne bereits unter. Ich wäre noch länger geblieben, wenn Trevor nicht zurückgemusst hätte. Teufel noch mal, ich wäre sogar die ganze Nacht geblieben.

»Danke fürs Mitkommen«, sage ich, als wir wieder auf dem Gehweg stehen. »Es ist nicht besonders einfach, hier neue Freunde zu finden.«

Er lehnt sich mit dem Rücken gegen den Zaun, die Hände in den Hosentaschen. »Es wird besser. Du bist ein netter Kerl, hast das Herz am rechten Fleck.« Er wirft einen Blick zu seinem Haus. »Momentan sieht dich dein Team wahrscheinlich als Bedrohung, weil du gut bist, Connor. Und ich meine *richtig* gut. Die Menschen … haben nun mal Angst vor den Dingen, die sie nicht kennen.«

AVA

Ava: Schläfst du?

Connor: Es ist erst halb zehn. LOL

Ava: Hey, keine Ahnung. Kann doch sein. So viele Dreier sind ja bestimmt anstrengend.

Connor: Du denkst ziemlich schmutzig.

Connor: Gefällt mir.

Connor: Was geht bei dir?

Ava: Nichts. Ich recherchiere gerade zu den Serienmördern. Ist ein bisschen deprimierend.

Connor: Ich weiß. Ich musste nach einer Weile auch aufhören. Irgendwie schräg, dass uns das so interessiert.

Ava: Weil die Menschen Angst vor den Dingen haben, die sie nicht kennen.

Connor: Du bist schon die Zweite, die das heute zu mir sagt.

Ava: Wirklich? Seltsam. Aber ich glaube, deshalb interessiert es uns so sehr. Je mehr wir wissen, desto weniger Angst haben wir davor.

Connor: Das macht Sinn. Kein Wunder, dass du Psychologie belegt hast.

Ava: Warum hast *du* es belegt?

Connor: Um ehrlich zu sein, ich dachte, es würde einfach werden. Warum du?

Ava: Ich glaube, das ist etwas, woraus mehr werden könnte. Nicht unbedingt beruflich, aber … Ich weiß auch nicht. Es wäre schön, wenn ich den Menschen dabei helfen könnte, keinen schlechten Tag, sondern nur einen schlechten Augenblick zu haben.

Connor: Das … das ist eine tolle Einstellung, Ava. Wirklich.

Ava: Außerdem fasziniert mich der menschliche Verstand. Macht mich neugierig …

Connor: Oh, oh. Warum habe ich das Gefühl, dass diese drei Punkte eine Überleitung zu etwas anderem sind … etwas, was mit mir zu tun hat?

Ava: Weil es vielleicht so ist …

Meine Augen weiten sich, als Connors Name auf dem Display aufleuchtet. Räuspernd setze ich mich auf meinem Bett auf. »Hallo?«

»Ich dachte, es ist einfacher zu telefonieren, als zu schreiben.«

Seine Stimme … Ich habe nie zuvor auf sie geachtet, aber jetzt, da ich sie losgelöst von seinem Gesicht höre … will ich nichts anderes mehr hören. Heilige Scheiße. Tief und weich und so gefühlvoll … Er könnte problemlos einen Podcast über irgendein langweiliges Thema machen, und ich würde ihm trotzdem zuhören.

»Ava? Bist du da?«

»Ja.« Ich schlucke. »Ja, ich bin hier.«

Ein leises Lachen dringt verzerrt durch den Lautsprecher. »Also, was ist los? Was an mir macht dich neugierig?«

Ich zupfe an der Decke, die meine Beine bedeckt, und starre an die gegenüberliegende Wand, während ich versuche, meinen Mut zusammenzunehmen, die Worte auszusprechen …

»Es geht darum, was dir passiert ist.«

Er seufzt laut. »Das dachte ich mir schon. Ich meine, ich hatte gehofft, dass es das *nicht* ist. Aber gut.«

»Willst du nicht darüber reden?«, frage ich.

»Es geht nicht darum, dass ich nicht darüber reden *will.* Abgesehen von Psychologen und Therapeuten habe ich einfach noch nie mit jemandem darüber gesprochen.«

»Warte. Ich bin die erste *Normale,* der du davon erzählt hast?«

»Sieht so aus.«

»Aber warum mir?«

»Ich weiß es nicht, Ava«, sagt er seufzend. »Ich war so frustriert, da ist es einfach rausgerutscht.«

»Weil ich dich so gedrängt habe?«

»Ein bisschen.«

»Es tut mir leid.«

»Schon okay.«

Sekunden vergehen, in denen keiner von uns etwas sagt. Ich lausche seinen Atemzügen und frage mich, ob er dasselbe macht.

Schließlich bricht er das Schweigen: »Ich weiß nicht, was sie danach gemacht hat, falls es das ist, was du dich gefragt hast.«

Es war *genau* das, was ich mich gefragt hatte.

»Es gibt keinerlei Hinweise, dass sie in ein Flugzeug gestiegen ist«, fügt er hinzu. »Zumindest nicht unter ihrem Namen. Es gibt seitdem auch keinerlei Hinweise darauf, dass sie noch lebt.«

»Kannst du …?«, fange ich zögerlich an. »Kannst du dich daran erinnern, wann du aufgehört hast, auf sie zu warten?«

»Das Ganze ist passiert, als ich drei Jahre alt war. Das letzte Mal, dass Dad sie erwähnt hat, war, als ich in die dritte Klasse ging. Da haben wir dann vermutlich auch aufgehört, nach ihr zu suchen. Aber nicht nach ihr zu suchen und nicht mehr darauf zu *hoffen,* dass sie zurückkommt, sind zwei verschiedene Dinge.«

Am liebsten würde ich ihn auch noch fragen, wann er aufgehört hat zu hoffen, aber ich fürchte mich vor der Antwort. Ich komme nur durch den Tag, indem ich mich an die Hoffnung klammere; der Gedanke, sie zu verlieren, ist …

»Connor?«, flüstere ich.

»Ja?«

»Ich wollte nur sagen, dass es mir leidtut.«

»Was tut dir leid?«

»Alles. Aber hauptsächlich tut mir leid, was dir passiert ist. *Wie* es passiert ist und wie sich das für dich angefühlt haben muss. Ich glaube, das Einzige, was wir als Kinder wirklich brauchen, sind unsere Eltern. Aber mir tut auch deine Mom leid. Weil sie die gemeinsame Zeit mit dir verpasst hat.«

Kapitel 16

AVA

»Wo zum Teufel ist mein Geldbeutel?« Trevor läuft durchs Haus, als hätten wir alle Zeit der Welt.

»Hast du schon in der Hose nachgesehen, die du das letzte Mal getragen hast, als du ihn noch hattest?«, fragt Krystal.

»Ich weiß nicht mal, wann ich den Geldbeutel das letzte Mal benutzt habe«, murmelt er.

Ich lege meine Hand auf den Türknauf und drehe. »Beeil dich!«

»Ava!«, ruft Mom. »Gib ihm noch eine Minute.«

Trevor kommt mit drei verschiedenen Paar Jeans aus seinem Zimmer und tastet jede Tasche ab.

»Ich werde so was von zu spät kommen«, murmle ich.

Inzwischen sieht Trevor sogar hinter dem Fernseher nach, weil sein Geldbeutel *natürlich* dort sein wird.

»Warum musst du überhaupt so früh in der Schule sein?«, fragt er.

»Weil *jemand*«, sage ich, während ich ihn wütend anfunkle, »darauf bestanden hat, dass ich zum Seelenklempner gehe.«

»Ava«, rügt Krystal mich. »Wir benutzen dieses Wort hier nicht.«

»Sorry«, sage ich leise und senke den Blick. »Ich hab es nicht so gemeint.«

»Wo zum Teufel ist er?«, wiederholt Trevor genervt.

»Ich warte draußen«, verkünde ich, für den Fall, das jemand zuhört. Ich öffne die Tür.

Und erstarre.

Auf der Veranda steht Connor, eine Hand erhoben, als wolle er gerade anklopfen.

»Connor?«, krächze ich.

»Ava?« Er sieht genauso verwirrt aus, wie ich mich fühle.

»Was …?« Meine Stimme ist viel zu hoch und zu laut. Mein Herz schlägt wie verrückt. Ich räuspere mich. »Was machst du hier?«

In dem Moment tritt Trevor an meine Seite.

Wortlos hält Connor Trevors Geldbeutel hoch, während er mich immer noch unverwandt anschaut.

»Danke«, sagt Trevor und steckt den Geldbeutel erleichtert in seine Tasche. »Ich habe schon überall danach gesucht.«

»Du hast ihn in meinem Auto vergessen«, erklärt Connor, bevor er sich wieder mir zuwendet. »Was machst *du* hier?«

»Ich wohne hier.«

Trevor lacht. »Ich würde euch ja vorstellen, aber ihr kennt euch anscheinend schon.«

»Warte mal«, stammelt Connor. »Du *wohnst* hier?«

Trevor schiebt mich aus der Tür, als wäre er auf einmal derjenige, der es eilig hat. Ich schaffe es gerade noch, nicht gegen Connor zu stolpern, während Trevor hinter mir rasch die Tür schließt.

Ich könnte glatt an Connors T-Shirt schnüffeln, *so* nahe bin ich ihm.

»Ich hab dir doch erzählt, dass ich mit meiner Schwester hier wohne«, sagt Trevor. Dann drängt er sich an uns vorbei und läuft die Verandatreppe hinunter.

»Woher kennt ihr beide euch?«, frage ich.

»Ich hab dir doch von ihm erzählt, oder nicht? Er ist gerade erst nebenan eingezogen.«

Er hat tatsächlich etwas von neuen Nachbarn erwähnt, aber er hat weder einen Namen noch sonst irgendwelche weiterführenden Informationen genannt.

»Deine Schwester?« Connor sieht verwirrt zwischen uns hin und her.

»Stiefschwester«, antworten Trevor und ich gleichzeitig.

»Ah.«

»Hey, Connor«, meint Trevor plötzlich, als wir gerade die Einfahrt hinunterlaufen, und dreht sich zu uns um. »Tu mir einen Gefallen und nimm Ava mit zur Schule. Vielleicht kann ich mir dann noch ein anständiges Frühstück vor der Arbeit reinhauen.«

»Klar«, sagt Connor.

»Nein, warte«, will ich mich rausreden. Denn das letzte Mal, als ich in Connors Wagen saß, sind meine Nerven mit mir durchgegangen. »Sein Auto …« Ich verliere den Faden. Dummerweise fällt mir nichts Besseres ein als: »Sein Auto *müffelt* …« Es klingt mehr wie eine Frage, und am liebsten würde ich die Zeit zurückdrehen oder, ich weiß auch nicht, mich in Luft auflösen.

»Mein Auto müffelt überhaupt nicht«, verteidigt Connor sich.

»Tut mir leid, ich weiß auch nicht, warum ich das gesagt habe«, gebe ich zu. »Es müffelt natürlich nicht.«

Trevor kneift die Augen zusammen. »Woher weißt du überhaupt, wie sein Auto riecht?« Plötzlich hellt sich sein Gesicht auf und er verzieht die Lippen zu einem dämlichen Grinsen. »Warte, ist Connor etwa ›irgendein Junge aus der Schule‹?«

»Trevor!«, kreische ich. »Sei. Still!«

Trevor wirft den Kopf in den Nacken und lacht lauthals, bevor er die Tür zu seinem Truck öffnet.

»Sei nett zu ihr«, sagt er zu Connor, als er sich wieder beruhigt hat. »Sie hat ihre Tage. Offenbar ist die Blutung heute ziemlich stark.«

O Gott, ich sterbe.

Genau hier.

In meiner Einfahrt.

Tot.

Das Erste, was Connor macht, als wir in sein Auto steigen, ist, nach seiner Sporttasche zu greifen und den ganzen Wagen mit Deo vollzusprühen. Beschämt schlage ich die Hände vors Gesicht; ich sterbe gerade zum zweiten Mal an diesem Morgen vor lauter Scham.

»Tut mir leid. Dein Auto müffelt nicht«, wiederhole ich noch mal lachend.

»Hmm, klar«, erwidert er trocken, bevor er den Wagen startet und losfährt. Aber er lächelt, als er mir einen kurzen Seitenblick zuwirft. Dann fängt er an zu husten. Schnell wedelt er mit der Hand vor seinem Gesicht, um den Deogeruch zu vertreiben. Er kurbelt das Fenster runter, doch als ich meins ebenfalls öffnen will, sagt er nur: »Deins funktioniert nicht.« Er ist anscheinend ziemlich zufrieden mit dieser Tatsache. Und bevor ich reagieren kann, sprüht er mich mit seinem Deo ein.

»Connor!«, kreische ich.

Doch das hält ihn nicht auf. »In deiner Haut will ich jetzt echt nicht stecken.«

Er sprüht mich erneut ein.

Ich versuche, den Nebel abzuwehren, aber es hilft natürlich nichts. »Ich hab doch schon gesagt, dass es mir leidtut!«

Sein Lachen bringt meinen ganzen Körper zum Kribbeln. »Okay.« Er wird wieder ernst und lässt das Deo in seinen Schoß fallen, bevor er mir seinen kleinen Finger entgegenstreckt. Seine Lippen verziehen sich zu diesem Lächeln, bei dem seine Grübchen sichtbar werden. Und bei dem ich schon das erste Mal schwach geworden bin. »Waffenstillstand?«

»Waffenstillstand«, antworte ich und verhake meinen kleinen Finger mit seinem. Die Berührung fühlt sich warm und weich an. Am liebsten würde ich seine ganze Hand nehmen und sie festhalten. Aber das … wäre ja verrückt, oder? Definitiv.

Als wir an einer roten Ampel stehen bleiben müssen, dreht er sich zu mir. »Ich hab gestern diese Blanche Taylor wie-auch-immer gegoogelt.«

»Moore.«

»Ja, genau. Mann, sie ist …«

»Meine Heldin.«

»Deine *Heldin*?«, fragt er ungläubig.

»Ich weiß auch nicht. Diese Art von Kontrolle über Männer zu haben … Das macht mich …«

»Verrückt?«, beendet er meinen Satz, während er den Rücken gegen seine Tür presst, als hätte er Angst vor mir.

Seine Reaktion bringt mich zum Kichern.

Doch als er mich erneut mit Deo besprüht, höre ich abrupt auf. »Du hast einen Waffenstillstand ausgerufen!«

Die Ampel schaltet auf Grün, und Connor fährt weiter. »Mir ist mein Leben wichtiger als ein Waffenstillstand«, murmelt er, während er mich erneut ansprüht.

Ich greife nach seinem Arm, aber er ist zu stark, und das weiß er nur allzu gut. »Gib mir das verdammte Ding!«

»Ava, wenn du nicht aufhörst, komme ich noch von der Straße ab«, sagt er lachend.

»Das ist dann aber nicht meine Schuld. Gib das her.« Ich kann nicht aufhören zu lachen.

»Na gut«, murmelt er und reicht mir das Deo.

Ich werfe es aus seinem offenen Fenster.

Er tritt so fest auf die Bremse, dass der Gurt einschneidet. Dann dreht er sich zu mir, und auf seinem Gesicht liegt eine solche Ernsthaftigkeit, dass ich die Lippen aufeinanderpressen muss, um nicht loszuprusten.

»Das ist Umweltverschmutzung, Miss Diaz.« Er deutet mit dem Kopf nach draußen. »Raus mit dir.«

Er hat recht. Ich verdrehe die Augen, löse aber den Gurt und öffne die Tür. Zum Glück ist sonst niemand auf der Straße. Schnell hebe ich das Deo auf und laufe zurück zum Auto. Die Dose halte ich dabei fest umklammert. Auf keinen Fall werde ich sie ihm noch mal überlassen. Doch als ich meine Hand auf den Griff, der durch einen Kleiderhaken ersetzt wurde, legen will, fährt Connor ein paar Meter nach vorn.

»Ist das dein Ernst?«, rufe ich und laufe ihm hinterher. Ich greife erneut nach dem Griff, doch auch diesmal fährt er davon, weiter als zuvor.

»Connor!« Ich höre ihn lachen, sehe, wie er mich im Rückspiegel beobachtet. Er wiederholt das Spiel noch dreimal, sein Lachen wird lauter, und auch meins wird immer heftiger. Es ist Jahre – *Jahre* – her, dass ich mich so gefühlt habe. Dass ich so sehr gelacht habe. Mich so frei gefühlt habe.

Als er noch mal ein paar Meter fährt, mache ich mir gar nicht erst die Mühe, ihm nachzulaufen. Stattdessen bleibe ich einfach stehen, stemme die Hände in die Hüften und klopfe mit dem Fuß auf den Boden.

»Ich habe kein Problem damit zu laufen!«, rufe ich. Aber das ist eine Lüge. Da würde ich vorher Trevor anrufen und ihn bitten, mich abzuholen.

Der Motor heult auf, und gerade als ich kurz fürchte, er könnte wirklich wegfahren, greift er rüber zur Beifahrertür und öffnet sie von innen für mich. »Waffenstillstand?«, ruft er raus.

»Dein Waffenstillstand bedeutet nichts«, gebe ich zurück.

»Dreifacher Waffenstillstand!«

Langsam gehe ich auf das Auto zu, darauf gefasst, dass er gleich wieder weiterfährt. Er sieht mich durch die offene Autotür an, den Kopf gesenkt, die Unterlippe zwischen den Zähnen. Ich lasse mich wenig elegant auf den Sitz fallen und schließe schnell die Tür; das Deo habe ich immer noch in der Hand.

»Du bist ein Arsch«, sage ich scherzhaft und besprühe ihn mit seiner eigenen Waffe.

Er lacht, während er losfährt. »Was soll ich sagen? Ich mag es, wenn du rennst.«

Es stellt sich heraus, dass Connor montags schon so früh zur Schule muss, weil er eine kurze Trainingseinheit hat. Nach kurzem Zögern erzähle ich ihm die Wahrheit, warum ich so früh hier sein muss: dass ich vor der ersten Stunde noch einen Termin bei Miss Turner habe. Er nickt einfach nur. Und als ich ihn frage, ob er gar nicht neugierig ist, *warum* ich zur Schulpsychologin muss, zuckt er lediglich mit den Schultern.

»Ich meine, es ist ziemlich offensichtlich, dass du eine Soziopathin bist«, fügt er erklärend hinzu.

Als Antwort besprühe ich ihn von oben bis unten mit Deo. Lachend kurbelt er das Fenster hoch und atmet den Deonebel ein, als wäre es Frischluft.

Wenn hier jemand ein Soziopath ist, dann er.

Connor und ich gehen zusammen zu Miss Turners Büro, da es auf seinem Weg zur Sporthalle liegt.

»Danke fürs Mitnehmen«, sage ich, die Hand bereits auf dem Türknauf. Ich drehe ihn, drücke, aber nichts passiert.

Connor lacht und zieht einen Post-it-Zettel von der Tür: »Miss Turner ist krank. Heute keine Gespräche.«

»Im Ernst?« Stöhnend schlage ich mit der flachen Hand gegen die Tür. Und weil ich eine Idiotin bin, drehe ich noch mal den Knauf und drücke. Nichts. »Kann sie denn keine Textnachricht oder E-Mail schreiben?«

»Ja, eine Stunde länger schlafen hätte dir auf jeden Fall gutgetan, *Muffi*«, sagt Connor trocken, während er die Notiz wieder an die Tür klebt.

Ich kneife die Augen zusammen und schlage mit dem Handrücken gegen seinen steinharten Bauch. »Sieh zu, dass du zu deinem dummen Training kommst.«

Er tut so, als hätte ich ihn damit schwer getroffen, doch schon nach einer Sekunde wird er wieder ernst. »Was machst du jetzt?«

»Ich setze mich auf die Tribüne und rufe ganz laut ›Buh!‹, wenn der Ball in deine Nähe kommt.«

Er lacht. »Warum bist du so gemein zu mir?«

Ich beschleunige meine Schritte, um mit ihm mithalten zu können. »Verteidigungsmechanismus.«

»Weshalb?«, fragt er.

Damit ich mich nicht in dich verliebe, du Idiot.

Ich zucke mit den Schultern. »Keine Ahnung.«

CONNOR

Ava hält ihr Wort. Sie sitzt auf der Tribüne ganz vorn in der Mitte. Und sobald der Ball in meiner Hand ist, ruft sie wie angedroht ganz laut »Buh!«. Was natürlich die Aufmerksamkeit der anderen Spieler, des Trainers und der wenigen Zuschauer erregt, die verrückt genug sind, Montagfrüh bei einer halbstündigen Trainingseinheit zuzuschauen.

Ich schüttle den Kopf, doch Ava zieht nur eine Augenbraue hoch, und ein Grinsen stiehlt sich auf ihre Lippen. Lippen, die ich liebend gern …

»Ledger!«, brüllt Coach Sykes. »Das ist keine Teenie-Soap. Konzentrier dich aufs Training!«

»Buh, Ledger!«, ruft Ava. Sie verkneift sich das Lachen, aber ich weiß, dass es da ist, da ihre Schultern verdächtig zucken. Ich bin so sehr damit beschäftigt, sie zu beobachten, dass ich gar nicht merke, wie Coach Sykes auf mich zukommt, bis der Ball gegen meine Brust knallt.

Ava prustet los.

»Wart's nur ab!«, rufe ich Ava zu. Wenn sie schon hier ist, um mir zuzuschauen, dann soll sie auch etwas zu sehen bekommen.

Das Training ist nichts weiter als ein Ablauf von verschiedenen Übungen. Aber wann immer der Coach Suicide-Sprints will, bin ich der Erste auf der Linie. Wann immer er will, dass wir an unserem Ball-Handling arbeiten, spiele ich mit zwei Bällen, ein schnelles

Cross-over hinter dem Rücken, zwischen den Beinen durch, gefolgt von einem Ankle Breaker. Und wann immer er nach Korblegern verlangt, mache ich einen Dunk nach dem anderen.

»Verflucht, Ledger! Wo zum Teufel hast du dich die ganze Zeit versteckt?«, ruft Rhys.

»Hör auf, anzugeben!«, brüllt Mitch. »Wir haben's kapiert, du bist gut!«

»Er ist besser als gut«, erwidert Coach Sykes. »Genau genommen will ich euch ab jetzt bei jedem Training mit derselben Energie sehen wie Ledger. Verstanden?«

Ich grinse Ava an.

Doch sie zeigt mir nur den Finger.

***

Psychologie ist wahrscheinlich mein absolutes Lieblingsfach. Okay, streichen wir das. Es liegt nicht an Psychologie, sondern an Ava. Während wir nebeneinandersitzen und auf den Lehrer warten, löchert sie mich mit Fragen:

Woher komme ich?

Warum sind wir hierhergezogen?

Mit wem wohne ich zusammen?

Was ist mein Lieblingsmord?

Ich beantworte jede Frage, und das auch noch mit der Wahrheit, abgesehen von der mit dem Mord, weil ich nicht die geringste Ahnung habe, was ich darauf sagen soll. Als Mitch an uns vorbeiläuft, rümpft er die Nase. »Was zum Teufel ist das für ein Geruch?«

Wir fangen gleichzeitig an zu lachen.

»Du warst heute Morgen nicht im Geringsten beeindruckend«,

sagt sie an mich gewandt. »Ich wollte nur, dass du das weißt, falls du etwas anderes gedacht hast. Um ehrlich zu sein, warst du sogar ziemlich schlecht.«

In dem Moment betritt Mr McCallister den Raum. »Sie können die ersten zehn Minuten mit Ihrem Partner über Ihre Arbeit reden. Nutzen Sie die Zeit.«

Ava und ich drehen uns gleichzeitig zueinander. Dabei stoßen wir mit den Knien zusammen. Stöhnend greift Ava an ihr Knie, aber ich bin schneller. Mit vor Schmerz verzogenem Gesicht reibe ich die Stelle, von der ich glaube, dass ich sie dort getroffen habe, während wir uns beide entschuldigen.

»Also«, flüstere ich nahe an ihrem Ohr, »ich habe an dem Entwurf gearbeitet, wie wir gesagt haben.«

Ava lehnt sich noch näher, sodass ich die Wärme, die von ihrer Wange ausgeht, auf meiner spüren kann. »Warum flüstern wir?«

»Weil ich nicht will, dass jemand unseren Plan hört und ihn klaut.«

»Ah, verstehe.«

»Der Coach hat übrigens gesagt, du musst ab jetzt bei jedem Spiel dabei sein. Meint, du bist mein Glücksbringer.«

Ava weicht zurück, um mir ins Gesicht zu sehen, dann verdreht sie die Augen. »Du wirst definitiv einen brauchen, wenn du deine Hand nicht bald von meinem Bein nimmst«, sagt sie leise.

Es ist nicht so, dass ich es vergessen habe. Ich habe nur gehofft, dass Ava es nicht merken würde. Oder wenn, dass es ihr egal wäre. Mit einem Selbstvertrauen, das nur sie in mir hervorbringt, drücke ich ihr Knie. »Ich versuche nur, dir einen *richtigen* Grund zu geben.«

»Wofür?«

»Um zu sagen, dass du dich in meiner Gegenwart unwohl fühlst.«

»Oh, ich habe mich damit abgefunden, dass du irgendwie *creepy* bist.«

Ich lache. »Ach ja?«

Sie nickt. Ihr Gesicht kommt näher, nur noch wenige Zentimeter trennen uns voneinander.

»Du willst also *creepy*?«

»Oh, nein«, sagt sie schnell.

Aber sie hat es nicht anders gewollt.

»Deine Augen sind möglicherweise das Hübscheste, was ich jemals gesehen habe.« Das ist nicht mal gelogen. Wann immer ich sie mir in Gedanken vorstelle, sehe ich als Erstes ihre Augen.

Sie schluckt, schwer, und ich weiß, dass sie *etwas* fühlt. Als sie zurückweicht, sucht ihr Blick meinen, und ihre Wangen sind gerötet. Mein Herz rast, und meine Gedanken überschlagen sich. Noch nie in meinem Leben habe ich ein Mädchen so sehr gewollt wie sie. Und nicht nur körperlich. Sondern mit ihr reden, in ihrer Nähe sein. Mich den ganzen Tag so wie *jetzt gerade* fühlen – und das jeden einzelnen Tag. Es ist, als stünde mein Herz in Flammen, und sie hält den Zünder in der Hand.

»Ja?«, beginnt sie. Ein gefährlicher Ton stiehlt sich in ihre Stimme. Sie öffnet den Mund, schließt ihn wieder. Öffnet ihn erneut. »Nun ja … ähm … dein Lächeln bringt Mädchenherzen zum Schmelzen.« In dem Moment, in dem die Worte ihren Mund verlassen, weiten sich ihre Augen, und sie schlägt sich die Hände vors Gesicht. »Zu weit, Ava. Du bist zu weit gegangen«, murmelt sie so leise, dass ich nicht sicher bin, sie richtig verstanden zu haben.

Ich nehme meine Hand von ihrem Knie, greife nach ihren Handgelenken und ziehe sie sanft nach unten. Und dann schenke ich ihr mein – und ich zitiere – Lächeln, das Mädchenherzen zum Schmelzen bringt. Nur für sie.

»Hör auf«, sagt sie und drückt mein Gesicht mit der Hand weg.

»Psst!«, zischt Rhys hinter uns.

Wir drehen uns beide zu ihm um.

»Hört auf, euch gegenseitig mit den Augen auszuziehen. Da fühle *ich* mich unwohl.«

Ich reiße eine Seite aus meinem Notizblock und zeichne einen großen Löffel darauf, bevor ich Rhys den Zettel mit einem breiten Grinsen gebe. »Für deine ›Heul doch‹-Suppe.«

Kapitel 17

CONNOR

»Also, wie läuft die Schule?«, fragt Dad.

»Gut.«

»Und wie ist das Team?«

»Auch gut.«

Dad schaut von seinem Essen auf und legt Messer und Gabel auf den Teller. »Ich habe das Gefühl, wir haben jeden Tag dieselbe Unterhaltung.«

»Haben wir auch«, murmle ich. »Aber ich habe dir auch nichts Neues zu erzählen.«

»Na, ich weiß nicht, Connor.« Er fährt sich mit der Hand durch die Haare. »Warum reden wir nicht mal über etwas ganz anderes? Ich habe das Gefühl … Ich weiß auch nicht. Seit wir hierhergezogen sind, haben wir uns nicht mehr richtig miteinander unterhalten.«

Ich zucke mit den Schultern und trinke einen Schluck Wasser. »Erinnerst du dich an das Mädchen, von dem ich dir erzählt habe?«

Dad atmet tief durch, und ich weiß genau, was als Nächstes kommt. »Lass dich nicht von einem Mädchen ablenken.«

Frustriert reibe ich mir über die Augen.

»Connor, das hier ist ernst«, sagt er.

»Ich weiß, Dad. Ich *weiß*, wie ernst das hier ist. Ich bin schließlich derjenige, der die ganze Zeit unter Druck steht«, stoße ich hervor. Ich atme langsam ein und aus, während ich meine Gedanken sortiere. »Aber du wolltest dich mit mir über mehr als belangloses Zeug unterhalten, und das ist es, worüber ich reden will. Das passiert gerade in meinem Leben. Das ist es, worüber ich mit meinem *Dad* reden will. Ich bin siebzehn, und ich mag dieses Mädchen. Und das darf ich auch. Aber nur, weil ich mit jemandem mehr Zeit verbringen möchte, heißt das nicht, dass ich andere wichtige Dinge vernachlässige. Ich weiß, wie wichtig *das Ziel* ist. Für uns beide.«

Eine Weile erwidert Dad nichts, nur seine tiefen Atemzüge füllen den Raum. Schließlich nickt er. »Du hast recht«, sagt er resigniert, während er mich direkt ansieht.

Ich atme erleichtert aus.

»Du hast natürlich recht, Connor. Und es tut mir leid, dass ich für dich nicht das gewesen bin, was du gebraucht hast.« Seine Mundwinkel wandern nach oben. »Also, dieses Mädchen … wie heißt sie?«

»Ava.«

Er lächelt. »Das ist ein hübscher Name.«

Ich entspanne mich etwas und lasse den Worten freien Lauf. »Sie ist auch ein hübsches Mädchen.«

»Das glaub ich dir sofort. Geht sie auf deine Schule?«

»Ja. Wir haben uns dort kennengelernt.«

»Der Psychologieaufsatz, oder?«

Ich nicke, überrascht, dass er das noch weiß. »Sie wohnt übrigens direkt neben uns.«

»Nicht dein Ernst!«, ruft er – und seine Begeisterung ist nicht gespielt. »Habt ihr euch auch schon außerhalb der Schule getroffen?«

»Nicht wirklich, also noch nicht. Aber sie ist cool. Erinnerst du dich an Trevor? Er hat mir geholfen, die Möbel reinzutragen.«

»Ja, natürlich.«

»Sie ist seine Stiefschwester.«

»Ah, verstehe.« Ein seltsamer Ausdruck huscht über sein Gesicht, als wäre ihm plötzlich etwas Unangenehmes eingefallen.

»Dad?«

»Welches … ähm, welches Haus? Ich meine, auf welcher Seite wohnt sie?«

Ich deute in die Richtung, in der Ava wohnt.

»Ah ja«, murmelt Dad abwesend.

»Was ist los?«, frage ich.

Er steht auf und trägt den halbvollen Teller zur Spüle. »Was meinst du?«

»Es ist, als wäre dir irgendetwas Schlechtes eingefallen, als ich das Haus erwähnt habe. Was weißt du darüber?«

Dad wirft die Reste von seinem Essen weg, bevor er den Teller in die Spüle stellt und sich an der Küchenplatte festhält. »Ich habe da nur ein paar Dinge gehört …«, sagt er, ohne mich dabei anzusehen.

»Was für Dinge?«

Frustriert stößt er die Luft aus, sagt jedoch nichts.

»Was für *Dinge*, Dad?«

Endlich dreht er sich zu mir um. Mit verschränkten Armen lehnt er sich mit dem Rücken gegen die Spüle. »Normalerweise würde ich da nichts drauf geben, aber wenn du dieses Mädchen so sehr magst, wie du sagst, dann solltest du es vielleicht doch erfahren …«

»Dad, jetzt spuck es schon aus!«

Er öffnet den Mund, doch kein Ton kommt über seine Lippen, und er sieht überallhin, nur nicht in meine Richtung.

Ich schiebe meinen Teller weg.

Dad reibt sich nervös über den Nacken.

Nur das laute Ticken der Uhr durchbricht die Stille im Raum.

»Nun ja«, fängt er an und überkreuzt die Beine. »Als ich Tony …«

»Der Typ, mit dem du zur Arbeit fährst?«

Dad nickt. »Als ich ihm erzählt habe, wo wir jetzt wohnen, hat er das Haus erwähnt. Anscheinend gab es da vor einiger Zeit einen Vorfall mit der Mutter. Ich weiß nicht, ob er die Mutter deiner Freundin gemeint hat oder …«

»Was für einen *Vorfall*?«

»Sie ist eine Kriegsveteranin, also die Mutter, und, na ja, sie wurde in Afghanistan verletzt. Eine Granate ist in ihrer Nähe hochgegangen, und sie hat einen Arm und Teile ihres Gesichts verloren.«

»Ach du Scheiße«, flüstere ich. Meine Gedanken rasen – und alle drehen sich um Ava.

»Als sie nach Hause kam, war es ziemlich schwer für sie. Die Leute hier sind es nicht gewohnt, jemanden in so einem Zustand zu sehen. Jedenfalls … ich weiß auch nur das, was Tony mir erzählt hat.«

Ich bin plötzlich ganz Ohr.

Dad atmet tief durch. Dann noch mal. Sammelt sich. »Offenbar ist sie eines Tages in einen Laden gegangen, und vermutlich hat sie dort gehört, wie einige Leute sich über sie unterhalten haben. Keiner weiß, was genau der Auslöser war. Jedenfalls ist sie durchgedreht. Komplett. Sie ist schreiend durch die Gänge gelaufen, hat alles von den Regalen gefegt. Sie hat herumgebrüllt und die anderen Kunden sogar mit allen möglichen Sachen bedroht, die sie dort finden konnte. Die Leute sagen, sie war betrunken, weil man sie nicht richtig verstehen konnte. Anscheinend hat sie gelallt und so. Aber Tony glaubt, dass das eher von einer Art Schädel-Hirn-Trauma kommt.«

Ich presse die Handflächen gegen meine Stirn und warte darauf, dass das Pochen dahinter nachlässt.

»Die Kids hier bezeichnen sie als Schnapsdrossel und gestörte Alte …«

Abrupt stehe ich auf und balle meine Hände zu Fäusten, als ich daran zurückdenke, wie diese dummen Kids den Zaun mit Klopapier verunstaltet haben. *Irrenhaus.*

»Sie nennen sie sogar Frankensteins Monster.«

»Es reicht!« Ich bin wütend, aufgebracht, aber vor allem zutiefst erschüttert. In Gedanken sehe ich Ava vor mir, wie sie mich anlächelt, wie sie lauthals losprustet. Unwillkürlich frage ich mich, wie zum Teufel Ava immer noch so locker und fröhlich sein kann, wenn ihr Leben … Ich weiß überhaupt nichts über sie.

»Da ist noch mehr«, sagt Dad, aber ich höre nicht mehr hin.

»Nicht, ich …« *Ich will es nicht wissen.*

»Hör mal, Connor. Ich finde, du solltest alles erfahren, bevor du dich mit jemandem wie ihr einlässt.«

»*Jemandem wie ihr?*«, stoße ich hervor. »Was zum Teufel soll das denn bitte heißen?«

»Ich meine, wenn das zwischen euch etwas Ernsteres wird, kann es kompliziert werden. Da ist noch so viel, was ich dir noch nicht erzählt habe …«

»Bei allem Respekt«, unterbreche ich ihn. »*Wenn* das zwischen uns etwas Ernsteres wird, dann ist das *unsere* Entscheidung. Und wenn es noch mehr zu erzählen gibt, will ich das lieber von Ava persönlich hören.«

Kapitel 18

AVA

Connor: Wo zum Teufel versteckst du dich die ganze Mittagspause?

Ich beiße mir auf die Lippe, um ein Grinsen zu unterdrücken. Kurz überlege ich, ob ich es ihm tatsächlich sagen soll. Seit einiger Zeit schon komme ich immer an denselben Ort, wo nur ich allein bin. Und es gefällt mir, zumindest dachte ich das. Aber noch mehr gefällt es mir, Zeit mit Connor zu verbringen. Schnell schicke ich ihm ein Foto von meiner Umgebung, lege das Handy weg und warte.

Es dauert nur ein paar Minuten, bis er auftaucht, bis er mit seinen langen Beinen den hellgrünen Rasen des Footballfelds betritt. Immer wieder wandert sein Blick von seinem Handy zum Feld, während er versucht, die genaue Stelle zu finden, an der ich mich verstecke.

Nach ein paar weiteren Sekunden hat er mich entdeckt. Mit großen Schritten läuft er die Stufen zu mir hoch, immer zwei auf einmal nehmend. Er setzt sich auf die Bank vor mir, mit angewinkelten Beinen. Seine Füße sind direkt neben meinen.

Ich deute auf den Basketball unter seinem Arm. »Nimmst du den überall mit hin?«

Er zuckt mit den Schultern. »Gewohnheit. Ich schlafe sogar mit einem.«

»Nein, tust du nicht«, widerspreche ich.

»Na ja, ich fühl mich sonst nachts einsam«, sagt er und fängt an, mit dem Ball neben seinem Knie zu dribbeln. Schweigen breitet sich zwischen uns aus, und er meidet meinen Blick.

»Was ist los mit dir?«, frage ich.

»Was meinst du?«, erwidert er, ohne mit dem Dribbeln aufzuhören.

Schnell greife ich nach dem Ball und verstecke ihn hinter meinem Rücken. »Ist alles okay?«

»Mmm-hmm.« Er hält mir auffordernd die Hand hin, aber ich schüttle den Kopf.

»Du sagst zwar ›Mmm-hmm‹, aber dein Gesicht sagt etwas anderes. Irgendetwas stimmt nicht.«

Er lächelt, aber es wirkt aufgesetzt. »Du kannst meinen Gesichtsausdruck deuten?«

»Ich beobachte dich durch dein Zimmerfenster. Ich kenne dich besser, als du denkst.«

Sein Lachen klingt unecht, und auch die Worte kommen nur schwach über seine Lippen: »Mein Zimmerfenster geht in die andere Richtung. Nicht zu deinem Haus.«

»Wer sagt denn, dass ich dich von zu Hause aus beobachte? Ich stehe natürlich direkt vor deinem Fenster«, versuche ich zu scherzen, aber es scheint nicht wirklich zu funktionieren.

»Und du behauptest, ich wäre *creepy.*«

Unser Geplänkel ist genau wie sonst auch, aber irgendetwas fühlt sich falsch an. Selbst wenn ich es nicht in seinem matten Blick sehen könnte, spüre ich es tief in mir drin.

»Connor, was ist los?«

Frustriert fährt er sich durch die Haare. »Es ist nur …« Er beißt sich auf die Unterlippe, bevor er mich durch seine langen dunklen Wimpern hindurch ansieht. »Ich habe gestern Abend meinem Dad von dir erzählt …«

In jeder anderen Situation wäre ich überrascht gewesen, vielleicht sogar geschmeichelt, aber hier? Jetzt? Ich habe plötzlich das Gefühl, etwas Schreckliches würde gleich auf mich zukommen.

»Was hat er gesagt?«, krächze ich.

Er zögert, unsicher, was er sagen soll. »Er hat mir von deiner Mutter oder *Stief*mutter erzählt …«

Ich nicke, da ich bereits weiß, in welche Richtung dieses Gespräch gehen wird. »Meine *Mom*«, bestätige ich, während es hinter meinen Augen zu brennen beginnt. »Was hat er über sie gesagt?«

»Nichts Schlimmes«, versichert er mir. »Er hat mir nur erzählt, was er von seinem Arbeitskollegen gehört hat. Und es war auch kein Klatsch und Tratsch oder so. Als Dad ihm gegenüber erwähnt hat, wo wir wohnen, da hat …«

»Da hat er deinen Dad vor ihr gewarnt?«

»Nein«, sagt Connor schnell und setzt sich aufrecht hin. »So war das überhaupt nicht, Ava.«

Schnell weiche ich seinem Blick aus, aus Angst, er könnte die Tränen sehen, die ich mit aller Macht zurückzuhalten versuche. Dabei wollte ich doch nur einen Freund, und ich dachte wirklich, ihn in Connor gefunden zu haben. Aber egal, wie sehr ich versucht habe, es zu ignorieren, ich *wusste,* dass er es irgendwann herausfinden würde. Und dass dieses Wissen ihn vertreiben würde.

Ich schlucke den Kloß in meinem Hals hinunter. »Was genau hat er dir erzählt?«

Connor seufzt. »Er hat von diesem Vorfall im Laden gesprochen, davon, wie sie … wie sie …«

»Ja, ich weiß, was passiert ist«, murmle ich. Ich erinnere mich noch genau daran, wie ich mitten im Unterricht den Anruf bekommen habe und sofort zum Laden geeilt bin, um sie abzuholen. Ich erinnere mich an die Blicke der Leute, an das Geflüster, als ich an ihnen vorbeigelaufen bin. Als ich meine Mom endlich entdeckt habe, hatten die Cops sie bereits festgenommen. Sie weinte und schrie, war völlig außer sich vor Angst, und dann tauchte William auf. Ich konnte es in seinem Gesicht lesen: Er hatte keine Kraft mehr weiterzukämpfen. Kurz nach diesem Vorfall ist er abgehauen. Und mir blieb nichts anderes übrig, als den ganzen Mist allein zu regeln.

Krampfhaft versuche ich, nicht zu blinzeln, versuche, das Brennen in meinen Augen noch länger zurückzuhalten, doch vergeblich. Eine einzelne Träne läuft über meine Wange, und ich wische sie energisch weg.

»Ava«, sagt Connor leise, und in seiner Stimme schwingen Mitleid und Schuldgefühle mit.

Ich versuche, mir vorzustellen, wie mein Leben in zwei Wochen aussehen wird. Denn spätestens da würde Connor unweigerlich damit anfangen, sich irgendwelche Ausreden auszudenken: warum er nicht mehr auf meine Nachrichten antwortet, warum er sich nicht mehr neben mich setzt oder warum er keine Zeit mehr mit mir verbringt.

Schon jetzt vermisse ich ihn, dabei sitzt er immer noch direkt vor mir.

Doch es ist meine eigene Schuld, rede ich mir ein. Es war dumm, mich auf ihn einzulassen. Mich nach ihm zu sehnen, wenn er nicht da ist.

»Stimmt es denn?«, fragt er.

Ich nicke. »Was auch immer du gehört hast, es ist alles wahr.« Ich mache mir gar nicht erst die Mühe, ihn zu fragen, was er darüber denkt. Es ist nicht wichtig. Gedankenverloren drehe ich den Ring an meinem Daumen, während immer mehr Tränen über mein Gesicht laufen. Der ganze Schmerz bricht aus mir heraus. »Das Gericht hat nach diesem Vorfall verfügt, dass sie vierundzwanzig Stunden am Tag betreut werden muss. Sie hat eine Pflegerin, die bei ihr ist, während ich in der Schule bin. Danach muss ich mich um sie kümmern. Es ist also nicht so schlimm, wenn du nicht mehr mit mir befreundet sein kannst … oder *willst*. Wahrscheinlich ist es sogar besser so …«

»Warte mal«, unterbricht er mich. »Du denkst, dass es mir darum geht?«

»Worum sollte es denn sonst gehen, Connor?«

Er steht auf und setzt sich neben mich. Vorsichtig legt er eine Hand unter mein Kinn, damit ich ihn ansehe, aber ich schüttle den Kopf. Ich will nicht, dass er das komplette Ausmaß meiner Verzweiflung sieht. Er lässt seinen Arm sinken, rutscht jedoch näher, bis sich unsere Schultern berühren.

Ich wende mich ab und schaue auf das Feld.

Connor tut es mir gleich.

»Ich würde sie gern kennenlernen«, sagt er plötzlich, und mein Herz setzt einen Schlag aus.

Schockiert drehe ich mich zu ihm herum. »Warum?«

Sein Blick sucht meinen. »Egal, was du von mir hältst oder welche Reaktion du von mir erwartest, ich würde dich gern besser kennenlernen. Und deine Mom ist offenbar ein großer Teil von deinem Leben.«

Erneut wische ich mir über die Wangen, spüre die Nässe auf meiner Handfläche. Zittrig atme ich aus, während ich darauf warte, dass der Scherbenhaufen in meinem Inneren zur Ruhe kommt.

»Ich glaube, das ist keine gute Idee.«

»Oh«, sagt er und sieht verlegen auf seine Füße.

Er hat meine Worte als Abfuhr verstanden, also versuche ich, es ihm zu erklären: »Sie erinnert sich nicht wirklich daran, was an dem Tag im Laden passiert ist. Sie hat Probleme mit ihrem Gedächtnis, aber ich glaube, sie weiß, dass *irgendetwas* vorgefallen ist, denn jedes Mal, wenn sie danach draußen war, haben die Leute sie anders behandelt. Schlimmer als zuvor. Nicht so schlimm, dass sie sich für ihr jetziges Aussehen schämen würde oder dass sie sich zu viele Gedanken darüber machen würde, was die Leute über sie sagen, wie sie sie hinter ihrem Rücken nennen …«

Connor nickt verständnisvoll.

»Sie geht inzwischen kaum noch raus, und sie mag es nicht, wenn andere Leute bei uns zu Hause sind.«

»Ich verstehe.« Seine Stimme ist sanft und tröstend.

»Aber … ich kann sie fragen.«

Sein Gesicht leuchtet auf. »Wirklich?«

Ich nicke. »Ich kann aber nichts versprechen.«

Er lächelt, und zum ersten Mal, seit er hier aufgetaucht ist, ist sein Lächeln echt. »Ich würde mich sehr freuen.«

Ich würde mich auch sehr freuen – weil ich dich mag, Connor.

***

»Also, ich habe da diesen Freund …«, erzähle ich meiner Mom, als ich von der Schule nach Hause komme. Ich sitze auf der Couch, meine Mom auf dem Boden vor mir, und ich flechte ihre Haare. Früher hat Mom das immer bei mir gemacht.

»Aha«, erwidert sie nur.

Heute ist ein sogenannter Null-Tag. Krystal und ich bewerten Moms Launen und Handlungen auf einer Skala von –5 bis +5. Wenn es ihr gut geht, wenn sie ansatzweise wieder die Frau ist, die ich als Mutter kenne, gehen wir ins Positive. Ins Negative … nun, das ist eigentlich selbsterklärend. Und heute ist eben ein Null-Tag. Ein Tag, an dem sie dahinvegetiert, keinerlei Emotionen zeigt und nicht die geringste Ahnung hat, wer sie wirklich ist.

Ein Null-Tag ist vermutlich nicht der beste Tag, an dem man so eine Unterhaltung führt, aber auf einen positiven Tag zu warten, würde zu lange dauern. Und an negativen Tagen … Ich glaube, an solchen Tagen hört sie mich nicht mal.

»Er ist neu in der Stadt …«, füge ich hinzu.

»Er? Also dein fester Freund?«, fragt sie völlig emotionslos.

»Nein, nicht mein *fester* Freund, ein … guter Freund.«

»Okay.«

»Und er hat gesagt, er würde dich gern kennenlernen.«

»Wann?«

»Wann immer du Lust hast.«

»Hmm.«

»Du musst nicht, wenn du nicht willst.«

»Nicht heute«, murmelt sie. »Aber vielleicht morgen.«

»Okay«, sage ich, auch wenn ich ihr nicht glaube. Daran zu glauben, würde einen Funken Hoffnung in mir wecken. Und Hoffnung existiert in diesem Haus nicht. Zumindest nicht an Null-Tagen.

Kapitel 19

AVA

Am nächsten Tag fahre ich mit dem Schulbus nach Hause, da Trevor arbeitet und Connor Basketballtraining hat. Am liebsten hätte ich wieder zugesehen und ihn vom Spielfeldrand aus ausgebuht, aber es ist nun schon so lange her, dass ich nach dem Unterricht noch irgendetwas unternehmen wollte, dass Krystal nur bei Mom bleibt, bis ich von der Schule heimkomme.

Als ich die Haustür öffne, dringt mir der Geruch von frisch gebackenen Cookies in die Nase. Sofort überkommt mich ein wehmütiges Gefühl.

»Ava!«, ruft Mom aus ihrem Schlafzimmer.

Ich lasse meinen Rucksack neben der Tür fallen und renne zu ihr. Innerlich bin ich auf das Schlimmste gefasst. Doch Krystal sitzt ruhig auf dem Bett, während Mom vor ihrem Kleiderschrank steht und sich im Spiegel betrachtet. Sie trägt einen geblümten Rock und dazu einen blasspinken Cardigan.

»Welche?«, fragt sie und hält zwei verschiedene Halsketten an ihren Hals.

»Mama, du siehst hübsch aus«, bringe ich mit krächzender Stimme hervor, während mein Puls sich allmählich wieder beruhigt. »Was ist denn der Anlass?«

Sie lässt die Hand sinken und sieht mich verwirrt an. »Dein Freund kommt uns doch besuchen. Hast du das etwa vergessen?«

Mit offenem Mund starre ich Krystal an.

»Sie hat den ganzen Tag von nichts anderem gesprochen. Sie ist schon ganz aufgeregt, Ava. Sie hat sogar Cookies gebacken.«

»Wirklich?«, frage ich meine Mom.

Sie lächelt und nickt.

Mein Herz schwillt vor Stolz regelrecht an. »Er ist gerade noch beim Training, aber er wird bald hier sein.«

»Okay«, sagt Mom gut gelaunt. »Wir können warten.«

»Okay.«

»Also?«, fragt sie und hebt erneut die beiden Halsketten in die Höhe. »Welche?«

***

Ava: CONNOR!

Ava: RUF MICH AN, SOBALD DU FERTIG BIST.

Ava: ES IST WICHTIG.

Ich werfe das Handy aufs Bett und ziehe mich aus. In Unterwäsche stehe ich vor dem Schrank und versuche, mich zu entscheiden, was ich anziehen soll, denn abgesehen von meiner Schuluniform trage ich fast nur Trainingsanzüge. Es ist viel zu lange her, dass ich mich für die Welt da draußen hübsch machen musste, und auch, wenn ich nicht wirklich rausgehe … Es ist Connor. Connor kommt zu mir nach Hause, und …

Und …

Beruhige dich, Ava.

Schnell schlüpfe ich in eine Jeans und ein Texas-A&M-Shirt, bevor ich mir das T-Shirt wieder über den Kopf ziehe und mich stattdessen für ein eng anliegendes Top entscheide. Das ist doch etwas femininer.

Danach räume ich das Wohnzimmer etwas auf, während Mom mich dabei beobachtet. Ich versuche, sie zu ignorieren. Sie sitzt seelenruhig auf der Couch, eine Zeitschrift auf dem Schoß, und grinst amüsiert. Wie kann sie nur so ruhig sein, wenn ich kurz davor bin, durchzudrehen?

Kaum klingelt mein Handy, gehe ich auch schon ran. »Hallo?«

»Was ist los?«, fragt Connor sofort. Im Hintergrund brüllen ein paar Jungs; er ist also immer noch in der Schule, in der Umkleide wahrscheinlich. »Ava! Was ist passiert?«

Ich renne in mein Zimmer, schließe die Tür und lehne mich dagegen. »Meine Mom möchte dich kennenlernen …«

Er atmet erleichtert aus, und kurz höre ich nur ein Rauschen in der Leitung. »Ist das alles?«

»Was meinst du mit ›Ist das alles‹? Sie will dich *kennenlernen.* Heute Nachmittag. Also *jetzt,* Connor.«

»Gott, Ava, deine Nachricht klang, als wäre etwas Schlimmes passiert. Beruhige dich!«

»Tut mir leid.«

»Schon okay. Wie soll ich sie eigentlich ansprechen? Ich meine, mit irgendeinem militärischen Dienstgrad?«

»Miss Diaz sollte reichen.«

»Cool. Bin schon auf dem Weg.«

Ich senke meine Stimme, sodass meine Mom mich wirklich

nicht hören kann. »Okay, aber beeil dich. Ich weiß nämlich nicht, wie lang ihre gute Laune anhält.«

»Ich breche jede Geschwindigkeitsbegrenzung«, sagt Connor lachend.

»Gut, schreib mir, wenn du bei dir zu Hause losläufst. Klopf nicht an die Tür. Klopfen macht sie … Sie wird …«

»Okay, ich schreibe.«

»Und denk dran, was ich dir über ihr Kurzzeitgedächtnis gesagt habe. Es kann sein, dass sie dir dieselben Fragen …«

»Verstanden.«

»Und starr sie nicht an, weil …«

»Ava, ich bin doch kein Arsch!«

Ich schließe die Augen, während ich mir das Handy fester ans Ohr presse. Zittrig atme ich aus. »Ich weiß, ich bin nur …«

»Nervös?«, fragt er leise.

Ich nicke, auch wenn er es nicht sehen kann.

»Es ist okay, dass du nervös bist. Dass du Angst hast. Du hast jedes Recht dazu. Die anderen waren nicht besonders nett zu euch. Aber ich hätte nicht gefragt, wenn ich nicht sicher wäre, dass ich damit umgehen kann. Also mach dir keine Sorgen, ja? Wir sehen uns gleich.«

Ich schlucke den Kloß in meinem Hals hinunter. »Bitte beeil dich«, flüstere ich.

»Ich reise durch die Zeit, um bei dir zu sein.«

Connor steht wenig später frisch geduscht vor meiner Haustür. Er trägt eine dunkle Jeans und ein hellblaues Henley-Shirt, das seine Augen hervorhebt, und *WOW!* Obwohl ich direkt vor ihm stehe, ignoriert er mich, sein Blick gilt allein meiner Mutter.

»Ava hat mir gar nicht erzählt, dass sie eine Schwester hat.«

Mom kichert – *sie kichert.* »Ava hat mir nicht erzählt, wie gut aussehend du bist. Komm herein«, sagt sie und läuft in Richtung Küche.

»Ich hätte Blumen oder so mitbringen sollen. Daran hab ich gar nicht gedacht«, murmelt Connor, als er das Haus betritt.

»Schon okay«, versichere ich ihm, nun, da die Panik darüber, dass die beiden sich heute zum ersten Mal sehen, etwas nachgelassen hat. »Dass du hier bist, reicht völlig aus.«

Er legt seine Hand an meinen Rücken und führt mich durch mein eigenes Haus. Er senkt den Kopf in meine Richtung, sodass nur ich seine Worte hören kann. »Du sieht hübsch aus, Ava.«

Ich weiche ein Stück zurück, um ihn noch mal genauer zu betrachten. An meinem ersten Gedanken hat sich nichts geändert. »Du siehst ... *okay* aus, würde ich sagen.«

»Es gibt Milch und Cookies«, verkündet Mom stolz. Sie ist hinter einem Stuhl am Küchentisch stehen geblieben. Vor ihr befinden sich ein riesiger Teller mit Cookies und drei große Gläser Milch. »Das gab es immer, wenn Avas Freunde da waren. Sie waren damals allerdings noch um einiges jünger.« Sie schaut von Connor zu mir, und in ihrem Blick erkenne ich eine Wehmut, die mein Herz leichter werden lässt. »Erinnerst du dich, Ava?«

»Ja, Mama.« Meine Stimme bricht beinahe. »Natürlich erinnere ich mich daran.«

Bitte vergiss mich nicht.

Sie lächelt, auch wenn es ein bisschen traurig wirkt. Unwillkürlich frage ich mich, was ihr durch den Kopf geht. Frage mich, ob die Erinnerungen an früher sie quälen oder ihr helfen.

»Ich weiß, du bist jetzt siebzehn, aber ich weiß nicht, was ich sonst machen soll …« Sie schaut wieder zu Connor. »Als ich zu meinem ersten Einsatz aufgebrochen bin, war Ava gerade mal zehn Jahre alt, also …«

Connor krempelt die Ärmel hoch und sieht meine Mutter direkt an. In seinem Blick liegt dieselbe Sanftmut, die er auch sonst immer und überall ausstrahlt. Wenn ihn das Aussehen meiner Mutter tatsächlich schockiert hat, wenn es ihn abschreckt, dann kann er das ziemlich gut verbergen.

»Ich bin auf jeden Fall dabei, Ma'am«, sagt er. »Ich meine, wer würde denn zu Milch und Cookies Nein sagen?«

Wir setzen uns an den Tisch, trinken Milch und essen Cookies, während Mom Connor ausfragt. »Wie groß bist du, Connor?«

»Nicht so groß, wie ich gern wäre. Momentan bin ich eins fünfundneunzig, aber ich hoffe noch auf einen Wachstumsschub«, scherzt er.

»Kobe Bryant war auch nicht viel größer«, sagt Mom. »Und schau, was er erreicht hat.«

Connors Augen weiten sich.

»Und Chris Paul ist nur eins dreiundachtzig. Er hat sich davon nicht aufhalten lassen.«

Connor lässt den Cookie auf seinen Teller fallen. »Wow, ich liebe Frauen, die Ahnung von Basketball haben!«

Mom lacht.

»Mom hat auf dem College Basketball gespielt«, erkläre ich ihm.

»Krass!« Connor versucht gar nicht erst, seine Überraschung zu verbergen. Er stopft sich einen ganzen Cookie in den Mund. »Diese Cookies sind wirklich gut, Miss Diaz.«

Das Gespräch wandert von ihm zu unserer Psychologiearbeit, zu meiner Kindheit, und auch wenn einige von Moms Geschichten peinlich sind, kann ich nicht aufhören zu grinsen. Denn sie erinnert sich an all die wichtigen Dinge, an all die Ereignisse, die mich geprägt haben, die *uns* als Familie geprägt haben. Sie erinnert sich an den Campingausflug, den wir vor ihrem Einsatz noch gemacht haben, daran, dass es ins Zelt geregnet hat. Daran, dass ich es geliebt habe, dabei zuzusehen, wie die Marshmallows über dem Feuer schmelzen. Sie erinnert sich an die Glühwürmchen. An die Magie.

»Und wir haben dieses Lied gesungen, weißt du noch?«, sagt sie.

Ich nicke. »›Fireflies‹, von Owl City.«

»Ich liebe dieses Lied.« Sie fängt an zu summen. »Das bringt die ganzen Erinnerungen zurück, nicht wahr, Ava?«

Erneut nicke ich. Der Kloß in meinem Hals ist so groß, dass ich kein Wort herausbringe. Meine Brust ist wie zugeschnürt, aber auf eine gute Art. Auf eine Art, die mir wieder klarmacht, warum ich hier bin, warum ich jeden Tag um halb fünf aufstehe und warum ich absolut nicht neidisch bin, wenn meine Mitschüler von all den Partys und Spielen erzählen, die ich verpasst habe, oder wenn sie in der Schule für alle sichtbar rummachen.

Ich bin hier, weil *sie* hier ist.

Mom schenkt Connor noch mehr Milch nach. »Wie groß bist du, Connor?«

Wie auf Knopfdruck zieht sich mein Magen zusammen.

Connor hingegen lässt sich nichts anmerken. »Nicht so groß, wie ich gern wäre. Momentan bin ich eins fünfundneunzig, aber ich hoffe noch auf einen Wachstumsschub«, sagt er.

Mom lächelt. »Kobe Bryant war auch nicht viel größer. Und schau, was er erreicht hat.«

Unter dem Tisch stupst Connor seinen Fuß gegen meinen. »Richtig.«

»Und Chris Paul ist nur eins dreiundachtzig«, fährt Mom fort. »Er hat sich davon nicht aufhalten lassen.«

»Das stimmt«, sagt Connor, bevor er hinzufügt: »Hab ich schon erwähnt, wie gut die Cookies sind?«

Moms Lächeln wird noch breiter. »Ich bin froh, dass sie dir schmecken.«

In dem Moment geht die Tür auf, und Trevor schnüffelt bereits hörbar, bevor er überhaupt das Haus betritt. »Sind das Mama Jos Cookies?«, fragt er niemand Bestimmtes, während er mit dem Rücken zu uns seine Schuhe auszieht und mit sich selbst redet: »Ich liebe Mama Jos Cookies. Mmmmm.«

Connor unterdrückt ein Lachen.

Als Trevor sich umdreht und Connor am Tisch entdeckt, stockt er kurz. Langsam kommt er auf uns zu, als würde er sich an seine Beute heranpirschen, und schnappt sich eine Handvoll Cookies. Sein Blick wandert zwischen Mom und Connor hin und her. Einmal. Zweimal. Und bleibt bei Connor hängen. »Das sind *meine* Lieblingscookies … und du sitzt auf *meinem* Platz.«

Mom und ich prusten gleichzeitig los.

Heute …

Heute ist ein +unendlich-Tag.

***

Ava: Danke.

Connor: Wofür?

Ava: Dafür, dass du mir einen Teil meiner Mom zurückgegeben hast, den ich verloren geglaubt habe.

Connor: Nein, ich muss dir *danken.*

Ava: Wofür?

Connor: Dafür, dass ich dabei sein durfte.

Ava: Du bist wirklich etwas Besonderes, Connor.

Connor: Du bist etwas GANZ Besonderes, Ava.

Kapitel 20

CONNOR

»Ist dein Dad auch groß?«, fragt Ava, während sie meinen Basketball an einer Tribünenbank entlangdribbelt.

»Er ist ein paar Zentimeter kleiner als ich.«

Ava dreht um und dribbelt in die andere Richtung zurück; ihre langen gebräunten Beine bewegen sich geschmeidig. Ich könnte ihr den ganzen Tag zusehen.

»Hast du von ihm deine Größe und dein sportliches Talent?«

»Die Größe kommt auf jeden Fall von seiner Seite, aber er ist im Sport eine absolute Niete. Offenbar war meine Mom auf dem College im Laufteam.«

Ava bleibt stehen und hält den Basketball an ihre Hüfte. Ihre Lippen sind leicht geöffnet, als sie den Kopf schieflegt, als würde sie überlegen. Dieses Mädchen hat eine sehr wissbegierige Art, wie ich bereits herausgefunden habe. Unwillkürlich frage ich mich, welche Gedanken ihr wohl gerade durch den Kopf gehen. Doch sie sagt nur: »Hmm.«

Ich unterdrücke ein Lachen, als ich aufstehe und ihr den Ball abnehme. »Na los, frag schon. Ich weiß doch, dass du neugierig bist.«

Sie entreißt mir den Ball. »Ich habe nur gerade überlegt, wie viel du von deinem Dad und wie viel du von deiner Mom hast.«

»Keine Ahnung.«

»Weißt du noch etwas über deine Mom?«

»Ich erinnere mich daran, wie sie ungefähr ausgesehen hat, aber das Bild von ihr ist ziemlich verschwommen. Und ich weiß auch nicht, ob ich mich tatsächlich an sie erinnere oder ob ich einfach nur ein Foto von ihr gesehen habe«, gebe ich zu. »In Dads Nachttisch liegt eins. Sie trugen beide ein T-Shirt von der Florida State University, daher nehme ich an, dass sie sich dort kennengelernt haben.«

»Er hat dir nichts von ihr erzählt?«

»Nein. Er redet nicht gern über sie oder darüber, was passiert ist. Und wenn ich ehrlich bin, will ich auch nicht wirklich über sie nachdenken.«

»Bist du denn gar nicht neugierig?«

»Worauf?«

»Gott, da gibt es so viel!«, ruft sie und blickt zum Himmel hinauf. »Zum Beispiel, wo sie jetzt ist, was sie macht oder, ich weiß auch nicht … warum sie es getan hat.«

Ich fahre mir mit der Hand durch die Haare, während ich über ihre Worte nachdenke. »Vielleicht war sie eine Soziopathin«, sage ich halb im Scherz.

Ava hüpft von der Bank und stellt sich vor mich. Sie muss den Kopf in den Nacken legen, um mir in die Augen sehen zu können. »Das ist nicht witzig, Connor. Ich meine, wenn sie wirklich psychisch krank ist, dann braucht sie Hilfe.«

Ich schlucke schwer. Versuche, mich nicht von ihren Gedanken überwältigen zu lassen. »Ich verstehe, was du mir damit sagen willst, Ava. Wirklich. Aber deine Mom und meine Mom – das kann man nicht vergleichen.«

»Weil etwas *passiert* ist, was meine Mom psychisch krank gemacht hat?«

»Möglicherweise.«

»Vielleicht ist deine Mom schon so auf die Welt gekommen.«

»Oder vielleicht …«, fange ich an und schnappe mir den Basketball. Ich drehe ihn auf meinem Finger, um mich auf etwas anderes als Ava konzentrieren zu können. »Vielleicht gibt es auch einen viel einfacheren Grund.«

»Zum Beispiel?«, fragt sie.

»Zum Beispiel, dass sie mich nicht wollte.«

***

Die nächsten Tage fahren Ava und ich zusammen zur Schule, wann immer unsere Stundenpläne es erlauben. Sie hat mich nicht noch mal zu sich eingeladen, und abgesehen von ein paar wenigen Nachrichten, die wir uns nachts schicken, unternehmen wir außerhalb der Schule nicht viel zusammen. Wir sehen uns nur in Psychologie und während der Mittagspause, weshalb wir das Beste daraus machen. Ich zumindest.

Wir sitzen auf der Tribüne, abseits der anderen Schüler, und unterhalten uns, lernen mehr über den anderen. Sie findet immer neue Möglichkeiten, mir unter die Haut zu gehen, und ich finde neue Ausreden, sie zu berühren.

»Warum verbringst du deine Pause eigentlich mit mir?«, fragt sie plötzlich.

Ich schiebe das sogenannte Essen aus der Cafeteria beiseite. Bei einer so reichen Schule würde man meinen, sie würden den Schülern etwas Essbareres anbieten. »Was meinst du?«

Sie hebt ihr Sandwich – ein Truthahn-Roggensandwich, wie immer – und beißt davon ab. »Solltest du nicht mit deinem Team abhängen?«, fragt sie mit vollem Mund.

»Hmm.« Ich zucke mit den Schultern. »Du bist hübscher.«

Sie blickt kokett über ihre Schulter und klimpert mit den Wimpern. »Das ist ja wohl offensichtlich.«

»Und auch noch so bescheiden.«

Sie lacht auf. Wieder auf diese Weise, die leise und als Kichern beginnt und dann immer lauter und höher wird. Ich liebe es, wenn sie so lacht, und ich bemitleide die Welt, dass sie es nicht so oft zu hören bekommt, wie sie sollte.

»Aber mal im Ernst«, fängt sie an. »Fragen die sich nicht, warum du nicht Teil ihrer Basketballgang bist?«

»Ich komme mit niemandem aus dem Team so gut klar wie mit dir.«

»Du hast noch keine Freunde gefunden?«, fragt sie.

»Nein, *Mom.* Habe ich nicht. Das habe ich dir doch gesagt, als du das erste Mal in meinem Wagen warst. Du könntest die absolut schlechteste Freundin der Welt sein, du wärst trotzdem die beste, die ich habe. Und, um ehrlich zu sein, du bist echt 'ne ziemlich miese Freundin.«

»Ach, sei still«, brummt sie und stößt ihre Schulter gegen meine.

»Na ja, die Jungs sind gar nicht *so* übel. Rhys scheint ganz in Ordnung zu sein, aber wenn man sich mit ihm unterhält, dreht man sich gefühlt ständig im Kreis – also im Prinzip genau wie mit dir. Aber Rhys ist immer in Begleitung von Mitch …«

Ava unterbricht mich mit einem übertriebenen Würgen.

»Du magst Mitch nicht?«

»Der Kerl ist ein egozentrischer Arsch.«

»Hey, weißt du noch, als du *mich* egozentrisch genannt hast?«

Sie streckt die Arme in die Luft, bevor sie sich zurücklehnt und sich hinter ihrem Rücken auf den Armen abstützt. »Ich erinnere mich nur zu gut daran.« Sie reckt die Nase in die Höhe. »Es war an einem Augustmorgen ...«

Ich presse meine Hand auf ihren Mund und drücke sie sanft zurück, bis sie auf dem Rücken liegt – ein weiterer Grund, sie zu berühren. »Du bist so ein Klugscheißer.«

»Das gefällt dir doch«, murmelt sie gegen meine Handfläche.

Ihr Atem streift warm über meine Haut, unsere Blicke treffen sich. Und ich weiß nicht, warum ich gerade jetzt daran denken muss, warum mich das Verlangen, das ich so lange unterdrückt habe, ausgerechnet jetzt so stark trifft.

Ich will sie küssen.

Auf so viele verschiedene Arten.

Und nicht mehr damit aufhören.

Mein Blick huscht zu ihrem Hals, als sie schwer schluckt.

Ich könnte sie dort küssen.

»Connor?«, flüstert sie gegen meine Hand, ihre Lider senken sich.

Ich könnte sie auch dort küssen.

Sie greift nach meinem Arm und befreit so ihren Mund von meiner Hand.

Dort würde ich sie am meisten küssen.

»Wir können das nicht machen, woran du gerade denkst.«

Mein Herz rutscht mir in die Hose. »Warum nicht?«

Sie legt ihre Hand an meine Brust und drückt mich weg, ehe sie sich aufsetzt. Sie sieht mich nicht an, als sie sagt: »Weil wir das nicht *können.*«

Mir fällt nichts anderes ein als »Warum?«.

»Weil …«, fängt sie an. Ihr Blick wandert über das Feld, dann zu ihren Füßen, ihren Fingern, überallhin, nur nicht zu mir. »Weil mein Leben schon kompliziert genug ist.«

»Ich bin nicht hier, um dein Leben noch komplizierter zu machen, Ava. Wenn überhaupt, möchte ich dir helfen.«

»Ich bin kein verdammter Sozialfall.«

Seufzend schüttle ich den Kopf. »Das habe ich auch nicht gesagt.«

In dem Moment klingelt es zum Ende der Pause, und ich unterdrücke einen Fluch.

Ava springt auf die Füße. »Wir sollten gehen.«

Den Rest des Tages habe ich Ava nicht mehr gesehen, und sie reagiert auch nicht auf meine Nachrichten. Ich bin kurz davor, einfach an ihre Tür zu klopfen und unser Gespräch zu Ende zu führen, aber dann fällt mir wieder ein, dass ihre Mutter nicht so gut auf Klopfgeräusche reagiert. Also zwinge ich mich, bis morgen früh zu warten.

Doch der Schlaf will nicht kommen. Gerade, als ich mich zum millionsten Mal herumgewälzt habe, vibriert mein Handy.

Ava: Ich kann nicht mit dir ausgehen. Ich weiß nicht mal, was Leute in unserem Alter darunter überhaupt verstehen, aber ich weiß, dass ich es nicht kann. Mein Leben außerhalb der Schule ist … mein Leben. Das geht vor. Ich kann nicht dieses Mädchen für dich sein, das am Spielfeldrand steht und dich anfeuert. Ich kann nicht diejenige sein, deren Hand du hältst, wenn du deine Siege feierst oder deine Niederlagen bedauerst. Ich kann nicht diejenige sein, die du mit nach Hause bringst und deinem Dad vorstellst, oder diejenige, die du anrufst, wenn es dir schlecht geht. Ich kann nicht mehr sein als das, was ich gerade bin. Was bedeutet, *wir* können nicht mehr sein. Sosehr ich es auch hasse, sosehr es auch wehtut, ich weiß tief in mir drin, dass du mehr verdient hast. Und es ist völlig egal, wie sehr ich dich mag oder wie sehr ich mich in dich verliebt habe. Denn das habe ich, Connor. Ich habe mich so sehr in dich verliebt, dass es mir eine Heidenangst einjagt. Aber es kann nichts Gutes dabei rauskommen. Es kann für uns kein Happy End geben. Unsere Geschichte hätte einen Anfang voller Gefühle, einen unsicheren Mittelteil und am Ende nur zwei gebrochene Herzen. Und wir haben beide schon genug Kummer erleben müssen, dass es für ein ganzes Leben reicht.

Kapitel 21

AVA

Ich habe die gesamte erste Stunde auf dem Mädchenklo verbracht, weil ich mich nicht getraut habe, Connor gegenüberzutreten.

Das ist nun offenbar mein Leben.

Nachdem ich ihm gestern diese ellenlange Textnachricht geschickt hatte, habe ich mein Handy ausgeschaltet. Dennoch habe ich gerade mal zwei Stunden geschlafen. Ich will nicht wissen, was er darauf zu sagen hat, oder mit ihm über meine Entscheidung diskutieren. Es hat lange genug gedauert, bis mir etwas eingefallen ist, was es wert war, verschickt zu werden. Ich habe ihm die Antworten gegeben, die er braucht – und damit auch die schmerzliche Wahrheit.

Dass ich in ihn verliebt bin.

Und ich kann nichts dagegen tun.

Trotz allem hat es wehgetan, als ich heute morgen keine Antwort von Connor auf meinem Handy hatte. Ich weiß, dass er die Nachricht gelesen hat, der Beweis ist da, aber vielleicht war es das jetzt mit uns.

Die Geschichte von Connor und Ava: *vorbei, bevor sie überhaupt begonnen hat.*

Ich wollte es so, versuche ich mir einzureden. Ich habe selbst darum gebeten. Aber das heißt nicht, dass ich nicht seine Freundschaft vermissen werde, seine Scherze oder dass er Zeit mit mir verbringt … oder wie er mich ansieht.

Mein Magen zieht sich zusammen, während ich auf das Footballfeld starre. Ich greife nach meinem Handy, schaue auf die Uhr – seit zehn Minuten ist Mittagspause –, und der Schmerz in meiner Brust verstärkt sich. Seufzend betrachte ich den Bildschirmhintergrund: ein Foto von Trevor, meiner Mom und mir. An meinem letzten Geburtstag. Es war ein Null-Tag. Ich kann es in ihren Augen sehen, erinnere mich daran, als wäre es erst gestern gewesen. Es gab keine Kerzen auf dem Kuchen. Keine Cracker. Kein Singen. Aber es gab *uns*. Unsere zusammengeschweißte kleine Patchworkfamilie; mit unterschiedlichen Hauttönen, die auf dem Bild einen Farbverlauf bilden: Trevor ist am dunkelsten, dann Mom, dann ich. Dieses Bild, die Tatsache, dass wir trotz allem eine Familie sind, ist der Grund, warum ich das alles mache.

»Tut mir leid, dass ich zu spät bin!«, ruft Connor und sprintet die Stufen zu mir hoch. »Ich hatte noch dieses Telefongespräch mit Coach Sykes und meinem Agenten, wo ich nicht wegkonnte. Irgendwas über die University of California in Los Angeles. Hab irgendwann nicht mehr zugehört.«

Mein Verstand braucht doppelt so lange, um mitzukommen.

Mein Herz schlägt plötzlich doppelt so schnell.

»Was machst du hier?«, hauche ich.

Seine Schritte werden langsamer. »Sind wir …?« Er mustert mich mit hochgezogenen Brauen. »Sind wir jetzt auch keine Freunde mehr? Ich schwöre, ich hab deine Nachricht ungefähr achtzigmal gelesen, und da stand nichts von …«

»Ich war mir nicht sicher, ob du das noch willst«, unterbreche ich ihn. »Mit mir befreundet sein, meine ich. Ich wollte nicht …«

Er setzt sich auf die Bank vor mir, eine Stufe unter mir – so wie immer. »Ich hänge irgendwie an dir, Ava.« Er riecht kurz an dem, was die Cafeteria ihm als Essen verkaufen will. »Da musst du dich schon mehr anstrengen, um mich loszuwerden.«

Mein Gesicht strahlt regelrecht, und ich versuche nicht mal, es zu verbergen.

Connor beißt sich auf die Lippe, während sein Blick meinen festhält. »Ich wette zehn Dollar mit dir, dass ich es in weniger als fünf Sekunden schaffe, dass dir das Grinsen wieder vergeht.«

Unmöglich. »Gib dein Bestes, Ledger.«

»Ich sitze immer *genau hier*, weil ich so unter deinen Rock schauen kann.«

Mein Mund klappt auf, und ich trete ihm gegen die Brust. »Du Idiot!«, rufe ich und überkreuze meine Beine.

»Heute Rot«, sagt er lachend. »Gestern Grün. Hast du eine regenbogenfarbige Großpackung gekauft?«

»Ich hasse dich!«

»Du schuldest mir zehn Dollar.«

»Fick dich, die hast du nicht verdient.« Ich trete erneut nach ihm, aber er packt meinen Knöchel und legt mein Bein in seinen Schoß. Ich sollte ihn genau dort treten, aber ich zögere … Er würde eines Tages bestimmt ein guter Dad sein.

»Rhys hat mich am Wochenende zu einer Party eingeladen«, sagt er plötzlich; seine Hand liegt immer noch an meinem Knöchel. »Es ist die letzte Möglichkeit, es noch mal richtig krachen zu lassen, bevor die Basketballsaison anfängt. Das Team wird sich also vermutlich die Kante geben und … ähm, versuchen, so viele Kerben wie möglich in ihre Bettpfosten zu machen.« Er lässt meinen Knöchel los und massiert sich die Schulter.

»Was ist passiert?«, frage ich und deute auf seine Schulter.

»Ich glaube, ich hab mir beim Training einen Nerv eingeklemmt.«

Ich lege mein Mittagessen beiseite. »Komm her.«

»Was?«

»Komm her«, wiederhole ich.

Er lehnt sich ein Stück vor.

»Dreh dich um, du Idiot.«

»Du hast wirklich eine komische Art, deine Liebe auszudrücken«, murmelt er, während er mir seinen Rücken zuwendet.

Als ich meine Finger in seine Schulter drücke, spüre ich, wie seine Muskeln sich unter meiner Berührung bewegen. Erst jetzt wird mir bewusst, dass ich ihn noch nie angefasst habe. Zumindest nicht so. Ich ignoriere die Hitze, die von seiner Haut ausstrahlt, die Stärke seiner Muskeln unter meinen Fingern, sein erleichtertes Stöhnen, als er den Kopf nach vorn sinken lässt … und wie mein Körper darauf reagiert.

Ich schlucke schwer, versuche, einen halbwegs klaren Gedanken zu fassen. »Gehst du hin?«

»Was?«

»Auf die Party … Gehst du hin?

»Keine Ahnung. Meinst du, ich sollte hingehen?«

Ich massiere weiter seine Schulter, auch unter seinem T-Shirt, Haut an Haut, seinen Nacken entlang, bis zum Haaransatz und wieder zurück.

Er stöhnt leise auf. »Ava?«

»Ja?«

»Meinst du, ich sollte hingehen?«

»Vermutlich. Team-Building und so. Bla, bla, bla.«

Er lacht, während ich nun beide Schultern massiere. Dabei beobachte ich fasziniert, wie seine Muskeln sich unter meinen Händen zusammenziehen. Ich lasse meine Finger über seinen Nacken wandern, immer weiter hoch, dann durch seine Haare.

»Verdammt, Ava!«, stößt er hervor und legt seine Hand auf meine. »Du machst alles echt verflucht hart.«

»Was, *nur* Freunde zu sein?«

»Ja … das auch.«

Kapitel 22

CONNOR

Ich hab mich noch nie so fehl am Platz gefühlt wie hier in Rhys' Wohnzimmer. In meiner Hand ist ein roter Plastikbecher mit Bier, den mir einer der Kellner – dem es offenbar scheißegal ist, dass wir noch keinen Alkohol trinken dürfen – gegeben hat. Ich dachte, die Party wäre nur für das Team, aber es scheint, als wäre die ganze Schule hier. Abgesehen von dem einen Mädchen, von dem ich wünschte, dass es hier wäre.

Ich habe Ava bereits zwei Minuten nach meiner Ankunft eine SOS-Nachricht geschickt, aber sie hat nicht geantwortet. Und egal, wie oft ich auf mein Handy schaue, Karen kapiert es einfach nicht. Sie hängt an meinem Arm, klammert sich regelrecht daran fest, als würde sie sonst sterben. Dabei habe ich nicht die geringste Ahnung, wie ich überhaupt in dieses Lage geraten bin.

»Also, du solltest auf jeden Fall kommen!«, schreit sie über die Musik hinweg.

»Was?«

»Nächste Woche. Zu meiner Party. Auf meinem Boot.« Sie kneift die Augen zusammen. »Hast du mir überhaupt zugehört?«

»Ja«, lüge ich und deute entschuldigend auf mein Ohr. »Es ist nur …« Mein Handy vibriert, und sofort schaue ich nach.

Dad: Keinen Alkohol heute Abend, und falls doch, fahr nicht mehr mit dem Auto. Ich meine es ernst, Connor. Ich habe keine Lust, dein Gehirn von der Straße zu kratzen.

Connor: Keine Panik, ich trinke nichts.

Ein guter Trick, den ich vor einiger Zeit gelernt habe, ist, dass die Leute einen in Ruhe lassen, wenn man ein Getränk in der Hand hält. Niemand kontrolliert, ob man tatsächlich davon trinkt. Und ich bin nicht so dumm, mit dem Auto zu fahren, wenn ich etwas getrunken habe. Erst recht nicht, da Dad genug Horrorstorys von Unfällen auf Lager hat, um mich für den Rest meines Lebens damit zutexten zu können.

»Heißt das, du kommst?«, fragt Karen.

»Hey, wo ist hier die Toilette?« Ich muss hier weg. Weg von dieser Unterhaltung *und* weg von der Party.

Sie deutet zu der großen Treppe, die nach oben führt. Vielleicht hat sie schon so viel getrunken, dass sie nicht mehr klar denken kann, denn in einem so großen Haus müsste es auch hier unten mindestens fünf Klos geben.

»Wir sehen uns später, okay?« Ich warte gar nicht erst auf eine Antwort, sondern bahne mir einen Weg durch die angetrunkene Menge zur Treppe, wo ich zumindest etwas Raum zum Atmen finde. Im oberen Stock zweigen zwei Flure ab, und ich frage mich wirklich, ob einer zu den Zimmern der Bediensteten führt. Das Haus ist so riesig und luxuriös, dass es mich nicht wundern würde, wenn die Angestellten auch hier wohnen. Und wo zum Teufel sind Rhys' Eltern? Wo zum Teufel ist überhaupt Rhys?

Ich öffne eine Tür nach der anderen, suche nach dem Badezimmer, um mich dort einzuschließen und einen Moment Ruhe zu bekommen. Nicht dass ich es nicht gewohnt bin zu feiern; zu Hause hatten wir unzählige Partys, aber die waren nicht wie diese hier. Endlich habe ich die richtige Tür gefunden, doch es ist bereits besetzt. Mitch drückt ein Mädchen gegen einen Schrank, seine Hose ist heruntergelassen und ihre Beine sind um seine Hüfte geschlungen.

»Sorry!«, rufe ich.

»Ledger! Was geht, Mann?« Mitch lacht. »Willst du mitmachen? Ich hab kein Problem damit, zu teilen.«

Nichts auf der Welt wird diesen Anblick je wieder aus meinem Gedächtnis löschen können – oder mich daran hindern, die Tür so schnell wie möglich zuzuschlagen.

Hinter der nächsten Tür liegt ein Schlafzimmer. Es ist auf den ersten Blick leer. Trotzdem suche ich den Raum im Schein der Nachttischlampe genauestens ab, bevor ich ihn wirklich für sicher befinde und die Tür hinter mir zumache. Abschließe. Und mich auf die Bettkante sinken lasse.

Ich schaue auf mein Handy. Immer noch keine Nachricht.

Gedankenverloren betrachte ich die dunkelblauen Wände und die »*Wildcats! Wildcats! Wildcats!*«-Poster. Ich kneife die Augen zusammen, um in dem schwachen Licht mehr zu erkennen. Ein Bild, das an der gegenüberliegenden Wand hängt, erregt schließlich meine Aufmerksamkeit. Es ist vom Basketballteam, mit Rhys vorn in der Mitte. Erst jetzt wird mir klar, dass das hier sein Zimmer ist. Und da ich gelangweilt bin – und vielleicht auch ein bisschen neugierig –, stehe ich auf und schaue mir den Raum genauer an. Ich werfe einen Blick auf sein Bücherregal und in seinen Kleiderschrank, der größer ist als mein komplettes Zimmer. Der Kerl hat einen guten Geschmack, das muss man ihm lassen. Er besitzt jedes Paar Jordans-Schuhe, das jemals verkauft wurde, aber nur in den klassischen Farben. Ich bin fast ein bisschen neidisch, wenn ich ehrlich bin. Ob er es bemerkt, wenn ein oder zwei Paar fehlen?

Als Nächstes nehme ich mir seinen Schreibtisch vor – langweilig – und danach die riesige Pinnwand darüber, an der unzählige Fotos hängen. Hauptsächlich von ihm, was keine Überraschung ist. Ich betrachte die Bilder, eins nach dem anderen. Seine Eltern sind darauf zu sehen und ein Mädchen, wahrscheinlich seine Schwester. Und genau in der Mitte, auf dem größten Foto … Ich schaue genauer hin, aber es ist zu dunkel, und meine Augen könnten mich auch täuschen. Hektisch nehme ich das Bild von der Pinnwand. Rhys steht in seinem Junior-Basketballtrikot mit einem Mädchen in der Mitte des Spielfelds. Sie trägt eine Cheerleader-Uniform, ihre Haare sind seitlich geflochten, und sie hat seine Trikotnummer auf ihre Wange gemalt. Er hat seine Arme um ihre Hüfte geschlungen, ihre Hände sind in seinem Nacken verschränkt … Ich muss mich zurückhalten, um das Foto nicht zu zerreißen.

Mein Magen verkrampft sich, und ich taumle zurück zu seinem Bett, wo ich auf die Matratze sinke. Ich kann meinen Blick nicht von dem Bild abwenden. Das Mädchen ist Ava, aber sie ist *anders*. Kleiner. Jünger. Weniger … *gebrochen*.

Mein Kopf ruckt hoch, als jemand am Türknauf dreht. Schnell stehe ich auf und verstecke das Foto hinter meinem Rücken, während ich mich darauf vorbereite, demjenigen gegenüberzutreten, der gleich das Zimmer betritt.

»Warum zum Teufel ist hier abgeschlossen?« Rhys. Gedanklich schlage ich mir gegen den Kopf, weil ich mich hier habe erwischen lassen.

Der Türknauf wackelt noch mal, kurz darauf wird zu meiner Überraschung die Tür geöffnet, und Rhys steckt seinen Kopf durch den Spalt. »Connor?«, fragt er erstaunt, nachdem er das Licht angemacht hat.

Ich blinzle gegen die Helligkeit. »Sorry, Mann. Ich hab mich verlaufen, und ... ich brauchte kurz Zeit für mich.«

Rhys mustert mich skeptisch, während er hinter sich die Tür schließt. »Willst du mich beklauen?«

»Nein«, sage ich schnell. »Verdammt. *Nein!*«

Sein Blick wandert durch sein Zimmer, als würde er nach einem Beweis suchen.

Bitte schau nicht auf die große leere Fläche an der Pinnwand. Bitte, bitte, bitte.

Aber natürlich merkt er es. Er stößt einen tiefen Seufzer aus, bevor er einen Schritt auf mich zumacht. »Was läuft zwischen euch beiden eigentlich?«

»Was läuft zwischen *euch* beiden?«, entgegne ich.

Er lacht leise. »Ich will nichts von ihr, falls es das ist, was du denkst. Zumindest nicht mehr. Hat sie dir nicht von uns erzählt?«

Und da ich eine Niete darin bin, meine Eifersucht zu verbergen, sage ich: »Sie hat dich *überhaupt nicht* erwähnt.«

»Das überrascht mich nicht«, murmelt er. »Wir hatten nicht gerade das beste Timing.«

»Was soll das heißen?«

»Es heißt ...« Er reibt sich nachdenklich den Nacken. Dann öffnet er die Vorhänge und bedeutet mir, aus dem Fenster zu schauen. »Siehst du das Haus?«, fragt er und zeigt auf ein Haus, das fast genauso riesig ist wie seins.

»Ja?«

»Vor drei Jahren hat Ava dort gewohnt.«

Meine Augen weiten sich, und ich starre ihn ungläubig an. »Im Ernst?«

Er nickt. »Ich hatte am Anfang solche Angst, sie anzusprechen, weil … Na ja, du weißt, wie sie aussieht. Sie war so einschüchternd, und sie hatte diese Wildheit, als würde sie sich von niemandem etwas gefallen lassen. Als ich dann herausgefunden habe, dass sie mich auch mag, bin ich regelrecht durchgedreht.«

Ich weiß, was du meinst, sage ich nicht laut.

»Es war ein ziemliches Vor und Zurück, während wir versuchten, unsere Gefühle zu kontrollieren. Wir waren damals erst vierzehn; es war also alles ziemlich neu für uns.«

Ich bin mir nicht sicher, ob ich noch mehr hören will, aber ich nicke trotzdem.

»Wie auch immer, du kennst Karen?«

»Ja.«

»Sie und Ava waren damals beste Freundinnen. Karen hat diese Wahnsinnslagerfeuerparty für Avas fünfzehnten Geburtstag organisiert, und ich habe endlich den Mut zusammengenommen, ihr meine Gefühle zu gestehen.«

»Das heißt, ihr wart zusammen?« Wenn das alles ist, was er mir erzählen will, soll er es einfach sagen. Ich brauche keine Details.

Rhys schüttelt den Kopf. »In der Nacht, in der wir … ähm … du weißt schon …«

Toll, jetzt wusste ich es, auch wenn ich wünschte, es nicht zu tun.

»Es war dieselbe Nacht, in der sie den Anruf bekam.«

»Welchen Anruf?«

»Den wegen ihrer Mom.«

»Oh.« *Scheiße.*

Rhys stößt die Luft aus. »Wir haben es versucht. Beziehungsweise *ich* habe es versucht. Ich hab ihr alles gegeben, was ich nur konnte, aber sie … sie hatte *so viele* andere Dinge zu regeln, Connor. Und als dann auch noch ihr Stiefvater abgehauen ist …«

»Ich … ähm«, unterbreche ich ihn. »Ich würde ihre Geschichte lieber von ihr selbst hören, wenn das okay ist.«

Rhys nickt verständnisvoll. »Ich will nur, dass du weißt, egal was da zwischen euch läuft, ich bin nicht dein Feind oder dein Konkurrent oder so. Wenn es um Ava geht, sind wir auf derselben Seite. Sie ist mir *wichtig*. Sehr sogar.«

Ich habe das Gefühl, meinen Körper verlassen zu haben. Wirklich. Denn ich schaffe es nicht mal, einen einzigen Gedanken zu verarbeiten. Es ist, als würde Avas ganzes Leben wie ein Spielfilm vor meinem geistigen Auge ablaufen – und ich kann es weder anhalten noch zurückspulen. Ich habe keine Ahnung, was ich sagen oder wie ich reagieren soll. »Ich weiß das zu schätzen«, murmle ich nur.

Ich muss hier raus. Raus aus diesem Haus. Und ich muss zu *ihr*. »Ich geh dann mal«, sage ich und verabschiede mich mit einem Fist Bump.

Gerade als ich mich zur Tür drehe, ruft Rhys mich zurück. »Kann ich das Foto wiederhaben?«, sagt er und hält mir die offene Hand hin.

Nur widerstrebend gebe ich ihm das Bild, bevor ich das Zimmer verlasse. Als ich die Tür hinter mir zuziehe, fällt mein Blick noch mal auf Rhys, der das Foto gedankenversunken anstarrt.

Einen Moment lang beobachte ich ihn. Und frage mich, wie viel Zeit wohl vergehen wird, bevor ich mich ebenfalls nur noch an Erinnerungen festhalte.

Sobald ich in unserer Auffahrt geparkt habe und aus dem Auto gestiegen bin, schicke ich Ava eine Nachricht.

> **Connor:** Alles okay? Habe den ganzen Tag nichts von dir gehört. Wollte nur nachfragen.

Ich bin bereits halb die Verandatreppe hochgelaufen, als ich das Eingehen einer Nachricht höre. Da es aber nicht von meinem Handy kommt, schicke ich noch eine Nachricht.

> **Connor:** Ava?

Das Geräusch ertönt erneut. Sofort kehre ich um und laufe die Auffahrt hinunter, während ich mich auf Avas Haus konzentriere. Es ist überall dunkel, keine Lichter brennen.

Ich drücke auf ihre Nummer, um sie anzurufen, und halte das Telefon an mein Ohr. Das Freizeichen ertönt zweimal, bevor ihr Handy klingelt. Ich folge dem Geräusch, und kurz darauf sehe ich auch schon das leuchtende Display.

Ava sitzt auf der obersten Verandastufe, das Handy auf dem Schoß. Sie macht jedoch keine Anstalten ranzugehen. Leider ist es viel zu dunkel, um mehr zu erkennen.

Vorsichtig gehe ich ihre Auffahrt hoch, bis ich direkt vor ihr stehe.

Sie starrt stur geradeaus, ihre Augen weit aufgerissen.

»Ava?«, flüstere ich.

Sie antwortet nicht.

Erneut schaue ich zum Haus hoch, aber es gibt keinerlei Anzeichen, dass noch jemand wach ist. Langsam setze ich mich neben sie. »Was machst du hier draußen?«, frage ich sie leise.

Sie schaut mich immer noch nicht an. »Die Glühwürmchen sind weg«, sagt sie schließlich, ihre Stimme ist nur ein Flüstern.

»Was?«

Endlich dreht sie sich zu mir, und im Mondschein kann ich ihr Gesicht deutlich sehen. Ihre Wangen sind feucht – offenbar hat sie geweint.

Meine Brust schnürt sich bei dem Anblick zu. Schnell greife ich nach ihrer Hand und verschränke meine Finger mit ihren.

Der Schmerz ist deutlich in ihrer Stimme zu hören, auch wenn sie nach außen hin keinerlei Emotionen zeigt. »Mom sagt immer, wenn einem die Welt am dunkelsten erscheint, passiert meist etwas Magisches.« Tränen laufen ihr über die Wangen, doch Ava wischt sie nicht weg. »Aber da ist nichts außer leerer Dunkelheit und schlechten Tagen und … und die Glühwürmchen sind weg, und ich finde es momentan einfach so verdammt schwierig, an Magie zu glauben.«

Ich wünschte, ich wüsste, was ich jetzt sagen oder tun soll. Aber ich habe keine Ahnung. Ich lasse ihre Worte auf mich wirken, lasse jedes einzelne in mir nachhallen, während ich ihre Hand drücke, damit sie weiß, dass ich hier bin. Dass ich für sie da bin, egal, wie lange sie mich braucht. Die Zeit vergeht, und ich lausche jedem ihrer Atemzüge; jeder einzelne erobert einen Teil meines Herzens.

»Ich war tot«, sage ich, meine Stimme ruhig. »Ein Pärchen, das gerade auf dem Weg in die Flitterwochen war, hat mich im Wagen entdeckt. Ein Pärchen, das *zufälligerweise* Erste Hilfe konnte. Anscheinend haben sie versucht, mich durch Klopfen zu wecken, aber als ich mich nicht bewegt habe, haben sie das Fenster mit ihrem

Koffer eingeschlagen. Ich habe nicht mehr geatmet …« Ich stocke kurz, schlucke den Kloß in meinem Hals hinunter. »Sie haben mich aus dem Auto geholt, der Mann hat versucht, mich wiederzubeleben, während seine Frau die Rettung gerufen hat. Sie haben ganze zehn Minuten um mich gekämpft, bis ich wieder geatmet habe. *Zehn Minuten.* Und wer weiß, wie lange ich schon weg war, bevor sie mich da rausgeholt haben. Ich war kaum bei Bewusstsein, als die Rettung schließlich kam.«

Ava drückt meine Hand und rutscht näher an mich heran.

»Was für ein Zufall, oder? Wie hoch sind wohl die Chancen, dass die beiden, die mich entdeckt haben, genau die richtigen Menschen waren, zur richtigen Zeit am richtigen Ort? Sie haben mich wiederbelebt, Ava.« Ich drehe mich zu ihr und lege sanft die Hand an ihren Kopf. Vorsichtig ziehe ich sie an meine Brust, sodass ihr Ohr genau auf meinem Herzen liegt. »Hörst du es?«, frage ich. »Wie es schlägt?«

»Ja«, flüstert sie erstickt, während ihre Tränen mein T-Shirt durchnässen.

Ich blinzle meine eigenen Tränen zurück, versuche, stark zu bleiben. Für *sie.*

»Wenn du einen Beweis brauchst, dass Magie existiert: Ich bin direkt neben dir.«

Kapitel 23

AVA

Connor grinst dämlich, und ich wünschte, das würde nicht dieses Kribbeln in meinem Magen verursachen. Aber das tut es.

»Du hast mir Mittagessen gemacht?«, fragt er.

»Es ist nichts Besonderes«, wehre ich ab, während ich den Schulblazer über meine Knie lege, damit er mir nicht wieder unter den Rock schauen kann. »Du hörst ja nicht auf, dich über das schlechte Essen hier zu beschweren, also …«

»Also hast du mir Mittagessen gemacht?« Ich schwöre, seine Grübchen waren noch nie so tief.

»Ich habe es nicht für dich *gemacht*. Das sind Reste von gestern. Ich hätte sie sonst nur wegwerfen müssen.«

»Aha«, murmelt er, während er genüsslich einen großen Bissen von der Lasagne nimmt. »Ich bin mir sicher, Trevor hätte gern einen Nachschlag bekommen.«

Schuldbewusst zucke ich zusammen. »Jaaa, sag ihm lieber nichts davon.«

»Wovon? Dass du mir Mittagessen gemacht hast?«

»Du bist so ein Arsch.«

Er lacht leise. »Und trotzdem sind wir hier.«

Ein angenehmes Schweigen breitet sich zwischen uns aus, und

die nächsten Minuten verbringe ich damit, ihn beim Essen zu beobachten. Aber ich habe Fragen. So viele.

Und irgendwie merkt er das, denn plötzlich sagt er: »Ja, ich habe das Pärchen wiedergetroffen, das mir das Leben gerettet hat. Ja, ich habe immer noch Kontakt zu ihnen. Sie sind jetzt in Rente, und sie schicken mir jedes Jahr eine Glückwunschkarte zum Geburtstag. Dad und der Mann sind Freunde geworden, er hat Dad sogar geholfen, Sanitäter zu werden.«

Überrascht sehe ich Connor an, bringe aber kein Wort hervor.

»Ich kann dich lesen wie ein offenes Buch, Ava.«

Ich lehne mich vor und blicke ihm direkt in die Augen.

»Was machst du da?«, fragt er und weicht zurück. »Du machst mir irgendwie Angst.«

»Ich versuche, deine Gedanken zu lesen«, murmle ich. »Halt still.«

Lachend schüttelt er den Kopf. »So funktioniert das nicht, aber gut …« Er lehnt sich wieder nach vorn, bis seine Nase nur noch wenige Zentimeter von meiner entfernt ist, und erwidert meinen Blick aus seinen blauen Augen. »Versuch dein Bestes.« Seine Hände liegen auf meinen Knien, wandern höher und höher.

Mein Atem stockt, das Knistern zwischen uns wird immer stärker … Da senkt er seinen Blick, es ist nur eine winzig kleine Bewegung, aber ich bemerke sie. Spüre sie in meinem ganzen Körper.

»Du hast Angst«, flüstere ich.

»Angst wovor?«, fragt er mit defensiver Stimme.

Vor mir, würde ich gern sagen. Er hat vor denselben Dingen Angst wie ich. Denn egal, wie sehr wir auch dagegen ankämpfen, wir können diese Spannung zwischen uns nicht leugnen. Unsere Gesichter nähern sich, und diese Gefühle, die wir füreinander haben, werden immer stärker.

Ich weiche zurück.

Meide seinen Blick.

Und überlege mir eine gute Lüge. »Du hast Angst vor dem ersten Spiel heute Abend, oder?«

Connor stößt einen tiefen Seufzer aus. »Ja«, sagt er schließlich. Sein ganzer Körper scheint mit diesem Geständnis in sich zusammenzusinken. »Das habe ich tatsächlich.«

Ich mache einen Schmollmund. »Ich wünschte, ich könnte dabei sein.«

Er nickt. »Ich weiß. Aber ich verstehe, warum du es nicht kannst.«

»Willst du darüber reden?«

Connor zuckt mit den Schultern. »Ich bin nur etwas nervös, schätze ich. Was merkwürdig ist, weil mir Basketball einfach im Blut liegt. Das war schon immer so. Aber jetzt habe ich das Gefühl, dass viel mehr auf dem Spiel steht. Ich meine, wir haben unser ganzes Leben umgekrempelt, sind in einen anderen Bundesstaat gezogen, nur, damit ich gesehen werde, und Gott, Ava, wenn ich nicht erfolgreich bin …«

»Es tut mir leid«, sage ich, und ich meine es ehrlich. Connor hatte recht: Ich *bin* eine schlechte Freundin, weil ich bisher noch nie wirklich darüber nachgedacht habe. Ich habe mir nie Gedanken darüber gemacht, welchem Druck er möglicherweise ausgesetzt ist und was ihn nachts wach hält. All die Zeit, die wir zusammen verbracht haben, und all die dummen Fragen, die ich über seine Vergangenheit gestellt habe … Nicht ein einziges Mal habe ich dabei an seine Zukunft gedacht. Betroffen schlucke ich.

»Es muss schwer sein, das Gefühl zu haben, dass all das auf *deinen* Schultern liegt.«

»Es dient alles nur dem Ziel«, murmelt er.

»Aber wenigstens unterstützt dich dein Dad dabei. Er ist mit dir umgezogen …«

Connor senkt den Blick und konzentriert sich auf den Basketball, den er jetzt wieder umklammert. »Ja«, sagt er, aber seine Stirn ist gerunzelt. In seinem Gesicht liegt eine Traurigkeit, die mich nicht loslässt. Schnell rutsche ich ein Stück nach vorn, um ihm näher zu sein.

»Setzt er dich unter Druck? Will er, dass du etwas wirst, was du nicht sein willst?«

»Nein.« Er schüttelt entschieden den Kopf. »Nein«, wiederholt er. »Ich will Profibasketballer werden. Natürlich will ich das. Es ist auch nicht so, dass er mich enterben würde, wenn ich es nicht schaffe, aber … ich weiß auch nicht.« Er hält kurz inne, bevor er weiterspricht: »Ich habe das Gefühl, etwas erreichen zu *müssen*. Etwas, was mehr ist als nur der Durchschnitt. Etwas Großes, weil …« Seine Stimme verstummt.

»Weil …?«

Seine Nasenflügel blähen sich mit jedem Atemzug. »Weil es einen Grund geben muss, warum ich damals überlebt habe.«

»Connor«, flüstere ich. »Du setzt dich selbst viel zu sehr unter Druck.«

Er schüttelt den Kopf, die Augen auf mich gerichtet. »Was, wenn ich es vermassle, Ava? Was, wenn all das umsonst war?«

Ich atme tief ein, halte die Luft an. Und denke an mein Leben vor Connor, an all die Leere, die ich in mir gespürt habe, während ich nur so dahingelebt habe. Als würde ich meine eigenen Null-Tage leben. Ich setze mich neben ihn, mit dem Rücken zum Spielfeld. Dann nehme ich seine Hand in meine, drücke sie und hoffe, dass ich ihm damit genauso viel Mut und Trost geben kann wie er mir.

»Was, wenn es um etwas ganz anderes geht?«

»Was meinst du?«, fragt er, während er seine Finger mit meinen verschränkt. Unsere Hände sind so unterschiedlich, seine zu groß, meine zu klein, aber wenn unsere Finger so wie jetzt ineinander verhakt sind, gibt es keinen Raum dazwischen.

»Was, wenn fünfhundert Meilen entfernt ein Mädchen lebt … ein Mädchen, das kaum noch Hoffnung hat … ein Mädchen, das kurz davor ist, aufzugeben. Was, wenn du *zufällig* ins Nachbarhaus ziehst? Du *zufällig* in der Schule neben ihr sitzt. Ihr freundet euch an, ohne dass dir bewusst ist, wie dringend sie *genau so* jemanden wie dich braucht, *genau* in diesem Moment, jemanden, der ihr hilft, die Scherben ihres Lebens aufzusammeln. Der ihr hilft, alles zu verarbeiten. Und der ihr zeigt, dass Magie wirklich existiert, und … Vielleicht geht es gar nicht um die NBA.« Meine Stimme ist ganz heiser, mein Hals brennt, weil ich das Schluchzen mit aller Macht unterdrücke. »Vielleicht ist das Ziel ein anderes, als du dir vorgestellt hast …« Ich hebe den Kopf, blicke in seine geröteten Augen, die mich gefangen nehmen. »Wäre das genug für dich?«

Er legt seine Hand an meine Wange, bevor er mir den sanftesten aller Küsse auf die Stirn haucht, und meine Augen schließen sich automatisch.

»Dieses Mädchen, von dem du sprichst …«, fängt er an, seine Lippen immer noch an meiner Haut. »Ist sie heiß?«

Kapitel 24

CONNOR

»Hast du alles?«, fragt Dad, als er den Kopf zur Tür hereinsteckt.

»Ja.« Ich richte den Träger meiner Sporttasche an meiner Brust, bevor ich einen letzten Blick in den Spiegel werfe. Nervosität und Vorfreude durchströmen mich, und ich wünschte, Ava wäre hier. Ich wünschte, sie würde meine Hand halten, so wie sie es heute Mittag gemacht hat, und dieses beklemmende Gefühl in meiner Brust vertreiben, mir einen sicheren Hafen bieten, ein Zuhause.

»Alles okay?« Dad folgt mir zur Haustür. »Vor einem Spiel ist es normal, dass du nervös bist, aber sobald du auf dem Feld bist und den Ball …«

»Mir geht's gut, Dad«, unterbreche ich ihn. Ich brauche keine aufmunternden Worte, zumindest nicht von ihm. Ich darf mich nur nicht ablenken lassen, muss mich konzentrieren.

Als ich die Haustür öffne, bleibe ich abrupt stehen. Auf dem Geländer der Veranda hängt ein einzelner, traurig aussehender Luftballon. Leuchtend orange, genau wie die Teamfarbe. Jemand hat mit schwarzem Marker eine große #3 draufgeschrieben – meine Trikotnummer. Mein Blick fällt auf die Buchstaben auf der anderen Seite. Neugierig drehe ich den Luftballon um und pruste laut los. *BUUUH!*

Mein Rücken verursacht ein quietschendes Geräusch, als ich ein paar Zentimeter über den Hartholzboden rutsche und eine Schweißspur hinter mir herziehe. Die Menge, die den ganzen Abend über ohrenbetäubend laut gejubelt hat, ist plötzlich mucksmäuschenstill. Ich will gerade den Arm heben, um meine Augen gegen das helle Licht der Halle abzuschirmen, als Rhys über mir auftaucht. Er hält mir die Hand entgegen, und die Menge fängt wieder an zu toben. Sein Grinsen ist genauso breit wie meins, als ich sie ergreife und mich von ihm auf die Füße ziehen lasse.

»Sie werden dich so lange zu Boden werfen, bis du nicht mehr hochkommst!«, schreit er mir ins Ohr.

»Sie können es gern versuchen«, erwidere ich, während ich zur Freiwurflinie gehe und die Hand nach dem Ball ausstrecke. »Aber ich kann das die ganze Nacht durchziehen.«

Ich versenke die beiden Würfe, ohne mich wirklich anstrengen zu müssen.

»Die ganze verdammte Nacht, Baby!« Rhys verwuschelt mir jubelnd die Haare.

Von der Seitenlinie ruft Coach Sykes nach mir. »Brauchst du eine Pause?«

»Nicht mal annähernd!«

Mein Gegner steht neben mir, die Hände auf den Knien abgestützt. Er ist der Sechste, der mich heute deckt – und er ist fertig. *Fix und fertig.* Ich? Ich bin noch nicht mal richtig aufgewärmt. Kopfschüttelnd sieht er mich an. »Wo zur Hölle haben sie dich ausgegraben, Ledger?«

Ich zucke mit den Schultern. »Florida.«

»Hmm, dann geh verflucht noch mal dorthin zurück.«

»Du warst der absolute Wahnsinn, Ledger!«, jubelt Oscar, einer aus der Zehnten, und schlägt mir auf die Schulter, während ich auf der Bank vor meinem Spind sitze.

»Danke, Mann.«

»Ja, du hast uns echt alt aussehen lassen!«, ruft Mitch.

Ich ignoriere ihn, im Gegensatz zu Rhys. »Als ich das letzte Mal nachgesehen habe, war Basketball noch ein Teamsport. Wechsle ins Laufteam, wenn du gesehen werden willst, oder, ich weiß auch nicht … spiel verdammt noch mal besser.«

Mitch schnaubt spöttisch. »Massierst du da unten auch gleich seine Eier, während du ihm den Arsch küsst?«

Rhys lacht. »Nein, aber deine Mutter.«

Ich hole mein Handy aus dem Schließfach, und mein Adrenalinlevel, der nach dem siegreichen Spiel immer noch ziemlich weit oben ist, schießt abrupt noch weiter in die Höhe, als ich die Nachricht von Ava sehe.

Ava: Triple-Double schon beim ersten Spiel? Damit gibst du auch überhaupt nicht an, #3.

Connor: Stalkst du mich etwa?

Ava: Was soll ich sagen? Ich bin ein Fan.

Connor: Ich hab so getan, als wärst du im Publikum.

Ava: ☹ Ich wünschte, ich hätte dabei sein können.

Connor: Irgendwie warst du das auch.

Ava: Wie?

Connor: Ich hab den Luftballon zerstochen und ihn mir in die Unterhose geschoben.

Ava: Igitt.

Connor: Und trotzdem liebenswert, oder?

»Hey, das Team feiert im Diner. Du kommst mit, oder?«, sagt Rhys. Gleichzeitig kommt Avas Antwort rein:

Ava: Mom schläft bereits. Ich kann eventuell kurz rauskommen, wenn du mir von dem Spiel erzählen willst …

Langsam schaue ich zu Rhys hoch. Sein Blick wandert von meinem Handy zu mir, dann seufzt er tief. »Mach dein Ding, Ledger. Aber du bist jetzt Teil dieses Teams, irgendwann musst du dich auch so verhalten. Das hier beruht alles auf Gegenseitigkeit, und ich kann die Jungs nicht ewig hinhalten.«

»Danke, Mann«, sage ich, während ich die Spindtür zuknalle. Auf dem Weg nach draußen schreibe ich Ava.

Connor: Ich bin auf dem Weg.

***

Ava stürzt die Verandatreppe herunter und fliegt mit ausgebreiteten Armen auf mich zu. Überrascht stolpere ich einen Schritt zurück, halte sie aber sofort fest, während sie leise in mein Ohr lacht.

»Superstar!«, flüstert sie. Es will schon was heißen, wenn einen ein Mädchen im wahrsten Sinne des Wortes umhaut. Ich lasse mich von meinen Gefühlen mitreißen und wirble sie herum. Lasse sie nicht mehr los. Das scheint sie auch nicht zu wollen, denn auch nachdem ihre Füße wieder den Boden berühren, hält sie sich weiter an mir fest, ihre Arme um meinen Nacken geschlungen. Auf den Zehenspitzen stehend, sieht sie zu mir auf; ihre Augen funkeln im Schein der Straßenlaterne.

»Erzähl mir alles«, sagt sie, und ihr Lächeln ist ansteckend. »Von dem Moment, als du aufs Spielfeld gelaufen bist, bis zur Schlusssirene. Und lass nichts aus. Ich will einen detaillierten Spielbericht, damit ich das Gefühl habe, ich wäre tatsächlich dabei gewesen.«

Ihre Aufregung bringt mich zum Lachen. »Es war … Es war …«, fange ich an, stocke kurz und versuche, mich daran zu erinnern, wie ich mich vor weniger als einer Stunde gefühlt habe, aber die Details sind nur noch verschwommen, die einzelnen Momente regelrecht bedeutungslos. Denn *das hier* … mit ihr hier zu sein und sie so zu sehen … den Stolz in ihren Augen, die Begeisterung in ihrer Stimme … Das überwiegt alles andere. Und zu wissen, dass sie in diesem Augenblick ganz und gar mir gehört … Ohne darüber nachzudenken, ziehe ich sie an mich.

»Es war nur ein Spiel, Ava.« Als die Worte meinen Mund verlassen, spüre ich tief in mir, dass es die Wahrheit ist. Traurig, aber wahr.

»Es war nicht nur ein *Spiel*. Es ist, als wäre das der Anfang von etwas Neuem, weißt du? Dein Leben wird sich verändern, Connor. Ich hoffe, du bist bereit dafür.« Sie weicht zurück, löst sich von mir. Dann lächelt sie, aber es ist nicht dasselbe Lächeln, mit dem sie mich begrüßt hat. »Vergiss dann nur nicht die kleinen Leute, die dich erst so weit gebracht haben«, fügt sie hinzu, halb im Scherz. »Und dabei meine ich *mich*. Versprichst du mir, dass du mich nicht vergisst?«

Ich stoße einen tiefen Seufzer aus, bevor ich einen Schritt auf sie zumache und den Abstand zwischen uns wieder verringere, von dem sie glaubt, dass wir ihn so dringend brauchen. »Es ist ziemlich schwierig für mich, die eine Person zu vergessen, an die ich ständig denken muss.«

Ihr Blick findet meinen, sie öffnet ein wenig ihre Lippen, und ich frage mich, ob sie hören kann, wie die Magie wild in meinem Inneren pocht. Sie saugt die Luft ein, scheint sich wieder zu fangen. Ihre Mundwinkel verziehen sich zu einem Lächeln, als sie auf ihr Handy schaut. »Ich frage mich, ob es schon irgendwelche Videos vom Spiel gibt.«

Sie tippt auf dem Display herum, während ich in meinen Gedanken nach Mut suche. »Ava?«

»Ja?«

»Du bist verdammt schön.«

Und es macht mich wahnsinnig.

***

Connor: Du hast mich gestern gefragt, ob es genug für mich wäre. Dich zu treffen, dich kennenzulernen. Und ich hab einen dummen Witz gemacht. Dabei hätte ich dir die Wahrheit sagen sollen. Denn die Wahrheit ist: Ja. In den einfachsten Worten, ja, trotz der schwierigsten Umstände. Du bist genug für mich. Ich wache jeden Morgen auf und freue mich auf die paar Stunden, die ich mit dir verbringen kann, freue mich auf die wenigen Minuten, in denen ich dein Lächeln sehe, deine Stimme höre und dich neben mir spüre. Selbst an den Tagen, an denen wir nur wenig Zeit zusammen haben, allein das Wissen, dass du da bist, dass es dich gibt, ist genug für mich. Und selbst wenn ich mich den Rest meines Lebens fragen muss, wie es sich anfühlt, dich nur ein einziges Mal zu küssen … Diese Augenblicke mit dir … Sie sind all das wert. DU bist all das wert.

Kapitel 25

CONNOR

Die ganze Schule ist in Feierlaune, die Gänge sind voller orange-schwarzer Wimpel, und überall, wo ich hingehe, werde ich umringt. Ein Klopfen auf die Schulter von den Jungs, Komplimente und Flirtversuche von den Mädchen. Auch die Lehrer nehmen mich beiseite, um über das Spiel zu reden. Oder, genauer gesagt, über meine Leistung. Der Coach hat mich bereits in sein Büro zitiert, zusammen mit dem Sportreporter der Schülerzeitung. Die Schlagzeile für die nächste Ausgabe: »Ledger – das importierte Kraftpaket«. Sogar der Rektor will mich sehen, damit wir einen Presseplan erstellen, für all die lokalen Zeitungen, die eine Story über mich schreiben wollen. Und dann ist da das Team. Es ist, als hätte ich über die ganzen Trainingseinheiten hinaus beweisen müssen, dass ich *tatsächlich* gut genug war, um ihren Respekt zu verdienen. Was ich irgendwie verstehen kann, aber gleichzeitig denke ich mir: *Fuck you.*

»Du musst heute Mittag mit uns essen«, sagt Rhys, als er mich vor meiner nächsten Stunde abpasst.

»Was? Nein, ich esse mit …«

»… Ava, ich weiß. Aber es ist so was wie eine Tradition nach einem Spiel. Egal, ob Sieg, Niederlage oder Unentschieden, wir müssen zeigen, dass wir ein Team sind. Anweisung vom Coach.«

»Aber …«

»Es sind fünf Minuten, Connor; das wird dich schon nicht umbringen. Außerdem haben die Cheerleader eine *Einlage* für neue Spieler vorbereitet.«

»Was für eine *Einlage*?«

Er zuckt mit den Schultern. »Wir sehen uns nachher beim Mittagessen, okay? Sei pünktlich!«

Ich glaube nicht, dass mir jemals etwas so unangenehm war wie das hier. Aber mir bleibt nichts anderes übrig, als zuzusehen, wie die Cheerleader nur wenige Schritte vor mir ihre Routine aufführen und dabei ständig meinen Namen rufen. Mitch schlägt mir immer wieder auf die Schulter und sieht mich mit hochgezogenen Augenbrauen an, als wollte er sagen: *Wie cool ist das denn bitte?* Und vielleicht ist das für andere Jungs auch ein wahr gewordener Traum, aber für mich … Ich will nur bei Ava sein. Und Rhys – dieser verdammte Lügner. Aus den fünf Minuten, die das Ganze dauern sollte, sind inzwischen zwanzig geworden. Ich muss hier so schnell wie möglich weg.

Sobald die Cheerleader endlich mit ihrer Routine fertig sind, bedanke ich mich bei ihnen. Ich will gerade gehen, als Rhys mich am Arm zurückhält. »Bleib.«

»Hat es dir gefallen?«, fragt Karen und drängt sich zwischen Mitch und mich.

Ich will nicht unhöflich sein, also setze ich mein überzeugendstes Lächeln auf. »Ja, es war großartig.«

Sie nickt und schnappt sich den Apfel, den Mitch gerade essen wollte. »Wir haben den ganzen Morgen geübt.«

»Cool.« Ich will aufstehen, doch Rhys zieht mich wieder zurück auf die Bank. »Ich muss mal«, sage ich. »Oder willst du, dass ich es hier mache?«

»Oh, warum hast du das nicht gleich gesagt?«

Dieses Mal lässt er mich gehen, und wenig später renne ich schon über das Footballfeld. Ava wartet an ihrem üblichen Platz, und ich nehme gleich zwei Stufen auf einmal, um endlich bei ihr zu sein. »Sorry, ich musste mit dem Team in der Cafeteria essen, und dann …«

»Ich habe dir etwas zu essen gemacht«, unterbricht sie mich und streckt mir eine Lunchbox entgegen. »Aber inzwischen ist es wahrscheinlich kalt.«

»Es tut mir so leid«, sage ich und setze mich neben sie. »Ich konnte nicht früher weg. Und dann musste ich auch noch zusehen, wie die Cheerleader …«

»Die Willkommensroutine …«, murmelt sie. »Verdammt. Die habe ich ganz vergessen.«

Ich will einen Witz darüber machen, dass sie doch selbst mal Cheerleaderin war, aber da sie mir nichts davon erzählt hat, lasse ich es lieber. Ich weiß nicht, ob sie will, dass ich davon weiß.

»Es war fürchterlich«, versuche ich, sie zu beruhigen.

Ava verdreht die Augen. »Klar. Es ist eine *Tragödie*, dass du einer Gruppe von heißen Mädels in extrem kurzen Röcken zusehen musstest, während sie immer wieder deinen Namen riefen.« Sie fächelt sich übertrieben Luft zu und stöhnt: »Oh, Connor, Connor, Connor!«

Ihre Stimme geht mir durch und durch. Ich kann nicht anders, als sie anzustarren, und mein Blick bleibt wie gebannt an ihren roten, feucht glänzenden Lippen hängen. Unwillkürlich fahre ich mir mit der Zunge über die Lippen. Zum wiederholten Mal frage ich mich, wie es sich wohl anfühlen würde, sie zu küssen. In dem Moment wird mir bewusst, dass Ava mich ebenfalls beobachtet.

Doch einen Augenblick später schaut sie beschämt weg und bricht dadurch den Bann. »Bleibt es dabei, dass du mich nachher mit nach Hause nimmst?«

»Natürlich.«

»Und … ähm … was du gestern geschrieben hast … War das ernst gemeint?«

Ich schlucke. »Was genau meinst du?«

»War irgendwas davon gelogen?«

»Nein.«

Sie nickt langsam, sieht mich dabei aber immer noch nicht an.

Als im Hintergrund die Schulglocke klingelt, stoße ich einen Fluch aus. Wir haben nur noch ein paar Minuten bis zum Ende der Pause, und dabei habe ich noch nicht mal die Lunchbox geöffnet.

Im selben Moment lehnt Ava sich nach vorn und legt die Hände auf meine Brust. Sie sieht mir direkt in die Augen, sodass ich mich regelrecht in ihrem Blick verliere. Ihre Lippen öffnen sich, ihre Zunge streicht langsam darüber – und ich starre wie gebannt auf ihren Mund … auf den Teil von ihr, den ich schon seit Tagen nicht mehr aus dem Kopf bekomme.

Ihre Finger wandern zu meinen Schultern hoch, in meinen Nacken … Ich bin vor Angst wie gelähmt. Doch gleichzeitig werde ich fast verrückt vor Verlangen. Sie kommt immer näher und näher. Meine Hände bewegen sich wie von selbst zu dem schmalen Streifen nackter Haut zwischen ihrem Knie und ihrem Rock. Als Ava meinen Namen flüstert, stöhne ich leise auf. Und dann liegen ihre Lippen auf meinen; sie sind so verdammt weich – das genaue Gegenteil zu dem, was in meiner Hose passiert.

Ohne zu zögern, erwidere ich den Kuss. Avas Hände sind plötzlich in meinen Haaren, während meine über ihre Oberschenkel wandern … Ava raubt mir den Atem, aber ich brauche sie mehr als die Luft zum Atmen, und während ich mit meiner Zunge über ihre streichle, drücke ich instinktiv ihre Beine. Gleichzeitig zerrt Ava an meinen Haaren, zieht mich noch näher zu sich heran. Unser Kuss vertieft sich. Unsere Lippen passen perfekt zusammen, wie zwei Puzzleteile, die zusammengehören, obwohl wir aus unterschiedlichen Puzzles stammen.

Avas Atem beschleunigt sich, und obwohl mein Herz immer lauter schlägt, kann ich jeden ihrer Atemzüge deutlich hören. Sie richtet sich etwas auf, und ohne nachzudenken lasse ich die Hände langsam zu ihrem Rücken wandern. Leise seufzt sie meinen Namen. Sofort öffne ich meine Lippen noch weiter, küsse sie noch mehr. Ich habe so viele Stunden damit verbracht, mir genau diesen Moment vorzustellen, und nie – nicht ein einziges Mal – hat es sich so angefühlt wie das hier. Das … das …

Ein Luftzug trifft meine Lippen, genau dort, wo noch vor wenigen Sekunden Avas Mund war. Langsam öffne ich die Augen.

Ava beobachtet mich, ihre Lippen sind leicht gerötet. »Heilige Scheiße«, flüstert sie.

Ich ziehe sie wieder an mich, so schnell, dass sie beinahe auf mich drauffällt, und mache da weiter, wo wir gerade aufgehört haben. Diesmal küsse ich ihren Hals, ihren Kiefer … Sie hält mich fest, ihre Finger krallen sich in meine Haare, und ich bin so verdammt erregt, dass ich nicht mehr klar denken kann.

Im Hintergrund läutet erneut die Schulglocke, und Ava löst sich von mir. »Wir sollten gehen«, murmelt sie, und ihr Blick ist verklärt.

Aber ich will nicht. Ich will nicht aufhören, sie zu küssen, und ich will sie nicht gehen lassen, und ich will auch nicht, dass dieser Moment endet.

Kichernd löst sie sich vollends von mir. Sie richtet ihre Schuluniform, während ich die Hose in meinem Schritt zurechtrücke. Ava gibt mir einen schnellen Kuss, nur eine kurze Berührung. Dann grinst sie mich verschmitzt an. »Jetzt hast du deine Antwort«, sagt sie.

»Antwort worauf?«, frage ich verwirrt.

»Wie es sich anfühlt, mich zu küssen … *nur ein einziges Mal.*«

Kapitel 26

AVA

Was kann ein *einziger* Kuss schon anrichten?

Ziemlich viel offenbar. Denn ich kann den ganzen Tag an nichts anderes mehr denken. Seine Lippen, seine Hände, die Art und Weise, wie er mich berührt hat, wie es sich angefühlt hat … Ich kann mich auf nichts anderes mehr konzentrieren. Nicht auf die Klassenarbeit in Biologie. Nicht auf das Telefon, das irgendwo im Hintergrund klingelt. Nicht auf Rhys, der neben mir meinen Namen zischt.

Ein Stoß gegen meinen Ellbogen reißt mich aus meinem Tagtraum. Ich drehe mich zu Rhys und funkle ihn aus zusammengekniffenen Augen an. »Was?«

»Dein Handy klingelt«, sagt er.

Verwirrt blicke ich mich um. Alle starren mich an – und in dem Moment holt mich die Realität ein, und zwar schlagartig. Hektisch krame ich mein Handy heraus, und als ich Krystals Namen auf dem Display sehe, gehe ich sofort ran, ohne darauf zu achten, dass ich gerade mitten im Unterricht sitze.

»Deine Mutter hat einen Anfall, Ava. Du kommst am besten sofort nach Hause. Trevor ist schon auf dem Weg.«

Ohne irgendwas zu sagen, springe ich auf und laufe zur Tür.

Niemand fragt, was das soll oder wo ich hingehe; sie wissen es auch so.

Die zwei Minuten, die ich auf dem Schulparkplatz auf Trevor warten muss, fühlen sich an wie Stunden. Schnell schicke ich Connor eine kurze Nachricht, damit er weiß, dass ich wegmusste. Als Trevor endlich auftaucht, hüpfe ich regelrecht in seinen Truck.

Mir graut vor dem, was mich zu Hause erwartet.

Die Furcht verdrängt alle anderen Gefühle, alle anderen Gedanken. Mir wird ganz heiß, und ich spüre, wie das Blut durch meine Adern rauscht. Ich kann nicht mehr länger stillsitzen, alle möglichen Horrorszenarien gehen mir durch den Kopf.

»Keine Sorge«, sagt Trevor, eine Hand auf meinem Knie, um mich zu beruhigen. »Alles wird gut.«

»Woher willst du das wissen?« Meine Stimme ist nur noch ein Flüstern.

Doch darauf weiß er auch keine Antwort. Schweigen breitet sich zwischen uns aus.

Voller Angst stürze ich zur Eingangstür. Drinnen erwartet mich das reinste Chaos; ich kann kaum einen Fuß hineinsetzen. Überall liegen Zeitschriften und Glasscherben herum, die Bilderrahmen hängen schief an den Wänden. Krystal steht mitten im Wohnzimmer, die Hände in die Hüften gestemmt, und Mom – Mom sitzt in der Ecke, den Kopf zwischen den Beinen, die Arme um sich geschlungen. Sie wippt unablässig vor und zurück, während sie unverständliches Zeug vor sich hin murmelt.

Krystal atmet tief durch, bevor sie sich zu mir umdreht. »Ihr geht's gut. Sie ist in der …«

»… Nachphase«, murmle ich und bewege mich langsam auf

meine Mutter zu. Ich ignoriere die Glasscherben unter meinen Schuhen und gehe vorsichtig neben ihr in die Knie.

»Mama?«, fange ich an, während ich gegen die Tränen ankämpfe. *Ich bin eine Siegerin.* »Ich bin's, Ava. Erinnerst du dich?«

Mom hört auf zu wippen. Als sie aufblickt, sind ihre Augen ganz glasig, und der Kampf zwischen Chaos und Ruhe spiegelt sich darin deutlich wider. »Natürlich erinnere ich mich an dich«, sagt sie. Ihre Stimme ist ganz leise. Sie legt ihre warme, feuchte Hand an meine Wange und tätschelt sie kurz.

Ich halte ganz still, obwohl ich am liebsten zurückgewichen wäre. Aber dann zerbricht etwas in meiner Mom, eine einzelne Träne läuft ihr übers Gesicht. »Meine Ava. Ava, Ava.« Sie fängt wieder an, vor und zurück zu schaukeln. »Ava, Ava, Ava.«

Ich lege meine Arme um sie, halte sie einfach nur fest und wippe mit ihr mit.

»Es tut mir leid, Ava. Es tut mir leid.«

»Schon okay, Mama.« Mein Blick wandert zu Trevor. Als ich sein trauriges Lächeln sehe, zieht sich etwas in meiner Brust schmerzhaft zusammen.

Moms Schultern fangen an zu beben, also drücke ich sie noch näher an mich, halte sie noch fester.

»Sie haben es auf mich abgesehen, Ava. Sie haben es auf mich abgesehen, und als sie mich gefunden haben … Es war so dunkel und so …«

»Schsch«, beruhige ich sie, während sie ihr Gesicht an meinen Hals drückt. »Schon gut. Es ist vorbei. Du bist zu Hause, Mama. Du bist hier in Sicherheit.«

***

Mom hat »Anfälle«, und danach kommen auch die »Nachphasen«. Seit sie zurück ist, haben wir mehr als nur ein paar davon erlebt, manchmal hat es sogar welche zwischen ihren Einsätzen gegeben. Wenn Krystal den Bericht über den heutigen Anfall schreibt, wird sie ihn als »mild« bezeichnen. Meistens bin ich bei meiner Mom oder zumindest nahe genug, um ihr zu helfen. Wenn es schwieriger für Mom wird, in die Nachphase zu kommen, muss Trevor dazukommen, körperlich. Emotional liegt jedoch alles bei mir.

Es hat eine halbe Stunde gedauert, meine Mom so weit zu beruhigen, dass ich sie ins Bett bringen konnte. Sie ist innerhalb von wenigen Minuten eingeschlafen. Kein Wunder, denn diese Anfälle setzen ihr ziemlich zu.

»Ava?«, sagt Trevor, als er seine Schulter an den Türrahmen zu meinem Schlafzimmer lehnt. »Bist du okay?«

»Ja.« Ich nicke, während ich die letzten Änderungen in seinen Kalender speichere. Wenn er in einem Notfall – so wie heute – die Arbeit unterbrechen muss, bedeutet das, dass seine Termine verschoben werden müssen. Ich biete immer an, die Anrufe für ihn zu übernehmen, damit er es nicht selbst tun muss. So muss er sich um ein Problem weniger Sorgen machen – und es ist das Mindeste, was ich tun kann.

»Krystal ist gerade gegangen«, sagt er und betritt den Raum. Er setzt sich an den Rand des Bettes und stützt sich mit den Armen im Rücken ab. »Ich will ehrlich sein, Ava. Die Situation momentan ist nicht gerade die beste, und ich glaube nicht, dass ich dich am Wochenende allein …«

»Hör auf«, unterbreche ich ihn. Ich weiß, was jetzt kommt. »Ich schaffe das schon.« *Hoffe ich.* »Außerdem, du *musst* dort sein. Du bist der Trauzeuge.« Auf der Hochzeit von seinem Vater. Von dem

Mann, den ich früher als Stiefvater bezeichnet habe. Dem Mann, der abgehauen ist, als die Situation zu schwierig für ihn wurde, und der die ganze Last seinem Sohn überlassen hat, für den es offenbar nichts gibt, was *zu schwierig* ist.

Trevor seufzt, und der Laut füllt den ganzen Raum aus. »Ich wusste, dass du das sagen würdest, deshalb hab ich einen Gefallen eingefordert …«

Ich wirble in meinem Schreibtischstuhl herum. »Was meinst du damit?«

»Peter steigt noch heute in den Flieger«, sagt er. Bei dem Gedanken daran, wie es war, als Peter das letzte Mal hier war, dreht sich mir der Magen um. »Er wird direkt morgen früh ankommen.«

Am liebsten würde ich ihm noch mal sagen, dass ich das allein schaffe, dass Peter nicht kommen muss, dass ich ihn nicht hierhaben *will* … Aber dann sehe ich Trevor an, sehe die Anspannung in seinen Schultern, diesen gequälten Ausdruck in seinen Augen, und meine Schuldgefühle zwingen mich dazu zu lächeln. »Ich kann's kaum erwarten«, lüge ich.

***

> **Connor:** Du hast mich mit einem einzigen Kuss zerstört, Ava Elizabeth Diana.

Meine Mundwinkel zucken, aber ich zwinge mich, nicht zu grinsen. Nach dem Tag, den ich hinter mir habe, ist es das Letzte, was ich gebrauchen kann, wieder daran erinnert zu werden, was ich am allermeisten will. Was ich aber nicht haben kann. Egal, wie verzweifelt ich mich danach sehne.

Ich unterdrücke meine egoistischen Gedanken und antworte:

Ava: Du hast gesagt, du warst neugierig. Und Neugier ist der Katze Tod, weißt du das denn nicht?

Connor: Und Katzen haben sieben Leben. Heißt das, du schuldest mir noch acht Küsse?

Ich starre auf die Nachricht und ignoriere, wie mein Herz langsam bricht. Was würde ich für acht weitere selbstsüchtige Momente mit ihm geben?

»Ava?«, ruft Mom in ihrem Schlafzimmer.

Sofort lasse ich mein Handy fallen, zusammen mit meinen Illusionen, und gehe zu ihr.

Ich gehe *immer* zu ihr.

Weil sie immer an erster Stelle kommt.

An erster Stelle, für immer.

Kapitel 27

CONNOR

Am Tag nach dem Nur-ein-einziger-Kuss-Kuss lehne ich mich gegen mein Auto und starre auf mein Handy. Zum wiederholten Mal lese ich Avas und meinen Nachrichtenverlauf der letzten Tage. Und wie jedes Mal versuche ich, nach der letzten Nachricht, die ich ihr geschickt habe, weiterzuscrollen. Doch sie hat nicht darauf geantwortet, und ich kann einfach nicht anders, als mir zu viele Gedanken über die möglichen Gründe zu machen. Vielleicht spielt sie nur ein Spielchen mit mir oder sie wurde abgelenkt oder vielleicht – und das ist das Ergebnis meiner Grübeleien –, vielleicht *will* sie den Kuss nicht wiederholen.

Vielleicht bin ich eine Niete im Küssen.

Eine komplette Enttäuschung.

Seufzend tippe ich eine Nachricht, um ihr zu sagen, dass ich draußen auf sie warte, doch in dem Moment öffnet sich die Haustür.

Ich hoffe, dass es Ava ist.

Doch es ist nur Trevor.

Er kommt die Einfahrt herunter und bleibt ein paar Schritte von mir entfernt stehen. »Alles okay?«, fragt er und mustert mich misstrauisch.

Ich wische meine Hände an der Hose ab, versuche, meine Gedanken zu glätten. »Klar. Warum?«

Er senkt den Blick, und seine Lippen verziehen sich. »Hast du dir gerade einen Porno angeschaut?«

»Nein! Was zum Teufel denkst du von mir?«, sage ich. »Ich hab mir nur eine Spielaufzeichnung angesehen«, lüge ich.

»Ich hab übrigens von deinem Spiel gehört. Gratuliere, Mann.«

Unwillkürlich richte ich mich auf. »Danke.«

»Hör mal, mein alter Herr heiratet wieder …«, fängt er an, hält jedoch inne, als ich meine Augen zusammenkneife.

Ich muss wieder daran denken, was Rhys mir von ihm erzählt hat – dass er einfach abgehauen ist –, und Wut breitet sich in mir aus.

»Ich weiß …« Trevor zuckt mit den Schultern. »Er ist nicht der beste Kerl da draußen, aber er ist mein Dad. Deshalb muss ich irgendwie dabei sein.«

»Das verstehe ich.«

»Jedenfalls«, sagt er und schiebt die Hände in die Hosentaschen. »Ich werde für ein paar Tage weg sein …«

Hoffnung durchströmt mich.

»… deshalb kommt ein Kumpel von mir und bleibt bei Ava, während ich weg bin.«

Und die Hoffnung stirbt. Ich deute auf mich selbst. »Ich könnte ja bei ihr bleiben.«

Lachend klopft er mir auf die Schulter und drückt zu. Fest. »Du *könntest*«, antwortet er. Seine Miene verhärtet sich, als er mir direkt in die Augen sieht, als wolle er sicherstellen, dass ich seine nächsten Worte ernst nehme. »Aber das *wirst* du nicht.«

Ich presse die Lippen zusammen. »Verstanden.«

In dem Moment fährt ein Auto vorbei, wendet am Ende der Sackgasse und parkt hinter meinem.

»Da ist er auch schon«, verkündet Trevor und läuft ihm entgegen.

Ich kann das Gefühl von Neid nicht unterdrücken, als ich das Auto – einen Mercedes der G-Klasse – und den Kerl sehe. Er ist etwa in Trevors Alter, und er hat diesen Surfer-Boy-Look, der ihn auch ohne die ganze Kohle attraktiv macht. Der Neid wird zu Feindseligkeit, als ich daran denke, dass *das* der Kerl ist, der die nächsten Tage mit Ava verbringen wird. Der sie sieht, wenn ich es nicht kann, der direkt mit ihr redet – und nicht über ein verdammtes Handy. Er wird sie sehen, kurz nachdem sie aufsteht oder kurz bevor sie ins Bett geht. Verflucht, er wird sie wahrscheinlich sogar *im* Bett sehen. Galle steigt mir in die Kehle, aber ich schlucke sie hinunter, als Ava auf die Veranda tritt.

»Ava, Peter ist hier!«, ruft Trevor und schaut sie direkt an.

Avas Lächeln wirkt offen und ganz und gar ehrlich, als sie die Stufen hinuntereilt und den Kerl begrüßt – und mich dabei vollkommen ignoriert.

Meine Nemesis – besser gesagt Peter – schlingt seine Arme um sie, sobald sie nah genug gekommen ist. Die Umarmung dauert viel zu lang. Am liebsten würde ich mich räuspern und *Hallo, ich bin auch noch da!* schreien. Aber das wäre armselig. Sogar noch armseliger, als hier zu stehen und ihnen dabei zuzusehen. Peter löst sich etwas von ihr, um sie vom Kopf bis zu den Brüsten zu mustern.

Jepp, ich mag diesen Kerl jetzt schon nicht, dabei weiß ich nichts über ihn.

Er nimmt ihr Gesicht in beide Hände. Sofort überkommt mich der Wunsch, ihm die Arme auszureißen und ihn damit zu Tode zu prügeln.

»Schlechte Nacht?«, fragt er, obwohl er das unmöglich allein von diesen paar Minuten mit ihr wissen kann.

Endlich, *endlich* bemerkt Ava, dass ich am Gehweg stehe wie ein verlorenes Hündchen, und löst sich ganz von ihm.

»Gib mir einen Moment«, sagt sie zu ihm, bevor sie zu mir kommt.

Ich schiebe die Hände tiefer in meine Hosentaschen, mein Stolz befindet sich jedoch fest in ihrem Griff.

»Ich werde heute später kommen.«

Das war's?

Wo bleibt meine Umarmung?

Ich weiß, ich sollte mich nicht darüber aufregen, also gebe ich mein Bestes, mir nichts anmerken zu lassen. »Alles okay?«

»Ja«, sagt sie und zupft an dem Kragen meines Blazers. »Ich schaffe es bestimmt bis zur Mittagspause.«

Ich nicke, während ich zu Peter schaue, der von der Veranda aus jede unserer Bewegungen genau beobachtet.

»Wir treffen uns an unserem üblichen Platz«, fügt Ava hinzu.

Peter verschränkt die Arme und kneift misstrauisch die Augen zusammen.

Ava zupft erneut an meinem Blazer. »Okay?«

Mein Blick wandert zurück zu dem Mädchen vor mir, dessen Augen im Licht der Morgensonne leuchten. Ich erwidere ihr Lächeln. »Klar. Ich warte auf dich.«

Sie stellt sich auf die Zehenspitzen und gibt mir einen Kuss auf die Wange. Es ist zwar nicht der Kuss, den ich wollte, der Kuss, von dem ich dachte, dass ich ihn *brauche*, aber es ist wenigstens etwas. Und *etwas* ist auf jeden Fall besser als die Unsicherheit, die mich gefangen gehalten hat.

Als es endlich zur Mittagspause klingelt, verzichte ich auf die Cafeteria, nur damit ich ein paar Minuten länger mit ihr verbringen kann. Ich bin vor ihr an unserem Treffpunkt, also setze ich mich auf die Tribüne und warte. Und warte und warte. Meine anfängliche Aufregung wird zu Verwirrung, und dann wird Verwirrung zu Sorge. Ich schicke ihr eine Nachricht, frage, ob alles okay ist. Danach warte ich wieder. Als es zum Ende der Pause klingelt und ich immer noch keine Antwort von ihr bekommen habe, wird aus dieser Sorge Neid, Eifersucht.

Und ich hasse, dass ich so fühle. Denn mir wird klar, dass diese Reaktion, die ein brennendes Loch in mein Innerstes frisst, nichts mit dem Auto oder dem Aussehen von diesem Kerl zu tun hat. Und auch nichts mit der Tatsache, dass er Zeit mit Ava verbringen kann. Es liegt daran, dass – egal, wer er ist – Trevor ihm vertraut. Zumindest genug, um ihn bei Ava bleiben zu lassen. Vielleicht sogar mehr. Und dass Ava ihm vertraut, genug, um ihn in die Nähe ihrer Mom zu lassen … Etwas, was ich mir noch nicht verdient habe.

Und etwas, wozu ich wahrscheinlich auch nie eine Chance bekommen werde.

Kapitel 28

CONNOR

Es ist fast Samstagmittag, und das Einzige, was ich von Ava gehört habe, ist ein einfaches »Sorry«, das sie mir gestern Abend geschickt hat.

Sonst nichts, und ich weiß nicht mal, ob es ihr leidtut, dass sie mich gestern versetzt hat, oder ob es ihr leidtut, dass sie mir nichts gesagt hat, oder ob es ihr leidtut, dass sie die restlichen acht Küsse einem Kerl schenkt, der in ihrem Haus schläft.

Mein Hirn ist offenbar kaputt. Denn ich sitze mit meinem Handy auf der Veranda und starre seit einer halben Stunde auf die ungesendete Nachricht auf meinem Display.

Hi

Ich habe keine Ahnung, was ich sonst schreiben soll, ohne dabei so verzweifelt zu klingen, wie ich mich fühle.

Seufzend lösche ich die Nachricht und stecke das Handy in meine Tasche, bevor ich auf die Straße hinausblicke, als hätte ich sonst keine Sorgen. Der Typ, der gegenüber wohnt, mäht seinen Rasen; ein paar Häuser daneben streicht jemand seine Veranda. Eine Frau läuft mit ihrem Hund an einem Mann vorbei, der gerade sein Auto wäscht. In dem Moment tauchen ein paar Kids auf ihren Fahrrädern auf, jeder von ihnen hat einen Rucksack dabei. Es sind dieselben Kids, die neulich Avas Haus mit Klopapier »verziert« haben. Ich richte mich auf, um mehr zu sehen. Sie fahren in Kreisformation am Ende der Straße, ihre Stimmen zu leise, um sie zu verstehen. Einer von ihnen – der Größte – steigt vom Fahrrad und nimmt seinen Rucksack ab. Er kniet sich hin, den Blick fest auf Avas Haus gerichtet, und zieht eine Wasserbombe hervor.

Ich bin auf den Füßen und auf dem Weg die Stufen hinunter, bevor er überhaupt die Hand gehoben hat.

»Du solltest lieber noch mal drüber nachdenken, bevor du das wirfst!«

Alle vier Jungs starren mich an.

»Fick dich!«, schreit der mit der Wasserbombe.

Fick dich?

Ist das sein Ernst?

»Und mit *dem* Mund nuckelst du an einem Schnuller, du kleines Monster?!«, rufe ich zurück. Das ist nicht mein bester Moment, aber es ist das Einzige, was mir einfällt. Ich bin barfuß, aber das hält mich nicht davon ab, ihnen hinterherzulaufen.

In der Sekunde, in der sie mich in voller Größe sehen, lassen sie die Wasserbomben links liegen und springen auf ihre Fahrräder. Ihr Gelächter geht mir auf die Nerven. Doch anstatt sofort die Flucht zu ergreifen, fahren sie auf der Straße im Kreis und warten auf meinen nächsten Schritt.

Ich hebe einen Stock auf.

Der Kleinere von ihnen schreit höhnisch: »Du solltest lieber noch mal drüber nachdenken, bevor du das wirfst!«

Plötzlich schießt ein Wasserstrahl über meine Schulter, der mich nur knapp verfehlt. Als ich mich umdrehe, steht Peter mit zusammengekniffenen Augen und einem Hochdruckschlauch neben der Veranda. »Verpisst euch, ihr Scheißer!«

Die Kids ergreifen sofort die Flucht, doch Peter folgt ihnen mit dem Schlauch und zielt auf ihren Rücken. Sobald sie außer Reichweite des Wassers sind, bleiben sie stehen. Einer von ihnen ruft: »Oh, sieh mal einer an! Dein Freund ist gekommen, um dir zu helfen.«

»Verfluchte Kids«, murmelt Peter neben mir. »Wie schnell kannst du ohne Schuhe rennen?«

»Schnell«, antworte ich.

»Bereit?«

Wir stürzen nach vorn, meine Füße prallen hart auf dem Asphalt auf. Sofort hauen die Kids ab, einer von ihnen ruft zurück: »Lasst euch die Weisheitszähne ziehen!«

»Yeah«, fügt ein anderer hinzu, »dann bekommt ihr mehr Schwänze in den Mund.«

Peter prustet laut los und wird langsamer. Ich bleibe neben ihm stehen.

»Gott«, sagt er, während er zusieht, wie die Kids um die Ecke biegen. »Die Beleidigungen sind auf jeden Fall kreativer geworden, seit ich in dem Alter war.« Er hält mir die Faust für einen Fist Bump hin, bevor wir wieder zurücklaufen. »Ich bin übrigens Peter.«

Einen Moment lang hatte ich vergessen, dass er mein Feind ist. Und seinen Fist Bump erwidert. »Connor.«

»Ich weiß, wer du bist«, sagt er beiläufig. Seine Stimme klingt vollkommen harmlos.

Meine Brust schwillt an bei der Vorstellung, Ava könnte mich erwähnt haben.

»Trevor hat mir von dir erzählt. Beziehungsweise er hat mich vor dir *gewarnt.*«

»Dich vor mir gewarnt?«, frage ich ungläubig nach.

Er schüttelt den Kopf. »Nicht so. Er hat nur gemeint, dass da irgendwas zwischen dir und Ava am Laufen ist.«

Was am Laufen ist. So nennen wir das also? Cool.

»Er hat gesagt, ich soll aufpassen, dass du dich nachts nicht in ihr Schlafzimmer schleichst.«

Das würde ich nur zu gern tun. »Nein«, wehre ich ab, »das würde ich nie machen.« Vor Avas Haus bleiben wir stehen, und ich helfe ihm dabei, den Schlauch wieder aufzurollen. So locker wie möglich füge ich hinzu: »Wie geht es ihr? Ich habe seit gestern früh nichts mehr von ihr gehört.«

Peter zuckt mit den Schultern. »Sie war ziemlich beschäftigt mit ihrer Mom und allem. Ich glaube, es ist schwieriger für sie, wenn Trevor nicht da ist. Und ich bin kein Ersatz für ihn. Ich bin nur hier wegen meiner Muskeln.«

Ich nicke und tue so, als würde ich verstehen, was er sagt, aber die Wahrheit ist, dass ich, abgesehen von dem, was Ava mir erzählt hat, keine Ahnung habe, was sie täglich durchmachen muss.

In dem Moment fährt Rhys vorbei, dreht um und parkt vor meinem Haus. Mit im Auto sitzen ein paar Jungs aus dem Team. Und Karen. Die anderen bleiben im Wagen, als Rhys aussteigt und auf uns zukommt, ohne den Blick von Peter abzuwenden.

»Was läuft, Kumpel?«, fragt er mich, und an Peter gewandt fügt er hinzu: »Hey, Mann. Urlaub zu Hause?« Sie begrüßen sich, als würden sie sich schon ein ganzes Leben lang kennen.

»Ich bleib nur bei Ava, während Trevor weg ist.«

»Ach ja. Sein Dad heiratet, richtig?«

Peter nickt, und mein Magen zieht sich ruckartig zusammen. Es ist, als wäre ich genau hier, aber in einer anderen Dimension. Als hätte ich keinen Plan von der realen Welt. Ich weiß nicht, woher Rhys und Peter sich kennen oder woher er weiß, was sich in Avas Leben abspielt. Ob es nur Kleinstadtgerede ist oder ob Ava mit Rhys genauso redet wie mit mir.

Oder *mehr.*

Offener und ohne sich zurückzuhalten. Plötzlich fühle ich mich … Ich fühle mich so verflucht *unbedeutend.*

»Schwing deinen Arsch rein und zieh dich um«, sagt Rhys und deutet auf mich. »Wir wollen zum Sportpark.«

»Haben wir heute nicht diesen Auftritt vor unseren Fans?«

Rhys schnaubt. »Ja, in etwa vier Stunden. Also los.«

Ich seufze ergeben, obwohl ich nicht wirklich Lust darauf habe, unter Leute zu gehen. »Kommt Mitch auch?«

»Nein, er schafft's nicht.«

Gut.

»Vielleicht lässt er sich die Weisheitszähne ziehen«, meint Peter.

Unwillkürlich muss ich lachen.

»Was?«, fragt Rhys verwirrt.

»Du weißt schon«, sage ich, »damit er mehr Platz hat, um Schwänze zu lutschen.«

Peter prustet, während Rhys zwischen uns hin und her schaut.

Plötzlich taucht Karen aus dem Nichts neben mir auf. »Kommst du?«, fragt sie.

»Ja«, antwortet Rhys für mich. »Beeil dich. Ich hab Riesenkohldampf.«

»Ich zieh mich mal um«, murmle ich, während Peter sich an Karen wendet: »Hi, ich bin Peter.«

Karen kichert. »Ich weiß, wer du bist. Du und Trevor habt Ava und mich immer mit uringefüllten Wasserpistolen durch den Garten gejagt.«

Seine Augen weiten sich. »Du bist das Mädchen von damals?« Dann mustert er sie von oben bis unten. »Fuck, du bist nicht nur groß, sondern auch verdammt hübsch geworden.«

»Jetzt zieh dich endlich um!«, ruft Rhys und schubst mich in Richtung Haustür.

Ich werfe ergeben die Hände hoch. »Ich geh ja schon.« Als ich zu Avas Haus zurückschaue, steht Ava in der Tür. Offenbar hat sie uns die ganze Zeit beobachtet. Ich hebe die Hand, um sie zu grüßen. Doch sie macht die Tür zu.

AVA

»Was ist da draußen los?«, fragt Mom aufgewühlt.

Ich schließe die Tür, meine Brust schnürt sich vor Eifersucht und Verbitterung so stark zusammen, dass ich es nicht ignorieren kann. Ich zwinge mich zu einem Lächeln, als ich mich wieder an den Tisch setze und Moms Sprechtherapiekarten ziellos hin und her schiebe.

»Es sind nur ein paar Leute aus der Schule«, murmle ich.

»Verunstalten sie wieder das Haus?« Sie kneift die Augen zusammen und ballt die Fäuste.

»Nein, Mama. Sie reden nur mit Connor.«

Sie schnaubt. »Wer zum Teufel ist Connor?«

»Er ist ...« Er ist jemand, der das Leben verdient, das man ihm anbietet. »Er ist niemand.«

CONNOR

Während ich mich umziehe, schreibe ich Ava.

> **Connor:** Rhys zwingt mich, das Haus zu verlassen, danach habe ich diesen komischen Auftritt, aber dann habe ich Zeit, wenn du willst, dass ich vorbeikomme.

> **Connor:** Wir können auch nur zwanzig Sekunden auf deiner Veranda sitzen und dabei zusehen, wie das Gras wächst. Mir vollkommen egal. Ich will dich nur sehen.

Ich warte gute fünf Minuten auf eine Antwort; dass Rhys mir zum wiederholten Mal sagt, ich soll mich endlich beeilen, ignoriere ich. Stattdessen schicke ich Dad, der im Zimmer nebenan schläft, eine Nachricht, damit er weiß, wo ich bin.

Danach schreibe ich erneut Ava.

> **Connor:** Es ist nur, ich vermisse dich wirklich. Wenn du nie wieder darüber reden willst – über den Kuss –, ist das auch okay. Aber bitte schließ mich nicht aus deinem Leben aus, Ava. Bitte.

AVA

»Ich habe übrigens Connor kennengelernt«, sagt Peter, der auf der Couch neben mir sitzt, während Mom allein in ihrem Zimmer hockt und mal wieder lieber die Wände anstarrt, als Zeit mit mir zu verbringen.

Heute ist ein Negativ-Tag, also ein schlechter Tag. Ich habe nur noch nicht herausgefunden, wie schlecht.

»Und?«, frage ich, ohne von meinem Handy aufzusehen. Stattdessen lese ich nun schon zum gefühlt hundertsten Mal die Flut an Nachrichten, die Connor geschickt hat.

»Und er scheint echt in Ordnung zu sein.«

Ich denke an Connor und daran, wie sehr sich alles für ihn ändern wird, nachdem jetzt alle auf ihn aufmerksam geworden sind. Er wird mehr Freunde haben, als ihm lieb sein wird, und Mädchen wie Karen …

Und dann bin da auf der anderen Seite ich.

Im Moment glaubt er zwar, ich wäre genug für ihn, aber das wird nicht ewig so sein, und selbst nach diesem unglaublichen Kuss hat sich nichts geändert. Ich bin immer noch ich, werde es immer sein, und irgendwann wird er mich nicht mehr wollen, keine Lust mehr haben, auf mich zu warten, und dann wird er sich jemand anders suchen.

Erneut lese ich dich Nachricht: *Aber bitte schließ mich nicht aus deinem Leben aus, Ava.*

»Er ist ein Träumer«, murmle ich. *Jemand, der die Wahrheit nicht sehen will.*

»Was meinst du damit?«, fragt Peter.

»Nichts.« Ich schüttle den Kopf, um den Nebel darin, der meine Gedanken einhüllt, zu vertreiben. »Keine Ahnung, was ich damit sagen will.«

CONNOR

Oscar, der neben Rhys auf dem Beifahrersitz sitzt, stöhnt leise und lehnt den Kopf gegen die Fensterscheibe. Auf der Rückbank neben mir macht Chad, auch ein Zwölftklässler, dasselbe.

»Was ist los mit euch?«, frage ich.

»Nicht so laut«, krächzt Chad.

Karen sieht mich an. »Sie haben einen Kater.«

»O Mann.« Ich lache. »Heftige Nacht?«

Karen schürzt die Lippen. »Mhm. Meine Geburtstagsparty. Ich hatte dich eingeladen …«

Scheiße. Das hab ich völlig vergessen. »Ich hatte ziemlich viele Hausaufgaben zu erledigen«, lüge ich.

»Klar«, sagt sie mit einem Lächeln, das so offensichtlich gezwungen aussieht, dass es wehtut.

Am Sportpark angekommen, gehen wir zuerst zu den Foodtrucks. Rhys hat sich von allem etwas geholt, während die anderen zwei nur in ihrem Essen herumstochern. Karen sitzt neben mir. Ich habe keine Ahnung, warum sie überhaupt dabei ist, aber für die anderen scheint es ganz normal zu sein, also kommt sie vermutlich öfter mit. Nachdem Rhys den letzten Bissen verdrückt hat, rülpst er laut, steht auf und schlägt den anderen beiden Jungs auf den Kopf.

»Los, auf zu den Käfigen!«, befiehlt er.

Die beiden kommen stöhnend auf die Füße und folgen ihm. Ich bin immer noch am Essen, genau wie Karen. Es breitet sich eine unangenehme Stille zwischen uns aus. Ich weiß einfach nicht, was ich mit ihr reden soll, und sie sagt auch nichts. Also schaue ich auf mein Handy. Immer noch keine Nachricht von Ava.

»Schau dir diese Idioten an«, sagt Karen und deutet zu den Käfigen, wo Oscar mit verkehrt herum aufgesetztem Helm dasteht, während ihm ein Baseball nach dem anderen um die Ohren fliegt.

»Weißt du, was man am besten tun sollte, wenn so viele Bälle auf einen zurasen?«

»Nein, was?«

Sie dreht sich zu mir, und ein Funkeln tritt in ihre Augen. »Den Mund nicht zu weit aufreißen.«

Ich lache laut. »Hey, wie kommt es eigentlich, dass du keinen Kater hast?«

Sie zuckt mit den Schultern. »Ich trinke nicht.«

»Im Ernst?«, frage ich ungläubig.

Mein schockierter Gesichtsausdruck bringt sie zum Lachen. »Wir haben denselben Trick, du und ich. Wenn du mit einem vollen Becher herumläufst, lassen dich alle in Ruhe«, sagt sie wissend.

»Ab und zu trinke ich schon«, gestehe ich ihr. »Ich muss nur in der Stimmung dafür sein. Warum trinkst du nicht?«

»Weiß auch nicht. Ich hab es einmal probiert, aber mir hat es nicht geschmeckt. Und ich bin keine, die etwas tut, nur weil alle anderen es machen.«

»Das ist … klug. Ich hätte dich gar nicht so eingeschätzt.«

Sie zuckt mit den Schultern. »Die Leute verurteilen mich oft wegen meines Aussehens oder Verhaltens. Klar bin ich selbstbewusst, und natürlich will ich gut aussehen, aber das heißt nicht, dass ich nichts im Kopf habe. Ich habe den drittbesten Notendurchschnitt in unserem Jahrgang.« In ihrer Stimme schwingt ein Hauch Verachtung mit, und ich frage mich, ob sie damit die Leute im Allgemeinen oder mich persönlich meint. Denn ich habe sie definitiv aufgrund dessen verurteilt, was sie gerade aufgezählt hat. Aber hier, außerhalb der Schule, scheint sie echt ganz in Ordnung zu sein.

»Bist du bereit?«, fragt sie und sammelt unsere leeren Teller ein.

»Klar«, sage ich, und zusammen entsorgen wir den Müll und laufen danach zu den Käfigen. »Hey«, fange ich an, »es tut mir übrigens leid, dass ich deine Party verpasst habe. Alles Gute zum Geburtstag nachträglich.«

Diesmal ist ihr Lächeln echt. »Danke, Connor. Das ist nett von dir.«

»Wow, sie hat einen ziemlich guten Schlag drauf«, sage ich, während ich Karen dabei beobachte, wie sie den Baseballschläger schwingt, als hätte sie jahrelang nichts anderes gemacht.

Rhys klammert sich an die Maschen des Käfigs und klettert ein Stück nach oben. »Sie ist nicht schlecht.«

»Hängt sie öfter mit euch ab?«, frage ich und ziehe ihn wieder runter, als ich einen der Angestellten auf uns zukommen sehe.

»Karen? Ja, sie gehört quasi zum Team. Schon seit Jahren.«

»Hmm.«

»Lass dich nicht von diesen Beinen und dem hübschen Lächeln täuschen«, warnt er mich, während er von der Käfigwand hüpft und in der Hocke landet. »Sie ist verflucht ehrgeizig. Deshalb haben sie und Ava sich auch so gut verstanden. Sperr die beiden zusammen in einen Raum, und sie würden einen Weg finden, die Mauer in China einzureißen.«

»Du meinst die Chinesische Mauer?«

»Ist doch dasselbe.« Er zuckt mit den Schultern, bevor er hinzufügt: »Peter ist also hier?«

»Sieht so aus. Woher kennst du ihn?«

Er schnaubt belustigt. »Jeder kennt Peter Parker.«

Fassungslos sehe ich ihn an. »Das ist aber nicht *wirklich* sein Name, oder?«

»O doch«, sagt Rhys lachend.

In der Mitte des Käfigs bittet Oscar gerade Karen, ihm den Schläger zuzuwerfen, aber er ist zu langsam, und der Schläger trifft ihn genau zwischen die Beine. Oscar jault schmerzerfüllt und krümmt sich zusammen.

Kopfschüttelnd drehe ich mich wieder zu Rhys. »Hey«, fange ich an. »Ava und du, redet ihr eigentlich viel miteinander?« Die Frage nagt schon den ganzen Nachmittag an mir.

Rhys verzieht keine Miene. »Definiere ›viel‹.«

Ich zucke mit den Schultern und schaue wieder zu Oscar und Karen. »Es wirkt nur so, als wüsstest du ziemlich gut darüber Bescheid, was so in ihrem Leben passiert.« *Mehr als ich*, würde ich am liebsten hinzufügen, tue es aber nicht.

»Ich hab dir doch gesagt, dass Ava und ich nur Freunde sind«, sagt er, offenbar verärgert über meine Frage.

»Ja, ich weiß«, versichere ich ihm. »Es ist nur … Ich versuche gerade herauszufinden, was genau das mit uns ist – mit Ava und mir –, und Ava will mir keine richtige Antwort geben, also … Ich weiß auch nicht. Schätze, ich suche irgendwie nach einer Bestätigung oder so.«

Rhys seufzt tief. »Meine Schwester hat vor zwei Jahren ihren Abschluss gemacht. Sie hat fast genau dieselben Kurse besucht wie Ava jetzt, und sie hat so gut wie alle ihre Mitschriften aufgehoben. Meine Schwester ist eine ziemliche Streberin. Jedenfalls hat sie mir erlaubt, Ava ihre Unterlagen zu geben, wenn sie mal wieder eine Stunde verpasst. Und Ava verpasst *eine Menge*. Wir reden also hauptsächlich darüber, aber ja, manchmal frage ich sie auch, wie sie mit allem zurechtkommt, und dann erzählt sie mir von ihren Problemen.«

»Anscheinend erzählt sie dir mehr als mir. Ich schaffe es ja nicht mal, sie übers Handy zu erreichen.«

»Sie hat viel zu tun«, versucht Rhys, mich zu beruhigen. »Und es muss ziemlich schwer für sie sein.«

»Inwiefern schwer?«

»Weiß auch nicht, Mann.« Er reibt sich frustriert über den Nacken. »Aber es kann nicht einfach sein, sich auf die Schule zu konzentrieren und alles unter einen Hut zu bringen, während sie gleichzeitig auch eine Art Mutter für ihre eigene Mom sein muss. Hinzu kommen noch das normale Gefühlschaos und die normalen Sorgen, die jeder Teenager hat, und die Tatsache, dass sie versucht, sich nicht zu sehr auf andere Menschen einzulassen.« Er schlägt mir mit dem Handrücken gegen die Brust. »Menschen wie dich.«

»Sie kann sich auf mich einlassen«, sage ich. »Ich habe kein Problem damit.«

Lachend schüttelt Rhys den Kopf. »Das sagst du so, aber es ist schwieriger, als du glaubst. Vertrau mir, Mann. Du denkst, ich weiß nicht, was du durchmachst, aber das tue ich. Ich war mal in derselben Situation.«

Als ich nach Hause komme, habe ich gerade noch genug Zeit, um unter die Dusche zu hüpfen, mich umzuziehen und mich für unsere Basketballperformance vor geladenen Gästen fertigzumachen – ein »lustiger« Nachmittag für die Fans, wo das Team drei gegen drei spielt und wir nichts anderes machen, als mit unseren Fähigkeiten anzugeben. Ich mache einen Schritt aus der Haustür – und bleibe abrupt stehen. Es ist ein anderer Luftballon, aber dieselbe Handschrift, dieselbe Nummer, dieselbe Beleidigung.

Ein dümmliches Grinsen breitet sich auf meinem Gesicht aus, und ich spüre einen Anflug von Schadenfreude.

Ich wette, Rhys hat nie Luftballons bekommen.

Kapitel 29

AVA

Ich schrecke auf, als mein Wecker klingelt, obwohl ich schon längst nicht mehr schlafe. Der Biologieaufsatz, den ich gerade schreibe, hat mich die ganze Nacht wach gehalten – die einzige Zeit, zu der es im Haus ruhig genug ist, um zu arbeiten. Seufzend mache ich den Wecker aus. Ich brauche eine Eins. Nicht für mich, sondern für Trevor. Er arbeitet viel zu hart, um mir die Highschool zu bezahlen, egal, wie sehr ich versuche, es ihm auszureden. »Wenn das alles vorbei ist«, hat er mir vorgehalten – was auch immer er mit »das alles« und »vorbei« meint –, »dann wirst du deinen Highschool-Abschluss brauchen.« Danach folgte eine weitere Diskussion übers College, die damit endete, dass ich ihm versprochen habe, mich zumindest zu bewerben, auch wenn ich keinerlei Absichten habe, wirklich aufs College zu gehen. »Du kannst ein oder zwei Semester aussetzen«, hat er gesagt. »Und um den Rest kümmern wir uns, wenn es so weit ist.«

Ich tippe und tippe und tippe, beeile mich, die letzten beiden Absätze fertigzukriegen, als ich höre, wie Moms Zimmertür aufgeht. *Scheiße.* Schnell werfe ich einen Blick auf die Uhr. 5:05. *Scheiße, scheiße, scheiße.* Ich klappe den Laptop zu und springe auf die Füße.

»Tut mir leid, Mama. Ich hab die Zeit vergessen. Ich mach dir gleich dein Frühstück.«

Moms Blick ist vollkommen leer, als sie mich anstarrt. Da ich den Anblick nicht ertragen kann, wende ich mich ab und bereite Moms Frühstück zu. Die Flammen wärmen mein Gesicht, als ich den Gasherd anzünde. Schnell stelle ich die Pfanne drauf und gebe etwas Öl hinein. Danach gehe ich zum Kühlschrank und hole Eier und Speck heraus. Während ich in der Küche herumhantiere und Brot in den Toaster stecke, steht Mom in der Tür und beobachtet mich.

»Fünf Uhr, Ava«, sagt sie, und ihre Stimme ist genauso kalt wie ihre Körperhaltung. »Ich esse mein Frühstück jeden Tag um Punkt fünf Uhr.«

»Ich weiß, es tut mir leid.« Ich wende ihr den Rücken zu, damit ich ihr weiter das Essen zubereiten kann, während mein Herz wie wild in meiner Brust schlägt. Meine Hände zittern, als ich nach einem Ei greife, und plötzlich steht sie direkt neben mir.

»Geh zur Seite!«, befiehlt sie. »Ich kann mir mein Frühstück selbst machen.«

»Nein, Mama«, sage ich und versuche dabei, so ruhig wie möglich zu bleiben, aber die Dunkelheit um uns herum verdichtet sich bereits zu einer düsteren und verhängnisvollen Gewitterwolke, die sich jederzeit über unseren Köpfen entladen kann. Ich atme tief ein und aus. »Ich mach das schon. Bitte setz dich. Ich muss nur …«

»*Geh zur Seite!*«, schreit sie und greift nach der Pfanne.

Ich versuche, sie ihr wieder zu entwenden, obwohl ich weiß, dass ich das nicht tun sollte. Sie ist zu stark, zu aufgebracht, und ich bin zu schwach … Gott, ich bin so verdammt schwach. Meine Augen füllen sich mit Tränen. Trotzdem lasse ich die Pfanne nicht los. »Ich mach das schon! Es tut mir leid.«

»Verdammt noch mal, Ava! Ich hab gesagt, GEH ZUR SEITE!«, schreit sie und zieht noch stärker an dem Griff, bis ich schließlich loslasse. Doch sie hat nicht damit gerechnet, genauso wenig wie ich, und die Pfanne schnellt nach oben, sodass das kochend heiße Öl herausspritzt und auf meinem Hals und meiner Brust landet. Ich schreie gellend auf und stürze zur Spüle. Der Schmerz ist unerträglich, und die Tränen laufen mir übers Gesicht.

»Was zum Teufel ist passiert?«, ruft Peter, der in dem Moment in die Küche kommt.

Ich spritze Wasser auf meine Haut, auf die Tropfen Öl, die sich in meine Haut brennen, aber es bringt nichts.

»Verflucht, Ava!« Peter packt mich an der Schulter und dreht mich zu sich. Seine Augen weiten sich, als er die Verbrennungen sieht. Sofort greift er nach einem Geschirrtuch und taucht es in kaltes Wasser, bevor er es mir um den Hals legt. Dann läuft er zum Kühlschrank und holt den Eiswürfelbehälter raus. Er stöpselt die Spüle zu, füllt sie mit Wasser und Eis.

»Was zum Teufel hast du getan, Jo?«, fragt er meine Mom.

Mom reagiert nicht.

Ich hocke inzwischen auf dem Boden, heftige Schluchzer erschüttern meinen Körper, doch es kommt kein Laut über meine Lippen. Alles verkrampft sich, das Brennen auf meiner Haut dringt bis in mein Innerstes vor.

Peter sammelt alle Geschirrtücher zusammen und wirft sie in das Eiswasserbad. Er wringt sie aus und legt sie auf all die Stellen, an denen er Verbrennungen sieht. Auf meinen Hals. Meine Schultern. Meine Brust.

»Halt sie fest«, sagt er. Dann eilt er davon und kommt kurz darauf mit dem Handy am Ohr zurück.

»Wen rufst du an?«, stoße ich mühsam hervor.

»Das Kriseninterventionsteam. Wir schaffen das nicht allein, Ava. Wir brauchen Hilfe.«

»Nein, wir können uns das nicht …«

»Hör auf. Du musst ins Krankenhaus.«

»Ich bin okay«, schluchze ich.

»Gott, ich schwöre …«, fängt er an, doch in dem Moment muss jemand den Anruf entgegengenommen haben. Denn Peter gibt unsere Daten durch, nennt Moms Fallnummer und beschreibt so genau wie möglich, was gerade passiert ist. Nachdem er aufgelegt hat, sagt er: »Sie schicken zwei Leute her. Sie werden bald da sein.«

Er geht vor mir in die Hocke und verzieht das Gesicht, als er ein Geschirrtuch vorsichtig anhebt. »Ich rufe einen Krankenwagen.«

Ich will ihm widersprechen, aber die Schmerzen sind zu stark, also nicke ich nur und lasse zu, dass er sanft meine Tränen wegwischt. Er stößt scharf die Luft aus, und sein Atem streicht über mein Gesicht. Dann schüttelt er den Kopf. Als er meinen Blick sucht, weiß ich genau, was er sagen will. Er muss es gar nicht laut aussprechen. *Das Angebot gilt immer noch.* Ich drehe mein Gesicht weg, kann ihm nicht das geben, was er will. Als ich aufschaue, entdecke ich Mom, die mit einem Pfannenwender in der Hand vor dem Herd steht. Der Geruch von Speck füllt die Küche, begleitet von einer fröhlichen Melodie, die Mom leise summt. Sie starrt aus dem Fenster.

»Es sieht aus, als würde heute die Sonne rauskommen.«

Mom sitzt am Küchentisch, einen Teller mit Speck, Eiern und Toast vor sich. Peter steht in der Tür zwischen Küche und Wohnzimmer, während die Sanitäter reinkommen. Ich sitze auf dem Sofa, mit nassen Geschirrtüchern bedeckt, um den Schmerz und die Blasenbildung zu lindern.

Im Haus ist es vollkommen still, abgesehen von Moms fröhlichem Summen.

Ich fühle mich innerlich tot.

Tot, tot, tot.

Einer der Sanitäter geht vor mir in die Hocke; er schenkt mir ein freundliches Lächeln, das mich jedoch nicht wirklich berührt. »Hi«, sagt er mit sanfter Stimme. Er wirft einen Blick zurück zu seinem Kollegen und Peter, der gerade erklärt, was er glaubt, was passiert ist. Ich habe meine Stimme noch nicht wiedergefunden, geschweige denn den Mut dazu aufgebracht, es ihm zu erzählen.

»Mein Name ist Corey«, stellt sich der Mann vor mir vor. »Und du bist Ava, oder?«

Ich nicke. Ich kann mich gar nicht daran erinnern, dass Peter meinen Namen erwähnt hat. Andererseits wissen die meisten Leute in der Stadt, wer ich bin, oder sie haben zumindest von uns gehört und wissen, wo wir wohnen. Dieses Stigma begleitet uns überallhin, und ich wünschte, es würde sich verdammt noch mal einfach verpissen.

Der Mann – Corey – lächelt erneut. »Ich … äh … ich wohne nebenan«, beginnt er. »Ich bin Connors Dad.«

»Oh.«

O Gott, nein.

»Ich werde jetzt die Geschirrtücher vorsichtig wegnehmen und dann schauen wir weiter, okay?«

Ich nicke erneut und hebe das Kinn, damit er leichter rankommt. Als er anfängt, die Tücher wegzuziehen, zucke ich vor Schmerzen zusammen.

»Tut mir leid. Ich weiß, dass es wehtut. Aber ich versuche, so vorsichtig wie möglich zu sein, okay, Ava?« Er hat denselben sanften Ton in der Stimme wie Connor und auch dieselben blau-blauen Augen.

»Sie haben seine Augen«, murmle ich.

»Was?«

»Connor. Sie haben seine Augen.«

Er presst amüsiert die Lippen zusammen. »Ich würde eher sagen, Connor hat sie von mir. Also, streng genommen …«

Ich werfe einen Blick zu meiner Mom, die zum Glück immer noch nichts mitzubekommen scheint.

»Willst du mir erzählen, was passiert ist, Ava?«, fragt Corey.

Eine einzelne Träne läuft über meine Wange. Mein Herz schlägt, aber da ist kein Leben in mir. »Ich mag sie«, flüstere ich.

»Was magst du?«

»Seine Augen. Connors Augen. Und sein Herz.«

Corey hält mitten in der Bewegung inne. »Sein *Herz*?«

Meine Augen fallen zu, und ein Gefühl von Melancholie wärmt mich innerlich. »Sein Herz ist voller Magie.«

»Wenn Sie sie ruhigstellen müssen, dann tun Sie's«, höre ich Peter dem Kriseninterventionsteam sagen. Sie kommen von derselben Agentur wie Krystal, im Gegensatz zu ihr sind sie jedoch besser für solche Situationen ausgebildet. Sie sind hier eingetroffen, kurz bevor die Sanitäter gegangen sind, doch da war ich bereits in meinem Zimmer, habe mein Gesicht ins Kissen gepresst und meinem Kummer freien Lauf gelassen.

Es klopft an meiner Tür, und bevor ich überhaupt antworten kann, kommt Peter ins Zimmer. Er setzt sich zu mir an die Bettkante. Seine Schultern sacken nach unten und er verbirgt stöhnend das Gesicht in den Händen. Es ist nicht das erste Mal, dass er Mom an einem Negativ-Tag erlebt, aber so extrem wie heute war es noch nie – und sie hat ihre Wut noch nie an mir ausgelassen. Als er mich ansieht, ist sein Blick voller Mitleid.

»Wie fühlst du dich?«

Ich blinzle. Ich habe nicht die geringste Ahnung, wie ich die Frage beantworten soll, was ich sagen muss, um seine Sorgen zu mindern.

Peter seufzt. »Du siehst müde aus, Ava.«

Ich schlucke. Meine Lider fühlen sich immer schwerer an, während die Schmerzmittel sich ihren Weg durch meine Blutbahnen suchen. »Ich habe nicht geschlafen.«

»Die ganze Nacht nicht?«, fragt er ungläubig.

»Hm.«

Er legt seine Hand an meine Hüfte. »Schlaf, Kleines. Ich bleibe wach und kümmere mich um alles, okay?«

Mein Körper fühlt sich bleischwer an. Schwach nicke ich. Meine Augen fallen zu, und ich spüre, wie sich die Matratze leicht bewegt, gefolgt von seinen warmen Lippen an meiner Schläfe. »Ich kümmere mich um dich, Ava. Immer.«

Ich dämmere immer wieder weg. Selbst als ich wach genug bin, um aufzustehen, bleibe ich im Bett liegen. Peter schaut oft nach mir, aber ich lasse meine Augen geschlossen. Ich will nicht hören, was er zu sagen hat.

Wenn die Welt am dunkelsten ist, das ist die Zeit, in der die Magie erscheint.

Aber es ist nicht Magie, die in mein Zimmer kommt, als die Stille der Nacht sich wie eine Decke des Schweigens über uns senkt. Es ist Peter. Meine Lider zucken, als das helle Licht vom Flur in mein Zimmer dringt – was Peter nicht entgeht. Er macht meine Nachttischlampe an, bevor er sich wieder auf die Bettkante setzt und seine Hand auf mein Bein legt.

»Deine Mom schläft. Das Krisenteam wechselt sich über Nacht ab, und sie werden morgen noch den ganzen Tag hier sein.«

»Okay«, flüstere ich, ohne ihn dabei anzusehen.

»Hast du die Salbe aufgetragen?«

Ich zwinge mich, mich aufzurichten. »Nein, hab ich vergessen.«

»Dann sollten wir das schnell machen. Wir wollen ja nicht, dass sich auf deiner makellosen Haut Narben bilden.« Er greift nach der Salbe, die die Sanitäter dagelassen haben, und macht es sich auf meinem Bett bequem. Dann zieht er die Decke bis zu meiner Hüfte hinunter. Langsam, vorsichtig entfernt er den Verband, bevor er die Salbe aufträgt. Erst an meinem Hals, dann an den Schultern. Er lässt sich Zeit, während seine Hände immer tiefer und tiefer wandern, bis knapp über meine Brust, die von dem Tanktop verdeckt wird, das ich den ganzen Tag getragen habe. Dort lässt er sich am meisten Zeit, direkt über meinen Brüsten. Seine Berührung ist sanft, warm, fürsorglich.

Ich kann mich um dich kümmern, Ava. Aber es ist unser kleines Geheimnis.

»Deiner Mom geht's immer schlechter, Ava«, murmelt er.

»Hör auf.«

»Ich weiß, dass du das nicht hören willst, aber sie braucht Hilfe.«

»Ich muss nur noch dieses Jahr durchhalten. Für Trevor. Und dann … dann …«

Er seufzt. »Und dann *was?*«

Ich weiß es nicht. Ich kann das Schluchzen nicht länger unterdrücken. Ich weine leise, und er ist für mich da. Um mich zu halten. Um die Tränen aus meinem Gesicht zu wischen. Um mir zu versichern, dass alles gut werden wird, auch wenn er selbst nicht daran glaubt.

Als er fertig ist, meine Verbrennungen zu versorgen, rutscht er zu mir unter die Bettdecke. »Komm her«, flüstert er und zieht mich sanft zu sich.

Ich lege meinen Kopf auf seinen Oberkörper, während seine Finger über meinen Arm streicheln. Seine Brust hebt und senkt sich gleichmäßig, sein Herz klopft kräftig unter meinem Ohr.

Bum, bum.

Bum, bum.

Ich schließe die Augen und lausche seinem Herzschlag, versuche, mich auf das zu konzentrieren, wonach ich mich am meisten sehne.

Aber es ist nicht da.

Weil er nicht der eine ist.

Derjenige, der die Hoffnung in sich trägt.

Derjenige, der die Magie erschafft.

Er ist nicht Connor.

Kapitel 30

CONNOR

Montagmorgen hat Ava mir eine Nachricht geschickt, dass sie nicht zur Schule kommt, dass etwas mit ihrer Mom ist. Ich habe ihr angeboten, ihr zu helfen – egal wie –, aber sie hat nicht darauf geantwortet.

Dienstagmorgen dasselbe.

Mittwochmorgen schreibt sie mir endlich, dass sie wieder zur Schule kommt. Aber ich muss sie nicht mitnehmen. Peter fährt sie. Egal. Immerhin kommt sie, und ich kann sie sehen. Fünf Tage ohne Ava sind viel zu viel. Doch als Psychologie beginnt und Ava nicht neben mir sitzt, fange ich an, mir Sorgen zu machen. Und diese Sorgen brennen ein Loch in mein Innerstes. Irgendetwas stimmt nicht. Und ich weiß nicht, was ich tun soll. Zwanzig Minuten nach Unterrichtsbeginn öffnet sich die Tür und Ava schlüpft herein. Endlich. Der erste Atemzug, den ich nehme, als ich sie wiedersehe, ist … Gott, es ist, als hätte ich die ganzen fünf Tage lang die Luft angehalten. Sie reicht Mr McCallister einen Zettel, bevor sie zu ihrem Platz neben mir geht. Das kleine Lächeln auf ihren Lippen bringt mich vor Aufregung ganz aus dem Häuschen. Ich habe sie vermisst – auf alle erdenklichen Arten, auf die man jemanden vermissen kann. Ich habe mich regelrecht nach ihr *verzehrt.*

Allein ihre Anwesenheit scheint meine Unruhe zu besänftigen, dabei habe ich noch nicht mal mit ihr gesprochen. Als sie sich neben mich setzt, stößt sie unter dem Tisch mit ihrem Fuß leicht gegen meinen.

So unauffällig wie möglich ziehe ich einen Notizblock hervor. »Du bist wahrhaftig ein Bild für die Götter, Ava«, kritzle ich.

Lächelnd liest sie meine Botschaft, bevor sie zurückschreibt: »Es ist auch schön, dich zu sehen.« Dann streicht sie es durch und schreibt stattdessen: »Ich habe dich vermisst.«

Mein Herz macht einen kleinen Salto, und ich lege meine Hand auf ihr Knie. Hoffentlich stößt sie mich nicht weg. Sobald der Lehrer uns den Rücken zuwendet, drehe ich mich ganz zu Ava.

Meine Augen dürsten nach ihr, so bescheuert das auch klingt. Aber es ist die Wahrheit. Fünf verdammte Tage – und ich habe völlig vergessen, wie sexy Ava ist. Mir ist klar, dass ich sie anstarre, ihren Anblick in mich aufsauge, aber es ist mir egal. Ich habe ihre Haare vermisst, diese wundervollen Haare, die sich nicht bändigen zu lassen scheinen. Und ihre Augen, die von dicken langen Wimpern umrahmt sind. Auf ihren Wangen liegen Sommersprossen, genau unter ihren Augen, aber nur ein paar. Und diese Lippen, diese wundervollen Lippen. Und ihr Kiefer ... Ich habe zu lange und zu intensiv an ihren Kiefer gedacht, daran, wie es sich anfühlen würde, sie dort zu küssen. Oder an ihrem Hals, ihr Schlüsselbein entlang ... Beides kann ich nicht sehen, da Ava unter ihrer Bluse einen Rollkragenpulli trägt. Was seltsam ist, da es draußen warm ist und sie noch nie ... Meine Gedanken schweifen ab, als ich die Stelle genauer betrachte. Plötzlich weiß ich genau, was es ist, weil Dad immer welche mit nach Hause nimmt und unser Medizinschrank voll damit ist: steriles Verbandsmaterial, um eine Wunde zu verbinden.

Ava bemerkt, dass ich auf ihren Hals starre. Schnell hebt sie die Schultern und richtet ihre Schuluniform. Was auch immer das für eine Verletzung ist, sie versucht, sie vor mir zu verbergen. Und es gibt nur einen Grund, warum sie das tun würde. Sie will nicht, dass ich herausfinde, wie es dazu gekommen ist.

»Was ist passiert?«, kritzle ich auf meinen Block.

Sie schreibt zurück: »Nichts«.

Bullshit.

Ich zähle die Sekunden, die Minuten, bis die Stunde endlich vorbei ist und ich sie direkt fragen kann. Kaum klingelt es zur Pause, springt Ava auf und stürmt zur Tür. Aber sie ist zu langsam – oder ich zu schnell, zu verzweifelt. Ich erwische sie gerade, als sie den Raum verlässt, und halte sie am Arm fest, damit sie nicht fliehen kann. »Was ist passiert?«

Sie atmet tief ein, bevor sie antwortet. »Nichts. Mach dir keine Sorgen.« Sie versucht, sich aus meinem Griff zu befreien, aber ich lasse sie nicht los.

»Ava, das ist kein Spiel. Was zur Hölle ist passiert? Erst meldest du dich plötzlich fünf Tage lang nicht mehr und dann kommst du verletzt zurück?«

»Es ist nicht das, was du denkst«, sagt sie.

Nicht mal *ich* weiß, was ich denke.

»Ich muss zu meinem nächsten Kurs. Wir sehen uns nachher beim Mittagessen, okay?« Mit diesen Worten flüchtet sie – und ich bleibe allein zurück. Mein Herz pocht, und meine Gedanken rasen. Fünf Tage. Ganze *fünf* Tage – und sie war nicht einmal in der Schule, hat kaum auf meine Nachrichten reagiert. Seit Trevor weg ist …

Seit Trevor weg und Peter hier ist …

Peter.

AVA

Ich werde Connor die Wahrheit sagen.

Nur wenige Minuten nachdem ich ihn im Flur zurückgelassen hatte, habe ich mich dazu entschieden, ihm alles zu erzählen. Am liebsten hätte ich es direkt getan, aber diese Mischung aus Wut und Sorge in seinem Blick hat mich panisch nach einem Ausweg suchen lassen. Ich hätte nur ein paar Minuten für mich gebraucht, um meine Gedanken zu sortieren und ihm die Situation so zu erklären, dass er sie verstehen würde. Das Letzte, was ich gebrauchen konnte, war, dass Connor sich von seinen Gefühlen leiten ließ und meiner Mom die Schuld an allem gab. Von all den Dingen, die das, was auch immer zwischen uns ist, zerstören könnten, würde es mir am meisten das Herz brechen, wenn es meine Mom wäre, wenn er ihre psychische Verfassung falsch verstehen würde.

Während ich an unserem üblichen Platz auf der Tribüne sitze und auf Connor warte, gehe ich in Gedanken immer wieder unser kommendes Gespräch durch. Ich will auf alle möglichen Fragen vorbereitet sein, und ich will, dass die Antworten echt sind. Dass sie ungefiltert sind.

Die Minuten vergehen, und langsam werde ich nervös. Mein Atem beschleunigt sich, meine Handflächen werden feucht und die Verbrennungen fangen an zu jucken. Ich versuche, mir nicht zu viele Gedanken zu machen, während ich warte. Aufstehe. Mich wieder hinsetze. Ich checke den Spielplan auf der Schulwebsite, vielleicht hat er einfach vergessen, dass er ein Extratraining hat. Aber nichts. Ich stehe wieder auf, schaue mich überall nach ihm um. Plötzlich klingelt mein Handy. Ich habe es bereits in der Hand, weshalb ich sofort rangehe.

»Connor?«

»Nein, ich bin's, Krystal. Ich glaube, du solltest nach Hause kommen, Süße. Ein Junge kämpft im Vorgarten gegen Peter.«

Ohne zu antworten, lege ich auf und wähle eine Nummer, während ich zum Parkplatz laufe.

Rhys antwortet nach dem ersten Klingeln. »Was ist los?«

»Du musst mich heimfahren. Es geht um Connor.«

»Okay, wir treffen uns beim Auto.«

Rhys hält quietschend in unserer Auffahrt. Ich bin bereits halb aus dem Wagen, bevor er vollständig zum Stehen kommt.

»O Gott, Connor, hör auf!«

Die beiden wälzen sich über den Rasen. Peter drückt Connor zu Boden, holt aus und boxt ihm in den Magen, aber das scheint ihn nicht zu kümmern. Connor wirft sich herum, rollt sich auf Peter und schlägt ihm ins Gesicht. Blut läuft aus Connors Nase und Peters Mund, überall auf ihren T-Shirts sind rote Flecken.

»Hört auf!« Ich greife nach Connors Arm, doch er reagiert nicht mal, sondern boxt jetzt Peter in den Magen.

»Es reicht!«, ruft Peter, der sich gegen Connors Schläge wehrt und gleichzeig versucht, ihn abzuschütteln.

Seine Hand findet Connors Kehle, während Connor brüllt: »Ist es das, was Ava gesagt hat? Es reicht?«

»Connor, hör auf!«, schreie ich.

»Ich hab sie nicht angefasst!« Peter schafft es, Connor wegzudrücken. Connor landet auf dem Rücken, doch Peter hört nicht auf. »Was glaubst du überhaupt, wer du bist?!«

Connor zieht die Beine an und trifft Peter mit dem Knie in die Brust.

»Das reicht!«, brüllt nun auch Rhys und versucht, dazwischenzugehen.

»Ava!«, ruft Krystal aus dem Haus. »Ich rufe jetzt die Polizei.«

Ich bekomme keine Luft mehr, kann durch die Tränen hindurch kaum noch etwas sehen.

Connor stößt Rhys weg. Er und Peter springen auf die Füße und gehen nun mit erhobenen Fäusten aufeinander los.

»Wenn du sie noch einmal anfasst, bring ich dich um.«

Peter stürzt sich auf Connor und rammt ihm die Schulter in den Magen. Ein kehliger Schrei dringt aus Connors Mund, als er erneut auf dem Boden landet. Eine Sekunde später ist er jedoch wieder auf den Beinen.

»Ava, hilf mir mal!«, ruft Rhys, der mit aller Kraft versucht, Peter festzuhalten. Aber er wird ihn nicht lange aufhalten können.

Mein ganzer Körper zittert vor Angst und Wut.

So schnell ich kann, laufe ich hinüber zu Connors Haus und schlage mit den Fäusten gegen die Tür. »Hilfe!«, schreie ich. Ich hämmere noch fester dagegen, noch verzweifelter, bis die Tür endlich aufgeht. Connors Dad schaut mich überrascht an. »Es ist wegen Connor. Sie müssen …«

Corey eilt sofort die Stufen hinunter und zu meinem Haus. Als ich kurz darauf dazukomme, hat er die Arme bereits um Connors Oberkörper geschlungen. »Schluss damit!«

Nun, da die beiden Jungs nicht länger aufeinander losgehen können, stehe ich wie angewurzelt zwischen ihnen und habe keine Ahnung, was ich tun oder wie ich mich verhalten soll.

»Ich schwöre, mir ist es scheißegal, wer du bist oder woher du kommst, wenn du sie noch mal auch nur *anschaust,* bring ich dich um!«, zischt Connor wutentbrannt.

Ich stehe direkt vor ihm, aber er ist so von seinem Zorn geblendet, dass er mich nicht erkennt. Er spuckt Blut, und seine Brust hebt und senkt sich heftig unter seinem Shirt.

»Connor«, versuche ich, ihn zu beruhigen.

»Geh aus dem Weg, Ava.«

Sein Dad verstärkt seinen Griff. »Connor, es reicht!«

Sirenen kommen näher, und als ich mich umdrehe, sehe ich, dass unsere Nachbarn uns beobachten, manche haben sogar ihre Handys hervorgeholt.

Das Irrenhaus.

Die Klapsmühle.

Tränen laufen mir in Strömen über die Wangen. Ich schaue weg, halte die Hand vor meinen Mund, um mein Schluchzen zu verbergen. »Du musst gehen, Connor«, flehe ich ihn an.

Sein keuchender Atem trifft meine Stirn, und als ich aufsehe, treffen sich unsere Blicke. »Ava«, flüstert er und schüttelt den Kopf.

»Bitte«, dränge ich ihn. »Geh nach Hause.«

Kapitel 31

CONNOR

Ich bin eingeschlossen. Gefangen in meinem eigenen Zuhause – meinem eigenen Albtraum –, während Ava und Dad draußen mit der Polizei reden, als könnte ich das nicht selbst tun. Eine Stunde vergeht, und Dad ist immer noch nicht zurück. Ich drehe gleich durch. Unruhig laufe ich auf und ab. Drei Schritte in die eine Richtung, dann drei in die andere, denn mehr Platz gibt es in diesem beschissenen Haus nicht.

Ich bin stinkwütend.

Und das ist noch untertrieben.

Denn Ava hat *mich* weggeschickt – und nicht *ihn.*

Endlich kommt Dad herein, und ich höre auf, weiter hin und her zu laufen. Ich ziehe die Schultern zurück, strecke die Brust raus und wappne mich.

»Ich konnte sie davon überzeugen, dich nicht anzuzeigen«, sagt er.

»Mich?«, brülle ich. »Was ist mit diesem Arschloch?!«

»Pass auf, was du sagst, Connor!«

Ich weiche zurück. »Das ist ein Scherz, oder? Er ist derjenige, der ihr wehtut, und du weist *mich* zurecht?«

»Er hat sie nicht angerührt.«

»Und woher willst du das wissen?«

»Weil ich dort war, okay? Ich habe sie behandelt!«, schreit er. Mein Magen zieht sich zusammen, und alles in mir erstarrt. Ich atme tief durch. Dann noch mal. Ich will etwas sagen, doch mein Dad ist schneller. »Was auch immer da zwischen dir und dem Mädchen läuft, es ist vorbei. *Jetzt.*«

Trotzig schüttle ich den Kopf. »Nein.«

»Das steht nicht zur Debatte.«

Ich drehe mich um und gehe.

»Das ist mein Ernst, Connor. Ich *verbiete* dir, weiterhin Zeit mit ihr zu verbringen.«

Ich wirble herum, ein ungläubiges Lachen bricht aus mir heraus. »Du *verbietest* es mir?«

»Ja.« Er verschränkt die Arme, weicht nicht von seiner Entscheidung ab.

Ich versuche, mich zu beruhigen, versuche, meine Atmung zu kontrollieren. »Du *verbietest* es mir?«, wiederhole ich, bevor ich einen Schritt auf ihn zumache und mich vor ihm aufbaue. »Siebzehn Jahre lang hab ich alles, verdammt noch mal alles getan, was du von mir wolltest. Du musstest mich nie bestrafen oder irgendwelche Regeln vorgeben. Ich habe mir die allergrößte Mühe gegeben, der perfekte Sohn zu sein, weil ich Angst hatte, dass du mich auch noch verlässt …«

»Connor …«

»Nein!«, schreie ich. »Das ist das erste Mal in meinem Leben, dass ich deine Unterstützung gebrauchen könnte, und was machst du? Du nimmst mir das Einzige weg, das mir wirklich etwas bedeutet …«

Er schnaubt spöttisch. »Du benimmst dich wie ein undankbares Kind. Du hast so viele gute Dinge in deinem Leben.«

»Und was, zum Beispiel?«, brülle ich. »Basketball?«

»Ja!«

»Es ist nur ein Spiel! Es ist nicht …«

»Es ist mehr als ein Spiel. Es ist dein Ticket hier raus!«

»Für dich, Dad. *Für dich* ist es ein Ticket hier raus.«

Seine Arme fallen nach unten, seine Brauen zucken vor unterdrückter Wut. »Was zum Teufel willst du damit sagen?«

Ich öffne den Mund, zwinge mich dann jedoch dazu, meine wahren Gefühle nicht laut auszusprechen. Dieses Gefühl, das ich seit Jahren mit mir herumschleppe. Nämlich, dass er mich loswerden will, dass er mich an ein College abschieben will, das so weit entfernt ist, dass er sich nicht länger mit mir herumschlagen muss. Dass er diese ungewollte Last, die meine Mom ihm aufgehalst hat, endlich abschütteln kann. All das schlucke ich hinunter, da ich es sonst später bereuen würde. Stattdessen sage ich nur: »Nichts.«

»Wenn du etwas auf dem Herzen hast, dann raus damit!«

»Hab ich nicht«, murmle ich, den Blick zu Boden gerichtet. »Aber du kannst mich nicht davon abhalten, mich mit ihr zu treffen.«

»Und ob ich das kann!« Seine Stimme wird wieder laut. »Sie … Diese ganze Familie … Das schreit geradezu nach Problemen, Connor. Und die kannst du in deinem Leben nicht gebrauchen. Weder jetzt noch sonst irgendwann.«

»Ich muss hier raus.« Ohne Dad noch mal anzusehen, hole ich meinen Basketball aus meinem Zimmer und dränge mich an ihm vorbei zur Tür.

»Dieses Mädchen ist nichts als Ablenkung!«, ruft mein Dad in dem Moment, in dem meine Hand den Türknauf berührt. »Sie hat Probleme, Probleme, die zu groß und schwer sind, als dass du sie für sie übernehmen könntest. Sie zieht dich nur mit runter. Sieh dich doch mal an! Schau, was du ihretwegen getan hast! Sie hat dir nichts Gutes zu bieten, Connor. Absolut nichts.«

Ich öffne die Tür.

Und erstarre.

Ava steht direkt vor mir, ihre Faust schwebt in der Luft. Als wollte sie gerade klopfen. Sofort verpufft meine Wut, und ich schlage schnell die Tür hinter mir zu. »Wie viel hast du gehört?«

Langsam schaut sie zu mir auf, ihre Augen sind glasig. »Alles.«

Seufzend gehe ich an ihr vorbei. »Wenn du hier bist, um mir zu sagen, was für ein Versager ich bin, kannst du es dir sparen.« Ich lasse den Ball fallen und lehne mich mit dem Rücken gegen das Geländer der Veranda. »Das hab ich alles schon gehört.«

Ava stellt sich mit verschränkten Armen vor mich. »Dein Dad hat recht.«

»Nein, hat er nicht«, sage ich leise, während ich mir das getrocknete Blut unter meiner Nase wegwische. Einen Moment betrachte ich meine Hand, dann reibe ich sie an meiner Hose sauber. »Er hat in vielen Dingen recht, Ava. Aber nicht bei dir.«

Als sie die Hand hebt und eine besonders empfindliche Stelle an meinem Kiefer berührt, zucke ich zusammen. Ich habe keine Ahnung, wie ich aussehe. Ich habe noch nicht in den Spiegel geschaut.

»Wie sehr bist du verletzt?«, fragt sie.

»Wie sehr bist *du* verletzt?«, gebe ich zurück.

Sie antwortet nicht.

»Komm her«, sage ich und stupse vorsichtig mit den Fingern gegen ihre Hand, in der Hoffnung, dass sie meiner Bitte nachkommt.

Zögernd macht sie einen Schritt auf mich zu, dann noch einen. Ich verringere den Abstand, schlinge meinen Arm um ihre Taille und ziehe sie an mich. Den Schmerz in meinen Rippen ignoriere ich. Sie lehnt ihre Wange an meine Brust, während ich sie fest an mich drücke. Am liebsten würde ich sie nie wieder loslassen. Ich presse meine Lippen auf ihren Kopf.

»Ich muss wissen, was passiert ist, Ava«, flüstere ich.

Sie schmiegt sich noch enger an mich, legt die Arme um mich. »Meine Mom ist *passiert.*«

Ich schlucke die Wahrheit hinunter, die ich bereits geahnt habe. »Es tut mir leid«, sage ich. »Und ich werde morgen zu euch rüberkommen und mich bei Peter entschuldigen. Ich hab echt Scheiße gebaut. Es ist nur … Allein der Gedanke, dass dir jemand wehtut … Da … Da bin ich einfach durchgedreht. Ich weiß nicht, was in mich gefahren ist, aber …«

»Schon okay«, murmelt sie und blickt zu mir auf. Tränen schimmern in ihren Augen. »Ich hätte dir von Anfang an die Wahrheit sagen sollen. Es ist nur …«

»… schwer«, beende ich ihren Satz. »Gott, Ava, ich kann mir gar nicht vorstellen, wie schwer das alles für dich sein muss. Aber ich bin da, egal, was du brauchst, egal, wann du mich brauchst. Ich bin da.«

»Ich kann nicht«, sagt sie, während sie sich langsam von mir löst.

Schnell greife ich nach ihrer Hand. »Warum nicht?«

»Weil …« Ihr Handy klingelt. Sie wirft einen Blick darauf, aber ich will, dass sie meine Frage diesmal beantwortet.

»Warum nicht?«, wiederhole ich.

Sie drückt den Anruf weg, ehe sie zu mir aufschaut. »Weil dein Dad recht hat, Connor.« Abrupt zieht sie ihre Hand weg. »Und ich muss gehen.«

Kapitel 32

AVA

Sie sehen aus wie Glühwürmchen. Die Art und Weise, wie die Regentropfen vom Himmel fallen, nur vom Licht der Straßenlaternen beleuchtet … Ich stehe mitten auf der Straße, barfuß und atemlos, meine Arme ausgestreckt und mein Gesicht den Wolken über mir zugewandt.

Ich habe keine Ahnung, wie genau ich hierhergekommen bin.

Ich musste einfach aus dem Haus raus. Nachdem Krystal gegangen war, hat Peter erneut das Krisenteam gerufen, damit sie über Nacht blieben, und nun sind viel zu viele Menschen unter einem Dach. Zu viel Schmerz und Leid. Ich habe keine Luft mehr bekommen, und irgendwie … wollte ich das auch gar nicht. Und obwohl zu Hause gerade so viel los war, fühlte es sich … *leblos* an. Also bin ich aus meinem Fenster geklettert, da ist die Sonne gerade untergegangen. Sobald ich weit genug weg war, habe ich Peter geschrieben und ihn gebeten, nicht nach mir zu suchen. Dass es mir gut gehe und dass ich nur ein bisschen Zeit für mich brauchte, um meine Gedanken zu sortieren und mich für einen weiteren Tag zu sammeln. Doch jetzt … jetzt ist da nur noch ein dunkler Himmel und falsche Hoffnung.

Mir ist klar, dass ich nach Hause gehen sollte.

Dass ich meinen Ängsten gegenübertreten und mich ihnen stellen sollte.

Meine Gedanken bewegen sich zur richtigen Zeit in den richtigen Bahnen, um mich zu diesem Schluss kommen zu lassen, aber mein Herz …

Mein Herz führt mich zu Connor.

Unter seinem Schlafzimmerfenster bleibe ich stehen, Schlamm dringt zwischen meine Zehen, und die kalte Luft verursacht eine Gänsehaut an meinem Körper. Ich hebe meine Hand und klopfe an die Fensterscheibe.

Einen Augenblick später geht das Licht an. Und dann nichts mehr. Ich klopfe erneut, während mein Herz rast. Die Rollläden öffnen sich einen Spalt und Connor blinzelt heraus. Es ist ihm deutlich anzusehen, dass er geschlafen hat – oder kurz davor war, einzuschlafen. Seine Haare sind völlig verwuschelt, er trägt kein T-Shirt und auf seinem Oberkörper bilden sich bereits die ersten blauen Flecke. Beschämt senke ich den Blick. Ich beiße mir auf die Unterlippe, als er das Fenster hochschiebt.

»Ava? Was zum Teufel machst du denn da draußen?«

Seine warmen Hände umfassen meine nassen Ellbogen, und kurz darauf umschlingt er mich vollständig, hebt mich hoch und zieht mich in sein Schlafzimmer. Als ich den weichen Teppich unter mir spüre, schaue ich auf den Schlamm an meinen Füßen. »Ich bin voller Dreck«, sage ich leise.

Nicht nur äußerlich, sondern auch innerlich.

Ich fühle mich verdreckt, verwirrt und verdorben.

»Du bist völlig durchnässt«, murmelt er. »Warte genau hier, okay?«

Ich bleibe mitten in seinem Zimmer stehen, umgeben von blauen Wänden und Basketbällen, während Regentropfen aus meinen

Haaren und von meinen Fingern auf den Boden perlen. Nur wenig später kommt er mit einem Handtuch und dem Erste-Hilfe-Koffer zurück. Seine Bewegungen sind flink, als er erst meine Haare trocken rubbelt, dann meine Arme. Er geht in die Hocke, reibt über meine Beine, eins nach dem anderen, dann steht er wieder auf. Seine Berührungen sind beinahe zaghaft, als er mich zu seinem Schreibtischstuhl führt und mich sanft hineindrückt.

»Dein Verband ist hinüber«, erklärt er mir, als er sich auf die Bettkante sinken lässt und mich zu sich rollt. »Ich muss ihn wechseln oder deine Wunden werden nicht richtig verheilen.« Seine Augen sind voller Sorge, als er mich ansieht. Er atmet tief ein und seine Brust hebt sich. Es ist, als wäre das der erste Atemzug, seit ich vor seinem Fenster aufgetaucht bin.

»Darf ich das, Ava?«

Langsam nicke ich. Mein Blick wandert von seinen Augen zu dem blauen Fleck darunter, dem Kratzer an seiner Nase und an seinem Mundwinkel, dann zu seinem Schlüsselbein; noch ein Bluterguss, und zwei weitere an seinem Oberkörper. In dem Moment hasse ich mich selbst.

Vorsichtig löst Connor den Verband an meinem Hals. Sein Gesicht wirkt konzentriert, seine Hände sind vollkommen ruhig.

»Tut es weh?«, fragt er mit leiser Stimme.

Ich schüttle den Kopf.

Einen Moment lang stockt sein Atem, sein Blick huscht zu meinem Gesicht hoch, bevor er ihn wieder senkt. Er lehnt sich vor, nur ein kleines Stück, sein Atem streicht warm über meinen Kiefer. Ich höre, wie sich seine Lippen öffnen, und als er sie sanft auf meine Verbrennungen legt, schließe ich die Augen. Ein leises Stöhnen dringt tief aus meiner Kehle.

Diese Liebkosung wiederholt er, wieder und wieder, jeder einzelne Kuss entzündet einen Funken in mir, wärmt mich von innen. Als er sich zurückzieht, sind seine Lider weiterhin gesenkt, dann blinzelt er. Einmal, zweimal. Bis sich seine blauen Augen wieder klären. Er greift nach der Salbe und trägt sie sanft auf die Verbrennungen auf, bevor er einen neuen Verband anlegt. Als er fertig ist, atmet er laut aus. Vorsichtig streicht er eine Haarsträhne zurück, die mir ins Gesicht gefallen ist. Voller Sorge mustert er mich. »Was hast du dir nur dabei gedacht, bei der Kälte draußen rumzulaufen?« Seine Finger wandern über meinen Arm, rauf und runter, rauf und runter.

»Nichts«, gebe ich zu. »Aber ich musste dich sehen.«

Er lehnt seine Stirn an meine. »Ich bin froh, dass du hier bist.«

Ich weiche ein Stück zurück, fahre mit dem Daumen über den Bluterguss unter seinem Auge. »Tut es weh?«, frage ich.

Er nickt, während er mein Handgelenk umfasst und nach unten zieht, um seine Finger mit meinen zu verschränken. »Ein bisschen.«

Ich befeuchte meine Lippen, küsse seinen Schmerz weg, wie er es auch bei mir getan hat. Er legt seine Hand an meine Wange, während er mit den Fingern durch meine Haare fährt. Seine Lippen berühren meine, aber nur flüchtig. Kein richtiger Kuss. Wir atmen gleichzeitig aus, unser Atem vermischt sich. Ich lasse meine Hände langsam über seine Arme wandern, und seine Muskeln ziehen sich unter meiner Berührung zusammen. Weiter geht es über seine nackten Schultern, über seine Brust. Direkt über seinem Herzen halte ich inne, warte, bis ich spüre, wie das Leben unter meiner Hand kräftig pocht.

»Magie«, flüstere ich an seinen Lippen.

Er atmet scharf ein, hält die Luft an.

Sanft streiche ich mit den Fingern über den Bluterguss an seinem Schlüsselbein.

»Tut das weh?«, frage ich und ziehe den Kopf ein Stück zurück, um ihm in die Augen sehen zu können – Augen, die meinen Blick erwidern. Er beißt sich auf die Unterlippe und nickt. Sein Kopf sinkt zurück, als ich mich vorbeuge und meine Lippen auf die Stelle drücke. Sein Adamsapfel hüpft, als er schwer schluckt. Ich küsse ihn auch dort – und lächle, als er leise stöhnt.

Ich fühle mich … *frei.*

Stark.

Zum ersten Mal seit Langem habe ich das Gefühl, die Kontrolle zu haben. Darüber, was als Nächstes passiert. Ich drücke ihn an den Schultern zurück, sodass er auf die Matratze sinkt. Er stützt sich auf den Ellbogen ab, beobachtet mich durch seine dichten Wimpern. Ich hauche einen weiteren Kuss auf sein Schlüsselbein; meine Lippen, meine Zunge wandern über seinen Sixpack. Seine Finger krallen sich in meine Haare, als ich mich immer weiter nach unten vorwage. Ich gehe vor ihm auf die Knie, schließe die Augen und küsse seine perfekten Muskeln. Meine Finger finden den Bund seiner Boxershorts. Ich fange an, sie ihm langsam runterzuziehen, als er sanft an meinen Haaren zieht. »Ava, hör auf. *Fuck.*«

Er richtet sich auf, seine Hand liegt in meinem Nacken, hält mich dort. Er vergräbt sein Gesicht an meinem Hals, sein abgehackter Atem streicht warm über meine Haut. »Fuck.«

»Was ist los? Willst du nicht …?«

»Gott, natürlich will ich. Es ist nur … Ich will nicht …«

»Was willst du nicht?«

Er schließt die Augen und lehnt seine Stirn gegen meine. Seine Schultern heben und senken sich, als er mehrmals tief durchatmet.

»Ich sage mir immer wieder, dass ich das kann … Was auch immer das zwischen uns ist. Aber wir überschreiten ständig diese Linie zwischen Freundschaft und *mehr* … Und klar kann ich mich damit abfinden. Ich kann jeden Morgen aufwachen und mich fragen, ob ich an dem Tag deine Hand halten, dich küssen oder berühren oder ob ich nur mit dir reden werde. Jeden Tag für den Rest meines Lebens. Ich *kann* mich damit abfinden. Du bist mir das alles wert, aber … Aber ich *will* das nicht, Ava. Ich *will* das verdammt noch mal nicht.«

»Ich kann dir nicht das geben, was du willst«, flüstere ich. Tränen brennen hinter meinen Augen.

Er stößt einen resiginierten Seufzer aus. »Du sagst das, als wüsstest du, was ich will«, murmelt er.

»Was willst du denn?«

Er schaut auf, sieht mir tief in die Augen. »Dich, Ava. Ich will dich. An guten wie an schlechten Tagen – *vor allem* an schlechten Tagen. Ich will, dass du dich mir öffnest. Ich will, dass du zu mir kommst und mich so ansiehst wie jetzt gerade und dass du weißt, dass ich *immer* für dich da bin. Ich will nur *dich.*« Seine Stimme bricht. »Gott, Ava. Ich will dich so sehr, dass es mir Angst einjagt.«

»Ich … ich weiß nicht, was ich sagen soll.«

»Sag Ja.«

Mein Verstand sagt mir, dass es niemals funktionieren wird, dass unsere Wege uns in unterschiedliche Richtungen führen werden und dass wir uns gegenseitig das Herz brechen werden, aber mein Herz …

Mein Herz sagt: »Ja.«

Bevor ich Luft holen kann, sind seine Lippen auf meinen. Er schlingt seine starken Arme um mich und hebt mich auf seinen Schoß. Dann dreht er uns, bis er über mir ist. Er stützt sich auf dem

Ellbogen ab, damit nicht sein ganzes Gewicht auf mir liegt. Jeder Zentimeter von ihm bedeckt jeden Zentimeter von mir, sein Körper fühlt sich so warm an. So fest. So *sicher*. Ich spüre keinerlei Schmerzen, als seine Hand an meiner Seite hochwandert, über meine Brust streicht und schließlich meinen Nacken umfasst. Vorsichtig, damit er meine Verbrennungen nicht reizt, drückt er seinen Mund auf mein Schlüsselbein, küsst mich dort, und mir bleibt die Luft weg, aber auf eine gute Art. Auf die Art, zu der nicht nur Aufregung und Vorfreude gehören, sondern auch Sehnsucht nach dem, was darauf folgen wird. Mein Fuß stößt gegen etwas in seinem Bett, und als ich den Kopf leicht hebe, um nachzusehen, was es ist, kann ich das Lachen nicht zurückhalten. Ich weiß, dass ich nicht lachen sollte, aber ich kann nicht anders. Erst ist es nur ein leises Kichern, doch schnell wird es zu einem richtig röchelnden Lachen, bei dem man fast keine Luft mehr bekommt.

Connor zieht verwirrt die Augenbrauen zusammen. »Was ist so lustig?«

»Da ist ein Basketball in deinem Bett«, stoße ich immer noch lachend hervor.

Als er sich zwischen meinen Beinen aufrichtet, ist die Beule in seinen Boxershorts deutlich zu erkennen. Ich versuche, nicht hinzusehen, aber ich versage kläglich.

»Ich hab dir doch gesagt, dass ich mit meinem Basketball schlafe«, sagt er.

»Ich dachte, das war ein Scherz.«

Er schüttelt den Kopf.

Inzwischen habe ich mich wieder halbwegs beruhigt. »Zeig mir, wie du damit schläfst.«

»Jetzt?«, fragt er, und als ich nicke, richtet er sich auf und fährt mit der Hand in seine Hose. Ich stöhne auf, als sich jeder Muskel in seinem Körper bewegt. Ungläubig fügt er hinzu: »Du willst mir wirklich lieber dabei zusehen, wie ich so tue, als würde ich mit meinem Ball schlafen, als da weiterzumachen, wo wir gerade aufgehört haben?«

Ich nicke erneut, unfähig, mein Schmunzeln zu verbergen.

»Gut«, sagt er und steht auf. Er klopft gegen mein Bein. »Runter vom Bett.«

»Pff, du bist gerade mal eine Minute mein fester Freund«, erwidere ich, während ich aus dem Bett krabble, »und schon denkst du, du könntest mich herumkommandieren?«

»Fester Freund?«, fragt er grinsend. »Das gefällt mir. Sehr sogar. Du musst mich bis in alle Ewigkeit so nennen.«

Ich schubse ihn aufs Bett. »Zeig mir, wie du mit deinem Ball schläfst, du Spinner.«

Lachend richtet er die Bettdecke und klettert darunter. Er dreht sich auf die Seite, drückt den Ball an seine Brust und schließt die Augen. »Gute Nacht, *feste Freundin*«, flüstert er und nuckelt an seinem Daumen.

Prustend schüttle ich den Kopf. »Ist es normal, dass ich auf einen Basketball eifersüchtig bin?«

Er wirft den Basketball quer durch das Zimmer, ehe er die Bettdecke hochhebt. Seine Stimme ist plötzlich ganz ernst. »Du kannst zu mir unter die Decke kommen, wenn du dich mir öffnest.«

Mir entgeht seine Anspielung nicht. Zögernd beiße ich auf meine Unterlippe. »Ich kann nicht bleiben.«

Er lächelt. »Das verlange ich auch gar nicht.« Denn er will tatsächlich nicht mehr von mir als das, was ich ihm geben kann. Er will mich. Nur mich. Genau so, wie ich bin.

Ich klettere zu ihm ins Bett, lege den Kopf auf seine Brust und schmiege mich an ihn. Und wenn die Magie doch nicht in Connors *Seele* pochen sollte, dann umgibt sie zumindest seinen ganzen Körper. Denn vor wenigen Augenblicken habe ich mich noch verdreckt, verwirrt und verdorben gefühlt, doch jetzt …

Jetzt bin ich dabei, unter einem Sternenhimmel einzuschlafen, umgeben von kleinen Funken voller Hoffnung.

Kapitel 33

CONNOR

Ava: Guten Morgen, fester Freund. Mein Wecker hat um halb fünf geklingelt, und ich musste nach Hause. Ich wollte nicht weg. Ich hätte für immer in deinen Armen liegen bleiben können.

Connor: Neues Handy. Wer ist da?

Ava: Sorry, falsche Nummer. Ich wollte das eigentlich meinem anderen festen Freund schicken.

Connor: Ich mach ihn fertig.

Ava: Ach ja? Bevor oder nachdem du an deinem Daumen genuckelt hast, du Riesenbaby?

Connor: Pass bloß auf, du kleines Miststück.

Ava: Ich vermisse dich.

Connor: Ich dich auch. Ich hol dich nachher ein bisschen früher für die Schule ab. Muss mich ja noch bei jemandem entschuldigen, wie du weißt.

Ava: Ah ja. Muss scheiße sein, wenn man du ist.

Connor: Nicht wirklich. Gestern Nacht hat ein Mädchen in meinem Bett geschlafen – zum ersten Mal in meinem Leben. Das war schon ziemlich cool.

Ava: Ja? War sie heiß?

Connor: Na ja.

Ava: Pass bloß auf, du Arsch.

Connor: Ich kann's gar nicht erwarten, Ava.

Ava: Was?

Connor: Alles.

***

»Verdammt, ich hab dir echt übel zugesetzt!«, ruft Peter, als er Avas Veranda herunterkommt.

»Ja, du hast mich ziemlich erwischt«, gebe ich zu und reibe mir den Nacken. Ich schäme mich tatsächlich ein bisschen, um es milde auszudrücken, und auch wenn ich vorhin meine Entschuldigung immer wieder geübt habe, weiß ich jetzt nicht, wo ich anfangen soll.

Er schlägt mir mit dem Handrücken gegen den Magen, und ich zucke überrascht zusammen. »Falls du dich dadurch besser fühlst: Du hast auch ein paar gute Treffer gelandet.«

»Ich wünschte, ich würde mich besser fühlen, aber nein.« Nervös hebe ich den Blick, lasse aber den Kopf gesenkt. »Hör mal, Mann, es tut mir leid. Ich wünschte, ich hätte eine gute Ausrede, aber …«

Er stößt einen tiefen Seufzer aus und bedeutet mir, ihm zu folgen. Er läuft bis zum Gehweg, sodass Ava uns im Haus nicht hören kann. »Ich werde nicht lügen«, fängt er an und schiebt die Hände in die Hosentaschen, während er sich gegen seinen Wagen lehnt. »Ich war gestern den ganzen Tag noch ziemlich wütend. Das lag aber mehr daran, dass du mein hübsches Gesicht zerstört hast, und nicht daran, dass du mich überhaupt angegriffen hast.«

»Das heißt, du bist nicht nur auf *mich* wütend?«

»Nein.«

Erleichtert atme ich aus.

»Warum fragst du?«

»Ich weiß auch nicht. Du bist Ava offenbar wichtig – und sie ist *mir* wichtig. Ich will meine Freundschaft zu Ava auf keinen Fall ruinieren, indem ich dein Feind werde.«

Er lacht laut auf. »Du bist nicht mein Feind«, sagt er. »Und auch, wenn du Avas Verletzungen völlig falsch interpretiert hast – du hattest die besten Absichten. Du dachtest, du würdest Ava beschützen – und das kann ich dir nicht übel nehmen. Das ist …« Er sieht zum Haus hoch. »Das ist schließlich der Grund, warum wir alle hier sind, nicht wahr?«

Ich nicke, obwohl mir mein Gefühl sagt, dass hinter seinen

Worten noch etwas anderes steckt. Etwas, was mich an *seinen* Absichten zweifeln lässt.

»Hör mal«, er richtet sich auf, »Ava hatte es bisher ziemlich schwer, und sie tut vielleicht so, als wäre sie tough, als wäre sie okay, und klar, es gibt Tage, an denen sie es vielleicht sogar ist, aber diese Tage sind eher selten. Und, Connor, wenn du sie wirklich auf diese Weise in deinem Leben haben willst – und ich weiß, dass du das tust –, dann musst du dich darauf einstellen, dass du dich auch an den schlechten Tagen um sie kümmern musst. Du kannst nicht einfach die schönen Momente rauspicken.«

»Ich weiß«, antworte ich mit heiserer Stimme. »Das ist mir alles bewusst.«

Zufrieden nickt er. »War sie gestern Nacht bei dir?«

Ich nicke.

Seine Mundwinkel verziehen sich zu einem Grinsen. »Fünfhundert Mäuse und ich erzähl Trevor nichts davon.«

»Alter, ich hab keine fünfhundert.« Ich hab nicht mal fünf.

Lachend klopft er mir auf die Schulter. »War nur ein Scherz.«

In dem Moment öffnet Ava die Tür und ruft Krystal und ihrer Mom noch einen schnellen Abschiedsgruß über die Schulter zu. Als sie uns sieht, wandern ihre Augenbrauen nach oben, und an ihrem Grinsen kann ich bereits erkennen, was gleich kommen wird.

»Ihr Jungs seid so süß!«, brüllt sie, während sie zu uns läuft. »Und jetzt küsst euch!«

Peter schüttelt amüsiert den Kopf. »Es ist schön, dass du wieder du selbst bist, Ava«, sagt er und breitet die Arme aus, in die sie fallen kann. Was sie auch macht. »Ich werde schon weg sein, wenn du zurückkommst, daher sag ich jetzt schon mal tschüss.«

Schmollend schaut Ava zu ihm hoch. »Aber wir sehen uns bald wieder, oder?«

»Du musst mich nur anrufen, wenn du etwas brauchst.« Er küsst sie auf den Kopf, aber er lässt mich dabei nicht aus den Augen. »Egal was, Ava. Ich mein's ernst.«

»Was ist los mit dir?«, fragt Ava auf dem Weg zur Schule und drückt meine Hand, die auf ihrem Schoß liegt.

»Was meinst du?«, erwidere ich abgelenkt.

»Du bist irgendwie komisch. Abwesend.« Sie will meine Hand loslassen, doch ich halte sie fest.

»Tut mir leid. Es ist nur ...« Ich überlege, wie ich es am besten formulieren kann, doch dann sage ich es einfach geraderaus: »Peter macht mir irgendwie Angst.«

Ava kichert. »Vielleicht solltest du ihn noch mal verprügeln.«

»Vielleicht«, murmle ich. »Aber mal aus Interesse: Wenn du den Kampf gestern beurteilen müsstest, wer hätte gewonnen?«

»Ich«, sagt sie, ohne zu zögern.

»Du?«

Sie zuckt mit den Schultern. »Klar, ich hab den Kerl bekommen.«

Ich habe mich gerade hingesetzt, als mein Lehrer mich zu sich ruft. »Sie sollen ins Büro des Rektors kommen. Sofort.«

Rhys ist bereits dort, genau wie Coach Sykes. Mein Magen zieht sich zusammen, denn ich weiß genau, was jetzt kommt.

»Aufgrund Ihrer Fehlstunden gestern suspendiere ich Sie beide vom morgigen Spiel«, sagt Rektor Brown.

»Verflucht noch mal!«, schreit Coach Sykes und schleudert seine Kappe durch den Raum.

»Ooh, er ist wüüütend«, singt Rhys leise, und ich kann mir das Lachen nicht mehr rechtzeitig verkneifen.

»Findest du das etwa witzig, Ledger?«, brüllt Coach Sykes mir ins Gesicht.

Ich setze eine ernste Miene auf. »Nein, Sir.«

»Aber vermutlich ist es das Beste«, fügt er hinzu. »Dein Gesicht wirft kein gutes Licht auf unser Team.«

Ich zucke zusammen. »Wie schlimm sehe ich aus?«, frage ich Rhys.

Gelassen mustert er mich. »Nicht *so* schlimm. Ein Ausflug in den Kosmetiksalon – und du siehst aus wie neu.«

»Freut mich, dass die Herren das so witzig finden«, sagt Rektor Brown. »Aber Sie sollten wissen, dass ein Basketballscout von der Duke University zu dem nächsten Spiel kommt, und während er also nach Jungs Ausschau hält, denen er bereits jetzt eine Zusage geben kann, werden Sie beide auf der Ersatzbank sitzen.«

Wenn man an College-Basketball denkt, denkt man automatisch an die Duke. Seit Ewigkeiten war der Gedanke an die Duke genau das: ein Gedanke. Eine Wunschvorstellung. Aber jetzt … jetzt bin ich hier und … *fuck*.

Rhys ist das nicht so wichtig wie mir. Klar, er ist der Mannschaftskapitän, aber mehr, als in einem Collegeteam zu spielen, will er nicht erreichen. Davon abgesehen hat er genug Geld, um an den meisten Unis aufgenommen zu werden. Und ja, ich weiß, dass es noch mehr Möglichkeiten wie diese geben wird, aber die werden mich nicht an die Duke führen.

All das versuche ich zu verdrängen, während ich die Tribüne zu Ava hochlaufe, die dort schon auf mich wartet.

»Stimmt es?«, fragt sie, sobald ich in Hörweite bin. »Dass du von dem Spiel ausgeschlossen wurdest, bei dem jemand von der Duke anwesend sein wird?«

»Woher weißt du das?«

»Rhys.«

»Rhys hat eine viel zu große Klappe.«

»Connor, das hier ist ernst«, sagt sie genervt und zupft an meinem Arm, damit ich mich neben sie setze. »Vielleicht kann ich ja mit Rektor Brown sprechen. Es ist das Mindeste, was ich tun kann, wenn man bedenkt, dass es meine Schuld war, dass ihr beide …«

Ich lasse sie gar nicht erst ausreden, sondern greife nach ihren Beinen und lege sie auf meine. Langsam streiche ich mit der Hand über ihren Oberschenkel, bis kurz unter ihren Rock.

»Du hast mich nicht dazu gezwungen, den Unterricht zu schwänzen und mich wie ein Neandertaler zu verhalten. Das ist allein *meine* Schuld, und ich werde die Konsequenzen tragen.«

»Aber …«

»Ava, *bitte*, lass gut sein. Ich habe nur diese halbe Stunde mit dir, und ich will sie nicht damit verschwenden, mit dir über dummes Zeug zu streiten. Und jetzt küss mich endlich.«

Ihre Mundwinkel verziehen sich zu einem Lächeln. »Okay«, sagt sie und presst ihre Lippen kurz auf meine. Als sie mit den Fingern durch meine Haare fährt, schließe ich die Augen.

»Ava?«

»Ja?«, flüstert sie an meinem Hals.

Ich ziehe sie näher an mich. »Versprich mir, dass du niemandem davon erzählst, dass ich mit meinem Basketball schlafe.«

Sie lacht, löst sich aber nicht von mir. Ihre Lippen wandern meinen Kiefer entlang, kurz unterhalb meines Ohrs hält sie inne. »Aber dann hätte ich den Jungs aus der Medien-AG ja meine Brüste völlig umsonst gezeigt, damit sie beim nächsten Spiel ein Bild von dir und deinem Basketball zeigen.«

Ich knurre leise, als sie mich ins Ohrläppchen beißt, und lasse meine Hand unter ihrem Rock weiter nach oben wandern. »Mach über so was keine Witze«, sage ich und presse meinen Mund auf ihren. Ich küsse sie so besitzergreifend, dass ich selbst überrascht bin.

Sie kichert an meinen Lippen.

»Das ist mein völliger Ernst, Ava.«

Doch sie lacht nur noch lauter.

***

Trevor zieht scharf die Luft ein, als ich ihm die Tür aufmache. »Verflucht, Junge. Du hast mehr als eine Tracht Prügel kassiert.«

Ich mache einen Schritt raus auf die Veranda und schließe die Tür hinter mir. »Du solltest den anderen Kerl sehen.«

»Hab ich, aber er sieht nicht mal annähernd so schlimm aus wie du.«

Ich zucke mit den Schultern. »Was gibt's?«

»Können wir vielleicht eine Runde gehen und über das reden, was passiert ist?«

»Da gibt es nicht viel zu reden. Ich dachte, Peter hätte Ava wehgetan, und wollte ihn deswegen umbringen.«

Trevor presst die Lippen fest zusammen und nickt mit dem Kopf in Richtung Straße. »Lass und trotzdem eine Runde laufen.« Dieses Mal ist es keine Frage, daher öffne ich die Tür und sage Dad, dass ich kurz weg bin. Wir haben seit unserem gestrigen Streit nicht viel miteinander gesprochen, und ich habe nicht vor, den ersten Schritt zu machen und mich zu entschuldigen. Es gibt nichts, was ich noch zu dem Thema sagen könnte, und wenn er ernsthaft denkt, er könne mich davon abhalten, mich mit Ava zu treffen, dann kennt er mich offenbar nicht so gut, wie er dachte.

Trevor läuft neben mir, die Hände in den Taschen vergraben. Ich mache es ihm nach. Wir sind inzwischen zwei Blocks von unserem Haus entfernt, und er hat noch kein Wort gesprochen. Ich hab noch eine Menge zu erledigen, daher breche ich das Schweigen. »Also, wie war dein Trip?«

»Es ist nicht das erste Mal, dass so etwas passiert ist«, sagt er.

»Was?« Verwirrt drehe ich mich zu ihm. »Dass einer von Avas Freunden in eurem Garten eine Prügelei mit einem deiner Freunde anzettelt?«

Es sollte ein Scherz sein, doch Trevor schüttelt ernst den Kopf, sein Blick bohrt sich in meinen, und in seinen Augen liegt nicht mal ein Hauch von Belustigung. »Dass Avas Mom sie verletzt hat.« Das heißt, es geht hier *nicht* um Peter und mich. Verstanden. »Es ist nicht das erste Mal«, wiederholt er. »Und es wird auch nicht das letzte Mal sein.«

Oh. »Okay.« Das wusste ich nicht, und so, wie Ava mir davon erzählt hat, klang es eher nach einem Unfall. Oder vielleicht wollte ich das auch nur so hören.

Ich folge Trevor, als er einen steilen Hügel hochläuft. Oben befindet sich ein kleiner Spielplatz: eine Doppelschaukel und eine Rutsche.

Als er sich auf einer der Schaukeln niederlässt, biegt sich das gesamte Gerüst unter seinem Gewicht. Ich bleibe stehen … da ich mir ziemlich sicher bin, dass das Ding ansonsten zusammenbricht. Trevor winkelt die Beine an, streckt sie. Er versucht nicht wirklich, hoch zu schaukeln, es ist mehr so ein Hin-und-her-Schwingen. Er stößt einen lauten Seufzer aus, den Blick starr auf den Boden gerichtet. Es ist offensichtlich, dass es ihm schwerfällt, das auszusprechen, was er gerade denkt. Also schenke ich ihm meine ganze Aufmerksamkeit.

»Was ist los?«

Er runzelt die Stirn und kratzt sich am Kinn. »Avas Mom …«

»Ja?«

»Sie hat viel durchgemacht.«

»Na ja, das ist ziemlich offensichtlich.«

»Nein, Connor.« Er schüttelt den Kopf, lässt die Schultern hängen. »Du weißt nicht mal die Hälfte.« Er zögert einen Moment, und ich gebe ihm die Zeit, nach den richtigen Worten zu suchen. »Sie war eine Kriegsgefangene. Weißt du, was das heißt?«

Ich schlucke hart. Dann nicke ich.

»Ja …« Seine Stimme bricht. Er räuspert sich, und als er mich ansieht, ist sein Blick getrübt. »Ich will gar nicht so sehr ins Detail gehen, aber ihre Einheit war unter Beschuss, und, ähm … sie haben sie gefangen genommen. Sie haben sie gefangen genommen und sie …« Er atmet tief durch, dann noch mal. Ich kann deutlich in seinen Augen sehen, wie sehr er zu kämpfen hat, kann hören, wie sehr seine Stimme zittert. »Gott, Connor, weißt du, was die mit *Frauen …*?«

Er schafft es nicht, den Satz zu beenden. Und ich will es auch gar nicht hören.

»Sie haben sie monatelang festgehalten, und als sie endlich fliehen konnte, da … da ist die Granate …« Eine einzelne Träne löst sich aus seinem Auge, und er wischt sie schnell weg, drängt seine Emotionen zurück.

Meine Beine geben nach, und ich lasse mich doch noch auf die verdammte Schaukel neben ihm fallen. Mein Magen verkrampft sich. In meiner Brust tobt ein Schmerz, so intensiv, dass ich aufstöhne. Tränen brennen in meinen Augen. Schnell fahre ich mir mit der Hand übers Gesicht und atme tief durch, um meine Wut im Zaum zu halten.

»Es tut mir leid«, krächze ich mit zugeschnürter Kehle.

Trevor schüttelt den Kopf. »Ava weiß nichts davon. Mein Dad hat es mir erzählt, und ich habe beschlossen, ihr nichts zu sagen. Das bleibt also unter uns. Okay?«

»Natürlich.«

»Hör mal.« Er seufzt tief. »Es wird Zeiten geben, da wirst du sie dafür hassen, wie sie Ava behandelt, wie sie sich verhält und wie sie sich fühlt, aber du musst das nüchtern betrachten, Connor. Du *musst.* Für Ava. Du kennst sie nur jetzt, aber du kanntest sie nicht als Avas Mom, damals, als sie noch Avas Mom *war.*«

»Ich hab's verstanden«, versichere ich ihm.

Zwei kleine Kinder mit Spielzeuglastern in der Hand nähern sich den Schaukeln. Als sie uns sehen, bleiben sie abrupt stehen und rennen zurück zu ihren Eltern. Ich kann mir nur schwer vorstellen, wie wir gerade aussehen müssen: zwei riesige Kerle auf winzig kleinen Schaukeln, die versuchen, die Tränen zurückzuhalten.

»Ich erzähle dir das nur«, beginnt Trevor, »weil Ava die ganze Zeit mit diesem dümmlichen Grinsen im Gesicht herumläuft, das sie nicht verbergen kann. Und ich nehme an, *du* bist der Grund dafür.«

»Möglich«, murmle ich, während ich daran denke, wie stark Ava ist, viel stärker, als ich angenommen habe.

»Das heißt, ihr beiden seid jetzt *zusammen.*«

»Ja.«

»Gut«, sagt Trevor und steht auf. »Ich meine, es tut ihr gut, jemanden in ihrem Leben zu haben, der sie glücklich macht.«

Meine Brust schwillt vor Stolz an, aber da ist trotzdem dieses nagende Gefühl in meinem Bauch, dass ich nicht gut genug für sie bin.

»Aber«, fügt Trevor hinzu, »du kannst nicht jedes Mal Leute verprügeln, wenn Ava verletzt wird. Vor allem, wenn es für diesen Schmerz keinen richtigen Grund gibt.«

»Okay«, sage ich, denn es ist alles, was ich sagen *kann.*

»Gut.« Er mustert mich aufmerksam, ein spöttisches Grinsen auf den Lippen. Anscheinend ist er wieder ganz der Alte, denn er packt mich an der Schulter und drückt den Daumen fest in den Bluterguss an meinem Schlüsselbein. »Wenn du sie schwängerst, bring ich dich um.«

Kapitel 34

CONNOR

»Ich sehe aus, als würde ich auf eine Beerdigung gehen«, sage ich, während ich argwöhnisch mein Spiegelbild betrachte. Ich trage den Anzug, den das Basketballteam von der Schule bekommen hat und den wir anziehen müssen, wenn wir zu einem Spiel gehen, aber selbst nicht spielen dürfen.

Dad, der mich von meiner Zimmertür aus beobachtet, seufzt tief. »Ich kann nicht glauben, dass du Spielverbot bekommen hast. Und noch dazu heute, Connor. Was zur Hölle …?«

»Hör auf«, unterbreche ich ihn. »Hör einfach auf, okay? Ich *weiß*.«

»Du gehst ja trotzdem hin. Vielleicht kannst du mit dem Scout reden, bevor er wieder geht.«

»Okay«, murmle ich und schließe die Augen. Meine Schultern sind angespannt, meine Hände zu Fäusten geballt.

Als mein Handy auf dem Schreibtisch vibriert, greife ich schnell danach.

Ava: JUNGS!!

Connor: ?

Rhys: Ein bisschen früh in eurer Beziehung, jetzt schon an einen Dreier zu denken, aber ich bin dabei.

Connor: Igitt.

Ava: Heiß.

Connor: Was gibt's?

Ava: Werft euch in Schale, Jungs!

Rhys: Hä?

Connor: Was?

Ava: Werft euch in Schale! Oder wie immer ihr das nennt. Zieht eure Basketballdresses an. Ihr spielt heute.

Connor: Unmöglich!

Mit einem breiten Grinsen im Gesicht reiße ich mir die Krawatte runter und streife die Schuhe ab.

Rhys: Ist das dein Ernst?

Connor: Wie hast du das denn hingekriegt?

Rhys: ☺ Wollt ich auch gerade fragen.

»Was ist los?«, fragt Dad.

»Ava hat dafür gesorgt, dass ich spielen darf.«

»Gut. Das ist das Mindeste, was sie tun konnte.«

Ich ignoriere ihn. Stattdessen lese ich die nächste Nachricht.

Ava: Ich musste Brown nur meine Brüste zeigen. Er wusste das sehr zu schätzen.

Connor: Verflucht, Ava!!!

Rhys: Nice!

Ava: Ist es wirklich wichtig, wie ich es geschafft habe? Geht einfach!!! Zieht euch um!!! Sonst kommt ihr noch zu spät.

Rhys: Danke, A.

Eine weitere Nachricht ploppt auf, diesmal in Avas und meinem privaten Verlauf.

Ava: Also ... Ist es das, was man als Rettung in letzter Sekunde bezeichnet?

Connor: Auf jeden Fall! Du bist unglaublich. Ich weiß nicht, was du gemacht hast, aber danke, Ava. DANKE!

Ava: Gern geschehen, Baby.

Ava: Und jetzt geh!!

Connor: Schon unterwegs!

So schnell wie möglich ziehe ich mich um und scheuche Dad aus meinem Zimmer, damit ich es noch rechtzeitig vor Anpfiff zum Aufwärmen schaffe. Ich sprinte regelrecht zu Dads Wagen. Meine Finger liegen bereits am Türgriff, als Ava meinen Namen ruft. Abrupt drehe ich mich zu ihr um.

Sie läuft auf mich zu, barfuß, und sie ist wunderhübsch. Ihre Haare sind noch etwas nass und nicht wie sonst zu einem unordentlichen Knoten zusammengebunden. Es ist tatsächlich das erste Mal, dass ich sie mit offenen Haaren sehe. Die Locken fallen ihr über die Schultern, als sie auf mich zurennt. In der Hand hält sie einen knallorangen Luftballon und einen Marker. Schwer atmend bleibt sie vor mir stehen.

»Buuuh!«, ruft sie spöttisch und reicht mir den Luftballon.

Als ich danach greife, ist mein Grinsen so breit, dass meine Wangen regelrecht schmerzen. Ohne lange darüber nachzudenken, lege ich eine Hand an ihre Hüfte, während ich mit der anderen eine Haarsträhne hinter ihr Ohr schiebe. »Mir gefallen deine offenen Haare.«

»Wirklich? Ich bin gerade aus der Dusche gekommen, um Browns Anruf anzunehmen, und dann habe ich euch so schnell wie möglich geschrieben.« Sie wirft einen Blick über meine Schulter zu meinem Dad, der uns zweifellos beobachtet. Ihr Lächeln verschwindet, und sie macht einen Schritt zurück. »Viel Glück, okay?«

In dem Moment ist es mir egal, wer zusieht. Schnell ziehe ich sie wieder an mich und gebe ihr einen Kuss auf die Lippen, voller Leidenschaft und unglaublich perfekt.

Genau wie sie.

***

Ich blinzle den Schweiß weg, der von meiner Stirn in meine Augen läuft, und schütte Wasser über mein Gesicht. Das ist unser letztes Time-out in diesem Spiel, und ich habe alles gegeben. Das beweisen unsere Punkte, genauso wie das Brennen in jedem einzelnen meiner Muskeln. Meine Brust hebt und senkt sich heftig, ebenso meine Schultern, und meine Lunge scheint in Flammen zu stehen.

Coach Sykes mustert mich besorgt. »Willst du raus?«

»Nein, Sir.«

»Du hattest noch keine einzige Minute Pause, Ledger. Es wird dich nicht umbringen.«

Ich schlucke. »Mir geht's gut«, sage ich keuchend, bevor ich zu meinem Dad sehe, der mit verschränkten Armen von der Tribüne aus zuschaut. Er nickt mir aufmunternd zu, und als er mich anlächelt, muss ich unwillkürlich an all die Momente denken, in denen er für mich da war, an denen er genau das gemacht hat – sogar damals, als es noch kein großes Ziel gab.

»Du schaffst das, mein Sohn!«, ruft er laut genug, sodass ich ihn über die jubelnde Menge hinweg hören kann.

»Alles okay, Kumpel?«, fragt Rhys.

»Klar.« Ich konzentriere mich wieder ganz aufs Spiel. »Alles bestens. Lass uns das gewinnen!«

Wir spielen noch zwei Minuten, dann ertönt die Schlusssirene. Ich gebe jedem aus dem anderen Team die Hand, bevor ich zur Bank eile und mich erschöpft darauf niederlasse, meinem Körper endlich Zeit gebe, sich zu erholen. Die Ellbogen auf die Knie gestützt, lehne ich mich nach vorn und wische mir mit einem Handtuch den Schweiß aus dem Gesicht.

»Gute Arbeit, Ledger«, lobt mich Coach Sykes. »Du hast heute richtig Gas gegeben.«

»Danke, Coach.«

Während der Rest des Teams in Richtung Duschen verschwindet und die Zuschauer allmählich die Sporthalle verlassen, bleibe ich noch auf der Bank sitzen und warte, bis meine Muskeln sich nicht länger wie Pudding anfühlen. Heute war ich nicht gut in Form, nicht so, wie ich es sein sollte. Entschlossen nehme ich mir vor, ab jetzt wieder öfter zu trainieren und an meiner Ausdauer zu arbeiten. Mich mehr auf Sprints zu konzentrieren als auf längere Strecken.

»Connor?«

Überrascht sehe ich zu Rektor Brown hoch. Neben ihm steht ein Mann, den ich noch nie gesehen habe. »Ja, Sir?«, frage ich und stehe ebenfalls auf.

Brown lächelt, während er mit der Hand auf den Mann deutet. »Das hier ist Tony Parsons. Von der Duke University. Er würde gern mit Ihnen sprechen.«

Mein Puls beschleunigt sich, als wäre ich wieder auf dem Spielfeld, zwei Punkte im Rückstand, die letzten Sekunden der Overtime … Und ich stehe mit dem Ball an der Dreipunktelinie.

»Freut mich, Sie kennenzulernen, Sir«, sage ich und schüttle seine Hand.

»Ebenso«, antwortet er freundlich. »Sie haben da aber ein ziemliches Veilchen.«

»Ja, das ist …«

»Das ist eins der Risiken beim Basketball, nicht wahr, mein Junge?«, unterbricht Brown mich.

Ich nicke, dankbar für seine Ausrede.

»Nun gut, Connor«, fährt Parsons fort, »haben Sie schon mal darüber nachgedacht, für die Duke zu spielen?«

»Nur, wenn ich atme.«

Seine Mundwinkel verziehen sich zu einem Lächeln. Doch bevor er etwas sagen kann, hebe ich den Finger. »Tut mir leid, nur einen kleinen Moment.« Ich sehe zur Tribüne hoch, zu einem der wenigen Zuschauer, die noch hier sind – meinem Dad, der uns mit großen Augen beobachtet. »Dad!« Ich winke ihn zu uns, dann drehe ich mich wieder zu dem Scout. »Das ist mein Vater«, erkläre ich ihm. »Ich … ähm …« Nach einem kurzen Zögern spreche ich die Wahrheit laut aus, für die ich in letzter Zeit zu stur war, um sie zu erkennen: »Ich hätte ihn gern dabei.«

»Es ist nicht so, dass ich mir allzu große Hoffnungen mache oder so«, sage ich ins Handy, während ich in meinem Zimmer auf und ab gehe. Das Adrenalin fließt immer noch durch meine Adern.

»Du solltest dir auf jeden Fall Hoffnungen machen«, widerspricht Ava. »Ich meine, das ist die *Duke*.«

»Schon, aber hast du eine Ahnung, wie viele Scouts an den Highschools nach guten Basketballern Ausschau halten? Ich bin vielleicht einer von Hunderten, mit denen diese Scouts reden …«

»Connor!«, unterbricht sie mich lachend. »Du betrachtest das Ganze falsch. Du bist einer von *nur* Hunderten, mit denen sie reden. Das ist eine große Sache, egal, wie sehr du versuchst, es herunterzuspielen.«

Nachdenklich drücke ich das Handy ans Ohr, während ich mit der anderen Hand einen Basketball aufhebe und ihn auf meiner Fingerspitze drehe. »Vermutlich hast du recht.«

»Ich bin stolz auf dich«, sagt sie. An ihrer Stimme erkenne ich, dass sie die Worte wirklich ehrlich meint.

Ich lasse den Ball wieder zu Boden fallen und setze mich auf die Bettkante. »Ohne dich wäre das nie passiert.«

»Na ja, streng genommen …« Sie verstummt wieder.

»Wie hast du es eigentlich geschafft, dass wir heute doch spielen durften?«

»Hab ich dir doch gesagt.«

»Ava …«

Sie kichert, und bei dem Klang zieht sich meine Brust vor Sehnsucht zusammen. Ich wünschte, sie wäre hier. In meinem Bett. Dann könnte ich sie sehen. Könnte mit den Fingern durch ihre Locken streichen, könnte sie küssen, sie festhalten und vielleicht ein bisschen mit ihr rummachen.

»Ich habe ihm nur einen emotionalen Brief geschrieben und ihm erklärt, was wirklich passiert ist und dass du und Rhys meine Retter wart und dass ihr es nicht verdient, dafür bestraft zu werden. *Vincit qui se vincit.*«

»Was heißt das? Der letzte Satz?«

»Das ist unser Schulmotto: *Es siegt, wer sich selbst besiegt.*«

»Was hat das mit dem Ganzen zu tun?«

»Na ja«, sagt sie spöttisch. »Wie stellt sich Brown das vor, dass du siegst und die Welt eroberst, wenn er dich auf die Ersatzbank verbannt, nur weil du dich wie ein Gentleman verhalten hast?«

»Ich kann nicht glauben, dass du es geschafft hast, das einzubauen.«

»Deine Freundin kann ziemlich überzeugend sein, Connor.«

Ich lächle in mein Handy und lausche dem Schweigen, das sich zwischen uns ausbreitet.

»Ich wünschte, ich könnte jetzt bei dir sein«, flüstert sie, als hätte sie meine Gedanken gelesen.

»Ich weiß. Ich auch.«

Es klopft an der Tür, und Dad steckt den Kopf herein.

Schnell lasse ich das Handy sinken.

»Ich bin dann mal weg«, sagt er und lächelt. »Du warst heute wirklich gut, Connor. Ich bin stolz auf dich. Du bist einen Schritt näher an deinem Ziel.«

»Danke, Dad«, antworte ich ehrlich. »Und danke, dass du dabei warst. Wenn du nicht gewesen wärst, wäre ich mit den Nerven am Ende gewesen.«

Sein Grinsen wird breiter. »Jederzeit, Sohn. Wir rufen morgen Ross an und erzählen ihm alles.«

»Okay.«

»Bleib nicht zu lange auf. Du hattest einen langen Tag.«

»Ja, Dad.«

Ich warte, bis er mein Zimmer und das Haus verlassen hat, bevor ich das Handy wieder ans Ohr halte. »Hey, sorry.«

»Du redest also wieder mit deinem Dad?«, fragt Ava.

»Sieht so aus, ja.«

»Gut«, sagt sie, aber ich höre die Unsicherheit in ihrer Stimme.

»Hör mal, was mein Dad über dich gesagt hat …« Ich stoße einen tiefen Seufzer aus. »Er hat nichts gegen dich persönlich. Es ist nur … Er will mich nur beschützen. Aber er *kennt* dich nicht, denn wenn er dich kennen würde …« Ich verstumme, da ich nicht weiß, was genau ich sagen soll.

»Du musst es mir nicht erklären«, versichert sie mir. »Es ist okay. Ich weiß, was wir sind – meine Familie, meine ich –, und ich weiß auch, wie wir nach außen hin wirken. Aber … Wenn es dir jemals zu viel werden sollte – mit mir –, dann sag es mir.«

»Ava, hör auf.« Ich lasse mich rücklings auf die Matratze fallen und lege den Arm über meine Augen. »Darüber müssen wir nicht reden.«

Ihr Schweigen dauert zu lange.

»Ava?«, frage ich und setze mich wieder auf.

»Sorry«, antwortet sie. »Jemand hat gerade das Spiel online gestellt, und ich versuche, es so schnell wie möglich herunterzuladen. O Gott, ich bin so aufgeregt. *Schneller!*«

»Ich kann dir bestimmt morgen eine Aufnahme besorgen.«

»Pah! Morgen ist zu spät. Ich brauche es *jetzt*!«

»Du …«

»Endlich«, unterbricht sie mich. »Bla, bla, bla, Leute, die mir egal sind! Hey, da bist du ja! Okay, ich schau es mir sofort an. Tschüss!«

Sie hat aufgelegt, bevor ich überhaupt antworten kann. Doch nicht mal fünf Minuten später schickt sie mir eine Nachricht.

Ava: Verdammt, Connor. Du siehst gut aus.

Connor: Hör auf.

Ava: Denkst du, ich mach einen Scherz? *michauszieh*

Connor: Hey! Du kannst dich doch nicht ausziehen, wenn ich nicht bei dir bin.

Ava: Hmm. Der Gedanke, dass du mich ausziehst … *michschnellerauszieh*

Connor: Du könntest rüberkommen … Wenn du willst. Ich kann das Fenster offen lassen. Dad kommt nicht vor morgen früh heim.

Ava: Ich wünschte, ich könnte zu dir kommen, aber die Ärzte waren heute hier und haben Mom andere Medikamente gegeben. Ich muss hierbleiben, falls sich irgendwelche Nebenwirkungen zeigen.

Connor: Wie geht es ihr?

Ava: Viel besser. Sie hatte nur ein paar schlechte Tage, mehr nicht. Danke fürs Fragen.

Connor: Natürlich.

Ava: Okay, ich werde mir das Spiel jetzt weiter anschauen. Tschüss!

Eine Stunde vergeht, und ich liege bereits im Bett, als wieder eine Nachricht eingeht.

Ava: Okay, die Entscheidung ist getroffen. Tut mir leid, dir das sagen zu müssen, aber du spielst irgendwie scheiße, #3.

Connor: Ich weiß.

Ava: Lust, mir noch einen Gutenachtkuss zu geben?

Connor: …

Ava: ?

Connor: Oh, sorry, ich wusste nicht, dass das eine Frage war. Wie? Wann? Wo?

Ava: Jetzt. Linke Hausseite. Zweites Fenster.

Sofort springe ich aus dem Bett und schlüpfe in einen Trainingsanzug – und in weniger als zehn Sekunden bin ich draußen vor Avas Haus. Ich lächle, als ich sie am offenen Fenster sehe. Sie hebt einen Finger an ihre Lippen und bedeutet mir, leise zu sein. Obwohl ich barfuß bin, trete ich vorsichtiger auf, während ich mich ihr etwas langsamer nähere.

»Du bist verdammt schnell«, flüstert sie.

»Ich war mir nicht sicher, wie lang das Angebot gilt.«

Sie verdreht die Augen, lehnt sich dann aber noch weiter aus dem Fenster und packt mich an den Schultern, um mich so nah wie möglich an sich zu ziehen. »Gute Nacht, *fester Freund*«, flüstert sie und haucht mir einen Kuss auf die Stirn.

»Das war's?«, frage ich mit hochgezogener Braue. »Du schreibst mir, damit ich rüberkomme, und dann …?«

Ihre Lippen landen auf meinen, weich und warm, während sie ihre Arme um meinen Nacken schlingt. Ich drücke sie an mich, fahre mit den Fingern durch ihre Locken. Sie dreht den Kopf, und als ihre Zunge meine berührt, kann ich ein kehliges Stöhnen nicht unterdrücken. Sie beißt leicht auf meine Unterlippe, und, ohne Witz, meine Knie geben unter mir nach. Ich kann mich gerade noch fangen; mit einer Hand stütze ich mich an ihrem Fensterbrett ab, die andere vergrabe ich tiefer in ihren Haaren, ziehe daran, bis sie den Kopf zurückwirft und ich freien Zugang zu ihrem Kinn, ihrem

Hals habe. Ich löse die Hand vom Fensterbrett und streiche über ihre Schulter, hinunter zu ihrer Brust, zu Stellen, nach denen ich mich schon lange gesehnt habe. *Zu* lange. Stöhnend presst sie ihren Mund wieder auf meinen. Dann auf meinen Kiefer. Meine Kehle. Gott, wie ich ihre Lippen dort liebe. Sie drückt sich an meinen Hals, ihr Atem geht schwer. Mein Herz schlägt wie verrückt, Blut schießt in einen Körperteil, dem ich zweifellos meine Aufmerksamkeit schenken werde, sobald ich wieder im Bett bin.

»Ich könnte das die ganze Nacht machen«, flüstert sie.

Ich bringe nur einen unverständlichen Laut über die Lippen. Offenbar bin ich nicht mehr in der Lage, Wörter zu formulieren.

»Aber wir können nicht«, sagt sie, während sie leise an meinem Hals lacht. »Noch eine Minute länger, und wir würden gegen das Gesetz verstoßen.«

Ich atme ein paarmal tief durch, warte darauf, dass mein Puls sich beruhigt. »Ja, du hast vermutlich recht.«

Sie weicht zurück, meine Hand ist immer noch in ihren Haaren. Dann gibt sie mir einen letzten Kuss. Nur flüchtig. Ihr Blick verfängt sich in meinem, und ihre Lippen verziehen sich zu einem Lächeln. »Gute Nacht, *fester Freund.*«

Kapitel 35

CONNOR

Wegen meines Basketballtrainings, der Schule und Avas *Leben* haben wir nicht annähernd so viel Zeit zusammen, wie ich gern hätte. Und da unser Team in letzter Zeit so gut spielt, muss ich an noch mehr verpflichtenden Terminen teilnehmen. Pep Rallys, Besprechungen, Presseinterviews. Das alles ist nichts Schlechtes. Es bedeutet mehr Gelegenheiten, an denen mich jemand Wichtiges bemerken könnte, aber es ist ätzend, dass ich meine Freundin kaum noch sehe, geschweige denn mit ihr rede. Und wir sind gerade mal zehn Tage offiziell zusammen.

> **Ava:** Hey, kannst du deinen Dad fragen, wann mein Verband runterkann? Ich bin mir nicht mehr sicher, ob er zehn oder vierzehn Tage gesagt hat.

Ich raffe mich vom Sofa auf und gehe in die Küche, wo Dad gerade das Abendessen zubereitet. »Hey, Ava will wissen, wann sie den Verband abnehmen kann.«

Dad hält inne und sieht zu mir rüber. »Das hängt davon ab, wie gut die Wunden verheilt sind.«

»Okay, sag ich ihr«, antworte ich und tippe die Nachricht.

»Sie kann gern rüberkommen, wenn sie möchte, dass ich kurz einen Blick daraufwerfe.«

Mit hochgezogenen Brauen starre ich ihn an, während mein Finger über dem Display schwebt. »Ja?«

Er nickt.

»Bist du sicher?«

»Natürlich.«

Connor: Dad meint, es hängt davon ab, wie gut die Wunden verheilt sind, aber du kannst rüberkommen, dann wirft er einen kurzen Blick drauf.

Ava: …

Connor: ?

Ava: Bist du sicher?

Connor: Das hat er gesagt.

Ava: Okay, dann komme ich rüber.

»Sie schreibt, sie kommt rüber«, sage ich zu Dad.

»Gut.«

Irgendetwas ist seltsam an Dads Reaktion, aber ich kann nicht genau sagen, was. Ich schiebe den Gedanken beiseite und gehe zurück zur Couch, um dort zu warten. Fünfzehn Minuten später klopft es an der Tür. Ich bin sofort auf den Füßen und reiße das Miststück auf. Die Tür, nicht Ava. Sie ist kein Miststück. Sie ist die Beste. Ich lehne mich vor, um sie zu küssen, doch sie drückt mir die

Hand auf die Brust, hält mich auf Abstand. Als sie den Kopf schüttelt, rieche ich es … Parfüm? Ava trägt nie Parfüm auf, zumindest nicht, dass ich wüsste. Ich mache einen Schritt zurück, um sie hereinzulassen. Sie hat sich auch hübsch gemacht, aber hübsch in dem Sinne, als würde sie in die Kirche gehen. Ich mag es, wenn Ava Tops und Jogginghosen trägt, und ja, auch wenn sie die Schuluniform anhat, aber das ist ein *ganz* anderes Thema.

»Warum bist du so hübsch angezogen?«, flüstere ich.

Sie rammt mir den Ellbogen in den Bauch. »Sei still.«

»Hi, Ava!«, ruft Dad aus der Küche und deutet mit dem Messer auf die Couch. »Setz dich schon mal, ich bin gleich bei dir.« Er klingt auf einmal übertrieben freundlich, er lächelt sogar, was mich nur noch misstrauischer macht.

Mit zusammengekniffenen Augen starre ich ihn an, dann Ava, als sie antwortet: »Vielen Dank, Sir. Ich weiß das wirklich sehr zu schätzen.«

Ich lasse mich neben ihr aufs Sofa fallen und lege meinen Arm um ihre Schultern. Doch sie schüttelt ihn ab.

»Was ist los?«, frage ich.

»Nicht jetzt!«, zischt sich, ohne dabei die Lippen zu bewegen.

In dem Moment kommt Dad ins Zimmer. Nachdem er sich die Hände an einem Geschirrtuch abgetrocknet hat, setzt er sich auf den Wohnzimmertisch. »Darf ich mir deine Wunden ansehen?«, fragt er.

Ava reckt den Hals. »Natürlich.«

Während Dad darauf konzentriert ist, den Verband abzunehmen, lege ich meine Hand auf Avas Knie. Doch wieder stößt sie mich weg.

»Sieht aus, als wären die Verbrennungen gut verheilt«, sagt Dad.

»Verband brauchst du also keinen mehr, aber du solltest sicherheitshalber die Salbe, die ich dir gegeben habe, noch ganz aufbrauchen, okay?«

Ava nickt. »Vielen Dank noch mal, Mr Ledger.«

Er sammelt den Verband auf, bevor er aufsteht. »Kein Problem.«

Ava erhebt sich ebenfalls, und ich nehme ihre Hand. Dieses Mal stößt sie mich nicht weg. »Ich begleite dich nach Hause«, sage ich und öffne die Tür genau in dem Moment, in dem Dad Ava noch mal zurückruft.

Als Ava sich zu ihm umdreht, sind ihre Augen geweitet und ihre Schultern angespannt. Dad steht zwischen Küche und Wohnzimmer. »Ich mache gerade Abendessen. Du bist herzlich eingeladen, wenn du möchtest.«

Ava versucht ihr Bestes, sich ihren Schock nicht anmerken zu lassen, und auch, wenn ihr das bei Dad gelingt, ich bemerke ihn.

»Vielen Dank für die Einladung, aber ich muss zurück nach Hause.«

»Oh.« Dads Schultern sinken hinab, und er senkt den Blick. »Okay, verstehe.«

»Es ist nur …«, fängt Ava an, der Dads Enttäuschung nicht entgeht. »Ich kann meine Mom nicht wirklich allein lassen, deshalb …«

Dad legt den Kopf schief. »Ist dein Stiefbruder nicht auch noch da?«

Ava nickt, doch ihre Hand in meiner verkrampft sich.

»Ja, schon, aber er ist eigentlich nur da, wenn sie … ähm …« Sie wirft einen schnellen Blick zu mir hoch, und ich lächle ihr aufmunternd zu. Wenn das Dads Versuch ist, Ava besser kennenzulernen, dann *müssen* wir das nutzen. »Manchmal wird sie handgreiflich, und er … er muss sie davon abhalten, jemanden zu verletzen.« Avas Stimme wird mit jedem Wort leiser, also lasse ich ihre Hand los und lege meinen Arm stattdessen sanft um ihre Schultern, um sie an meine Brust, an mein Herz zu drücken. Ava schließt die Augen und atmet langsam aus. Wenig später öffnet sie sie wieder.

»Ich muss ebenfalls da sein, weil ich die Einzige bin, die in diesen Momenten – was immer sie da durchmacht – wirklich zu ihr *durchdringt.*«

Es dauert eine Weile, bis Dad darauf antwortet. »Verstehe. Und … Trevors Vater? Wo ist er?«

»Dad«, mische ich mich ein, »was sollen die ganzen Fragen?«

Dad schüttelt den Kopf, als wollte er den Nebel um seine Gedanken vertreiben. »Du hast recht. Es tut mir leid.«

»Nein, schon in Ordnung«, sagt Ava. »Er hat uns vor einiger Zeit verlassen.«

»Das heißt, es gibt nur dich und deinen Stiefbruder? Ihr kümmert euch ganz allein um eure Mom, das Haus und die ganzen Rechnungen?«

Ava nickt, und gleich darauf schüttelt sie den Kopf. »Nein, wir haben auch eine Pflegerin, die bei Mom bleibt, wenn Trevor bei der Arbeit und ich in der Schule bin. Aber ja, abends und an den Wochenenden sind wir allein.«

»Oh, gut«, sagt Dad. »Ich nehme an, das alles läuft über die Krankenversicherung?«

»Ich wünschte, es wäre so, aber nein. Die Versicherung deckt nur einen Teil der Kosten. Das Militär hat im Prinzip nur die physischen Behandlungen gezahlt, und auch, wenn wir noch ihre Veteranenpension bekommen, reicht es nicht mal ansatzweise, um …« Ava weicht zurück. Ganz unmerklich. »Das klingt jetzt, als würde ich mich beschweren, aber so ist das nicht gemeint. Ehrlich. Es könnte viel schlimmer sein.« Sie sieht kurz zu mir hoch, bevor sie sich wieder meinem Dad zuwendet. »Sie ist immerhin noch am Leben, und wir können eine Familie sein. Ich bin mir sicher, dass Sie derselben Meinung sind wie ich: Es gibt nichts Wichtigeres auf der Welt als Familie. Deswegen geben wir auch so viel für sie auf und beschützen die Menschen, die wir lieben.«

Dad zieht scharf die Luft ein, dann atmet er langsam wieder aus. »Da hast du vollkommen recht, Ava.«

Ava schenkt ihm ein Lächeln, bevor sie sich auf die Zehenspitzen stellt und mir einen Kuss gibt. »Bleib hier«, sagt sie. »Iss mit deinem Dad zu Abend. Ich melde mich später bei dir.«

»Ava!«, ruft Dad sie noch einmal zurück. »Wenn du oder dein Bruder oder deine Mom … Wenn es irgendetwas gibt, was ich für euch tun kann …« Dad verstummt, dann nickt er nur knapp, bevor er wieder in der Küche verschwindet.

»Gott! Ich hatte ja keine Ahnung, wie schlimm es für sie ist«, sagt Dad, während er den Tisch deckt. »Was ich über sie gesagt habe …«

»Schon gut, Dad«, unterbreche ich ihn. »Aber ich bin nicht derjenige, bei dem du dich entschuldigen musst.«

Er nickt kurz, dann setzt er sich mir gegenüber an den Tisch und verschränkt die Hände unter seinem Kinn. »Ich werde morgen früh direkt ein paar Leute anrufen, um herauszufinden, welche finanziellen Unterstützungen es für die Pflege ihrer Mutter gibt.«

Meine Augenbraue wandert nach oben. »Wirklich?«

»Es ist das Mindeste, was ich tun kann.«

Ich lehne mich in meinem Stuhl zurück und mustere ihn misstrauisch. »Was ist mit dir los?«

»Was meinst du?«

»Es ist, als hättest du eine 180-Grad-Drehung hingelegt. Deine Einstellung hat sich geändert, und jetzt benimmst du dich … Ich weiß auch nicht.«

Dads Brustkorb hebt sich, als er tief einatmet. »Ich habe heute mit einem alten Freund gesprochen, und das hat mir geholfen, die ganze Sache von einem anderen Blickwinkel aus zu betrachten. Das ist alles.«

»Jemanden, den ich kenne?«, frage ich.

Er schüttelt den Kopf. »Nein.«

Kapitel 36

AVA

»Schade, dass wir mit unserem Psychologieaufsatz schon fertig sind«, sagt Connor, der auf der Bank vor mir sitzt und die Pasta von gestern Abend isst. »Jetzt haben wir keine Ausrede mehr, uns während der Stunde gegenseitig schmutzige Dinge ins Ohr zu flüstern.«

Ich kneife die Augen zusammen. »Du hast mir noch nie schmutzige Dinge ins Ohr geflüstert.«

Er grinst, während er kaut. »Oh, shit. Andere Stunde. Anderes Mädchen.«

»Hmm. Jetzt bin ich gerade *richtig* froh, dir Zyanid ins Essen gemischt zu haben.«

Einen Moment lang sieht er mich misstrauisch an, dann stellt er langsam die Lunchbox neben sich.

»Das war ein Scherz«, sage ich lachend.

Er schüttelt den Kopf. »Ich will es lieber nicht riskieren.«

»Wenn wir schon von Mord reden …«

»Es ist ja so sexy, wenn deine Freundin davon redet, Leute umzubringen.«

Ich kicke mit dem Fuß gegen seine Schulter, bereue es jedoch sofort, als Connor mich am Knöchel packt, dann an der Hüfte und mich mühelos auf seinen Schoß zieht.

»Erzähl mir mehr«, fügt er grinsend hinzu.

Ich mache es mir in dieser neuen Position bequem und schlinge meinen Arm um seinen Nacken. Als ich mit den Fingernägeln über seinen Hinterkopf kratze, lehnt er stöhnend den Kopf zurück.

»Also«, fange ich an, »ich habe heute Morgen von einem neunundzwanzigjährigen Mann gelesen, der mitangesehen hat, wie sein Dad seine Mom umgebracht und sie im Garten vergraben hat. Damals war er drei Jahre alt. Angeblich hat er, als sie ›verschwand‹, den Cops erzählt, dass sein Dad seiner Mom wehgetan habe, aber die Cops haben ihm nicht geglaubt. Weil er eben erst *drei* war.«

Connor schweigt einen Moment, dann: »Hm.«

»Und wer erinnert sich schon an so was, wenn man erst *drei* ist?«

Sein durchdringender Blick ruht auf mir.

»Jedenfalls«, fahre ich fort, »ist er zwanzig Jahre später wieder in das Haus zurückgezogen und hat an der Stelle gegraben, an der seiner Erinnerung zufolge seine Mom liegt, und rate mal.«

»Sie haben ihre Überreste gefunden.«

Ich presse die Lippen zusammen und nicke.

»Das ist verrückt.«

»Ich weiß. Stell dir mal vor, du trägst diese Erinnerungen all die Jahre mit dir herum, und das, seit du *drei* warst.«

Er schluckt schwer, bevor er wegsieht. »Das muss ziemlich schlimm sein.«

»Oder?« Ich atme schnaubend aus. »Zum Glück kannst du dich nicht mehr daran erinnern, als deine Mom …« Abrupt verstumme ich, weil … *Scheiße.* »Tut mir leid«, sage ich leise. »Ich hab nicht nachgedacht.«

Connor zuckt mit den Schultern. »Schon okay.«

»Nein, das war wirklich taktlos von mir«, gebe ich zu. »Mein Hirn hat da einen Moment lang ausgesetzt.«

»Wenn wir schon bei Aussetzern sind«, sagt er, »was zum Teufel hattest du gestern an, als du zu uns gekommen bist?«

Meine Augen weiten sich. Ich sauge schockiert die Luft ein und ziehe an seinen Haaren; seinen gespielten Schmerzensschrei ignoriere ich. »Ich hab versucht, einen guten Eindruck zu machen. Das erste Mal, als ich deinen Dad getroffen habe, ist nicht gerade ideal gelaufen.«

»Du hast ausgesehen wie meine Großmutter.«

Ich kann ein Lachen nicht unterdrücken. »Du machst mit deiner Großmutter rum?«

»Ich mach auch kaum mit dir rum«, murmelt er.

»Aww.« Ich lege meine Hände an seine Wangen und zwinge ihn, mich anzusehen. »Du willst mit mir rummachen?«

»Ich will mehr als nur mit dir rummachen, aber ...« Er blickt sich um. »Hier?«

Ich hebe eine Augenbraue. »Hast du deinen Autoschlüssel?«

Er beißt sich auf die Unterlippe, dann nickt er. Plötzlich wirft er mich von sich runter, schnappt sich meine Hand und zieht mich die Stufen hinunter. Kichernd stolpere ich hinter ihm her zum Parkplatz.

Fünf Minuten später drückt er mich gegen die Innenseite seiner Autotür, presst seinen Mund an meinen Hals. Seine Lippen sind warm, seine Zunge feucht. Seine Hände sind überall gleichzeitig. Ich schiebe sein Hemd hoch, streiche über seine Bauchmuskeln, über seinen Rücken und ziehe ihn näher an mich. Ich kann nicht genug bekommen, und ihm geht es offenbar genauso, denn er flüstert meinen Namen, als wäre er die Luft, die er zum Atmen braucht. Er presst seine Lippen wieder auf meine, seine Zunge spielt mit meiner, und ich wünschte, er hätte ein größeres Auto, denn er ist viel zu groß für so einen kleinen Wagen, und ich will ihn überall spüren, auf mir, über mir und … *in* mir. Ich öffne die Beine, als seine Hand von meinem Knie über meinen nackten Oberschenkel nach oben wandert. Wenige Zentimeter unterhalb der Stelle, an der ich ihn am meisten spüren will, hält er inne und legt seine Stirn an meine Schulter. Er stößt einen leisen Fluch aus, während ich keuchend zu seinem Autodach hochschaue. Dann überbrückt er die letzten Zentimeter, streicht mit dem Daumen langsam über die Stelle. Nur ein Mal. Ich erzittere bei der Berührung, und er flucht erneut. Plötzlich rückt er von mir ab. Kälte und Verwirrung breiten sich in mir aus, als er sich mit verschleiertem, verklärtem Blick auf seinen Sitz zurücksinken lässt. Schwer atmend richtet er sein Hemd.

»Wir können das nicht machen …«, murmelt er, während er mich dabei beobachtet, wie ich mich langsam aufsetze und meine Schuluniform zurechtrücke. »In meinem Auto. In der Schule.« Er seufzt tief.

»Ich weiß«, flüstere ich.

»Aber ich will es, Ava. Gott, ich will das alles mit dir machen.«

»Ich weiß«, wiederhole ich.

Das Schweigen dehnt sich zwischen uns aus; uns ist beiden bewusst, was die nächste Frage sein wird: *Wie?*

***

Connor: Schick mir ein Foto von dir.

Ava: Fragst du mich gerade nach einem Nacktbild? Weil dann kannst du dich gleich verpissen, bitte, danke.

Connor: LOL. Nein. Ich hab nur keine Fotos von dir, abgesehen von denen, die ich durch dein Fenster gemacht habe, als du geschlafen hast.

Ava: Alter …

Connor: Hi, ich bin Connor. Freut mich, dir Unbehagen zu bereiten.

Connor: Aber im Ernst, schick mir ein Foto. Ich hab keins von dir, und ich will eins als Bildschirmhintergrund.

Ich beiße mir auf die Lippe, während mir unanständige Gedanken durch den Kopf gehen. In dem Monat, den wir nun zusammen sind, haben wir nicht mehr geteilt als eine leichte Berührung an den falschen – oder *richtigen* – Stellen. Entschlossen mache ich das Deckenlicht aus und schalte die Nachttischlampe ein. Dann schlüpfe ich ins Bett, ziehe den dünnen Träger meines Tops über die Schulter. Den Blick in die Kamera gerichtet, fahre ich mir mit der Zunge über die Lippen und mache einen Schnappschuss. Ohne noch mal darüber nachzudenken, schicke ich ihm das Foto.

Connor: Verdammt, Ava. Das ist nichts, was man als Hintergrund nehmen kann, das ist …

Ava: Willst du ein anderes?

Connor: Vielleicht könntest du dein Top noch etwas weiter nach unten schieben? Nur ein paar Zentimeter.

Ich befolge seine Anweisung, zupfe den Ausschnitt so zurecht, dass er gerade noch meine Brüste bedeckt, bevor ich noch ein Foto mache und es ihm schicke.

Minuten vergehen, in denen ich keine Antwort bekomme.

Ava: Bist du noch da?

Connor: Kann ich dich anrufen?

Ava: Klar.

Als das Handy in meiner Hand vibriert, gehe ich sofort ran. »Gib mir eine Sekunde, ich brauch nur noch schnell die Kopfhörer.«

»Hmm.«

Sobald ich die Kopfhörer vom Nachttisch geholt habe, verbinde ich sie via Bluetooth und stecke mir einen ins Ohr. Das andere brauche ich frei, damit ich den Rest des Hauses hören kann. »Was ist los?«, frage ich.

»Ava.« Seine Stimme ist tief, heiser. »Du musst mir noch eins schicken.«

Ich schlucke schwer. Mir ist klar, worum er mich bittet. »Du zuerst.«

Beinahe sofort vibriert mein Handy. Connor liegt auf dem Rücken, seine Haare sind verstrubbelt, seine Lider halb geschlossen.

Und er trägt kein T-Shirt, sein Schlüsselbein und seine muskulöse Brust sind perfekt zu erkennen.

»Du bist dran«, sagt er kaum hörbar.

Ich zögere einen Herzschlag lang, bevor ich mein Top hochschiebe und die Kamera so halte, dass mein Bauch und die Unterseite meiner Brüste zu sehen sind. Schnell drücke ich auf Senden. Hitze breitet sich in mir aus, und ich spüre ein Pochen zwischen meinen Beinen.

»Fuck, Ava«, stößt er stöhnend hervor. Seine Stimme klingt irgendwie gedämpft, als würde er sein Gesicht in ein Kissen drücken. »Du bringst mich noch um.«

»Schick mir noch eins«, flüstere ich.

Ich höre, wie er sich bewegt, und einen Moment später erscheint sein Foto auf meinem Display. Es ist ähnlich wie das, das ich ihm geschickt habe, ein Bild von seinem perfekten Sixpack, jede seiner Wölbungen ist deutlich sichtbar. Dunkle Härchen liegen zwischen dem V, das Frauen in den Wahnsinn treibt und zu einer Stelle führt, die vom Bund seiner Boxershorts bedeckt wird, nur wenige Zentimeter oberhalb seiner Basketballhose.

Mein Mund wird trocken. Viel zu trocken. Und ich presse meine Beine zusammen, um das Pochen dort zu verstärken. Mein Atem geht schwer, so schwer, dass ich mir sicher bin, dass er es hören kann. Ich zwinge mich zu schlucken, versuche, die Fassung wiederzuerlangen, aber es gelingt mir nicht. Mein ganzer Körper steht in Flammen.

»Baby«, sagt er, aber es klingt mehr wie ein Stöhnen. Er bewegt sich, verlagert sein Gewicht, und ich stelle mir vor, wie er mit geschlossenen Augen auf seinem Bett liegt, wie seine Brust sich hebt und senkt … während er an mich denkt. »Du bist dran.«

Ich fahre mit den Fingerspitzen am Bund meines Slips entlang. Ein Seufzen dringt über meine Lippen, bevor ich das Handy hochhalte und den Auslöser drücke. Ich prüfe das Foto – und presse auf Senden.

»Fuck, Ava.«

Ich schließe die Augen, lausche seinen Atemzügen. Kurz und abgehackt. Kehlig. Keuchend. Durch die Stille um uns herum wirken sie noch lauter. Ich drücke den Rücken durch, der Druck in meinem Inneren steigt und steigt und steigt …

Connor stöhnt auf, und ich schließe erneut die Augen. Wir sprechen kein Wort mehr. Nur noch schweres Atmen, Stöhnen und Seufzen durchdringen die Stille.

Nur langsam beruhigt sich sein Atem wieder, genau wie meiner. Eine ganze Minute vergeht, bis er schließlich leise zu lachen anfängt. »Heilige Scheiße, Ava.«

Ich seufze laut und tief. »Teenagerhormone sind echt eine Wahnsinnsdroge.«

Kapitel 37

CONNOR

»Also … Letzte Nacht war …«, sage ich, während ich zu Avas Beinen hinübersehe. Ihr Rock wirkt heute irgendwie kürzer, oder vielleicht liegt es daran, wie sie sitzt, oder vielleicht will sie mich auch einfach nur provozieren.

»Intensiv?«, fragt sie und schiebt ihren Rock noch ein Stückchen höher. Jepp. Sie will mich definitiv provozieren. Als ich leise stöhnend das Lenkrad fester umklammere, kichert sie nur. »Augen auf die Straße, du Hengst.«

»Okay«, gebe ich mich geschlagen. »Du weißt, dass ich heute diese Pep Rally in der Cafeteria habe? Wir können uns also nicht in der Mittagspause treffen.«

»Ach, wirklich? Die sechshundert Plakate, die in der ganzen Schule herumhängen, müssen mir wohl entgangen sein.«

»Seltsam. Vielleicht solltest du deine Augen überprüfen lassen.«

»Hm.« Sie zuckt mit den Schultern. »Ich glaube, meine Augen sind in Ordnung. Immerhin bin ich mit dem heißesten Kerl der Schule zusammen.«

Ich kann mein Grinsen nicht verbergen. »Du findest mich heiß?«

Sie schnaubt. »Als wüsstest du das nicht ganz genau.«

Ich zucke mit den Schultern.

»Connor! Haben deine Ex-Freundinnen dir das nie gesagt?«

Noch ein Schulterzucken. »Ich habe keine Ex-Freundinnen.«

»Nicht dein Ernst!«

»Nein, wirklich«, sage ich grinsend. »Du bist die Erste, Ava.«

»Deine erste Freundin?«

»Mhm.«

»Aber du hast schon mal ein Mädchen geküsst, oder?«

»Ja.« Ich nicke. »Hab sogar mal eine Brust an der Seite berührt.«

»Connor!«, kreischt sie lachend und stößt mir ihren Ellbogen in die Seite, sodass ich das Lenkrad wieder richten muss. »Das will ich gar nicht wissen.«

Ich lege meine Hand auf ihr Bein, nehme all meinen Mut für die nächste Frage zusammen. »Also, ich hab überlegt ... Vielleicht ... Also, wenn du möchtest ... Du könntest auch zu der Pep Rally kommen.«

Sie versteift sich unter meiner Berührung, dann flüstert sie meinen Namen.

»Ich weiß, das ist nicht wirklich dein Ding«, füge ich hinzu, während ich mein Bestes gebe, mir meine Enttäuschung nicht anmerken zu lassen. »Aber ich dachte, ich frage dich einfach. Es wäre schön, wenn du dabei wärst und mich unterstützt. Aber wie gesagt, kein Problem.«

»Wenn ich könnte, würde ich das tun«, sagt sie leise.

Ich werfe ihr einen kurzen Blick zu. »Warum kannst du nicht?«

Sie atmet tief ein, dann langsam wieder aus. Aber sie beantwortet nicht meine Frage. Genau genommen sagt sie den Rest der Fahrt kein Wort mehr.

***

Ich stehe zwischen Coach Sykes und Rhys, während die Schulband spielt und die Schüler laut »Wildcats! Wildcats! Wildcats!« singen. Das Team hat in letzter Zeit echt gut gespielt und somit die Stimmung in der ganzen Schule verbessert – ich wünschte nur, ich könnte ihre Begeisterung teilen. Aber ich bin viel zu beschäftigt damit, jedes Mal voller Hoffnung zum Eingang zu schauen, sobald die Schiebetür aufgleitet, nur damit diese Hoffnung gleich wieder stirbt, wenn ich erkenne, dass es nicht Ava ist. Versteht mich nicht falsch. Ich bin dankbar für die Unterstützung, die sie mir geben kann, und ich verstehe auch, warum sie nicht zu den Spielen kommen kann, aber das hier, das hier ist *während* der Schulzeit – während der wenigen Stunden am Tag, in denen wir tatsächlich in derselben Welt leben.

Nachdem die Band ihre Aufführung beendet hat, erscheint aus dem Nichts einer der Typen aus der Medien-AG und reicht Coach Sykes ein Mikro.

»Vielen Dank für die Aufführung. Das war großartig!« In seiner Stimme schwingt Sarkasmus mit, den jedoch alle sofort verzeihen, da er alt und mürrisch ist. Und er ist eine feste Größe in der Schule und der Grund, warum das Basketballteam so gut ist.

Er geht die Spielerliste für das Spiel heute Abend durch, ruft einen Namen nach dem anderen auf und wartet ein paar Sekunden, damit die Leute jubeln können. Als er zu meinem Namen kommt, sind die Rufe sehr laut, sogar lauter als bei Rhys, aber dazwischen höre ich ein einzelnes Wort, das meine Mundwinkel hebt und mein Herz zum Rasen bringt. »Buuuuh!«

Mein Blick fliegt regelrecht durch den Raum auf der Suche nach ihr – und dann entdecke ich sie. Sie steht vor den anderen Schülern, die sich am Eingang zur Cafeteria zusammendrängen. Offenbar hat sie sich ihren Weg durch die Menge gekämpft, denn vor ein paar Sekunden war sie noch nicht dort. Ich dachte, es wäre unmöglich, dass mein Grinsen noch breiter wird, doch ich habe mich getäuscht. Ich hebe die Hand und winke ihr kurz, sie winkt zurück, ein stolzes Lächeln auf den Lippen.

Kaum dass Coach Sykes zu reden aufhört und die Veranstaltung vorbei ist, versuche ich, zu ihr zu laufen. Doch der Coach hält mich mit einer Hand an meiner Brust zurück. »Einen Moment, Ledger«, sagt er, und ich forme mit den Lippen ein »Warte kurz« in Avas Richtung. Sie nickt und deutet zur Schlange vor der Essensausgabe, an der sie sich mit einem Tablett in der Hand anstellt. Ich weiß nicht, wie lange es her ist, seit sie das letzte Mal Essen aus der Cafeteria hatte, aber, Mann, das wird ein Festtagsmenü.

»Ledger«, wiederholt Coach Sykes.

Ich wende mich von Ava ab und schenke ihm meine volle Aufmerksamkeit. »Ja, Coach?«

Neben ihm steht Rhys, und er hat ein übertrieben dämliches Grinsen im Gesicht.

Panik breitet sich in mir aus.

»Rhys und ich haben uns unterhalten«, fängt der Coach an. »Und wir haben uns gefragt, ob du Interesse daran hättest, den Rest der Saison Co-Kapitän zu sein?«

Mit offenem Mund schaue ich zwischen den beiden hin und her. »Im Ernst?«

Rhys zuckt mit den Schultern. »Es wird sich gut machen in deinen Collegebewerbungen.«

»Klar.« Ich nicke heftig. »Verdammt, ja! Danke.«

Coach Sykes hält mir die Hand hin, und ich schüttle sie. Ich kann meine Freude kaum verbergen. Plötzlich fängt die ganze Cafeteria an zu kichern, dann lauthals zu lachen. Ich schüttle immer noch seine Hand, als ich zu Ava zurückschaue, die am Anfang der Schlange steht und ihr Tablett auf Hüfthöhe hält. Der Mistkerl vor ihr hat seinen Arm aus einem Ärmel gezogen und seine langen Haare auf eine Seite geschlagen, sodass die Hälfte seines Gesichts verdeckt wird. Er redet mit ihr – oder besser gesagt, er schreit ihr Geräusche entgegen. Während er seinen Körper hin und her schaukelt, schlägt er mit dem armlosen Ärmel herum und wirft damit das Essen von ihrem Tablett. Seine Schreie werden lauter, und ich sehe Rot.

Rot.

Glührot.

Zornesrot.

Ich lasse Coach Sykes Hand los und mache einen Schritt in die Richtung dieses Mistkerls, doch der Coach und Rhys halten mich zurück.

»Ich kümmere mich darum«, sagt der Coach.

»Beruhige dich«, beschwört Rhys mich, als ob ich das könnte. Als ob das überhaupt möglich wäre. Und dann fällt mein Blick auf Ava. Auf ihre Lippen, die sich öffnen, auf ihre Augen, die weit aufgerissen und voller Tränen sind. Als würde sie sich weigern zu blinzeln, weil sie genau weiß, dass in dem Moment die Tränen überlaufen würden, und sie will diesem Arschloch nicht die Genugtuung geben. Langsam stellt sie das Tablett auf die Ablage zurück, dreht sich um und marschiert durch die Menge, die ihr sofort Platz macht, davon. Die Leute lachen immer noch, und mein Herz … mein Herz rutscht mir in die Hose.

Und dann blinzle ich.

Komme wieder zu mir.

Ich renne hinter ihr her, rufe ihren Namen. Sie ist schnell, aber ich bin schneller. Ich versuche, sie am Arm zu packen, aber sie schüttelt meine Hand ab. Innerhalb von Sekunden sind wir bei ihrem Spind, und sie stopft Bücher in ihre Tasche. Sie weigert sich, mit mir zu reden, weigert sich sogar, mich anzusehen.

»Ava!«

Sie schlägt die Spindtür fest zu, und dann läuft sie davon … Zwar langsamer als vorher, aber immer noch schnell. Der erste Schluchzer dringt über ihre Lippen, als wir gerade am Sekretariat vorbeistürmen.

Ich schaffe es, meinen Arm um ihre Hüfte zu schlingen, sie dazu zu zwingen, stehen zu bleiben und mich anzusehen.

»Es tut mir leid«, sage ich, »es tut mir so leid.« Mehr bekommt mein Gehirn in dem Moment nicht auf die Reihe.

Sie legt ihre Hände auf meine Brust – und drückt. Sie stößt mich weg und wischt sich die Tränen aus dem Gesicht. Ihr Schluchzen hallt laut durch die leeren Gänge, während sie die Tasche an ihre Brust presst und ein paar Schritte zum Büro der Schulpsychologin macht. Ich folge ihr, traue mich aber nicht, sie zu berühren. Zu sehr fürchte ich mich vor ihrer Reaktion.

Sie öffnet die Tür, ohne anzuklopfen, und ich bin direkt hinter ihr. Miss Turner lässt ihr Sandwich fallen und steht sofort auf, als sie Ava sieht.

»Ava?«, flüstert sie, bevor sie zu mir schaut. »Was ist passiert?«

Avas Schluchzen wird immer lauter, unbändiger, und der Schmerz in meiner Brust ist so stark, dass ich nicht für sie antworten kann.

»Ava?«, fragt Miss Turner erneut, während sie um den Tisch herum auf sie zugeht. »Liebes?«

»Du hast es versprochen!«, stößt Ava hervor, die Kraft ihrer Stimme erschüttert mich bis in mein Innerstes. Ich schüttle die Benommenheit so weit ab, dass mir klar wird, dass sie mit mir spricht. »Du hast es versprochen, Connor! Du hast gesagt, du erwartest nicht mehr von mir!«

Mein Herz zieht sich zusammen, setzt einen Schlag aus. Ein Kloß bildet sich in meinem Hals. »Ich wollte nicht …« Unsicher schaue ich zwischen Ava und Miss Turner hin und her. »Ich wusste nicht …«

»Natürlich wusstest du es nicht!«, schreit sie. »Sie tun es nicht, wenn du oder Rhys dabei seid, aber sie tun es. Sie tun *mir* das an. Und *ihr!*« Ava atmet tief ein. »Du hast es versprochen …«, wiederholt sie, diesmal leiser. Sie lehnt sich gegen die Wand und rutscht daran hinunter, bis sie auf dem Boden sitzt. »Du hast mich dazu gedrängt, dort zu sein, mich *dem* auszusetzen … Du hast gesagt, du willst nur *mich*, aber du hast gelogen!« Sie zieht die Knie an ihre Brust, verbirgt ihr Gesicht zwischen den Beinen und legt die Arme schützend um ihren Kopf. Als müsse sie sich vor *mir* schützen. »Du hast gelogen, Connor.«

Sie fängt an zu schaukeln, vor und zurück. Die ganze Zeit über habe ich kaum geatmet. Habe keinen einzigen Schlag an der Stelle meines Herzens gespürt, die ich nur für sie reserviert habe.

»Ava, ich …« Die Worte bleiben mir im Hals stecken. »Ich weiß nicht, was ich sagen soll.«

Lautlos weint sie in ihre Beine, das Schluchzen geht in Schluckauf über; sie sieht mich nicht an, hört nicht auf, sich vor und zurück zu wiegen. Plötzlich wird ihre Atmung flacher, lauter und beschleunigt sich schließlich so sehr, dass Miss Turner einen Fluch ausstößt und eine Papiertüte aus ihrer Schreibtischschublade holt. Sie geht vor Ava in die Knie und streichelt ihr über die Haare, fleht sie an, sie anzusehen.

Tränen sammeln sich in meinen Augen, während der Knoten in meinem Magen immer größer und größer und sogar noch größer wird. Ava nimmt die Tüte und atmet hinein, ihre Atmung beruhigt sich wieder, aber sie schluchzt immer noch lautlos. Ihre Schultern beben bei jedem Schluckauf, und alles, was ich tun kann, ist, dazustehen.

Zuzusehen.

Zu warten.

Mir Sorgen zu machen.

Als die Schulglocke läutet, sieht Miss Turner zu mir hoch.

»Gehen Sie zum Unterricht, Connor.«

Ich stelle mich breiter hin, stütze die Arme in die Seite. »Ich lasse sie nicht allein.«

Ein einzelnes Wimmern von Ava bringt jede lebende Zelle in mir zum Bersten.

Miss Turners Stimme wird hart. »Das war keine Bitte, Mr Ledger. Gehen Sie zum Unterricht. *Sofort!*«

Ich habe keine Ahnung, wie ich den Rest des Nachmittags überstehe, aber sobald die letzte Stunde aus ist, mache ich mich auf die Suche nach Ava. Erst bei ihrem Spind, dann bei meinem Auto, dann vor Miss Turners Büro. Aber als ich sie nirgends finden kann, rufe ich sie an. Immer und immer wieder, doch sie geht nicht ran. Also schreibe ich ihr eine Nachricht:

Connor: Wo bist du?

Und danach eine Nachricht an Rhys:

Connor: Weißt du, wo sie ist?

Ich will auch Trevor eine Nachricht schicken, doch ich habe seine Nummer nicht. Frustriert raufe ich mir die Haare und schaue in den Himmel auf der Suche nach Antworten – Antworten, die ich dort nicht finden werde. Ich sehe auf dem Basketballfeld nach, in der Umkleide, und dann noch mal bei Miss Turners Büro. Es ist abgeschlossen.

»Ava?«, sage ich laut und klopfe.

Es kommt keine Antwort, also gehe ich ins Sekretariat und frage, wo Miss Turner ist. Anscheinend hat sie für heute Schluss gemacht. Ich gebe auf, Ava in der Schule zu suchen, und fahre nach Hause. Die ganze Fahrt über wähle ich immer wieder Avas Nummer. Als ich schon fast zu Hause bin, bekomme ich eine Nachricht:

Rhys: Sie ist hier.

Schnell fahre ich rechts ran.

Connor: Bei dir?

Rhys: Ja.

Eifersucht brennt sich tief in meine Brust.

Connor: Bei dir zu Hause?

Rhys: Nein, oder ja. Komm einfach zu mir.
Du siehst uns dann schon.

***

Rhys eilt zu meinem offenen Fenster, kaum dass er mein Auto sieht. Hinter ihm entdecke ich Ava – sie sitzt im Schneidersitz auf dem Gehweg und starrt zu ihrem alten Zuhause hoch.

»Sie redet nicht«, sagt Rhys leise, während er meine Tür aufzieht, damit ich schneller aussteigen kann. »Ich hab's versucht, Mann, aber … Ich weiß auch nicht. Ich weiß nicht, was ich machen soll.«

»Schon okay«, beruhige ich ihn. Als hätte ich alle Antworten. Dabei bin ich genauso überfordert wie er, wenn nicht sogar noch mehr, da ich eigentlich wissen *sollte,* was zu sagen ist. Was zu tun ist. Aber ich habe keine Ahnung. Und vielleicht mache ich es nur noch schlimmer, indem ich hier bin, da ich womöglich schuld an dem Ganzen bin, aber ich weigere mich, sie allein zu lassen wie zuvor. »Geh einfach nach Hause, ich kümmere mich um sie.«

Ohne ein weiteres Wort verschwindet er in seinem Haus, und ich sammle das letzte bisschen Kraft, das ich noch habe, und gehe langsam zu ihr. Ihre Wangen sind nass, aber da sind keine Tränen mehr in ihren Augen. Zumindest nicht im Moment.

»Ava?«, flüstere ich, und sie blinzelt kurz, bevor sie auf ihre Hände hinunterstarrt. »Darf ich mich zu dir setzen?«

Sie nickt zögernd, weigert sich aber weiterhin, mich anzusehen.

Mein Herz rast, als ich mich hinter sie setze und die Beine links und rechts neben ihr ausstrecke. Ich warte einen Moment, bete, dass sie mich nicht wegstößt, und nachdem genug Zeit vergangen ist, rutsche ich nach vorn, bis meine Brust an ihrem Rücken liegt, und schlinge meine Arme um sie. Ein einzelner Schluchzer dringt über ihre Lippen, und sie verbirgt ihr Gesicht in ihren Händen. »Warum tust du das?«, flüstert sie.

»Ich weiß es nicht«, sage ich, während ich an den Moment zurückdenke, an dem sie das erste Mal für mich da war. »Es hat so ausgesehen, als könntest du das jetzt gut gebrauchen.«

Als sie erneut wimmert, rutsche ich an ihre Seite, sodass ich ihr Gesicht sehen kann. Zögernd lege ich die Hand an ihre Wange. Warte auf ihre Reaktion, denn wenn sie fertig mit mir wäre, mit *uns* – wenn ich das zwischen uns unwiderruflich vermasselt hätte –, würde ich mich zwar selbst hassen, aber ich hätte keine andere Möglichkeit, als damit zu leben.

Doch jetzt, in diesem Augenblick, ist Ava am wichtigsten ... Und ich muss mich vergewissern, dass es ihr gut geht.

Endlich erwidert sie meinen Blick – in ihren Augen liegt so viel Schmerz, dass ich nicht weiß, wie ich damit umgehen soll. Doch dann dreht sie den Kopf ein wenig und schmiegt ihre Wange in meine Handfläche. Mit beiden Händen greift sie nach meinem Handgelenk, hält mich fest.

Luft strömt in meine Lunge, und ich atme erleichtert aus.

Mit der anderen Hand streiche ich ihr eine lose Haarsträhne aus den Augen und ziehe ihr Gesicht näher heran.

»Es tut mir so leid, Baby«, flüstere ich. »Ich hätte dich nicht darum bitten sollen ...«

Sie schüttelt den Kopf, und meine Hände bewegen sich automatisch mit. »Nein, mir tut es leid, Connor.« Stockend atmet sie aus. »Ich wollte dir all diese Dinge nicht an den Kopf werfen. Ich brauchte jemanden, dem ich die Schuld geben konnte, und du warst einfach da. Es tut mir *so* leid. Und ich schäme ich so sehr.«

»Warum? Wegen dem, was dieses Arschloch ...?«

»Nein, wegen dem, wie ich mich verhalten habe.« Sie weint wieder stärker, und als die Tränen schnell und ungebremst über ihr Gesicht rollen, wische ich sie sanft mit dem Daumen weg, küsse sie von ihren Lippen. »Connor, ich wollte nie, dass du mich so siehst, dass du miterleben musst, wie ich zerbreche und … Gott, warum bist du hier? Warum bist du noch immer bei mir?«

»Ava«, sage ich leise, »du hattest jedes Recht, dich so zu fühlen … Verdammt, ich hatte nicht die geringste Ahnung, dass es in der Schule für dich so schlimm ist, und es tut mir leid. Es tut mir leid, dass ich dich um etwas gebeten habe, von dem ich wusste, dass du dich dabei unwohl fühlst. Es tut mir leid, dass du und deine Mom euch mit so 'ner Scheiße abgeben müsst. Es tut mir leid, dass das alles überhaupt passiert, *Punkt.* Aber du musst mir glauben: Nichts, was du heute gesagt oder getan hast, ändert etwas daran, was ich für dich empfinde.«

Sie hält sich an meinen Unterarmen fest, ein einzelner Schluchzer dringt über ihre Lippen.

»Babe, sieh mich an.«

Tränenüberströmt erwidert sie meinen Blick.

Ich küsse sie einmal. »Versprich mir, dass du mir glaubst.«

Sie schüttelt den Kopf. »Du kannst mir nicht ernsthaft erzählen, dass du mich immer noch genauso siehst wie vorher.«

Eine Erwiderung brennt mir regelrecht auf der Zunge, aber es wäre nicht genug. Und auch, wenn ich ihr unbedingt sagen will, was ich alles für sie empfinde, dass ich ihr so unglaublich schnell, so stark und zutiefst verfallen bin … dass sich jeder einzelne meiner Gedanken, jede einzelne Handlung nur um *sie* dreht … – das hier ist weder der richtige Zeitpunkt noch der richtige Ort. Also nehme ich einfach ihre Hand in meine.

»Bringen wir dich nach Hause. Deine Mom macht sich bestimmt schon Sorgen.«

***

Ich mache mich für das Spiel fertig, doch ich bin nicht wie sonst bei der Sache. Zu viele Gedanken rasen mir durch den Kopf, und jeder einzelne beginnt und endet mit Ava. Ich linse durch die Jalousien vor dem Wohnzimmerfenster und warte.

»Was machst du da?«, fragt Dad, der sich gerade die Schuhe anzieht.

»Ich schaue, wann Ava kommt.«

»Kommt sie zum Spiel?« Seine Stimme klingt hoffnungsvoll.

Ich schüttle den Kopf. »Nein, aber sie ...«, beginne ich, verstumme aber, als ich sie langsam auf unser Haus zugehen sehe; ein einsamer Luftballon pendelt an einer Schnur neben ihren Beinen. »Ich brauche noch fünf Minuten«, sage ich zu Dad, während ich zur Tür laufe und mein Ohr dagegenpresse.

Dort warte ich ein paar Sekunden, lausche auf die Geräusche ihrer Schritte auf unserer knarrenden Veranda. Ich zähle bis drei, dann öffne ich leise die Tür und ziehe Ava von hinten schwungvoll in meine Arme. Sie kreischt, gefolgt von einem glucksenden Lachen, das all meine vorherigen Sorgen darüber, wie sie reagieren würde, auslöscht.

»Verdammt, Connor, lass dem Mädchen doch etwas Luft zum Atmen«, witzelt Dad.

Ich schließe die Tür vor seiner Nase und lasse zu, dass Ava sich in meinen Armen dreht und ihre Hände an meine Brust legt.

»Hi«, sage ich.

Sie beißt sich auf die Unterlippe. »Hi, fester Freund.«

Ich atme erleichtert aus; ihre Begrüßung gibt mir den Mut, die Worte auszusprechen, die ich mir den ganzen Abend zurechtgelegt habe. »Ich muss dir etwas sagen, und ich möchte, dass du mir zuhörst, okay?«

Ohne mich aus den Augen zu lassen, nickt sie.

Ich atme noch einmal tief durch. »Du hast vorhin gesagt, dass es unmöglich ist, dass ich dich noch genauso sehe wie vorher. Und du hast recht. Das tue ich nicht. Das *kann* ich auch nicht.«

Sie senkt den Blick.

»Denn wenn ich dich jetzt anschaue, dann sehe ich diese Locken«, fahre ich fort und ziehe an einer losen Haarsträhne, »und dann stelle ich mir vor, wie du als kleines Mädchen warst und wie du deine Mom in den Wahnsinn getrieben hast, weil du nicht stillsitzen wolltest, damit sie deine Haare kämmen kann. Ich wette, du warst auch schon damals so dickköpfig.«

Stockend atmet sie aus, bevor sie wieder zu mir hochschaut.

»Und deine Hände …« Ich verschränke meine Finger mit ihren. »Bisher wollte ich sie nur halten, aber jetzt … Jetzt *sehe* ich sie, berühre sie, und mir wird bewusst, wie viel Gewicht diese zarten Hände tragen können.« Ich umfasse ihr Gesicht, streiche mit dem Daumen unter ihrem Mund entlang. »Und diese Lippen … Ich meine, klar, manchmal habe ich sie nur geküsst, um dich zum Schweigen zu bringen, aber jetzt … jetzt werde ich sie küssen und mich fragen, wie es sich anfühlt, wenn ich sie in zehn, zwanzig Jahren küssen werde. Und deine Augen … Wenn ich bisher in deine Augen gesehen habe, haben sie mich an den Hartholzboden der Sporthalle erinnert, aber jetzt … Wenn ich jetzt deinen Blick erwidere, sehe ich darin nur deine Stärke und deinen Mut und deine Entschlossenheit, dir deinen Schmerz nicht anmerken zu lassen. Nicht vor den anderen zu weinen.« Tränen der Hoffnung sammeln sich in ihren Augen, und ihre Brust hebt sich, als sie tief einatmet. Sie blinzelt, und ich fange ihre Tränen mit meinen Daumen und hauche ihr einen Kuss auf beide Wangen. »Aber wenn du bei mir bist, musst du dich nie verstellen. Denn ich bin hier. Und ich werde deinen Schmerz tragen, als wäre es mein eigener. Versprochen.«

»Connor«, flüstert sie. Dann presst sie ihren ganzen Körper an meinen, schlingt ihre Arme fest um meine Hüfte und drückt ihr Ohr an meine Brust. Als würde sie der Magie lauschen, die sie in meinem Inneren entfacht.

»Aber, Ava«, fange ich erneut an. »Ich glaube, was sich am meisten geändert hat, ist, wie ich dein *Herz* sehe. Bisher habe ich mich nur glücklich geschätzt, dass du mir einen Teil davon geschenkt hast. Aber jetzt … jetzt weiß ich, wozu dieses Herz imstande ist. Ich kenne die Kraft und das Durchhaltevermögen und die Liebe, die es in sich trägt, denn das alles sehe ich daran, wie du dich um deine Familie kümmerst, wie du sie beschützt. Und ich kann mich nicht nur glücklich schätzen, Ava. Ich …« Ich zögere kurz, hole tief Luft. »Als ich hierhergezogen bin, hatte ich nur eins im Kopf: mich hart genug anzustrengen und von den Scouts gesehen zu werden, damit ich dem *Ziel* einen Schritt näher komme. Aber … aber vielleicht hatte das Schicksal andere Pläne für mich. *Größere.* Denn du bist hier, mit mir, und du hast mich *gesehen*, Ava. Also vielleicht … vielleicht ging es bei dem Ziel nie wirklich um Basketball. Vielleicht geht es bei dem Ziel nur um *dich.*«

Kapitel 38

AVA

Ava: Gutes Spiel, #3.

Connor: Danke, #1-Goat.

Ava: Goat wie »Ziege«?

Connor: Nein, wie #1-**G**irlfriend **o**f **a**ll **t**ime.

Ava: Ich … *Augenverdreh* Verdammt, das lässt mich innerlich dahinschmelzen.

Connor: Er wirft, und er triiiifft!

Ava: Hey … Was ich mich gefragt habe: Warum #3?

Connor: Keine Ahnung. Es war die erste Nummer, die ich bekommen habe. Und seitdem trage ich sie.

Ava: Wusstest du, dass in jeder Geschichte der dritte Akt das wichtigste Kapitel ist?

Connor: Wieso?

Ava: Na ja, es zeigt den Tiefpunkt der Geschichte (mich heute), und dann, wie die Charaktere damit umgehen (du heute), und danach kommt der Höhepunkt und dann das Happy End.

Ava: Vielleicht bist du ja mein Happy End, Connor.

Ava: #3 passt also zu dir.

Connor: *michauszieh*

Ava: Was??

Connor: Sorry, ich hab »Höhepunkt« gelesen, und dann … ähm. Warte kurz, ich muss den Rest lesen.

Ava: OMG! Ich hasse dich.

Connor: Warte. Das war sogar richtig süß. Danke.

Ava: Nein, ich nehme es zurück.

Connor: Wie weit zurück?

Ava: Was?

Connor: Bleibt der Höhepunkt noch drin? Wenn ja … *michauszieh*

Ava: Gute Nacht, fester Freund.

Connor: Gute Nacht, Goat.

Kapitel 39

AVA

Der Junge, der mich in der Cafeteria blöd angemacht hat, wurde für zwei Tage vom Unterricht ausgeschlossen. Am ersten Tag nach seiner Rückkehr hatte er während des Sportunterrichts einen kleinen »Unfall«, woraufhin er beschloss, den Rest der Woche zu Hause zu bleiben. Interessant, was eine Handvoll Abführmittel, eine unterbezahlte Cafeteria-Angestellte und zwei Basketballkapitäne erreichen können. Zuerst war ich wütend, dass Connor und Rhys sich auf so ein Level herablassen, aber dann … Der Kerl hatte es so was von verdient.

Das war vor ein paar Wochen, und seitdem hat Connor mich um nichts anderes mehr gebeten, als ihm zu erlauben, mir jeden Abend einen Gutenachtkuss geben zu dürfen – was ich natürlich gern mache. Wenn also das, was der Junge mir angetan hat, etwas Gutes hatte, dann, dass es Connor und mich einander noch nähergebracht hat. Uns noch stärker gemacht hat. Also … Danke, du Scheißkerl!

***

Connor blickt von seinem Handy auf, als sich unsere Haustür öffnet. Ich könnte ihm zulächeln, ihm winken oder so, aber ich bin zu sehr damit beschäftigt, mich mit Trevor zu streiten.

»Du machst das, Ava!«, sagt Trevor mit fester Stimme, während er die Tür zu seinem Truck aufreißt. »Keine Widerrede.«

Mit zusammengebissenen Zähnen schüttle ich den Kopf, dann schnaube ich laut, sodass sich meine Nasenflügel blähen. »Okay!«

»Okay!«

Ich stampfe mit dem Fuß auf. »Ich habe schon okay gesagt!«

»Okay!«

»Geh zur Arbeit!«, knurre ich.

Trevor schnaubt. »Geh zur Schule!«

»Mach ich doch!«

»Okay!«, ruft er noch einmal, aber da ist kein Groll mehr in seiner Stimme. Stattdessen versucht er, sich das Lachen zu verkneifen.

Meine Abwehrhaltung wackelt, nur ein bisschen, denn wir streiten wegen etwas, was Trevor sehr wichtig ist – weil er der Meinung ist, es sollte auch mir wichtig sein. Heute Morgen hat er mir ein Stück Papier gegeben, auf dem ein ziemlich hoher Dollarbetrag draufstand, und als ich ihn gefragt habe, was das sein soll, meinte er, das sei mein Budget für die Collegebewerbungen. Ich habe ihm zum wiederholten Mal gesagt, dass es sinnlos sei, und er hat mich daran erinnert, dass ich es ihm versprochen habe … Daher auch der dumme Streit, von dem ich bereits im Vorhinein wusste, dass ich ihn verlieren würde. Denn wie alles andere, was Trevor macht, macht er es nur *für mich.*

»Ich hab dich lieb, du Idiot.«

Trevor lacht. »Ich hab dich auch lieb, du kleines Monster«, sagt er, bevor er die Autotür zuschlägt.

Connor starrt mich mit großen Augen an, als ich zu ihm laufe. »Mann, wenn das normal ist, wenn man Geschwister hat, dann bin ich fast froh, dass ich Einzelkind bin.«

»Guten Morgen, fester Freund«, murmle ich mit gerunzelter Stirn.

»Hmm«, sagt er nachdenklich. »Weder dein Gesicht noch deine Stimme überzeugen mich, dass bisher irgendetwas an diesem Morgen *gut* ist.«

Ich gebe ihm einen schnellen Kuss, bevor ich mich auf den Beifahrersitz fallen lasse, die Tür zuschlage und mit verschränkten Armen und hochgehaltener Nase schmolle.

Connor steigt ebenfalls ein. »Weißt du, wenn du nicht so verdammt süß wärst, würde ich Trevor zustimmen. Du *bist* ein kleines Monster.«

»Sei still«, knurre ich, kann mir aber das Lachen nicht ganz verkneifen. Ich bin so verdammt müde, dass ich kaum noch klar denken kann. »Ich hab vielleicht eine Stunde geschlafen«, sage ich seufzend, während ich nach seiner Hand greife und sie zu meinem Oberschenkel ziehe, wo er sie normalerweise hinlegt. »Tut mir leid, dass ich schlecht gelaunt bin.«

»Schon okay«, versichert er mir, während er den Wagen startet und auf die Straße lenkt.

»Meine Mom ist immer wieder von schrecklichen Albträumen wach geworden.« Oder von Flashbacks, wenn man bedenkt, wie heftig sie reagiert hat. Gähnend füge ich hinzu: »Ich bin dann so gegen drei Uhr früh auf dem Fußboden neben ihrem Bett eingeschlafen.«

»Es tut mir leid, Babe. Ich kann dich auch zurückfahren. Du solltest nicht zur Schule gehen.«

»Nein«, jammere ich und mache erneut einen Schmollmund. »Das ist die einzige Zeit, in der ich dich sehe.«

»Ja, aber …«

»Schsch«, flüstere ich und drücke seinen Arm an mich. »Lass mich einfach mit deinem Arm kuscheln und kurz die Augen schließen. Dann geht es gleich wieder.« Ich genieße seine Wärme, die sich auf mir ausbreitet, und gebe mich der Müdigkeit hin, die meine Lider schwer werden lässt. Nur ein paar Minuten, verspreche ich mir selbst, und dann kann ich den Rest des Tages überstehen.

Mein eigenes Schnarchen reißt mich aus dem Schlaf. Auf meiner Brust liegt ein Wärmekissen, und da ist irgendetwas Nasses an meinem Kinn. Ich zwinge mich, die Augen zu öffnen, aber ich bin dazu viel zu erschöpft. Stattdessen versuche ich also erst mal, mich daran zu erinnern, wie ich ins Bett gekommen bin … Im einen Moment bin ich noch zu Connor ins Auto gestiegen, und im nächsten … Abrupt öffne ich nun doch die Augen und zucke zusammen, als mich das helle Sonnenlicht blendet.

Das Wärmekissen? Ist Connors Arm.

Und die Nässe an meinem Kinn? Ist verdammt noch mal mein eigener Sabber!

Beschämt weiche ich zurück, nur um festzustellen, dass mein Speichel überall auf seinem Arm ist.

»O mein Gott!« Schnell wische ich mit meinem Ärmel darüber. »Ich kann nicht glauben, dass ich dich wirklich vollgesabbert habe, dein ganzer …«

»Wenis«, unterbricht er mich.

Mir ist das Ganze so peinlich, dass ich ihn nicht ansehe, während ich weiter seinen Arm abwische. »Was?«

»Wenis«, wiederholt er. »Die lose Haut am Ellbogen nennt man Wenis.«

»Nein, tut man nicht«, widerspreche ich, während ich jetzt auch seinen Ellbogen untersuche, um sicherzugehen, dass ich alles weggewischt habe.

»Doch. Man nennt es Wenis.«

»Hör auf, Wenis zu sagen.«

Er lacht. »Kann ich jetzt meinen Wenis zurückhaben?«

Ich lasse seinen Arm los und wische mir übers Kinn, bevor ich doch zu ihm rüberschaue. Er kreist mit der Schulter, als hätte er stundenlang in derselben Position ausgeharrt. Ich werfe einen Blick auf meine Uhr. »O Gott. Connor!«, kreische ich beinahe. »Du hast mich drei Stunden lang deinen Wenis vollsabbern lassen?!«

Er prustet laut los. »Sag das noch mal, aber diesmal flüstere es verführerisch.«

»Sei still!«, stoße ich lachend hervor, bevor ich aus dem Fenster schaue – und nichts als Bäume sehe. »Wo zur Hölle sind wir?«

»Ich weiß es nicht«, gesteht er und sieht sich nun ebenfalls um.

»Warte. Hast du mich hierhergebracht, um mich umzubringen?«

Er presst die Lippen zusammen. »Na ja, ich hab meine Schaufel zu Hause vergessen, also nein. Zumindest nicht heute.«

Langsam atme ich ein, versuche, mich zu beruhigen, meine Gedanken zu sortieren. »Was ist passiert?«

»Nichts Besonderes«, sagt er mit einem Schulterzucken. »Du hast tief und fest geschlafen, als wir an der Schule waren, und ich wollte dich nicht wecken. Also bin ich einfach weitergefahren. Dabei habe ich diese Abzweigung entdeckt, und … na ja, ich werde wahrscheinlich das Navi brauchen, um wieder zurück nach Hause zu finden.«

Ich sehe mich genauer um. Wir sind auf einem kleinen leeren Parkplatz, umgeben von Bäumen. Da mein Fenster sich nicht öffnen lässt, mache ich die Tür auf und lausche. Die Sonne scheint, die Vögel zwitschern, und irgendwo in der Ferne rauscht ein Bach oder Fluss. Es ist wunderschön. Ich schaue zu Connor zurück, der sich wieder auf das Buch zwischen dem Lenkrad und seinem Schoß konzentriert.

»Was liest du da?«, frage ich ihn.

»Tipps für die Collegebewerbung.« Er seufzt tief, schließt das Buch und wirft es auf den Rücksitz. »Es ist ziemlich viel, worauf man achten muss.«

Ich nicke. »Ich weiß. Trevor zwingt mich, mich zu bewerben.«

Er lächelt, doch in seinen Augen liegt auch eine Spur von Traurigkeit. Und ich weiß genau, woher sie kommt. Wir versuchen, über nichts anderes zu reden als über das Jetzt, aber wir wissen beide, was auf uns wartet. Irgendwann werden wir uns damit auseinandersetzen müssen.

»Wissen du oder Coach Sykes oder dein Agent schon mehr?«, frage ich.

Er schüttelt den Kopf. »Nein. Abgesehen von dem Scout von der Duke, nichts. Ross, mein Agent, glaubt, ich brauche mehr Zeit. Er meint, es liegt nicht daran, dass ich kein Talent hätte, sondern daran, dass ich nicht präsent genug sei.«

»Was heißt das?«

Connor zuckt mit den Schultern. »Ich werde wahrscheinlich zu einem Probetraining bei einem guten College eingeladen werden, allerdings nicht bei einem D-1-College. Zumindest noch nicht. Er hofft, wenn ich im ersten Jahr hart genug arbeite, werden sich mehr Optionen für mich auftun.« Er setzt sich seitlich hin, sodass er mich direkt ansehen kann. »Was ist mit dir? Wo willst du dich überall bewerben?«

»Ich habe ehrlich gesagt keine Ahnung«, murmle ich. »Ich weiß auch nicht, wie Trevor sich das genau vorstellt. Denn angenommen, ich bekomme irgendwo eine Zusage, was dann? Soll Mom mit mir ins Studentenwohnheim ziehen? Oder soll ich sie *zurücklassen*?« Ich schüttle energisch den Kopf, blase meine Backen auf und atme schnaubend aus. »Das hat alles keinen Sinn.«

»Vielleicht will er dir nur zeigen, welche Möglichkeiten du hast«, schlägt Connor vor.

Ich seufze leise. »Es gibt keine *Möglichkeiten* für mich, Connor. Sobald ich mit der Highschool fertig bin, werde ich Moms Pflegerin.«

»Ist es denn das, was du willst?«

Nachdenklich starre ich durch die Windschutzscheibe, dann ziehe ich die Luft ein. »Es ist das, was sie braucht«, flüstere ich. Und es ist die Wahrheit. Denn egal, wie sehr ich versuche, es zu ignorieren, es geht ihr immer schlechter, und ich weiß nicht, wie ich etwas daran ändern kann.

»Das habe ich nicht gemeint, Ava.«

Ich setze mein bestes Pokerface auf, bevor ich mich zu ihm drehe und ihm mit der Hand durch die Haare fahre. »Fährst du uns zurück zur Schule?«

»Wirst du meine Frage beantworten?«

»Nein.«

»Dann nein.«

Meine Mundwinkel zucken. »Hast du Lust auf einen Spaziergang?«

Wir laufen durch das dichte Gebüsch, horchen auf die Geräusche des Wassers.

»Ist es merkwürdig, dass ich immer nach Leichen Ausschau halte, wenn ich auf schmalen Pfaden durchs Gebüsch gehe?«, frage ich.

»Nein, das ist überhaupt nicht merkwürdig«, sagt er sarkastisch.

Wir sind eine gute Viertelstunde unterwegs, als wir eine Lichtung erreichen, und der Anblick, der uns dort erwartet, ist einfach atemberaubend. Der wolkenlose Himmel spiegelt sich in dem klaren blauen Wasser des Sees, dessen Oberfläche von keiner einzigen Welle gestört wird.

»Glaubst du, es ist kalt?«, frage ich, während wir nebeneinander am Ufer stehen.

Connor geht in die Hocke und fährt mit der Hand durchs Wasser. Als er sich wieder aufrichtet, schüttelt er den Kopf. »Es ist erstaunlich warm.« Mit hochgezogenen Augenbrauen mustert er mich. »Hast du Lust, schwimmen zu gehen?«

»Worin?«

»Im See, Dummerchen.«

Schlaumeier. »Ich meine, was soll ich *anziehen*?«

»Ich wäre für nichts.«

»Ich stimme dagegen.«

Lachend betrachtet er mich von oben bis unten. »Na ja, ist deine Unterwäsche nicht dasselbe wie ein Bikini?«

Nervös beiße ich mir auf die Lippe. Streng genommen ja, aber selbst, wenn ich in einem *echten* Bikini vor ihm stünde, würde ich mich befangen fühlen. »Dreh dich um.«

Seine Augenbrauen wandern nach oben. »Warum?«

»Weil ich es sage.«

Seufzend wendet er sich ab.

Einen Moment lang atme ich tief durch, nehme meinen Mut zusammen. Erst dann ziehe ich mir die Schuhe und Socken aus, gefolgt von meiner Bluse und dem Rock. Ich werfe alles neben ihn. Als er meine Kleider sieht, fängt auch er an, sich auszuziehen. Unbewusst beiße ich auf meinen Daumen, während ich gebannt jede seiner Bewegungen verfolge. Es ist, als wäre er dafür geboren, sich das Hemd auf genau diese Art und Weise abzustreifen, bei der sich seine Rückenmuskeln so perfekt anspannen und lockern. Als er seinen Gürtel öffnet, wird mein Mund staubtrocken. Er lässt die Hose fallen und wackelt mit den Beinen, um sie ganz abzuschütteln.

»Kann ich mich jetzt umdrehen?«

»Nein.«

Ich mache ein paar Schritte auf ihn zu, bis ich genau hinter ihm bin, und lege ihm meine Hände auf die Schultern. Langsam lasse ich meine Finger von seinem Nacken über seinen Rücken hinabwandern. Staunend beobachte ich, wie er den Kopf nach vorn fallen lässt, wie sich seine Muskeln unter meiner Berührung bewegen. Ich hauche einen sanften Kuss an die Stelle zwischen seinen Schulterblättern, und als er meinen Namen flüstert, hält mich nichts mehr davon ab, den Abstand zwischen uns vollständig zu überbrücken und meinen Oberkörper an seinen Rücken zu pressen. Ich umschlinge ihn von hinten, streiche mit den Händen über seine nackte Brust, immer weiter nach unten, über jede Wölbung seines Sixpacks. Ich schließe die Augen, fahre jeden Muskel nach, bevor ich meine Hände noch weiter nach unten wandern lasse.

»Ava …« Er dreht sich in meinen Armen zu mir herum, so schnell, dass ich kurz aufkreische. »Du bist so verdammt sexy«, flüstert er mir ins Ohr, und ich spüre seine Erregung hart an meinem Bauch.

Ich beiße mir auf die Lippe und recke den Hals, damit er mich dort küssen kann, während seine warmen Hände auf meinem nackten Rücken liegen. Mit einer Hand umfasst er jetzt meinen Hinterkopf, und seine Finger vergraben sich in meinen Haaren. Sanft zieht er daran, zwingt mich, den Kopf noch weiter in den Nacken zu legen. Sofort sind seine Lippen auf meinem Schlüsselbein, dann auf meinem Dekolleté, meiner Brust. Er gibt ein Geräusch von sich, das tief aus seiner Kehle zu kommen scheint, bevor er seinen Mund auf meinen presst. Während seine eine Hand immer noch in meinen Haaren vergraben ist, lässt er die andere langsam nach unten wandern. Und plötzlich hebt er mich hoch. Ohne nachzudenken, schlinge ich die Beine um seine Hüfte. Er hält mich fest, während unser Kuss tiefer wird. Unser Verlangen spiegelt sich in den Geräuschen wider, die wir von uns geben, in der Hitze, die sich zwischen uns aufbaut.

Geladen.

Elektrisierend.

Magisch.

»Ava«, stöhnt er und weicht ein Stück zurück.

Ich schnappe nach Luft, brauche den Sauerstoff, aber ich brauche *ihn* mehr.

Sein Blick fällt auf meine Brüste, die sich heben und senken. Er räuspert sich, vergräbt den Kopf an meinem Hals und lacht leise. »Wir brauchen definitiv eine Abkühlung.«

Ich nicke. Meine Augenlider sind gesenkt, während ich meine Hände hinter seinem Kopf verschränke.

»Bereit, ins Wasser zu gehen?«

»Trägst du mich?«

Er lehnt seinen Kopf zurück und sieht mir tief in die Augen. »Immer, Ava.« Und ich weiß, was er mir damit sagen will, auch wenn er es nicht laut ausspricht – er wird mich auch im übertragenen Sinne tragen. Er wird auch die schwere Last tragen, die ich mit mir herumschleppe. *Immer.*

Das Wasser ist kälter auf unserer Haut als erwartet, aber wir gewöhnen uns schnell dran.

»Wenn du alles auf der Welt sein könntest, was wärst du dann?«, fragt er, während er im seichten Wasser um mich herumwatet.

»Das ist einfach. Faktencheckerin für wahre Verbrechen. Nein, warte! Ich würde meinen eigenen Podcast machen. Oder sogar YouTube-Videos, aber nicht von mir. Nur von meiner Stimme. Ich mag meine Stimme.«

»Du hast auch eine schöne Stimme«, sagt er und bleibt vor mir stehen. Als er mich wieder an sich drückt, schlinge ich automatisch die Arme um ihn. »Aber du würdest definitiv mehr Views bekommen, wenn du dein Gesicht zeigst.«

»Glaubst du?«

»Ava, ich bin ein Kerl mit funktionierenden Augen. Also, ja.«

»Glaubst du, Jungs würden dabei … *du weißt schon was* machen?«, frage ich scherzhaft.

Er lacht. »Auch, ja. Aber darüber will ich gar nicht nachdenken.«

»Wenn ich genug Views bekomme, kann ich vielleicht sogar davon leben.«

»Vermutlich«, sagt er amüsiert von meiner spontanen Idee.

»Vielleicht sollte ich mir die Brüste vergrößern lassen«, murmle ich, während ich sie nachdenklich betrachte.

Er verdreht die Augen. »Deine Brüste sind gut so, wie sie sind, Ava.«

»Nur *gut?*«, erwidere ich schmollend.

Connor presst seine Lippen erst auf die eine, dann auf die andere Brust. »Sie sind perfekt.«

»Erzähl mir, wann du dich in Basketball verliebt hast«, frage ich ihn und presse meinen Oberkörper an seinen Rücken, während er mich Huckepack durchs Wasser trägt, damit wir die Höhle vor uns erkunden können.

Er schüttelt seine Haare aus, sodass die Tropfen überall herumfliegen. »Ich weiß gar nicht mehr so genau. Es gab keinen besonderen Augenblick. Ich erinnere mich, dass ich an die zwölf Jahre alt war und … Ich meine, ich wusste nicht wirklich, wie gut ich war, aber offenbar war einer der Anwerber von der Florida State University dort, und er hat nach dem Spiel mit Dad über mich gesprochen; darüber, dass ich ›richtiges Potenzial‹ hätte.«

Connor dreht sich herum, damit ich von seinem Rücken auf den steinigen Felsen, der die Höhle umgibt, klettern kann. Ich setze mich an den Rand und höre aufmerksam zu, als er weiterspricht: »Ich schwör dir, Dad hat jedem von diesem Gespräch erzählt, sogar der Lady an der Tankstelle auf dem Weg nach Hause. Er war so verdammt stolz auf mich.« Connor zieht sich hoch, bis er neben mir sitzt; seine Knie sind angezogen, und seine Ellbogen liegen darauf. Die Sonne scheint auf uns herab, lassen seine Augen genauso blau strahlen wie der See vor uns. Er lächelt, als er sich zu mir dreht und mit den Schultern zuckt. »Also … Ich weiß auch nicht. Ich glaube, für mich ging es nie so sehr um die Liebe zum *Basketball*, sondern mehr um Dads Liebe zu *mir*.«

»Das heißt«, fange ich an, während ich seinen Arm festhalte und meinen Kopf an seine Schulter lege, »du machst das alles für deinen Dad?«

Er küsst mich kurz auf den Kopf. »In etwa so, wie du alles für deine Mom machst.«

Wir sind inzwischen ein ganzes Stück weit in die enge Höhle vorgedrungen, aber noch können wir den See in unserem Rücken sehen. Die ersten Minuten verbringen wir damit, die Höhle zu erkunden, nach Steinen zu suchen, die hart genug sind, um unsere Namen in die Höhlenwand zu ritzen. Ich werfe einen Blick auf Connor, beobachte, wie sich seine Brauen konzentriert zusammenziehen, als er den kleinen waagrechten Strich beim Buchstaben A kratzt. Bis jetzt hat er »Connor 4 A« geschrieben, und es ist so süß und unschuldig, dass ich unwillkürlich an meine eigenen unschuldigen Unsicherheiten denken muss.

»Connor?«

»Ava?«, erwidert er, ohne von seiner Arbeit aufzuschauen.

»Warum willst du nicht mit mir Sex haben?«

Er lässt den Stein fallen, stößt einen Fluch aus und hebt ihn wieder auf. Nur um weiter an dem Strich zu kratzen, immer tiefer und tiefer in den Stein hinein.

»Es ist nur … Du hattest die Möglichkeit dazu. Du hattest mich in deinem Bett, und jetzt hier, und du … berührst mich zwar … Aber nicht auf *diese* Weise, und …« Ich stolpere über meine eigenen Worte und verstumme. Beschämt setze ich mich auf den steinigen Boden und lehne mich mit dem Rücken gegen die Höhlenwand.

Connor stöhnt leise, während er sich mit dem Handrücken über die Augen fährt.

»Du musst nicht antworten«, füge ich hinzu. »Schon okay. Ich hab mich nur gefragt, das ist alles.«

Er ist beim letzten A, als er endlich auf meine Frage reagiert. »Ich habe Angst«, sagt er leise.

»Angst?«, wiederhole ich. »Vor mir?«

»Nein.« Er schüttelt den Kopf. »Ich ... ich habe Angst, dass ich versage. Du hast viel mehr Erfahrung als ich.«

»Nicht *viel mehr*«, sage ich schnell.

Er zuckt mit den Schultern. »Du hast mehr gemacht als ich. Verdammt, du hast *alles* gemacht.«

Einen Moment lang schweige ich, frage mich, woher er das wissen will, doch dann ... »Rhys hat dir davon erzählt?«

Er nickt, weicht jedoch immer noch meinem Blick aus. »Er hat nicht damit angegeben oder so. Ich habe ihn gefragt, warum du ihm so wichtig bist, und ... na ja.«

Ich atme laut aus. »Es hat nichts bedeutet. Mit ihm, meine ich. Mit dir würde es etwas bedeuten – es würde *alles* bedeuten.«

Er ritzt den letzten Strich fertig, dann fährt er mit der Hand darüber, holt so tief Luft, dass sich seine Backen aufblähen, und bläst den restlichen Steinstaub weg. Dann macht er einen Schritt zurück und bewundert sein Werk, bevor er sich das ansieht, was ich in den Stein geritzt habe: ein einfaches »#3«. Seine Mundwinkel verziehen sich zu einem breiten Lächeln. Nach einer Weile setzt er sich langsam neben mich und legt seine Hand auf meinen Oberschenkel.

»Ich will es«, sagt er. »Du hast keine Ahnung, wie sehr ich es will. Ich kann an nichts anderes mehr denken.«

»Machst du ...?« Grinsend mache ich mit der Hand die Bewegung nach. »Wie meine YouTube-Follower?«

Er lacht. »Wenn mich nicht alles täuscht, warst du auf jeden Fall einmal von ungefähr hundert Malen zumindest telefonisch dabei, als ich genau das gemacht habe, während ich an dich gedacht habe.«

Ich stelle mir wieder diesen Moment vor, das selige Gefühl danach. »Woran genau denkst du dabei?«

»Einfach an dich.«

»Und woran genau?«, frage ich.

Seine Lider flattern, und sein Atem beschleunigt sich etwas. Sichtlich nervös befeuchtet er seine Lippen. »Du bist oben«, flüstert er.

Ich richte mich vorsichtig auf die Knie auf, setze mich auf seinen Schoß. Ein leises Stöhnen dringt über meine Lippen, als ich ihn hart an meiner Mitte spüre. Connor legt seine Hände an meine Hüfte, während ich mich an seinen Schultern festhalte.

»So ungefähr?«, frage ich und sehe ihm direkt in die Augen. Er schluckt schwer, nickt, leckt sich erneut über die Lippen, während er mit den Fingern langsam über meine Arme streichelt, rauf und wieder runter. In diesem Augenblick gibt es nur noch ihn und mich und all die schmutzigen Gedanken, die mir durch den Kopf gehen.

Connor liegt auf dem Rücken, ein seliges Lächeln auf dem Gesicht – und das, obwohl wir nicht aufs Ganze gegangen sind. Er streichelt mir über die Haare, während ich mein Ohr an seine Brust drücke und seinem Herzschlag lausche.

»Du und Trevor, hattet ihr am Anfang Probleme, miteinander klarzukommen?«, bricht er die Stille.

»Wir haben immer noch Probleme damit«, sage ich grinsend.

Er lacht.

»Warum fragst du?«

»Keine Ahnung.« Er seufzt tief. »Ich habe immer mal wieder diesen Gedanken, dass meine Mom noch irgendwo da draußen ist. Und dass sie diese neue Familie hat … Und dass diese Familie alles ist, was sie sich je gewünscht hat. Alles, was ich nicht war.« Seine Stimme bricht, und ich stütze mich auf meinen Ellbogen hoch, um ihm direkt ins Gesicht sehen zu können, in seine abwesenden Augen und die leicht verzogenen Mundwinkel.

Sanft streiche ich mit den Lippen über seine, küsse ihn aber nicht. »Ich hoffe, du wachst eines Tages auf und erkennst, dass *sie* mit den Fehlern leben muss, die sie gemacht hat, nicht du. Ich hoffe, dass du irgendwann verstehst, dass das, was sie dir angetan hat, nichts mit dir zu tun hatte – nichts mit deinem dreijährigen Ich.« Ich steigere mich schon wieder rein, also versuche ich, mich zu beruhigen. Aber es klappt nicht. »Und wenn sie da draußen ist, hoffe ich, dass sie dich eines Tages findet und denselben Mann sieht, den ich sehe. Den starken, einfühlsamen, mutigen, beschützenden Mann, dem so viele Dinge wichtig sind, der den Schmerz anderer Menschen trägt, als wäre es sein eigener … Ich hoffe, dass sie das sieht und sich selbst dafür *hasst*, dass sie dich nicht großgezogen hat, dass nicht sie diejenige war, die dir geholfen hat, diese Person zu werden.« Meine Nasenflügel blähen sich, als ich schnaubend ausatme. »Ich hoffe, sie hasst sich genauso sehr, wie ich sie hasse.« Die letzten Worte bringe ich nur noch mühsam hervor, da mich der Zorn überwältigt. Ich schluchze laut auf. Ich will es nicht, aber ich kann es nicht verhindern, und wie versprochen wischt Connor meine Tränen weg.

Sein schwerer Atem trifft meine Wange. »Es ist okay, Ava.«

»Nein, ist es nicht«, widerspreche ich schluchzend. »Es ist nicht okay, Connor. Wie konnte sie … wie konnte sie dich einfach so zurücklassen, dich mit all diesen Fragen zurücklassen … All diesen Selbstzweifeln? Sie hätte dich einfach sterben lassen! Gott, ich hasse sie so sehr.«

Er richtet sich ein Stück auf, hebt seine Hand an meine Wange, während er mich lange einfach nur anschaut. »Kennst du den Film mit Omar Epps?«, fragt er schließlich. »Den, wo ein Junge und ein Mädchen nebeneinanderwohnen, und beide wollen eine Karriere in Basketball?«

»›Love & Basketball‹?«, frage ich.

Lächelnd legt er den Kopf wieder zurück. »Das beschreibt mein Leben gerade ziemlich gut.«

Ich versuche, mein dummes Grinsen in seiner Halsbeuge zu verbergen, während er mich wieder näher an sich drückt. Mein Herz rast, will regelrecht davonfliegen.

»Liebe und Basketball«, murmelt er und küsst mich auf die Stirn.

Wir halten einander den Rest des Nachmittags umschlungen, reden über alles, nur nicht über morgen. Wir diskutieren, wir schweben, wir lachen, und wir sinken. Und wie wir sinken. Immer tiefer und tiefer versinken wir in diesen unbekümmerten Gefühlen.

Kapitel 40

AVA

Sobald Connor vor unseren Häusern stehen bleibt, wird mir schwer ums Herz. Ich weiß, dieses Gefühl ergibt keinen Sinn, diese Angst, jemanden so sehr zu vermissen, obwohl es nur für eine Nacht ist.

Connor seufzt, als er sich zu mir dreht. »Ich wünschte, Heute würde ewig dauern«, murmelt er.

Ich nehme seine Hand und drücke einen Kuss auf die Innenseite seines Handgelenks. »Ich auch.«

Ein kurzer lauter Pfiff lässt uns abrupt aufschauen. Mit geballten Fäusten und angespannten Schultern kommt Trevor die Verandatreppe herunter. Nur ist es nicht unsere Treppe … sondern Connors.

Connors Dad sitzt auf der Couch gegenüber, während Trevor im Wohnzimmer auf und ab läuft, auf und ab, auf und ab. Ich wünschte, er würde aufhören, schließlich ist das alles keine *sooo* große Sache.

»Was hast du dir verdammt noch mal dabei gedacht?« Trevor schreit regelrecht. »Ava, ich hab ununterbrochen versucht, dich zu erreichen. Wo zum Teufel ist dein Handy?«

Ich versuche, mich zu erinnern … Wahrscheinlich habe ich es im

Auto liegen lassen. Den ganzen Tag. Mein Puls schießt in die Höhe. »O mein Gott, ist Mom …?«

»Ihr geht es gut, Ava, aber darum geht es nicht. Hast du eine Ahnung, welche Sorgen ich mir gemacht habe? Hast du eine Ahnung, wie oft ich dich angerufen habe? Und glaubst du, du kannst einfach ohne Grund den Unterricht schwänzen? Weißt du, wie teuer diese Schule ist? Wie hart ich arbeite, damit …?«

»Es tut mir leid!«, unterbreche ich ihn, Tränen steigen mir in die Augen. »Es kommt nicht wieder vor.«

»›Tut mir leid‹ ist nicht genug.«

»Was willst du denn hören?«

»Es ist meine Schuld«, verteidigt Connor mich. »Sie ist auf dem Weg zur Schule eingeschlafen, und ich wollte sie nicht aufwecken, also …«

Corey unterbricht ihn. »Das heißt, ihr habt euch gar nicht erst die Mühe gemacht, zur Schule zu gehen? Oder jemandem Bescheid zu sagen, wo ihr seid oder was ihr macht?«

»Verdammt, Ava!«, brüllt Trevor. »Du hast dieses Scheißhandy praktisch ununterbrochen in der Hand, und plötzlich ist es nicht …«

»Hör auf!«, schreie ich zurück. »Mach mir das nicht kaputt!« Energisch wische ich mir die Tränen weg, die ich nicht zurückhalten kann, und sehe ihn direkt an. »Bitte«, flehe ich. Meine Stimme wird heiser, mein Herz bricht. »Heute war der beste Tag meines Lebens, seit Mom zurück ist, und ich will nicht, dass du oder sonst jemand mir das kaputt macht, okay? Ich hab gesagt, dass es mir leid tut. Aber ich wollte nur *einen* Tag, Trevor. Nur einen Tag, an dem ich mich meinem Alter entsprechend verhalten kann, an dem ich sorglos und leichtsinnig und … Gott, ich wollte nur ein normales siebzehnjähriges Mädchen sein, das Zeit mit einem Jungen verbringt, den sie liebt …«

»Du *liebst* mich?«, unterbricht Connor mich.

Beschämt verberge ich das Gesicht in den Händen. Dann starre ich flehend zu Trevor. »Können wir einfach gehen? *Bitte!*«

»Ava.« Trevor stößt einen tiefen Seufzer aus. »Es wird Konsequenzen geben müssen …«

»Ich weiß.« Ich stehe auf und gehe zur Haustür. »Und ich werde sie tragen, so wie ich es *immer* tue, aber bitte … Es reicht, okay?«

»Hey«, sagt Connor sanft und zieht mich in seine Arme. »Alles wird gut.«

Tränen verschleiern mir die Sicht, als ich zu ihm aufsehe. »Ich will …« *Ich will nicht nach Hause gehen*, gestehe ich mir selbst ein. Ich will nicht nach Hause gehen und in derselben Dunkelheit weiterleben, jetzt wo ich weiß, wie es sich anfühlt, im Licht zu atmen. »Ich will nur noch nach Hause.«

CONNOR

Dad wartet, bis Trevor und Ava aus dem Haus und definitiv auch außer Hörweite sind, bevor er zu sprechen beginnt. Seine Stimme ist um einiges ruhiger als Trevors. »Dein Coach hat angerufen. Du bist vom nächsten Spiel ausgeschlossen, und er hat mir versichert, dass sie sich dieses Mal nicht umstimmen lassen, egal, was Ava sagt oder tut. Sie wollen damit ein Zeichen setzen.«

Ich senke den Blick und nicke. »Das ist wohl nur gerecht.«

Dad seufzt. »Connor, wenn du mir erzählen willst, was passiert ist, dann bin ich ganz Ohr.«

»Nichts«, sage ich und sehe ihn zum ersten Mal an, seit ich das Haus betreten habe. »Ich hab sie heute Morgen abgeholt, und sie hat erwähnt, dass sie wegen ihrer Mom so gut wie nicht geschlafen hat …«

Dad nickt mir aufmunternd zu, damit ich weiterrede.

»Und als wir an der Schule waren, hat sie tief und fest geschlafen, und ich … ich weiß auch nicht. Ich habe es nicht über mich gebracht, sie aufzuwecken.«

»Was habt ihr dann den ganzen Tag gemacht?«

Ich zucke mit den Schultern, erzähle ihm aber schließlich doch die Wahrheit. »Wir sind auf einem Parkplatz in der Nähe eines Sees gelandet, und, na ja, wir haben den Tag dort verbracht … und …«

»… euch eurem Alter entsprechend verhalten?«, fragt Dad. Ein wissendes Lächeln umspielt seine Lippen.

»Ja«, gebe ich seufzend zu.

»Nun gut, ich bin mir sicher, dass Ava das gebraucht hat«, sagt er verständnisvoll.

»Das hat sie. Das *tut* sie.«

Plötzlich steht Dad auf, streckt sich und fängt an, im Wohnzimmer auf und ab zu laufen, genau wie Trevor. Ich würde ja fragen, ob wir fertig sind, aber ich kenne ihn … Da kommt noch etwas. Ich weiß nur nicht, in welche Richtung es gehen wird. Kurz darauf setzt er sich wieder hin, an dieselbe Stelle wie zuvor, und stützt die Ellbogen auf den Knien ab. »Du musst anfangen, langfristiger zu denken, Connor.«

Ich kann mich gerade noch davon abhalten, die Augen zu verdrehen. »Das Ziel, ich weiß. Schon klar, Dad.«

Kopfschüttelnd reibt er sich über das Kinn. »Es ist mehr als das«, sagt er. »Wenn dir Ava so wichtig ist, wie es aussieht, und wenn du eine Zukunft mit ihr haben willst, dann musst du weiterdenken als nur an das, was *jetzt* ist. Und auch wenn *jetzt* für euch gut genug ist, großartig sogar, musst du trotzdem an die Zukunft denken. Wenn du sie nämlich nicht nur jetzt, sondern auch später noch in deinem Leben haben willst, dann musst du einen Weg finden, wie du dich um sie *und* um ihre Mom kümmern kannst … Denn dieses Mädchen – es wird seine Mom nie alleinlassen. Und egal, wie sehr sie dich liebt, sie liebt ihre Mom mehr. Was sie auch sollte.« Er hält einen Moment inne, bevor er fragt: »Also, wie willst du das machen, Connor? Dich um beide sowohl emotional als auch *finanziell* zu kümmern?«

Mir schwirrt regelrecht der Kopf, während ich seine Worte immer wieder durchgehe. Ich überlege, was ich in meinem Leben will, welche Zukunft ich haben möchte – und das Einzige, was ich vor mir sehe, ist Ava.

»Ich werde Profibasketballer«, sage ich entschieden. »Ich muss.«

Er nickt. »Okay, denn was du *jetzt* tust, hat Auswirkungen auf das, was morgen sein wird. Hast du das verstanden?«

»Ja, Dad.«

Er steht auf. »Gut. Genau jetzt liegt dein Fokus also wo?«

Ich wähle die einzige Wahrheit, die Sinn ergibt. »Auf Basketball.«

AVA

Krystal bietet an, noch eine Weile hierzubleiben, damit Trevor und ich »uns unterhalten« können. Zum Glück hat er sich so weit beruhigt, dass man überhaupt ein *normales* Gespräch mit ihm führen kann. Er lässt sich auf meinen Schreibtischstuhl sinken, während ich mich aufs Bett setze und die Finger in den Rand der Matratze kralle.

»Ich verstehe, warum du das heute gemacht hast, Ava. Und es tut mir leid, dass ich so ausgerastet bin. Ich habe mir Sorgen gemacht, aber ich verstehe dich. Du verdienst diese Zeit … Aber du kannst Connor nicht mit dir runterziehen.«

»Mit mir runterziehen?«, wiederhole ich und sehe ihm direkt in die Augen. »Ich habe ihm keine Pistole an den Kopf gehalten.«

»Das hab ich nicht gemeint«, stößt er seufzend hervor. »Was ich meine, ist, ich kenne diese Schule. Ich kenne das Sportprogramm. Wenn er den Unterricht schwänzt, wird er automatisch vom nächsten Spiel ausgeschlossen.«

»Ich schreibe denen einen weiteren Brief.«

»Ava, du begreifst nicht, worum es hier geht«, sagt er. »Die Schule hat ein Nachsehen mit dir wegen deiner Situation. Wenn du ab und zu nicht zum Unterricht kommst, dann lassen sie dir das durchgehen. Wenn du während der Stunde einschläfst, dann schicken sie dich zur Schulkrankenschwester, damit du dich ausruhen kannst, aber … Ava, für Connors Leben ist das gerade die ausschlaggebende Zeit. College-Scouts und -Coaches beobachten jede seiner Bewegungen, nicht nur auf dem Spielfeld, sondern auch darüber hinaus. Wie er sich abseits vom Spielfeld verhält, zeigt seinen Charakter, nicht seine Fähigkeiten – und sein Charakter ist für die genauso wichtig wie seine Beiträge zur Punktetabelle oder was auch immer …« Trevor schüttelt den Kopf. »Die Regeln sind bescheuert, ich weiß, aber du verstehst, was ich meine, oder?«

»Ja, das verstehe ich«, sage ich, und ich tue es auch. Wirklich. Ich hätte ihn dazu überreden sollen, zurückzufahren. Oder ich hätte wenigstens seinem Coach erklären sollen, was passiert ist, hätte für ihn kämpfen sollen, anstatt egoistisch zu sein und nur daran zu denken, was ich wollte. Was ich brauchte. *Ihn.*

Trevor kratzt sich an der Wange, dann am Kopf, dann an der Brust, ein sicheres Anzeichen dafür, dass er nervös ist. »Also … du … du *liebst* ihn?«

»Ich weiß es nicht«, flüstere ich, den Blick auf meine Beine gerichtet, während ich sie vor und zurück schwingen lasse. »Ich glaube schon.«

»Du *glaubst*? Oder *weißt* du es?«

»Ich weiß es nicht, Trevor«, jammere ich. »Ich habe all diese Gedanken und Gefühle, und ich weiß nicht, wie ich damit umgehen soll, und ich habe niemanden, mit dem ich darüber reden kann.«

Er nickt, sein Atem geht schwer. Schließlich schluckt er. »Du meinst … ähm … *intime* Gedanken und Gefühle?« Seine Stimme zittert leicht.

Ich sehe zur Seite. »Vielleicht.«

Er schweigt einen Augenblick lang, dann noch einen – ich könnte einen ganzen Song abspielen in der Zeit, die er braucht, um zu reagieren.

»Okay.« Ich beobachte, wie er die Lippen zusammenpresst und aufsteht. Er hüpft auf der Stelle auf und ab, kreist mit den Schultern, neigt den Kopf erst auf die eine, dann auf die andere Seite, als würde er sich für irgendetwas aufwärmen. »Ich schaffe das«, flüstert er … zu sich selbst.

Misstrauisch und verwirrt kneife ich die Augen zusammen, während ich ihn weiter beobachte.

»Ich schaffe das«, wiederholt er, bevor er sich wieder auf den Stuhl fallen lässt.

»Ava«, beginnt er ernst.

Ich mustere ihn argwöhnisch. »Trevor?«

»Wenn ein Mann ejakuliert …«

»O mein Gott, NEIN!« Ich werfe ihm ein Kissen an den Kopf. »Raus hier!«

Kapitel 41

AVA

»Ich habe keinen Hunger«, sagt Mom mit tonloser Stimme, während sie an die Wand starrt. Es ist der fünfte Tag in Folge, an dem sie sich weigert zu frühstücken, und ich weiß wirklich nicht mehr, warum ich mir überhaupt noch die Mühe mache und so früh aufstehe.

Als ich die Pfanne und den Wender etwas lauter als erwartet in die Spüle fallen lasse, zucke ich zusammen. Das Letzte, was ich will, ist, Trevor aufzuwecken.

»Du musst etwas essen, Mama«, dränge ich und drehe mich zu ihr um. »Krystal hat gesagt, du hast auch gestern den Tag über nicht besonders viel gegessen.« Und sie verliert an Gewicht, und zwar schnell. Ich kann es ihr an den hohlen Wangen ansehen und daran, wie ihre Kleider an ihrem Körper herabhängen. Unter ihren Augen sind dunkle Ringe, weil sie nicht mehr richtig schlafen kann. Die Ärzte haben ihr Schlafmittel verschrieben, aber dadurch ist sie jetzt verwirrt und mürrisch, wenn sie aufwacht. Und ihre Reaktion darauf ist schlimmer als das ständige Hochschrecken mitten in der Nacht. Ich versuche, mir einzureden, dass das nur eine Phase ist und dass es besser wird, sobald all die Tabletten, die ihr physisch und psychisch helfen sollen, richtig aufeinander abgestimmt sind.

Es könnte sogar sein, dass sie dann irgendwann auch wieder einen Positiv-Tag hat.

Mom seufzt tief und schiebt den Teller weg, auf dem ich ihr gerade ihr Frühstück zubereitet habe. »Wo sind meine Zigaretten?«

»Du rauchst nicht, Mama.«

Ihr Blick zuckt kurz zu mir, bevor sie wieder an die Wand starrt. »Kauf mir Zigaretten, wenn du von der Schule heimfährst, okay?«

»Das kann ich nicht«, sage ich, während ich versuche, ruhig zu bleiben. Aber in meinem Inneren tickt etwas … *Tick, tick, tick* … »Ich bin noch nicht alt genug.«

Sie blinzelt. Langsam. »Dann frage ich William, ob er mir welche besorgt.«

»William …« Ich stoße die Luft aus, balle meine Hände zu Fäusten. Ich muss mich beruhigen. Wenn ich jetzt wütend werde, wird sie das nur aufregen. »William lebt nicht mehr bei uns.«

Wieder blinzelt sie langsam, bevor sich ihre Lippen zu einem klitzekleinen Lächeln verziehen. »Er wird zurückkommen.«

Ich sollte ihr sagen, dass er das nicht tun wird. Dass er geheiratet hat. Dass er eine neue Frau und neue Stiefkinder hat und dass ihm all das hier zu viel geworden ist. Dass es mir vielleicht auch zu viel wird.

»Kann ich dir etwas anderes zu essen machen?«

»Ich bin nicht hungrig.«

»Aber du solltest zumindest versuchen, eine Kleinigkeit zu essen, Mama.«

»Wo sind meine Zigaretten?«

Mein Kopf fällt nach vorn, und ich atme so tief ein, dass meine Schultern sich heben. Ich gehe neben ihr auf die Knie und nehme ihre Hand. Dann schlucke ich den Kloß in meinem Hals hinunter, küsse die Narben, die aus meiner Mom diese Fremde gemacht haben. »Ich kauf welche nach der Schule, okay?«

CONNOR

Ich klopfe an Coach Sykes' offene Bürotür und warte. Als er von dem aufsieht, was auch immer er gerade liest, weiten sich seine Augen, und er schaut überrascht auf die Uhr. »Du wirst zu spät zum Unterricht kommen.«

»Ich weiß«, sage ich. »Ich wollte noch mal unter vier Augen mit Ihnen reden.«

Mit verschränkten Armen lässt er sich in seinem Stuhl zurücksinken. »Wenn es um die Suspendierung geht ...«

»Nein, geht es nicht«, unterbreche ich ihn. »Ich weiß, was ich getan habe, und ich trage die Konsequenzen.«

Er nickt und deutet dann auf den Stuhl auf der anderen Seite seines Schreibtischs. »Dann schieß los.«

Nervosität durchströmt mich, und nachdem ich mich hingesetzt habe, muss ich unaufhörlich mit den Knien auf und ab wippen.

»Warum denn so nervös?« Er mustert mich.

»Ach, nichts«, lüge ich. »Okay, doch. Da gibt es etwas.«

»Na dann, spuck's aus, Junge.«

»Ich brauche Ihre Hilfe«, stoße ich schnell hervor. »Ich meine, ich hätte gern *zusätzliche* Hilfe. Bitte. Was immer Sie mir anbieten können. Ich muss mich noch mehr auf Basketball konzentrieren oder ...« Ich hole tief Luft. »Bis jetzt habe ich kein einziges Angebot erhalten, Coach, und ich muss etwas daran ändern.«

Schmunzelnd faltet er die Zeitung, die vor ihm liegt, zusammen, ehe er sie unter seinem Tisch verstaut und einen Stapel Umschläge, alle etwa sieben Zentimeter dick, aus einer Schublade hervorholt. »Das hier sind alles Interessensbekundungen«, sagt er mit ausdrucksloser Miene.

Meine Augen weiten sich. »Für mich?«

Er lacht laut auf – und nimmt mir damit jegliche Art von Hoffnung, die ich mir für einen kurzen Moment erlaubt habe. »Hast du schon mal etwas von Graham Sears gehört?«, fragt er.

Ich nicke. »Spurs, oder?«

»Genau. Er war einer von meinen in der Elften und Zwölften, zugezogen, genau wie du. Das sind die Briefe, die er in diesen beiden Jahren gesammelt hat. Willst du deine sehen?«

Ich nicke.

Er greift noch mal in seine Schublade und holt *Luft* hervor. Er tut so, als würde er sie auf den Tisch fallen lassen. »Das hier ist dein Stapel.«

Entmutigt starre ich auf meine Hände hinunter.

»Sears war Drittletzter beim NBA Draft, Connor. So viel Interesse hatte man an ihm. Wenn du also auch nur annähernd einen Geschmack von dem haben willst, dann machst du dich besser mal an die Arbeit.«

Ich sehe zu ihm auf. »Deshalb bin ich hier, Coach.«

»Gut.« Er lehnt sich wieder in seinem Stuhl zurück. »Weißt du, was der größte Unterschied zwischen dir und Sears ist?«

»Er war besser als ich?«

»Nein«, sagt Coach Sykes, vollkommen überzeugt. »Das ist es ja, Connor. Er war nicht besser. Aber abseits vom Spielfeld – er war bei seinem Team und hat Freundschaften aufgebaut. Sie alle hatten Teamgeist. Seine Teamkollegen waren wie Brüder für ihn, und im Gegenzug haben diese Jungs dafür gesorgt, dass er besser *rüberkommt*, haben dafür gesorgt, dass er aus der Menge heraussticht. Also, wenn ich du wäre, würde ich *da* anfangen.«

Ich hebe das Kinn. »Okay.«

Er greift nach dem Telefon und ruft im Sekretariat an, um mich für die erste Stunde zu entschuldigen. Dann macht er einen weiteren Anruf, und kurz darauf ist sein Büro voll mit dem gesamten Trainerstab.

Alle Augen sind auf mich gerichtet, als Coach Sykes sagt: »Junge, wenn wir das machen, dann machen wir es *richtig*, verstanden?«

Ich strecke die Brust raus und nicke. »Ja, Sir.«

AVA

Connor hat gesagt, er müsse heute früher zur Schule, daher musste Trevor mich fahren. In der ersten Stunde sitze ich auf meinem üblichen Platz, meine Augen sind auf die Tür geheftet, während mein Herz sehnsüchtig darauf wartet, nur einen Hauch von dem zu bekommen, wonach es sich am meisten sehnt. Als es zum Unterricht klingelt und Connor immer noch nicht hier ist, schreibe ich ihm eine Nachricht.

Ava: Wo bist du?

»Psst!«, zischt Rhys hinter mir. »Ich soll dir von Connor ausrichten, dass er nach dem Training noch ein Gespräch mit dem Coach hat, deshalb kommt er zu spät. Oder gar nicht. Er hat gesagt, er sieht dich spätestens in der Mittagspause.«

Oh. Ich nicke und stecke mein Handy weg. »Ist er in Schwierigkeiten?«, frage ich.

»Connor nicht«, ruft uns Mr McCallister zur Ruhe, »aber Sie beide vielleicht, wenn Sie nicht aufhören zu reden!«

CONNOR

Wir verbringen die ganze erste Stunde damit, uns einen Plan zu überlegen, der aus zusätzlichen Teamtrainings und Einzeltrainings mit allen Coaches besteht. Und noch mehr Lernen. Noch mehr von allem. Coach Sykes ruft sogar einen alten Freund an, damit ich eine Einladung zu einem viertägigen Event bekomme, das einige bekannte Profibasketballer um Thanksgiving herum veranstalten. Das wäre natürlich ein Traum, aber ich erwarte mir nicht allzu viel.

Am Ende der Stunde sagt Coach Sykes: »Heute isst du mit deinem *Team* zu Mittag.«

»Ich verbringe die Pause mit meiner Freundin«, erkläre ich ihm.

Er blickt mich über den Rand seiner Brille hinweg an. »Ach, tust du das?«

Schweren Herzens schüttle ich den Kopf. »Heute wohl nicht.«

AVA

Endlich ist Mittagspause, doch ich verbringe die erste Hälfte ohne meinen Partner in Crime auf der Tribüne. Als er endlich auftaucht, grinst er von einem Ohr zum anderen.

»Hallo, feste Freundin«, sagt er und küsst mich auf die Wange. Mit einem Tablett aus der Cafeteria in der Hand setzt er sich mir gegenüber. »Tut mir leid, dass ich so spät bin. Da war noch etwas, was ich erledigen musste.«

»*Etwas?*«

Er zuckt mit den Schultern. »Hat mit Basketball zu tun. Nicht so wichtig.«

»Es klingt aber wichtig«, murmle ich und stupse ihm mit dem Fuß gegen das Knie. »Erzähl mir davon.«

Er greift nach meinem Bein und zieht sanft daran. Als ich mich mit einem Lächeln auf den Lippen seitlich auf seinen Schoß setze, verbirgt er sofort sein Gesicht an meinem Hals. »Ich hab dich vermisst«, flüstert er und küsst mich dort.

»Ich hab dich auch vermisst.«

Langsam atmet er aus. »Tut mir leid wegen der ersten Stunde und dass ich jetzt erst so spät gekommen bin. Ich weiß, dass wir nur so wenig Zeit zusammen haben, aber …«

Ich hebe seinen Kopf an, damit er mich ansieht. »Es ist okay; ich weiß, dass du viel zu tun hast. Was ist los?«

»Nichts.« Er schüttelt den Kopf. »Nichts«, wiederholt er. Sein Blick sucht meinen, und seine Gesichtszüge werden mit jeder Sekunde weicher. »Ich vermisse dich einfach, das ist alles.« Aber es ist *nicht* alles; ich sehe es deutlich an der Art, wie er mich anschaut, wie seine Lippen zittern.

Sein Gesicht in meinen Händen, spreche ich die Worte aus, an denen ich mich die ganze Nacht festgeklammert habe. Worte, die ich ihm die ganze Zeit schon sehnsüchtig sagen wollte. »Ich liebe dich, Connor. Gott, ich liebe dich so sehr.«

CONNOR

Ich schlucke den Druck, der sich in meinem Inneren ausbreitet, hinunter und betrachte die Person, die mein Herz zum Schlagen bringt. Bei der meine Welt beginnt und endet. Ich ziehe sie an mich, habe Angst, sie loszulassen.

»Ich liebe dich auch, Ava … mit allem, was ich habe.«

Ich lasse meine Augen geschlossen, verberge die Angst in meinem Herzen.

Was, wenn ich wirklich alles durchziehe?

Alles riskiere?

Und trotzdem versage?

Was passiert dann mit Ava?

Mit ihrer Mom?

Was passiert mit *uns*?

Kapitel 42

AVA

»Wir müssen etwas tun«, flüstert Trevor.

Ich schaue auf den Boden. »Ich weiß.«

»Also … Was sollen wir tun?«

Langsam sehe ich auf und zu meiner Mutter, die auf dem Sofa sitzt, in denselben Klamotten, die sie seit über einer Woche anhat. Sie weigert sich nach wie vor zu duschen beziehungsweise sich überhaupt anzuziehen, und egal, wie sehr wir sie dazu überreden wollen, nichts hilft. »Ich weiß es nicht.«

»Es wird immer schlimmer, Ava.«

»Der Geruch?«

Er schüttelt den Kopf. »Der auch, aber ich meine … sie. Es geht ihr immer schlechter«, sagt er mit gedämpfter Stimme, während wir in der Tür zwischen Küche und Wohnzimmer stehen. Auf dem Esstisch hinter mir wartet ein weiteres unangerührtes Abendessen.

»Es ist nicht *so* schlimm«, widerspreche ich, mehr um mich selbst zu überzeugen. »Ihr wird es bald wieder besser gehen; das ist nur … eine Phase.«

Mein Handy meldet sich mit einer neuen Nachricht.

Connor: Das Spiel hat mir beinahe den Rest gegeben. Werde mir gleich ein Eisbad einlassen, falls du mir Gesellschaft leisten willst.

»Scheiße«, stoße ich hervor.

»Was?«, fragt Trevor.

»Ich hab Connors Spiel vergessen.« *Und den Luftballon.* »Verdammt.«

»Er wird es schon verstehen«, versichert Trevor mir. »Du hast gerade ziemlich viel um die Ohren.«

Ich lese mir Connors Nachricht erneut durch, während ich überlege, wie ich darauf antworten soll. Doch dann fällt mir etwas anderes ein. »Hey, Mama? Was, wenn ich dir ein Bad einlasse statt der Dusche?«

Nichts an ihrem Gesichtsausdruck ändert sich; sie starrt weiterhin auf dieselbe Stelle. »Ein Bad klingt gut.«

»Gott sei Dank.« Trevor atmet erleichtert aus.

Schnell renne ich ins Badezimmer und drehe das Wasser auf.

Ava: So abgedroschen sich das anhört: Ich wünschte, ich könnte. Um in deiner Nähe zu sein. Es tut mir leid, dass ich heute keinen Luftballon für dich hatte. Gib mir fünf Minuten, ich schau mir die Spielzusammenfassung auf der Schulwebsite an.

Er antwortet nicht, vermutlich, weil er in der Badewanne liegt, also konzentriere ich mich darauf, dass das Wasser für Mom die perfekte Temperatur hat, und fülle die Wanne mit so vielen duftenden Badezusätzen, wie ich nur finden kann. Als ich nach ihr rufe, kommt sie von selbst ins Bad, schlüpft aus ihren Kleidern und lässt sie achtlos auf den Boden fallen. »Bleibst du bei mir?«, murmelt sie.

»Natürlich, Mama.«

Ich schließe die Tür hinter uns und helfe ihr dabei, in die Badewanne zu steigen. Das Wasser reicht ihr bis zum Hals, ihre Augen sind geöffnet, ihr Blick zur Decke gerichtet. Sie sagt kein Wort, unser Atem ist das einzige Geräusch in diesem kleinen Raum. Ich verdränge alle anderen Gedanken – Gedanken, die mich zu überwältigen und von innen zu zerstören drohen.

»Willst du …?«, fange ich vorsichtig an. »Willst du, dass ich dich wasche?«

Nickend richtet sie sich auf und lehnt sich vor. Ich gebe etwas Duschgel auf einen Schwamm und massiere ihr damit den Rücken; die kränkliche Blässe ignoriere ich dabei, ebenso die Tatsache, dass ihre Wirbelsäule viel deutlicher hervorsteht, als sie sollte. Sie schnieft ein paarmal, ansonsten gibt sie jedoch keinen Ton von sich. Doch dann … fangen ihre Schultern an zu beben. Ein einzelnes Wimmern durchdringt die kalte, tote Luft. Sanft lege ich meine Hand auf ihre Schulter und streiche ihre Haare zur Seite.

»Schon okay, Mama«, sage ich trotz des Kloßes in meinem Hals. »Manchmal brauchen wir alle ein bisschen Hilfe.«

Mit ihrem gesunden Arm greift sie nach meiner Hand. »Danke«, flüstert sie, und das ist alles, was ich brauche. Alles, was ich will. Dass sie weiß, dass ich für sie da bin. Immer.

Danach sagt sie nichts mehr, und auch ich schweige. Nach dem Bad helfe ich ihr dabei, frische Kleider anzuziehen, und bringe sie ins Bett, wo ich sie bis zur Brust zudecke. Sie starrt wieder zur Decke hoch. Neben ihrem Bett gehe ich auf die Knie und lege meine Hand auf ihren Oberarm. »Bist du gar nicht müde?«, flüstere ich.

Als sie den Kopf zur Seite dreht, erkenne ich Tränen in ihren Augen. »Ich habe Angst«, gibt sie zu.

Ich richte mich etwas auf. »Wovor?«

Ein Schluchzen bricht aus ihr hervor. »Davor, die Augen zu schließen.«

»Oh, Mama.« Ich lege den Kopf an ihre Brust, und meine Lider senken sich, als sie mich umarmt.

»Bleibst du bei mir, Ava? Nur, bis ich eingeschlafen bin?«

Schnell wische ich mir die Tränen mit ihrer Decke weg, dann atme ich tief ein in dem Versuch, mein gebrochenes Herz dadurch zusammenhalten zu können. »Natürlich.« Ich klettere zu ihr ins Bett, gebe ihr die Kraft, die sie braucht, während ich meine eigene Schwäche verberge.

Sie drückt mich an sich; ihre Umarmung ist jedoch nicht annähernd so fest wie die der Frau, die sie früher war. Wie die der *Mutter*, die sie früher war.

Hellwach bleibe ich neben ihr liegen, lausche ihren Atemzügen, die allmählich ruhiger werden, bis ich mir sicher bin, dass sie schläft. Erst dann schlüpfe ich vorsichtig und leise aus dem Bett und wische mir die Tränen von den Wangen, bevor ich die Tür öffne und Trevor auf dem Sofa entdecke.

»Schläft sie?«

Ich schenke ihm das ehrlichste Lächeln, das ich zustande bringe. »Ja, wie ein Baby.«

Trevor nickt, und als er sich wieder auf das Spiel konzentriert, das gerade läuft, gehe ich ins Bad und hole mein Handy.

Connor: Ich hab mir schon gedacht, dass irgendwas los ist, als kein Luftballon auf der Veranda war. Ich hoffe, es ist alles okay?

Connor: Bin gerade erst aus der Wanne gekommen. Ist alles okay bei dir?

Connor: Kannst du in fünf Minuten rauskommen? Ich habe das Gefühl, ich habe dich seit Ewigkeiten nicht mehr gesehen.

Ich werfe einen Blick auf die Zeitangabe; die Nachricht wurde vor einer halben Stunde verschickt.

Ava: Sorry, hab deine Nachrichten eben erst gelesen.

Ava: Ich kann vielleicht jetzt rauskommen, wenn du noch Lust hast.

Connor: Zieh mir gerade die Schuhe an.

Ich sage Trevor Bescheid, dass ich kurz fünf Minuten rausgehe, dann renne ich praktisch nach draußen. Mein Herz rast; es sehnt sich nach der einzigen Person auf der ganzen Welt, die in der Lage ist, dass ich alles vergesse, selbst wenn es nur für eine Minute ist.

Auf dem Gehweg warte ich auf ihn, und als er kurz darauf die Tür öffnet, tritt ein Lächeln in mein Gesicht. Einen Moment später bin ich schon in seinen Armen. Eigentlich sollte es unmöglich sein, dass die Umarmung einer Person so viel Macht hat, aber ich spüre, wie sich die Spannung in mir sofort auflöst, bis nur noch er und ich und das *Jetzt* existieren.

»Ich vermisse dich, Ava«, sagt er seufzend.

»Ich weiß, ich dich auch.«

Er löst sich etwas von mir, lässt seine Arme aber um meine Hüfte geschlungen und drückt mich weiterhin an sich. Als er auf mich herunterschaut, verändert sich sein Blick, fast als würde er mich heute zum ersten Mal sehen. »Ich verspreche dir, sobald die Saison vorbei ist, wird alles wieder normal.«

Normal. Wie in: einen gemeinsamen Kurs alle zwei Tage, gemeinsame Mittagspausen und die gelegentliche Fahrt zur Schule und wieder zurück. Im Gegensatz zu dem, wie es die letzten zwei Wochen war … in denen ich ihn zwar in der Schule gesehen habe, aber nicht wirklich mit ihm reden konnte, und in denen er manchmal die Mittagspause mit mir verbracht hat und manchmal auch nicht. Es gibt keine gemeinsamen Fahrten mehr. Der einzige Grund, den er mir nennt, ist, dass es mit Basketball zu tun hat, aber mehr erzählt er mir nicht. Jedes andere Mädchen würde misstrauisch werden und sich fragen, mit wem er Zeit verbringt und was er macht. Doch ich nicht.

»Ich verstehe schon«, versichere ich ihm. Außerdem hat er noch nie mein sprunghaftes Verhalten hinterfragt, und abgesehen von dem einen Mal bei der Pep Rally hat er mich nicht mehr gedrängt, mehr Zeit mit ihm zu verbringen, als ich ihm geben kann.

Er lehnt sich gegen den Maschendrahtzaun, der unseren Vorgarten umgibt, und zieht mich zwischen seine Beine. Ich verschränke die Finger in seinem Nacken und sehe ihn an, sehe ihn einfach nur an. Er trägt dunkle Jeans und einen grauen Hoodie, seine Haare sind feucht oder … ich greife nach oben … Er hat Gel in den Haaren. Ich schnuppere an ihm. »Ist das Parfüm?«

Er nickt. »Magst du es?«

»Hast du das extra meinetwegen aufgetragen?«, frage ich, halb im Scherz.

»Na ja …«, fängt er an und verzieht das Gesicht. »Einer der Jungs aus dem Team schmeißt heute Abend eine Party, und ich habe gesagt, dass ich komme.«

Oh.

»Ist das okay?«

»Connor, du musst mich nicht um Erlaubnis fragen, um auszugehen.«

»Ich weiß.« Er zuckt mit den Schultern. »Ich wollte nur sichergehen.«

Na ja, nicht wirklich. Er ist immerhin schon angezogen und bereit aufzubrechen, das heißt, er hat sich schon entschieden. Er … gibt mir nur *Bescheid.*

»Rhys holt mich ab. Er sollte jeden Moment hier sein.«

Ich stelle mich auf die Zehenspitzen, bis mein Mund mit seinem auf einer Höhe ist. »Wir haben also nur noch wenige Sekunden, um die Küsse der letzten Tage nachzuholen?«

Statt einer Antwort presst er seine Lippen auf meine; er legt den Kopf etwas schief, um den Kuss zu vertiefen. Gleichzeitig zieht er mich an sich, bis absolut nichts mehr zwischen uns passt. Ich quieke überrascht auf, als seine Hand zu meinem Hintern wandert und kurz zudrückt, doch dann kichere ich an seinem Mund. »Ein bisschen forsch, meinst du nicht?«

Lachend küsst er mich noch einmal. »Ich habe immer noch eine Menge Adrenalin in mir. Das Spiel war richtig gut.«

»Wirklich?«, frage ich, während ich mich darüber ärgere, dass ich nicht auf der Schulwebsite nachgesehen habe. Ich sinke zurück auf meine Füße. »Shit, Connor. Ich hatte nicht mal Zeit, den Spielbericht anzuschauen. Ich bin wirklich die schlechteste Freundin der Welt.«

»Stimmt«, sagt er todernst. Doch seine Augen funkeln, und ein leichtes Lächeln liegt auf seinen Lippen. »Ich hoffe, du wirst das wiedergutmachen.«

»Wie?«, frage ich kokett.

Einen Augenblick lang sieht er mich schweigend und mit leicht geöffnetem Mund an. »Ich dachte eigentlich an diese geniale Lasagne, aber woran auch immer du gerade denkst: Ich nehme *das.*«

Lächelnd ziehe ich an seinem Hoodie, bis sein Ohr an meinen Lippen liegt. »Ich will wissen, wie du dich in meinem Mund anfühlst.«

Sofort legt er beide Hände auf meinen Hintern und hebt mich hoch. Ich schlinge meine Beine um ihn und halte mich an ihm fest, als er mich zu seinem Haus trägt.

»Scheiß auf die Party«, murmelt er.

Ich kann nicht anders, als laut zu lachen. »Dein Dad ist zu Hause, und meine Mom …«

»Nehmt euch verdammt noch mal ein Zimmer!«, ruft Rhys, der gerade am Straßenrand anhält.

Wir haben es kaum bis zu Connors Vorgarten geschafft, als er mich wieder runterlässt. Schnell schubse ich ihn zu Rhys' Truck. »Geh. Viel Spaß.«

Er küsst mich schnell. »Ich liebe dich.«

»Ich liebe dich auch.«

»Ich liebe euch beide«, sagt Rhys. »Und jetzt beeilt euch.«

Connor küsst mich noch mal. »Kann ich dir schreiben, wenn ich nach Hause komme? Und bekomme ich dann vielleicht noch einen Gutenachtkuss?«

Ich nicke. »Und ja nicht mit anderen Mädchen reden, klar?«, sage ich scherzhaft.

»Ja, Ma'am.« Er küsst mich noch mal, bevor er die Beifahrertür öffnet.

Rhys schüttelt den Kopf. »Du stehst so was von unter ihrem Pantoffel.«

»Das ist mir egal.« Connor lacht. »Davon abgesehen weiß sie, wie man eine Leiche verschwinden lässt, ohne dabei Spuren zu hinterlassen. Und ich lebe nun mal gern.«

***

Mom hat sich zweimal unruhig hin und her geworfen, seit ich sie ins Bett gebracht habe, aber sie ist nie ganz aufgewacht, was eine Verbesserung zu den Nächten davor ist.

Es ist beinahe Mitternacht, und ich sitze immer noch an diesen dämlichen Collegebewerbungen, als mein Handy aufleuchtet.

Connor: Ich ist zu Hause, Frau. Küss mich.

Ava: Bist du betrunken? Komm zu meinem Fenster. SEI LEISE.

Ich öffne meine Rollläden, schiebe das Fenster hoch und stütze mich mit den Ellbogen am Rahmen ab, während ich nach ihm Ausschau halte. Nach einer Weile taucht er auf, seine Silhouette nur von seinem Display beleuchtet, auf das er gerade starrt. »Connor!«, zische ich.

»Eine Sekunde.« Seine Daumen bewegen sich auf dem Handy, während er immer näher kommt. Als er vor meinem Fenster steht, blickt er endlich auf. »Gott, du bist so schön«, murmelt er im selben Moment, in dem mein Handy vibriert.

Connor: Bin gleich da.

Ich lege das Handy weg, strecke meine Finger nach ihm aus und ziehe ihn an den Bändern seines Hoodies zu mir heran. »Wie viel hast du getrunken?«

Er zuckt mit den Schultern; sein Blick ist verschleiert. »Nur ein paar Bier, damit ich ein bisschen lockerer werde. Ich bin nicht betrunken.«

Ich mustere ihn skeptisch. »Mit wie vielen Mädchen hast du dich unterhalten?«

»Zwölf.«

»Das ist eine ziemlich konkrete Antwort.«

»Hab ich erfunden. Keine Mädchen.« Er schüttelt den Kopf. Dann umfasst er mein Gesicht mit beiden Händen. Seine Augen sind fest auf meine gerichtet, und er wird plötzlich ungewöhnlich ernst. »Du bist das einzige Mädchen, Ava Elizabeth Diana.« Er haucht mir einen sanften und süßen Kuss auf die Lippen, dann löst er sich wieder von mir. »Kannst du das Licht anmachen?«

»Warum?«

»Ich hab mich immer gefragt, wie dein Zimmer aussieht. Und jedes Mal, wenn ich hier bin, ist es dunkel. Ich möchte nur sehen … Kann ich vielleicht reinkommen? Nur für ein paar Minuten?«

Ich beiße mir auf die Lippe, zögere einen Augenblick, bevor ich nicke. »Du musst aber leise sein, okay? Meine Mom schläft.«

Er legt die Hand aufs Herz, und ich öffne das Fenster noch weiter, damit er in mein Zimmer klettern kann. Ich mache ein paar Schritte zurück, beobachte ihn dabei, wie er erst seine Arme, dann seinen Oberkörper hereinschiebt und dann über den Boden kriecht, während seine Füße immer noch zum Fenster hinausgucken. Als er endlich ganz drinnen ist, landen seine Beine mit einem Rums auf dem Boden.

»Connor!«, rufe ich so leise wie möglich und lege meinen Finger auf die Lippen, während ich nach Geräuschen im Haus lausche. Ich bin mir nicht sicher, was schlimmer wäre: dass Mom aufwacht oder dass Trevor mitbekommt, dass ein Junge in meinem Zimmer ist.

»Sorry.« Er verzieht das Gesicht. »Das war schwieriger, als ich dachte.«

Schnell mache ich die Nachttischlampe an. Connor sieht sich neugierig um, obwohl es hier nichts gibt außer meinem Bett, einem Schreibtisch und einem Bücherregal.

»Es ist … ganz anders, als ich es mir vorgestellt habe«, sagt er schließlich.

»Was hast du dir denn vorgestellt?«, frage ich, während ich mich auf die Bettkante sinken lasse.

Er setzt sich neben mich. Mit seiner Größe wirkt er auf dem kleinen Bett beinahe komisch.

»Ich weiß auch nicht.«

»Es war eigentlich nur als Übergangslösung gedacht«, gebe ich zu. Beschämt schaue ich auf meine Füße hinunter. »Wir hatten nicht geplant, so lange hier zu bleiben. Ich schätze, ein Teil von mir hat auf ein Wunder gehofft. Dass William vielleicht zurückkommen und uns helfen würde …«

»Ava«, unterbricht er mich und stupst mich in die Seite. »Du vergisst, dass wir nebeneinander wohnen. Mein Dad arbeitet Vollzeit und muss sich nur um mich kümmern, und er kann sich auch nicht mehr leisten. Es ist nichts Falsches dran, hier zu wohnen, aber darauf wollte ich gar nicht hinaus. Ich meinte nur … Ich weiß auch nicht. Ich dachte, es würden mehr Fotos an den Wänden hängen oder so.«

Nicht in diesem Zimmer. Doch das sage ich nicht laut. »Fotos wovon? Von all meinen unsichtbaren Freunden?«

Seufzend fährt er sich mit dem Handballen über die Augen. »Rhys ist dein Freund.«

»Rhys hat Mitleid mit mir.«

»Karen vermisst dich.«

Ich kann nicht verhindern, dass ich einen Anflug von Eifersucht spüre, bei dem sich mein Magen zusammenzieht. »Du redest mit Karen?«

»Ja, ich meine, manchmal. Ich hab mich heute kurz mit ihr unterhalten.«

Meine Stimme bricht. »Über mich?«

Er legt seine Hand auf meinen Oberschenkel, und unwillkürlich frage ich mich, ob er das nur aus Schuldgefühlen heraus macht. »Sie hat nach dir gefragt. Und was das zwischen uns ist. Und ich habe ihr gesagt, wie sehr ich dich liebe.«

Seine Antwort ist perfekt. *Zu* perfekt. Meine alte Unsicherheit bricht wieder hervor, und ich schlucke den Kloß in meiner Kehle hinunter.

»Ava«, sagt er seufzend. »Was ist los?«

Ich halte den Blick weiterhin gesenkt. »Nichts.«

Er seufzt erneut, diesmal tiefer. »Bist du wütend auf mich, weil ich heute ausgegangen bin?«

»Nein.«

»Denn ich habe das gebraucht, Ava. Ich brauche die Jungs an meiner Seite, damit ich … Ich stehe in letzter Zeit ziemlich unter Druck, und ich wollte einfach mal eine Nacht raus, aber die ganze Zeit, die ich dort war, wollte ich nur bei dir sein. Und jetzt bin ich hier, und …«

Und ich könnte nicht mal für ihn da sein, selbst wenn ich es wollte. Ich kann seinen Druck nicht auf dieselbe Weise tragen, wie er meinen Schmerz trägt. Beschämt drehe ich mich zu ihm. »Es tut mir leid, dass ich nicht dabei war.«

»Das erwarte ich auch gar nicht von dir, Ava.« Obwohl er das so nüchtern und ohne Hintergedanken sagt … Die Wahrheit in diesen wenigen Worten lässt jegliches Gefühl von Würde, das ich noch besitze, zerplatzen. »Ich habe dir doch gesagt, dass ich nicht mehr von dir will als dich, und ich habe das ernst gemeint«, fügt er hinzu.

Aber es ist nicht mehr genug.

Vielleicht bin auch ich nicht genug.

Er rutscht nach hinten, mit dem Rücken an die Wand, damit er es etwas bequemer hat, und klopft auf seinen Schoß. »Komm her.«

Ich ignoriere den grellen Schmerz in meiner Brust und setze mich rittlings auf seinen Schoß.

Seine Hände umfassen meine Hüfte, während ich mich an seinen Schultern festhalte. »Ich bin hergekommen, um mir meinen Gutenachtkuss abzuholen, weißt du noch?«

Ich nicke. Dann schließe ich die Augen, verberge die Zweifel tief in mir und drücke meine Lippen auf seine. Als sein Mund sich öffnet, nach mehr verlangt, gebe ich ihm, was er will. Es dauert nicht lange, bis seine Hände über meinen Körper streichen, erst zu meinem Hintern, dann zu meinen Brüsten und unter mein Top. Seine Küsse wandern immer weiter nach unten, während seine Finger mein Top langsam nach oben schieben. Ich mache dasselbe bei ihm; Haut an Haut hält er mich fest, dreht uns, bis ich unter ihm und er zwischen meinen Beinen liegt. Er öffnet den Knopf seiner Jeans, zieht den Reißverschluss nach unten, und wenn es das ist, weswegen er gekommen ist … Wenn es das ist, was er von mir will … Dann gebe ich es ihm. Das ist das Mindeste, was er verdient, das Mindeste, was ich tun kann. Ich drehe uns, bis *er* auf dem Rücken liegt, bevor ich ihm schnell die Schuhe und dann die Jeans ausziehe. Ich küsse ihn auf den Bauch, dann weiter unten … Er flüstert meinen Namen, und ich weiß, ich sollte *etwas* fühlen, aber das tue ich nicht. Ich müsste erregt sein, aber das bin ich nicht.

Ich fühle mich einfach nur schlecht.

Das plötzliche Geräusch von zerbrechendem Glas lässt uns auseinanderfahren. Hastig greife ich nach meinem Top, während er sich gleichzeitig die Decke bis zur Brust hochzieht.

»Bleib hier«, sage ich und schlüpfe in mein Top. Dann renne ich aus dem Zimmer und mache das Licht an; mein Herz schlägt wild in meiner Brust.

Nicht schon wieder.

Nicht schon wieder.

Nicht schon wieder.

Ich sehe im Wohnzimmer und in der Küche nach, aber da ist niemand. Trevor stürmt ebenfalls aus seinem Zimmer, in seinen Augen erkenne ich dieselbe Panik, die ich spüre. Ich öffne Moms Tür. Sie liegt auf dem Boden, umgeben von Glasscherben.

»Mama!«, schreie ich, und als sie mich sieht, deutet sie auf ihren Fuß.

Blut.

»Was ist passiert?«, stoße ich hervor, während ich langsam auf sie zugehe.

»Ich habe ein Glas Wasser umgeworfen«, sagt sie monoton. »Bin draufgetreten.« Weder ihre Worte noch ihre Augen enthalten irgendeine Emotion.

Zornig starre ich zu Trevor. »Warum zum Teufel ist da ein Glas in ihrem Zimmer?«

Er weicht zurück. »Ich muss es vergessen haben, als ich ihr vorhin ihre Medikamente gebracht habe. Scheiße, Ava, keine Ahnung.«

»Du weißt, dass sie nicht unbeaufsichtigt in der Nähe von scharfen Gegenständen sein darf!« Ich gehe neben ihr auf die Knie. Dabei ignoriere ich das ganze Blut, das sich um sie sammelt. Da ist so viel. Zu viel. Erinnerungen kommen wieder hoch, und ich versuche, sie zu verdrängen, aber sie sind zu stark. Zu mächtig. »Wie konntest du das nur tun?«, schreie ich ihn an.

»Es war ein Versehen!«, brüllt er zurück.

»Hört auf zu schreien«, sagt Mom und hält sich die Ohren zu. Sie fängt an, vor und zurück zu wippen, und ich konzentriere mich darauf, meine Atmung wieder unter Kontrolle zu kriegen, mich zu beruhigen. Aber ich schaffe es nicht.

»Es darf bei Mom aber keine *Versehen* geben, Trevor! Du weißt das!« Tränen strömen ungebremst über meine Wangen. Schnell ziehe ich ihre Kommode auf und hole alles heraus, was ich finden kann, um die Blutung zu stoppen. Ich drücke es fest auf ihren Fuß, doch sie heult auf und schlägt meine Hand weg.

»Geh weg!«, kreischt sie. Ihre Stimme ist so voller Angst, dass mein Puls abrupt in die Höhe schießt. Ich werfe einen Blick zu Trevor, er scheint es ebenfalls bemerkt zu haben.

»Ich muss mir deinen Fuß ansehen. Es könnten Splitter drin sein.«

Sie tritt mir gegen die Brust. »GEH WEG VON MIR!« Plötzlich sieht sie auf, ihre Augen sind weit aufgerissen und auf die Tür gerichtet. »Wer bist du?«, flüstert sie, ihr Gesicht ist vor Angst und Entsetzen völlig verzerrt.

Connor steht mit großen Augen in der Tür. Er öffnet den Mund, aber kein Ton kommt heraus.

»Geh weg!« Sie tritt mich erneut. »Verschwinde! Verschwinde! Verschwinde!«

Ich ignoriere Connor und greife nach Moms Fuß, wehre ihre Tritte ab, während Trevor hinter sie eilt und ihre Arme festhält.

»Connor, hilf uns!«

Connor macht einen Schritt in den Raum, der Schock ist ihm deutlich anzumerken. »Was soll ich tun?«

Ich versuche immer noch, Moms Beine festzuhalten, als Trevor befiehlt: »Halt ihre Füße fest.«

»Aber ich will ihr nicht wehtun«, sagt Connor panisch.

»Mach einfach, Connor!«, flehe ich ihn an.

Er geht vor mir auf die Knie und schlingt seine Arme um ihre Beine, hält sie fest zusammen.

Meine Hände sind voller Blut, als ich Moms Fuß hochhalte, doch ich sehe nur dunkles flüssiges Rot. Es ist überall.

»Ich sehe nichts!«, rufe ich.

»Geht runter von mir!« Mom wirft sich herum, versucht, sich aus unseren Griffen zu winden.

Trevor sieht mich verzweifelt an. »Ruf …«

»Dad«, unterbricht Connor. Sein Handy liegt neben ihm auf dem Boden, er hat bereits gewählt und auf laut gestellt.

Sein Dad geht nach dem ersten Klingeln ran. »Ich brauch dich in Avas Haus«, sagt Connor schnell.

»Bin sofort da.«

Es dauert nur wenige Minuten, bis wir die Sirene hören. In dieser Zeit redet nur Mom; sie murmelt Worte in einer Sprache, die nur sie versteht. Trevor und Connor halten sie weiterhin fest, während sie sich abwechselnd hin und her wirft, schreit, dann wieder flüstert. Draußen ertönt Hundegebell, und drinnen … drinnen ist die Welt am dunkelsten, doch es ist weit und breit keine Magie zu sehen.

Schweigend starre ich hinunter auf meine Hände, auf das Blut, das von meinen Fingern tropft, und das Einzige, woran ich denken kann, ist, dass sie dieses Mal zumindest noch atmet.

Ich löse Connor ab und halte Moms Beine fest, während er seinem Dad und dessen Kollegen die Tür öffnet. Sobald sie bei uns angelangt sind, gehen sie neben uns in die Knie. Mom schreit erneut: »Geht weg von mir! Fasst mich nicht an! Fasst mich nicht an! Fasst mich nicht an!« Sie wirft sich immer stärker herum, und ich bin zu schwach … bin so verdammt machtlos.

»Ich glaube, sie hat sich ein paar Glassplitter eingetreten, aber ich kann nicht … ich kann nicht …« Innerlich fühle ich mich vollkommen leer. Vollkommen ausgehöhlt. Nur noch die Hoffnungen und Träume, die für mich immer unerreichbar sein werden, halten mich aufrecht.

»Wir müssen ihr etwas geben, um sie zu beruhigen, damit wir …«, sagt Corey.

»Ketamin?«, frage ich.

Corey nickt. »Du hast das schon mal erlebt, oder?« Er klopft Connor auf die Schulter, damit er aus dem Weg geht. Connor steht auf und verlässt den Raum.

Er will nicht hier sein.

Genauso wenig wie ich.

Als alles vorbei ist, als Corey die Scherben entfernt und den Verband angelegt hat, als die Medikamente wirken und Mom tief und fest in ihrem Bett schläft, stehe ich mitten in ihrem Zimmer, während Trevor berichtet, was passiert ist. Und Connor … Connor steht neben mir und hält meine Hand fest umschlungen.

»*Hier* sind also alle Fotos«, murmelt er.

Ich sehe zu ihm hoch, und zum ersten Mal, seit ich das Glas zerbrechen gehört habe, weine ich nicht. Dann sehe ich mich im Raum um. Jeder Zentimeter Wand ist mit Fotos bedeckt – Fotos, die ich angebracht habe. Von mir als Baby bis hin zu jetzt. Einige mit Trevor und William und Mom und mir, als Familie, und einige nur von uns beiden – von Mom und mir.

Zittrig atme ich ein, meine Stimme ist kaum mehr als ein Flüstern. »Manchmal hoffe ich, dass sie eines Tages *aufwacht* und all das hier sieht, ihr ganzes Leben, ihre Zeit mit *mir*, und dass das irgendwie ausreicht, damit sie … damit sie auf wundersame Weise wieder sie selbst wird, als wäre das alles nur ein …« Ich verstumme, da meine Emotionen mich zu überwältigen drohen. »Es ist so dumm.«

»Ist es nicht«, flüstert er und drückt meinen Kopf an seine Brust. Sein Herz schlägt unter meiner Wange, und ich schließe die Augen, um dem kräftigen Pochen zu lauschen. Ich versuche, die Magie darin zu hören, aber meine Gedanken sind zu laut, als würden ununterbrochen Wörter, Erinnerungen und Schmerz darin herumschwirren. So viel Schmerz. »Zu hoffen ist niemals dumm, Ava. Manchmal ist Hoffnung das Einzige, was uns den nächsten Tag überstehen lässt.«

Mein Verstand weiß, dass er recht hat.

Doch mein Herz weiß genau, dass der nächste Tag genauso sein wird wie all die anderen Tage davor. Welchen Unterschied sollte es also machen zu hoffen?

»Ich sollte hierbleiben«, sagt Connor.

Ich schüttle den Kopf und lasse seine Hand los. »Du solltest gehen. Versuch, noch etwas Schlaf zu bekommen. Du hast morgen früh Training.«

»Sie hat recht, Connor«, unterbricht uns sein Dad, der in der Tür wartet.

»Aber …«

Trevor steht neben Corey. »Ich begleite dich noch nach draußen, Connor.«

Corey wartet, bis die beiden und sein Kollege das Haus verlassen haben. »Das ist eine ganze Menge, womit du hier fertigwerden musst, Ava«, sagt er. »Selbst für ein Mädchen, das so stark ist wie du.«

Ich erwidere nichts darauf.

Er kommt wieder weiter in den Raum und wirft erst einen Blick auf Mom, dann auf die Bilder an der Wand.

»Hast du schon mal darüber nachgedacht, sie in ein …«

»Ich werde sie nicht im Stich lassen«, unterbreche ich ihn. »Ich bin nicht Connors Mom«, flüstere ich. Kaum haben die Worte meinen Mund verlassen, bereue ich sie auch schon und schließe die Augen.

»Er hat dir davon erzählt?«

Ich sehe ihn wieder an und nicke. »Tut mir leid, ich hätte das nicht sagen sollen.«

Corey schenkt mir ein beruhigendes Lächeln, aber es erreicht nicht seine Augen. »Weißt du, was ich schon sehr früh gelernt habe? Das Leben besteht aus einer Reihe von Entscheidungen. Du triffst sie, weil sie sich in dem Moment richtig anfühlen, aber du bist nicht für immer an sie gebunden. Connors Mom hat sich dazu entschieden zu gehen, du hingegen hast dich entschieden zu bleiben. Der Unterschied ist, ihre Entscheidung hat Schäden angerichtet, die nicht mehr rückgängig gemacht werden können. Deine nicht. Noch nicht.«

Kapitel 43

CONNOR

Nach dem, was gestern Nacht passiert ist, habe ich kaum geschlafen. Deshalb habe ich auch das Training heute Morgen nur mit Mühe überstanden. Zum Glück waren die meisten Jungs verkatert, daher ist es nicht so aufgefallen, dass ich nicht ganz auf der Höhe war. Jetzt sitze ich in der Cafeteria, am »Sportlertisch«, da ich weiß, dass Ava heute nicht kommt.

Connor: Wollte nur mal nachfragen, Babe: Wie geht's ihr?

Ava: Jetzt ganz gut. Die Schmerzmittel lassen sie immer wieder wegdämmern. Krystal ist da. Ich versuche, dazwischen auch ein bisschen zu schlafen.

Connor: Kann ich irgendetwas tun?

»Bist du dabei, Connor?«

Ava: Nein. Es tut mir leid, dass du das mitansehen musstest. Und mir ist das auch ein bisschen peinlich.

Connor: Was ich mitangesehen habe, ändert absolut nichts.

»Connor!« Rhys stößt mich in die Seite. »Erde an Connor.«

Ich blicke von meinem Handy auf und sehe, dass er zu Oscar deutet, der mir gegenübersitzt. »Was?«

»Sollen wir nach der Schule die Aufnahmen der gegnerischen Mannschaft durchgehen und ihr Spiel analysieren? Unser nächstes Spiel ist gegen die Phillips Academy, und die sind verdammt gut.«

»Ja, klar«, murmle ich und schaue wieder auf das Display. Sie hat noch nicht geantwortet.

Oscar sieht von mir zu meinem Handy und wieder zurück. »Ava war heute Morgen nicht in Englisch für Fortgeschrittene. Alles okay?«

Mein Blick wandert zu ihm. »Sie hatte eine harte Nacht.«

Er nickt, und die Sorge in seinen Augen wirkt echt. »Ava ist ein nettes Mädchen. Echt scheiße, was ihrer Mom passiert ist.«

Als ich mich am Tisch umschaue, merke ich, dass alle uns anstarren und mit gespitzten Ohren unserem Gespräch folgen. »Ja, es ist … ähm … es ist hart.«

»Wenn ich irgendetwas tun kann«, sagt er, »für dich oder für Ava, sag mir einfach Bescheid, Mann.«

»Das gilt für das gesamte Team, oder, Jungs?«, fügt Rhys hinzu.

Ich schaue erneut in die Runde, zu meinen Mannschaftskollegen, die ich in den letzten Wochen besser kennengelernt habe. Alle nicken, stimmen Rhys zu. Und vielleicht hatte der Coach tatsächlich recht und ich lag falsch. Vielleicht war es gar nicht das Schlimmste auf der Welt, diese Jungs auch abseits vom Spielfeld kennenzulernen. Denn sie alle scheinen aufrichtig zu sein, und vielleicht habe ich tatsächlich zu viel Zeit damit vergeudet, zu glauben, dass sie über mich urteilen. Dabei habe *ich* genau das über sie gemacht. »Danke, Jungs. Das weiß ich wirklich zu schätzen.«

Eine Reihe von »Kein Ding« und »Schon okay« schallt über den Tisch, als Rhys plötzlich sagt: »Ärger im Anmarsch.« Er deutet auf Karen, die zu uns rüberkommt. Sie stellt ihr Tablett neben meinem ab, bevor sie sich hinsetzt und uns mit einem »Was ist los, *Fuckboys*?« begrüßt.

»War das deine Mom bei dem Spiel gestern Abend?«, fragt Mitch sie.

Karen nickt.

»Hat sie sich die Brüste vergrößern lassen?«

Sie nickt erneut. »Hat Ehemann Nummer sechs bezahlt.«

Mitch lacht. »Wenn die noch größer werden, versuch ich vielleicht auch mal mein Glück. Ich könnte dann eines Tages dein Stiefvater sein.«

Karen wirft ihm eine Handvoll Pommes an den Kopf. »Das ist echt ekelhaft, du Trottel.«

Mitch wackelt mit den Augenbrauen. »Du kannst mich gern Daddy nennen.«

Ich blende den Rest des Geplänkels aus und schaue wieder aufs Handy.

Immer noch keine Antwort.

Connor: Ava, ich liebe dich. ALLES an dir.

Kapitel 44

CONNOR

Eine weitere Woche vergeht wie im Flug, und meine Zeit mit Ava ist sehr beschränkt. Während wir zwar versuchen, das Beste daraus zu machen, spüre ich, wie wir uns immer weiter voneinander entfernen. Ich versuche, mir einzureden, dass ich mir das nur einbilde, dass bei uns beiden eben gerade ziemlich viel los ist. Denn das Letzte, was wir jetzt gebrauchen können, ist, über meine Unsicherheit zu reden. Davon abgesehen ist es nur noch für ein paar Monate so. Sobald ich von irgendwo eine Zusage bekomme, *egal von welchem College*, und die Saison vorbei ist, kann ich meine ganze Zeit und Energie wieder Ava widmen.

Uns.

Meinem Ziel.

***

Ein dümmliches Grinsen breitet sich auf meinem Gesicht aus, als ich den Luftballon auf meiner Veranda erblicke.

»Ich versteh's nicht. Warum ›*Buuh!*‹?«, fragt Dad.

»Das ist eben Ava«, sage ich und folge ihm zum Auto. »Und er ist mein Glücksbringer.« Sobald wir im Wagen sitzen, lasse ich den

Luftballon platzen und stecke ihn in meine Boxershorts. »Und ich kann heute Abend alles Glück der ganzen Welt brauchen.« Unsere heutigen Gegner sind momentan an der Spitze der Bestenliste, ein Team voller All-Stars. Jeder Einzelne auf der Spielerliste hat bereits einen festen Platz an den verschiedensten D-1-Colleges im ganzen Land, und mein Team erwartet von mir, dass ich mein Bestes gebe, dass ich schlauer und schneller bin als sie und jeden von ihnen an die Wand spiele.

»Du schaffst das schon, Connor«, sagt Dad.

Aber ich schaffe es nicht. Nicht mal annähernd. Sobald ich auf dem Spielfeld bin, werde ich ununterbrochen gedoppelt, und ich komme kaum in Ballbesitz, geschweige denn, dass ich einen Treffer landen kann. Der Frust ist mir deutlich anzumerken, vor allem daran, wie ich mein Team anschreie und wie ich die Jungs dazu antreibe, noch härter, noch stärker zu spielen. Und nach etwa der Hälfte des dritten Viertels verliere ich die verdammte Kontrolle. Ich schleudere meinen Mundschutz übers Spielfeld, bekomme ein technisches Foul und schenke dadurch der gegnerischen Mannschaft zwei Freiwürfe. Den Rest des Viertels verbringe ich mit gesenktem Kopf auf der Bank, während mein Puls rast und mein Blut kocht.

Das ist unsere erste Niederlage der Saison.

Mein Team ist sich keiner Schuld bewusst, dass das Spiel so schlecht gelaufen ist.

Der Coach ist allerdings stinksauer auf *mich.*

Dad ist enttäuscht von mir.

Und seit der Schlusssirene habe ich kein Wort mehr mit irgendjemandem gesprochen.

Die letzten Wochen habe ich mich fast zu Tode trainiert, damit ich heute mein Bestes geben kann, und das war nicht genug.

Ich bin nicht genug.

Während Dad nach Hause fährt, schweigend, drehe ich unruhig das Handy in meiner Hand. Jedes Mal, wenn eine Mitteilung aufploppt, zucke ich zusammen. Normalerweise habe ich immer eine Nachricht auf dem Handy, wenn ich in die Umkleide komme: »Gutes Spiel, #3« oder etwas Ähnliches. Doch da war keine Nachricht nach dem heutigen Spiel, auch nicht nach dem davor. Und das verstärkt nur meine eigene Unsicherheit, die ich versucht habe zu ignorieren.

Als Dad an der Tankstelle hält, um die Beutel mit Eis zu kaufen, mit denen ich mir später ein Eisbad machen werde, verliere ich die Geduld und schicke ihr eine Nachricht.

Connor: Alles okay bei dir?

Ava: Kann ich dich später anrufen?

Frustriert schließe ich die Augen.

Connor: Klar.

***

Ich sitze in dem dämlichen Eisbad – meine Zähne klappern, meine Muskeln ziehen sich zusammen –, und ich umklammere mein Handy, warte drauf, dass Ava anruft.

Als ich aus der Wanne steige, hat sie sich immer noch nicht gemeldet. Ich ignoriere all die anderen Anrufe und Nachrichten von den Jungs aus dem Team.

Ich brauche sie nicht.

Ich brauche Ava.

Nachdem ich mich vergewissert habe, dass mein Handy lädt, eingeschaltet ist und die Lautstärke ganz nach oben gedreht ist, richte ich mich mit den Unterlagen für den College-Essay und den Bewerbungsformularen am Schreibtisch ein. Der Bildschirm meines Laptops leuchtet mir grell in die Augen, der Cursor blinkt. Ich tippe, lösche, schreibe alles neu, immer und immer wieder, aber nichts passt, denn nichts davon ist von Bedeutung.

Eine Stunde vergeht.

Dann zwei.

Drei.

Ich lese mir ein paar alte Essays durch, mache mir mehr Notizen.

Vier.

Fünf.

»Connor?« Eine Hand an meiner Schulter zwingt mich dazu, die Augen zu öffnen. Als ich aufschaue, sehe ich Dad neben mir.

Ich hebe den Kopf von dem Stapel an Unterlagen auf meinem Tisch und strecke die Arme und den Rücken durch, um meine Muskeln und Knochen wieder in die richtige Position zu bringen. Ich verziehe das Gesicht. »Müsstest du nicht arbeiten?«

»Junge«, sagt er und mustert mich zweifelnd. »Es ist Morgen. Du bist am Schreibtisch eingeschlafen.«

»Was?« Ich setze mich abrupt auf und schaue auf die Uhr. »Verdammt!«

Und dann schaue ich auf mein Handy.

Keine Nachricht von Ava.

»Ich glaube, du setzt dich selbst zu sehr unter Druck«, meint Dad.

Enttäuscht und ernüchtert mache ich mir gar nicht erst die Mühe, darauf zu antworten.

»Warum bleibst du heute nicht zu Hause?«, fügt er hinzu. »Vielleicht brauchst du einfach einen Tag Pause, um dich zu erholen.«

Ich nicke, während ich ins Bett krieche.

»Brauchst du noch etwas?«, fragt er.

Ich starre an die Decke hoch. »Nein, danke.«

Sobald die Tür hinter ihm zufällt, schicke ich ihr eine Nachricht.

Connor: Komme heute nicht zur Schule.
Ich seh dich dann irgendwann.

Und dann schalte ich mein Handy aus, denn ich habe keine Lust mehr zu warten.

Habe keine Lust mehr *zu hoffen.*

Die Stimme meines Dads weckt mich auf, und als ich meine schweren Lider einen Spalt öffne, entdecke ich ihn in der Tür. »Du hast Besuch«, sagt er und macht einen Schritt zur Seite.

Vor meinem Zimmer steht Ava in ihrer Schuluniform. Ich zwinge mich, die Augen noch weiter zu öffnen, um auf die Uhr zu schauen. Es ist mitten am Vormittag.

»Solltest du nicht in der Schule sein?«, murmle ich.

Ava zuckt mit den Schultern. Ihr Blick ist gesenkt und ihre Unterlippe leicht vorgeschoben, als würde sie schmollen. Sie schaut zwischen Dad und mir hin und her, bevor sie fragt: »Kann ich reinkommen?«

Das schlechte Gewissen und die Schuldgefühle stehen ihr ins Gesicht geschrieben, und meine Brust zieht sich zusammen, aber ich lasse ihre Gefühle nicht an mich ran, gebe meinen nicht nach. Ich bin immer noch sauer, und ich habe nicht die Kraft, es zu verbergen. »Wenn es das ist, was du willst«, sage ich.

Dad zieht die Tür zu, sobald Ava im Zimmer ist, lässt sie jedoch einen Spalt offen – seine Art, Regeln aufzustellen, über die wir noch gar nicht gesprochen haben.

Ava bleibt neben meinem Bett stehen und sieht zu mir herunter. Sie beißt sich auf die Unterlippe, und ihr Blick sucht meinen. Tränen sammeln sich in ihren Augen, doch ich schaue weg.

Sie stolpert über ihre Worte, beginnt neu, verstummt, während ich mich am liebsten wieder in den Schlaf flüchten will, dorthin, wo Zeit nicht existiert und ich mich nicht mit dem hier herumschlagen muss. Nicht heute. Nicht nach gestern Nacht.

»Ich habe dir den ganzen Morgen über Nachrichten geschrieben und dich angerufen, und als ich dich nicht erreichen konnte, habe ich ein Taxi hierher genommen.«

Ich schlucke meine Wut und Enttäuschung hinunter. »Du hättest das nicht tun müssen. Mir geht es gut.«

Sie lässt sich auf die Kante meines Bettes sinken. Einen Augenblick lang schweigt sie. »Ich hab dir gesagt, dass ich die schlechteste Freundin der Welt bin, aber du …«

»Willst du jetzt etwa *mir* die Schuld geben?« Abrupt drehe ich mich zu ihr herum. »Verdammt, Ava. Ich habe die ganze Nacht auf deinen Anruf gewartet.« Ich setze mich auf. »Ich habe dich *gebraucht.* Du bist die Einzige, die wieder Ordnung in das Chaos in meinen Gedanken bringen kann, die Einzige, die es schafft, dass alles in mir zur Ruhe kommt, dass ich wieder klar sehen kann. Wenn du viel zu tun hattest, verstehe ich das, aber sag mir nicht, dass du mich anrufst, wenn du dann einfach vergisst, dass ich existiere.«

»Ich habe dich nicht vergessen …« Sie unterbricht sich, schüttelt den Kopf. Dann stößt sie einen tiefen Seufzer aus. »Ich werde jetzt gehen«, beschließt sie und steht auf. »Ich mache es nicht besser dadurch, dass ich hier bin, also … Es tut mir leid, Connor. Es tut mir leid, dass ich dich enttäuscht habe.« Sie schluchzt auf. »Und ich weiß nicht, was ich sonst sagen soll.«

Als sie sich zum Gehen wendet, greife ich nach ihrer Hand. Mein Herz und mein Kopf pochen laut. Langsam komme ich wieder zu mir. Es war *ein* verdammtes Spiel. Nur *eins.* Wenn ich sie wirklich für immer in meinem Leben haben möchte – und ich weiß, dass ich das will –, dann wird es auch andere Spiele geben, andere Momente, in denen sie nicht dabei sein kann. Ich war so egoistisch. Gott, ich war so verdammt egoistisch.

Ich werde sie nicht wegen so etwas verlieren.

Ich kann nicht.

Sie lässt sich von mir zurückziehen, dreht sich jedoch nicht zu mir um.

»Geh nicht«, flehe ich und lege meine Wange in ihre offene Hand, dann küsse ich die Innenseite ihres Handgelenks.

Mit tränenüberströmtem Gesicht sieht sie mich schließlich an, und der Anblick bricht mir beinahe das Herz. »Ich will so sehr alles sein, was du von mir erwartest«, sagt sie.

Ich ziehe an ihrem Arm, bis sie mit ihren Knien auf meine Matratze sinkt. Mit den Händen umfasse ich ihr Gesicht, streiche die Tränen von ihren Wangen.

»Das bist du, Ava. Und es tut mir leid, dass ich dir das Gefühl gegeben habe, du wärst es nicht.«

Sie nickt, während sie meine Handgelenkte umfasst.

»Bleibst du?«

Als sie erneut nickt, rutsche ich nach hinten, bis mein Rücken an der Wand ist. Sie steht auf und zieht sich die Schuhe aus, während ich die Bettdecke hochhebe, damit sie drunterschlüpfen und sich in meine Arme schmiegen kann.

»Ist mit deiner Mom alles okay?«, frage ich, nachdem sie den Kopf an meine Schulter gelehnt und eine Hand auf mein Herz gelegt hat.

»Ich will gerade nicht darüber reden.« Sie richtet sich auf, um mir in die Augen zu sehen. »Ich bin jetzt hier. Für dich. Erzähl mir alles.«

Ich schüttle den Kopf, um die letzten vierundzwanzig Stunden meines Lebens zu verdrängen und diesen Moment zu genießen. »Du hast recht. Du bist jetzt hier. Alles andere ist unwichtig.«

Sie küsst mich, und als ihre Zunge gegen meine Lippen stupst, fühle ich mich plötzlich hellwach und lebendig, doch als sie sich zu meinem Hals vorwagt, stoppe ich sie. Leise schlüpfe ich aus dem Bett und strecke den Kopf durch die Tür. Dads Schlafzimmertür ist geschlossen, das heißt, er schläft wahrscheinlich. Vorsichtig mache ich meine Tür zu und schließe sie ab. Dann ziehe ich mir das Shirt über den Kopf und klettere wieder ins Bett zu dem Mädchen, das ich liebe.

Sofort richtet sie sich auf, um den Schulblazer abzustreifen, bevor sie auch ihre Bluse aufknöpft und sie ebenfalls auf den Boden fallen lässt. Ich lege meine Hände an ihre Hüften und führe sie zu mir, bis sie rittlings auf meinem Schoß sitzt. »Weg damit«, sage ich und zupfe vorn an ihrem BH.

Sie folgt meiner Bitte, und als sie sich auf mich sinken lässt, ihre nackte Brust an meine presst, streiche ich automatisch mit einer Hand über ihren Rücken, während ich mit der anderen ihren Hinterkopf umfasse.

»Danke, dass du gekommen bist«, sage ich.

Ich spüre ihr Lächeln an meiner Haut. »Das bin ich bis jetzt noch nicht.«

Ein Lachen dringt tief aus meiner Brust. Sie setzt sich wieder auf und fängt an, ihren Rock auszuziehen. Schnell lege ich meine Hände auf ihre und halte sie auf. »Kannst du ihn anlassen?«

Fragend sieht sie mich an.

Ich versuche gar nicht erst, mein Grinsen zu unterdrücken. »Und die Socken auch?«

»O Gott«, murmelt sie kichernd. »Hast du etwa einen Schulmädchenfetisch?«

Ich zucke mit den Schultern. »Mir war nicht klar, dass ich einen habe, bis du am ersten Schultag das Klassenzimmer betreten hast.«

»Am ersten Tag?« Ihre Augen weiten sich ungläubig.

Ich nicke. »Ich wollte dich schon, seit ich dich das erste Mal gesehen habe.«

Sie lehnt sich nach vorn und beißt in die Haut an meinem Schlüsselbein. »Und jetzt, wo du mich hast – was hast du nun mit mir vor?«

Meine Hände sind bereits unter ihrem Rock, um ihr den Slip auszuziehen.

Den Rest des Nachmittags verbringen wir halbnackt in meinem Bett, unter der Decke. Wir necken uns, berühren uns, küssen uns, gehen so weit wir gehen können, ohne aufs Ganze zu gehen. Wir sind träge und frei von jeglichen Sorgen, machen zwischendurch Pausen, um zu essen oder zu schlafen, zu lachen und zu reden und einfach nur zu *sein.* Zusammen. Innerhalb der vier Wände meines Schlafzimmers finden wir Frieden in den Armen des anderen, finden Trost in den Berührungen des anderen und finden ein *Zuhause* im Herzen des anderen … Auch wenn der Platz begrenzt ist.

Kapitel 45

AVA

Ich habe seit Wochen nicht mehr so viel Zeit mit meinem Freund verbracht, auch wenn es nur in Form eines riesigen Posters von ihm ist, das direkt vor der Sporthalle hängt. Ich hatte keine Ahnung, dass sie es hier angebracht haben. Ein paar Mädchen in meinem Englischkurs haben sich darüber unterhalten, daher musste ich es mir natürlich mit eigenen Augen ansehen.

Nun sitze ich mit meinem Mittagessen an der gegenüberliegenden Wand und mache es mir dort gemütlich, während ich das Foto von ihm anlächle: Er steht aufrecht da, den Basketball an seine Seite gedrückt. Das Poster ist so groß wie die gesamte Wand, und ich könnte nicht stolzer auf ihn sein.

Ich hole mein Handy hervor, mache ein Selfie von mir, wie ich vor seinem Poster mein Sandwich esse, und schicke es ihm mit der Bildunterschrift: *Wenn ich dich schon nicht in echt haben kann, dann muss ich mich eben mit der nächstbesten Alternative abfinden.*

Da er gerade ein wichtiges Videotelefonat mit seinem Trainer und seinem Agenten hat, erwarte ich nicht, dass er sofort darauf antwortet.

»Verdammt, du siehst echt gut aus, Babe!«, flüstere ich und halte das Sandwich in die Höhe, als würde ich auf ihn anstoßen.

»Was zum Teufel machst du da?«, ertönt Rhys' Stimme, und als ich aufschaue, sehe ich, dass er auf mich zukommt. Sein Blick wandert zwischen Fake-Connor und mir hin und her.

»Ich rede mit meinem Freund, den ich sehr vermisse«, sage ich.

Lachend setzt Rhys sich neben mich. »Verstehe. Er hat gerade verdammt viel zu tun. Keine Auszeit für ihn.«

Ich nicke.

»Es hat nichts mit dir zu tun, A. Das weißt du, oder? Er versucht nur, so viel wie möglich gesehen zu werden.«

»Ich weiß«, sage ich. »Und ich verstehe das auch.«

Er öffnet meine Lunchtüte und schaut hinein. Als er einen Apfel herausholt und hineinbeißt, ziehe ich eine Augenbraue hoch. »Du weißt schon, dass ich arm bin, oder? Dieser Apfel war alles, was ich für den Rest des Tages noch hatte.«

Glucksend greift er in seine Tasche und holt seinen Geldbeutel hervor. Er hält mir einen Zwanziger hin. »Ich hab gehört, das ist der aktuelle Preis für einen Apfel.«

Ich zucke mit den Schultern, ehe ich den Schein nehme und in meinen BH stopfe. Er kann es sich leisten.

»Wie geht's deiner Mom?«, fragt er.

Ich starre zu dem vier Meter großen Connor hoch. »Ich kann die Frage langsam nicht mehr hören, wenn ich ehrlich bin.«

»Verständlich«, sagt Rhys. »Hast du deinen Führerschein für Begleitetes Fahren schon?«

»Nein.« Ich hab noch nicht mal Fahrstunden genommen. »Ich sollte mich wirklich mal darum kümmern, mit all der Freizeit, die ich habe.«

»Du bist gerade ziemlich streitlustig.«

»Ich bin immer streitlustig.«

»Stimmt. Also, wie läuft es bei dir und Connor?«

»Ich weiß es nicht.« Ich sehe zu ihm rüber. »Wie läuft es bei dir und der Drehtür mit all den Mädchen?«

Er lacht. »Die Auswahl ist gerade eher mager.«

»Du solltest vielleicht zur West High rübergehen. Ich bin mir sicher, dort gibt's genug Mädchen, die nach einem gleichaltrigen Sugardaddy suchen, der sie verwöhnt.«

Er rümpft die Nase. »So verzweifelt bin ich noch nicht.«

Ich stoße ihm die Schulter in die Seite. »Du bist ein Idiot.«

Er richtet sich auf, legt einen Arm um mich, bevor er zu Fake-Connor aufsieht. »Hey, Ledger. Ich mach mich an dein Mädel ran. Was willst du dagegen tun?«

Aus dem Nichts taucht plötzlich der *echte* Connor auf. »Nimm deine Finger von meinem Mädchen, bevor ich dir jeden einzeln ausreiße und an deine Eier klebe.«

»Ohooo«, sage ich kichernd. »Jetzt kriegst du Ärger.«

Rhys zieht sofort seinen Arm zurück und rutscht einen guten Meter von mir weg. »Wir haben nur Spaß gemacht.«

Connor setzt sich neben mich, und Rhys steht gleichzeitig auf. »Ich würde ja gern bleiben und das fünfte Rad am Wagen sein, aber … nein … eigentlich will ich das nicht. Bis später, ihr Loser.« Und damit verschwindet er hinter der Ecke, um die Connor eben aufgetaucht ist.

»Rate mal …«, fängt Connor an und zieht sein Handy aus der Tasche. Er tippt kurz darauf herum, bevor er es mir hinhält.

Ich lese die Mail auf dem Display:

Sehr geehrter Connor Ledger,
hiermit laden wir Sie sehr herzlich zum …

Den Rest lese ich gar nicht mehr, da mir buchstäblich die Luft wegbleibt. »Connor!«, kreische ich. »Du hast eine Einladung zu diesem … Dings mit all den Profis und …« Ich tue so, als würde ich einen Ball versenken, auch wenn meine Handhaltung vermutlich komplett falsch ist. »Und diesem Dunking-Ding!«

Connor lacht laut. »Das viertägige Basketballevent, ja. Ich habe eine Einladung bekommen.«

»O mein Gott.« Mein Grinsen wird noch breiter. »Das ist unglaublich! Das ist eine richtig große Sache, oder? Was frage ich überhaupt? Natürlich ist es das. Das ist eine *megagroße* Sache.« Als ich mich an seinen Hals werfe, lacht er leise; ich liebe dieses Geräusch. »Ich bin so stolz auf dich.«

Langsam löse ich mich wieder von ihm.

»Coach Sykes musste all seine Beziehungen spielen lassen, um …«

»Nein«, unterbreche ich ihn. »Wage es ja nicht, dein Licht unter den Scheffel zu stellen. Es gibt nur – was hast du gesagt? – etwa hundert Plätze. Sie hätten dir nicht einen davon angeboten, wenn sie nicht überzeugt wären, dass du es verdient hast.«

»Wahrscheinlich hast du recht«, murmelt er, aber er klingt nicht so begeistert, wie er sollte. Er ist definitiv nicht so begeistert wie ich.

»Was ist los?«, frage ich und gebe ihm das Handy zurück.

»Es ist nur … Es sind vier Tage über die Thanksgiving-Ferien, und ich hatte gehofft, ich könnte die Zeit mit dir verbringen.«

»Das ist eine einmalige Chance in deinem Leben, Babe.« Ich gebe ihm einen leichten Klaps auf den Hinterkopf. »Und ich werde hier sein, wenn du zurückkommst.«

Er lächelt. »Versprochen?«

Meine Schultern sinken herab. »Natürlich.«

»Du wirst also nicht mit Rhys durchbrennen und ganz viele Kinder mit ihm kriegen?«, fragt er feixend.

»Nein … Rhys' Gene sind ziemlich verkorkst. Seine Eltern sind Cousins zweiten Grades.«

»Das ist ein Scherz, oder?« Seine Augen sind weit aufgerissenen.

»Ist es das?«

Er sieht mich einen Moment lang nachdenklich an, geht dann jedoch nicht weiter darauf ein. Stattdessen lehnt er sich gegen die Wand, hebt das Kinn und betrachtet sein Poster. »Verdammt, Ava. Dein Freund sieht echt gut aus.«

Ich pruste lauthals los. »Und bescheiden ist er auch.«

»Danke«, sagt er, jetzt wieder ernst.

»Wofür?«

Er dreht den Kopf, sodass er mich ansehen kann. »Dass du stolz auf mich bist.«

Ich lege meine Beine über seine und kuschle mich an ihn. »Du machst es einem leicht, Connor.« Sanft drücke ich einen Kuss auf seine Lippen, dann auf seinen Kiefer. Ich liebe es, wie er mich dabei noch näher an sich zieht.

Ein tiefes Räuspern lässt mich abrupt aufhören und mein Gesicht an Connors Hals verbergen. Connor versucht, ein Lachen zu unterdrücken, doch seine Schultern beben.

»Coach«, sagt er mit einem Nicken.

»Ledger«, erwidert Coach Sykes. »Lasst zwischen euch noch genug Platz für Jesus.«

Kapitel 46

AVA

Ich scrolle auf meinem Handy nach unten, meine Hände zittern, während ich die E-Mail lese, die Trevor mir weitergeleitet hat. Sie ist von unserer Krankenkasse, irgendetwas über Moms Versicherung, aber ich verstehe kein Wort. Es geht um viel zu viele formelle Dinge, Abbuchungen und Höchstbeträge, und jede Zeile, jeder Absatz lässt mein Herz schneller und schneller schlagen, schnürt mir die Luft ab.

»Ava!« Connor schnipst vor meinem Gesicht und reißt mich so in die Realität zurück. Eine Sekunde lang habe ich vergessen, wo ich bin; ich war zu vertieft in meine Überlegungen, was die Änderung in Moms Krankenversicherung für sie bedeutet, für unsere Zukunft.

Connor dreht sich zu mir, eine Hand immer noch am Lenkrad. »Hast du überhaupt ein Wort von dem gehört, was ich gesagt habe?«

Wir sind auf dem Weg von der Schule nach Hause, so viel weiß ich noch, und ich erinnere mich daran, dass ich die E-Mail mit dem Betreff »DRINGEND« geöffnet habe, doch danach war nur noch Panik.

»Tut mir leid. Was?« Ich versuche, mich auf seine nächsten Worte zu konzentrieren, doch mein Herz dröhnt viel zu laut in meinen Ohren.

Er hebt eine Augenbraue. »Ich habe dir von dem Turnier am Wochenende erzählt. Und dass da fünfundzwanzig Collegetrainer und acht NBA-Scouts …«

Ich blicke wieder auf mein Handy hinab.

»Ava?!«

»Hm?« Mein Kopf ruckt hoch. »Tut mir leid.«

»Schon gut«, murmelt er, doch seine Miene trübt sich. Er konzentriert sich wieder auf die Straße. »Ich habe dir nur gerade all meine Ängste und Zweifel anvertraut, aber es scheint, als wärst du beschäftigt …« Kopfschüttelnd fügt er ganz leise hinzu: »Wie immer.«

»Es tut mir leid«, sage ich schnell und verstaue das Handy in der Tasche. Ich drehe mich zu ihm, schenke ihm meine volle Aufmerksamkeit. »Es tut mir wirklich leid«, wiederhole ich. »Fang einfach noch mal an.«

Er schüttelt den Kopf. »Nein, schon gut.«

Ich packe seinen Arm. »Nein, es ist nicht gut, Connor. Erzähl mir bitte alles noch mal.«

In dem Moment hält er vor unserem Haus, sein Blick wirkt abwesend, als er durch die Windschutzscheibe nach draußen starrt. »Ich muss zurück zur Schule. Der Coach wartet auf mich.«

»Was?«, stoße ich hervor. Dann dämmert es mir. »Warte, hast du dein Training nach hinten geschoben, damit du mich heimfahren kannst?«

Connor nickt, hat den Blick aber immer noch stur geradeaus gerichtet.

Mir rutscht das Herz in die Hose. »Du hättest mich nicht extra heimfahren müssen.«

Endlich dreht er sich zu mir, doch seine Bewegungen sind ganz langsam, und genauso abwesend, wie er aus dem Fenster gestarrt hat, sieht er mich jetzt auch an. Ohne zu blinzeln. Seine Augen scheinen durch mich *hindurch*zusehen, und ich fühle mich plötzlich irgendwie … entblößt. Als ich ihn genauer betrachte, erkenne ich die Enttäuschung in seinen Augen, die Frustration in seinen gerunzelten Brauen. Und ich höre die Niedergeschlagenheit in seiner Stimme. »Ich wollte einfach mit dir reden.«

Laut atme ich aus, versuche, mein pochendes Herz zu beruhigen. »Connor, es tut mir so leid.«

Er schüttelt den Kopf, dann greift er über mich drüber und öffnet meine Tür. »Ich muss jetzt wirklich los.«

Mein Magen zieht sich zusammen. Ich will nicht, dass er geht, nicht so. »Wie lange wirst du weg sein?«

»Ich weiß es nicht, Ava«, sagt er, ohne mich anzusehen.

»Okay, rufst du mich später noch an?« Ich *versuche* es ja. Ich tue mein Bestes, um mich bei ihm zu entschuldigen, aber ich weiß nicht, wie. »Meinst du, ich bekomme noch meinen Gutenachtkuss?«

»Klar«, sagt er, aber da ist keinerlei Emotion in seiner Stimme. Kein Versprechen.

Und während meine Gedanken wieder zu der E-Mail wandern, während ich versuche, zu verstehen, was darin steht und was es für uns bedeutet, steige ich ohne ein weiteres Wort aus Connors Wagen und lasse mein Herz auf dem Beifahrersitz zurück. Die Entfernung zwischen uns wird mit jeder Sekunde größer.

Den Rest des Abends mache ich mir Sorgen um Connor beziehungsweise um Connor und mich. Dabei sollte ich mir mehr Sorgen um Moms Versicherung machen. Mir ist nicht entgangen, dass ich ständig an Connor denke, wenn ich bei meiner Mom bin, und dann, wenn ich bei Connor bin, denke ich an meine Mom. Ich wünschte wirklich, es gäbe einen Schalter für mein Gehirn. Ich wünschte, ich könnte es so trainieren, dass es zum richtigen Zeitpunkt umschaltet. Ich wünschte, mein Gehirn wäre nicht immer in diesem Nebel gefangen. Ich wünschte … Es gibt so vieles, was ich mir wünsche. Aber genau jetzt wünschte ich, Connor wäre hier. Wünschte, er würde mir schreiben, dass er zu Hause ist und dass er seinen Gutenachtkuss einfordern will.

Es ist bereits halb zwölf, und ich habe immer noch nichts von ihm gehört.

Furcht breitet sich in meinem Magen aus, da ich genau weiß, wie unzuverlässig ich in letzter Zeit war. Ich kann genau sehen, wie sehr ihn mein Verhalten frustriert, und ich will es wiedergutmachen. Wirklich. Aber ich habe nicht die Zeit oder die Kraft … Ich dränge die Gedanken zurück, die ständig versuchen, das zu zerstören, was wir haben.

Dass er mehr braucht.

Mehr verdient.

Ava: Wie sieht es mit dem Gutenachtkuss aus?

Es dauert ein paar Minuten, bis er antwortet.

Connor: Bin in fünf Minuten da.

Ich ziehe die Rollläden hoch und öffne das Fenster. Und warte. Und warte. Und warte. Als aus fünf Minuten zehn werden, schaue ich auf mein Handy. Nichts. Ich warte noch etwas länger, die eisige

Luft verursacht eine Gänsehaut auf meinen Armen, als ich mich hinauslehne, um nach ihm Ausschau zu halten.

Nach einer Viertelstunde taucht er endlich auf, aber da ist kein Schwung in seinem Gang, kein Lächeln auf seinen Lippen.

Da ist nichts von dem Jungen, der mich liebt. Der *alles* an mir liebt.

»Hi«, flüstere ich, während ich ihm zuwinke.

Er kommt nahe genug, um mich zu küssen, nur einmal. Dann macht er einen Schritt zurück und sieht mich an, sein Blick ist müde und gequält. »Hey.«

Ich schlucke den Kloß in meiner Kehle hinunter, aber er löst sich nicht auf, wandert nur tiefer und tiefer, bis er sich auf mein Herz legt und mir die Luft abschnürt.

»Was hast du …?« Ich unterbreche mich, als ich bemerkte, dass er die Zähne fest zusammenbeißt.

In seinen Augen ist kein Leuchten, als er mein Gesicht mustert. »Gute Nacht, Ava.« Er dreht sich abrupt um und geht.

»Warte«, stoße ich schnell hervor und greife nach ihm. Doch meine Hand erwischt nur noch Luft. Er bleibt trotzdem stehen.

»Möchtest du …?« Ich will nicht, dass er geht. Will ihm zeigen, dass er mir wichtig ist. Ich will, dass er neben mir im Bett liegt, und ich will ihm alles geben, was er von mir haben will. Ich will, dass er mich nicht mehr so ansieht wie jetzt gerade. Ich will, dass er mir verzeiht. »Möchtest du vielleicht noch kurz reinkommen?«, sage ich mit schüchterner, beinahe unterwürfiger Stimme.

Ohne eine Sekunde darüber nachzudenken, schüttelt er den Kopf. »Ich kann nicht.«

»Oh.« Beschämt schaue ich zu Boden. »Okay.«

»Wir sehen uns. Irgendwann.«

Kapitel 47

CONNOR

Auf meiner Veranda warten vier Luftballons, einer für jedes Spiel, wenn wir es bis ins Finale des heutigen K.-o.-Turniers schaffen. Dreißig der besten Highschool-Basketballmannschaften der Region treten um einen Geldpreis an, der direkt an die Schule geht, aber das ist nicht der Grund, warum wir spielen. Die Halle wird voller Collegetrainer und NBA-Scouts sein, die alle nach dem einen ungeschliffenen Diamanten suchen. Nach diesem einen Spieler, den noch niemand entdeckt hat. Und ich hoffe, dass ich heute dieser eine Spieler bin. Aber so geht es Hunderten von anderen auch.

Ich nehme einen Luftballon nach dem anderen ab und wünschte, sie würden dieselbe Reaktion in mir hervorrufen wie all die anderen Male zuvor. Dieses Gefühl von Freude und Stolz und diesen Drang, sein *Bestes* für jemand anders zu geben.

Für Ava.

Aber dieses Gefühl bleibt aus.

Und ich weiß nicht, ob es daran liegt, dass es zwischen uns gerade nicht so gut läuft, oder ob es meine Nerven sind, denn die liegen im Moment extrem blank. Ich konnte letzte Nacht kaum schlafen, gedanklich war ich bei jedem Spiel, bei jedem Gegner. Dieses Turnier ist meine Chance, mein Können zu zeigen. Mich von den anderen abzuheben und endlich etwas zu erreichen. Coach Sykes meint, wenn das hier gut ausgeht, dann können die Colleges gar nicht anders, als mir ein Angebot zu machen. Und ich brauche das. Gott, und wie ich das brauche.

AVA

»Trevor!«, rufe ich, während ich mit Mom auf der Couch sitze und ihre Haare frisiere. Sie hat wieder einen Null-Tag, und ich bin froh darüber. Denn in letzter Zeit waren Null-Tage das Beste, wozu sie in der Lage war.

Er stürzt aus seinem Zimmer. »Was ist los?«, fragt er, während er mit gerunzelter Stirn auf sein Handy starrt.

»Sie streamen das heutige Turnier. Kannst du meinen Laptop mit dem Fernseher verbinden, damit ich es mir hier anschauen kann?«

Trevor nickt, und endlich steckt er das Handy weg und sieht auf. »Wie geht's Connor damit?«

»Connor«, murmelt Mom. »Eins fünfundneunzig, aber er hofft auf einen Wachstumsschub.«

Meine Augen weiten sich, genau wie Trevors. Ich lehne mich über ihre Schulter. »Du erinnerst dich an Connor, Mama?«

Sie nickt einmal kurz, starrt jedoch weiterhin ins Nichts. »Gut aussehender Junge.«

Ich kann nicht anders, als zu lächeln. »Erinnerst du dich noch an etwas anderes von diesem Tag?«

»Welcher Tag?«, fragt sie.

»Der Tag, an dem du Connor kennengelernt hast.«

»Connor, eins fünfundneunzig, aber er hofft auf einen Wachstumsschub.«

Trevor lacht. Kopfschüttelnd geht er in mein Zimmer, um meinen Laptop zu holen.

»Wir werden uns ein Turnier anschauen, in dem er mitspielt«, sage ich mehr zu mir selbst. »Er wird es allen zeigen, das weiß ich.«

»Wer?«, fragt Mom.

»Connor.«

»Connor, eins fünfundneunzig, aber er hofft auf einen Wachstumsschub.«

Mom und ich verbringen fast den ganzen Nachmittag vor dem Fernseher und schauen uns alle Spiele an, während Trevor schläft oder arbeitet oder was auch immer er sonst in seinem Zimmer macht. Wenn Connor nicht auf dem Spielfeld ist, gehe ich mit Mom ihre übliche Wochenendroutine durch: Karteikarten, Sprachtherapie, grundlegende Aufgaben, damit sie alltägliche Dinge nicht vergisst. Dazwischen braucht sie lange Pausen, ihre geistige Ermüdung ist genauso weit fortgeschritten wie ihre körperliche Erschöpfung.

Wenn Connor spielt, versuche ich, ihm meine ganze Aufmerksamkeit zu schenken, damit ich ganz *anwesend* sein kann, wenn er darüber reden will. Aber manchmal ist das nicht so einfach. Sobald Mom mich braucht, muss ich mich auf sie konzentrieren. Aber das Spiel läuft immer im Hintergrund, und ich versuche, mir so viel wie möglich zu merken. Ich muss mich zusammenreißen, um nicht jedes Mal zu jubeln, wenn er einen Korb wirft, da plötzliche Geräusche und Bewegungen Mom erschrecken könnten. Äußerlich bleibe ich also ruhig, aber innerlich hüpfe ich auf und ab, feuere ihn an oder buhe; es ist echt unglaublich, ihm zuzusehen. Trotz der schlechten Qualität der Livestreams auf den Social-Media-Seiten meiner Mitschüler, kann ich gar nicht anders, als Connors Können zu bewundern, die Hingabe, mit der er Basketball spielt.

Das Team fliegt nur so ins Halbfinale, wo die gegnerische Mannschaft sie schon stärker fordert. Nur knapp schaffen sie es mit einem entscheidenden Drei-Punkte-Wurf ins Finale.

Die Kamera zoomt nach dem Spiel auf Connor, der neben Rhys auf der Bank sitzt. Er ist schweißgebadet, und sein Gesicht ist vor Anstrengung ganz rot. Seine Brust hebt sich, als er die Lippen öffnet, um einen tiefen Atemzug zu nehmen, bevor er einen großen Schluck Wasser in sich reinschüttet. Fasziniert starre ich auf seinen Mund, mein Herz pocht wild vor Sehnsucht nach dem Jungen, der mich durch glasklares Wasser in eine dunkle Höhle getragen hat. Es scheint schon so lange her zu sein: dieser eine Tag voller jugendlicher Sorglosigkeit und Glück. Ich wünschte, wir könnten dorthin zurückkehren. Sowohl körperlich als auch im übertragenen Sinne. Ich wünschte, wir müssten nicht gegen diese schwere Last und den Druck von außen ankämpfen, müssten uns nicht gegen die Dinge zur Wehr setzen, die außerhalb unserer Kontrolle liegen und die ständig versuchen, uns auseinanderzutreiben. Ich habe schon öfter gedacht, dass wir diesen Kampf verlieren werden. Aber dann hat er mich jedes Mal festgehalten. Mich geküsst. Meinen Kopf an seine Brust gedrückt, sodass ich seinen Herzschlag hören konnte. Er hat mich immer wieder daran erinnert, dass die Magie real ist und dass sie in ihm existiert, in *uns*. Er hat mir die Hoffnung zurückgegeben.

Zwischen den Spielen mache ich uns schnell etwas zu essen, das wir dann vor dem Fernseher verspeisen. Ich will keine einzige Sekunde verpassen. Kurz habe ich überlegt, ihm in den Pausen zu schreiben, aber ich will ihn nicht ablenken.

Als das Finale beginnt, halte ich die Spannung kaum noch aus. Mein Puls rast, und ich bin vor Nervosität ganz hibbelig. Die Führung ändert sich ständig, und beim dritten Viertel steht es unentschieden.

»Ich glaube, ich probiere heute meine Armprothese an«, sagt Mom plötzlich.

Ich renne, als wäre der Teufel hinter mir her, in ihr Zimmer, um sie zu holen, da ich nichts vom Spiel verpassen will. Meine Konzentration liegt dann hauptsächlich darauf, während ich an Moms Armprothese herumhantiere und so tue, als würde ich sie reinigen oder neu einstellen, damit ich ein Auge auf den Bildschirm haben kann.

Die Mannschaft, gegen die sie spielen, die Phillips Academy, ist auf der Bestenliste des Schulbezirks ganz oben. Es ist dieselbe Mannschaft, gegen die wir unsere erste und einzige Niederlage einstecken mussten. Und Connor – Connor will Blut sehen. Das merke ich an der Art, wie er mit dem Ball umgeht. Er scheint heute in einer ganz anderen Liga zu spielen. Jeder Schritt, jedes Dribbling, jeder Wurf – alles ist absolut perfekt. Und die gegnerische Mannschaft weiß das auch, denn sie lassen Connor keine Sekunde lang ungedeckt. Obwohl er gedoppelt wird, schafft er es trotzdem, die entscheidenden Treffer zu landen. In der zweiten Hälfte des letzten Viertels versenkt er zwei Drei-Punkte-Würfe hintereinander. Dadurch liegen wir drei Punkte in Führung, und dieses Mal schaffe ich es nicht, den Jubelschrei zu unterdrücken. Als Mom ruckartig hochfährt, entschuldige ich mich sofort bei ihr und beruhige sie. Es sind nur noch zwei Minuten Spielzeit, und wir liegen fünf Punkte vorn. Gebannt schaue ich auf den Fernseher, während ich versuche, Moms Armprothese anzulegen.

»Ava, du machst das falsch.«

»Nur eine Sekunde, Ma.«

»Ava!« Sie reißt mir die Prothese aus der Hand, und wie in Trance beobachte ich, wie sie sie quer durch den Raum wirft, mitten in den Fernseher.

»Mama!«

Sie schüttelt den Kopf. Unaufhörlich.

Mit weit aufgerissenen Augen starre ich auf den Bildschirm. Das Bild flackert, und dann verblasst es, bis alles schwarz ist.

Zorn flammt in mir auf, wütet in meinem Innern. Ich springe auf die Füße. »Warum hast du das gemacht?!«, schreie ich sie an.

Doch sie schüttelt nur weiterhin den Kopf – und sie hört verdammt noch mal einfach nicht damit auf.

»Antworte mir!«

»Ava!«, ruft Trevor, als er aus seinem Zimmer kommt. »Was zum Teufel ist passiert?«

Mom ist so schnell aufgestanden, dass ich es erst bemerke, als sie mich zur Seite drängt und dann mit vollem Tempo und voller Kraft gegen den Fernseher donnert. Glas zerbricht, als er nach hinten umfällt. Mom heult und brüllt – aus keinem anderen Grund, als um zu heulen und zu brüllen –, und ich …

Ich kann nicht anders. »Verschwinde auf dein Zimmer!«, schreie ich, während Tränen meinen Blick verschleiern.

Mom lacht auf einmal gefährlich hysterisch.

Meine Hände ballen sich zu Fäusten, und ich beiße die Zähne zusammen.

»Ava, beruhige dich!«, sagt Trevor bestimmt.

Der Druck in meiner Brust wird immer größer, und ich … ich bekomme keine Luft mehr. Die Wut in mir droht überzulaufen.

»Bring sie in ihr Zimmer, damit ich das Glas wegräumen kann«, presse ich zwischen zusammengebissenen Zähnen hervor.

Trevor sieht mich durchdringend an, dann schluckt er hart und nickt kurz. »Okay«, sagt er, bevor er Mom in ihr Zimmer begleitet.

Als die Tür hinter ihnen zufällt, greife ich nach dem Handy. In meinem Kopf gibt es nur einen Gedanken: *Connor*. Ich muss ihm zeigen, dass ich für ihn da bin. Dass er mir wichtig ist. Dass ich es *versuche*.

Ava: Gutes Spiel, #3.

Dann nehme ich mir einen Moment, um mich zu sammeln, meine Wut, meine Angst und meinen Selbsthass zu unterdrücken. Ich habe meine Mom noch nie so angeschrien. Noch nie. Egal, wie schwierig sie war … Ich habe nie meine Stimme erhoben. Zumindest nicht ihr gegenüber.

Nachdem ich alles geholt habe, was ich brauche, räume ich vorsichtig die Glasscherben auf. Es dauert eine ganze Stunde, in der ich auf Händen und Knien herumkrabble, um sicherzugehen, dass ich auch ja keine Scherbe übersehen habe. Wir brauchen definitiv keine Wiederholung der beiden Male, als Mom in die Nähe von zerbrochenem Glas gekommen ist. Während ich den Müll rausbringe, lausche ich auf Geräusche, die ankündigen, dass ihr Zustand sich verschlechtert. Dass wir das Krisenteam rufen müssen … Und es wäre meine Schuld.

Ich habe bereits eine Hand am Türknauf, um wieder reinzugehen, als eine Nachricht ankommt.

Connor: Ist das dein verdammter Ernst?

CONNOR

Ich habe es vermasselt.

Und während das Siegerteam um mich herum gejubelt hat, habe ich mich einfach auf den Hallenboden fallen lassen. Jeder meiner Muskeln hat vor Erschöpfung gebrannt. Die Niederlage hat mir die Luft abgeschnürt, und als ich zur Hallendecke hochgeschaut habe, habe ich mich immer wieder gefragt, ob es das gewesen ist.

Einige Leute haben in der Highschool ihren Höhepunkt, was ihre sportliche Karriere anbelangt.

Und mehr werden sie nie erreichen.

Wir waren nur einen Punkt im Rückstand und hatten noch fünf Sekunden bis zur Schlusssirene. Und ich hab's vermasselt. Ich hatte die Zeit und den Platz, ich hatte die Bewegung so verinnerlicht, dass ich blind einen einfachen Korbleger hätte machen können. Aber ich wollte unbedingt einen Drei-Punkte-Treffer versenken. Der Rest ist Geschichte.

Ich dachte, schlimmer könnte es gar nicht mehr werden, doch als ich mein Handy aus dem Spind geholt habe, habe ich ihre Nachricht gesehen.

Es ist schon verflucht ironisch, denn als ich auf dem harten Hallenboden gesessen habe, war sie die Erste, an die ich denken musste. Ich dachte, wenn ich nur wegkönnte, wenn ich zu ihr gehen, sie sehen und mit ihr reden könnte, dann würde es mir besser gehen. Nicht perfekt, nicht gut, aber besser.

Doch ich kann nicht zu Ava gehen, will es auch gar nicht mehr, und deshalb suche ich das, was ich von ihr gebraucht hätte, woanders und finde es schließlich auf dem Boden einer Bierflasche. Oder sechs.

Rhys' Haus ist voller Leute, und ich glaube nicht, dass es einen von ihnen kümmert, dass heute Sonntag ist und wir morgen Schule haben. Die meisten aus dem Team sind bei uns im Poolhaus und schauen sich die Highlights der heutigen Spiele an. Ich sehe auch zu, doch meine Lider sind bereits schwer vom Alkohol. Die Jungs reden darüber, wie gut sie sich vor der Kamera machen und wie viele Mädchen sie dadurch wohl ins Bett kriegen werden.

Dann betritt Karen den Raum und setzt sich neben mir auf die Armlehne der Couch. »Harter Rückschlag, Ledger«, sagt sie und wuschelt mir durch die Haare.

Mein Kopf sackt nach vorn, und es kostet mich alle Mühe, ihn wieder zu heben.

Ich konzentriere mich erneut auf den Bildschirm, doch sofort rutscht mir das Herz in die Hose, und mein Magen zieht sich zusammen, als ich *ihn* sehe. Tony Parsons. Der Scout von der Duke. Wie er den zwei Jungs von der Phillips, die mich das ganze Spiel gedoppelt haben, die Hand schüttelt. Es hat nicht einen einzigen Moment gegeben, in dem er *mir* die Hand geschüttelt, geschweige denn gezeigt hätte, dass wir uns vor dem Turnier schon mal unterhalten haben.

Frustriert verberge ich den Kopf in den Händen, raufe mir die Haare und seufze so laut, wie garantiert noch nie jemand geseufzt hat.

Mitch lacht. »Es ist nur ein verdammtes Spiel, Mann.«

Ich werfe ihm einen Blick zu. »Hey, weißt du was? Fick dich«, lalle ich.

Karen lacht spöttisch, dann klopft sie mir auf die Schulter.

Ich sehe zu ihr hoch.

»Sollen wir verschwinden?«

Ja.

Aber *Ava.*

Ich schaue auf mein Handy. Sie hat nicht geantwortet. Hat nicht mal angerufen. Und alles, was das bei mir auslöst, ist, dass es meinen Frust noch verstärkt. »Warum nicht?«

Auf dem Weg nach draußen schnappe ich mir das nächste Bier und nehme den ersten Schluck, sobald wir in Karens Coupé sitzen. Das Dach ist offen, sodass mir die kalte Luft angenehm ins Gesicht weht.

Ich frage Karen nicht, wo wir hinfahren, denn sie scheint einen Plan zu haben. Karen hat auch einen guten Musikgeschmack. Ich drehe die Lautstärke voll auf und lehne den Kopf zurück, schließe die Augen und mache es mir bequem. Erst als das Auto anhält, öffne ich sie wieder. Wir sind direkt vor dem Tor zum Sportpark. Stille füllt meine Ohren, als Karen den Motor ausmacht.

»Willst du mich zum Einbruch anstiften? Denn wenn ja, sollte ich meinen Dad anrufen und ihn wegen der Kaution vorwarnen. Wir sind arm, Karen.«

»Du bist nicht arm«, sagt sie; ihre blonden Haare flattern in der Abendbrise. »Du bist Mittelschicht. Du wohnst nur in einer Gegend, wo es zu viele wohlhabende Familien gibt.«

»Blickwinkel«, murmle ich.

»Was?«

Ich seufze tief. »Es hängt alles vom Blickwinkel ab. Du hast einen guten Blickwinkel.«

»Okaaaaaay«, sagt sie gedehnt. »Und nein, wir brechen nicht ein. Stiefvater Nummer fünf gehört der Park.« Sie hüpft aus dem Wagen, und mit einem der Schlüssel an ihrem Bund öffnet sie das Vorhängeschloss.

»Bekommst du keinen Ärger?«, frage ich sie, als sie wieder hinter dem Steuer sitzt.

Sie zuckt mit den Schultern. »Er hat mir den Schlüssel nicht ohne Grund gegeben«, sagt sie nur und fährt wieder los, durch den Park hindurch und an den Baseballkäfigen vorbei. Erst bei den Basketballplätzen bleibt sie stehen.

Großartig.

Noch mehr Basketball.

Genau das, was ich brauche.

»Komm schon.«

Ich zwinge mich, mich zu bewegen. Lege eine Hand an den Türgriff. Ich nutze mein ganzes Gewicht, um die Tür aufzudrücken. Erst ein Bein, dann das andere. Karen holt gerade einen Basketball aus dem Kofferraum. Wenn sie wirklich vorhat, hier gegen mich zu spielen, bin ich raus.

Für heute bin ich echt durch.

Fix. Und. Fertig.

Sie bleibt vor mir stehen und schlägt mir mitten ins Gesicht. Und zwar *fest.*

»Was zur Hölle?«, schreie ich überrascht, während ich eine Hand auf meine Wange presse.

»Zum Teufel noch mal, wach auf, Connor! Ich bin nicht hier, um dich zu bemuttern.« Sie nimmt mir die Bierflasche aus der Hand, kippt sie aus und wirft sie in den offenen Kofferraum. »Los.«

»Ich will nicht spielen«, jammere ich.

Sie stemmt einen Arm in die Hüfte und sieht mich streng an. »Du hast zehn Minuten, um dich zusammenzureißen und wieder halbwegs nüchtern zu werden. Wenn du dich nach jeder Niederlage so verhältst, dann …«

»Es war nicht einfach irgendeine Niederlage.«

Sie schlägt mir erneut ins Gesicht.

»Was zum Teufel, Frau! Hör auf.«

»Zehn Minuten«, sagt sie und stellt den Timer an ihrer Uhr ein. »Ich warte.«

Ich lasse mich auf den Boden plumpsen, ziehe die Beine an und stütze mich mit den Armen hinter dem Rücken ab. Während ich zu den Sternen hochschaue, atme ich die frische Luft tief ein und wieder aus, ein und aus, lasse die Kühle durch mich hindurchfließen, bis ich langsam wieder klarer sehen kann.

»Du und Ava …«, fange ich an, weil ich mich das schon oft gefragt habe. »Warum seid ihr keine Freundinnen mehr?«

Karen schweigt einen Moment, und als ich zu ihr rüberschaue, sitzt sie im Schneidersitz neben mir und starrt auf ihre Hände hinab.

»Ich würde nicht sagen, dass wir keine Freundinnen mehr sind. Nach all dem, was mit ihrer Mom war, ist es nur einfach zu schwierig geworden. Wir konnten nicht mehr zusammen abhängen, sie hat zu viele meiner Anrufe ignoriert, und nach einer Weile habe ich aufgehört, mich weiter um sie zu bemühen.« Sie blickt zu mir. »Ich glaube nicht, dass eine von uns schuld daran ist. Zumindest hoffe ich, dass sie nicht mir die Schuld gibt. Ich habe es versucht, Connor. Wir alle haben das, aber …«

»… es wurde einfach zu schwierig«, beende ich ihren Satz.

Sie nickt. »Wie läuft es zwischen euch beiden?«

Ich zucke mit den Schultern. »Ich will nicht darüber reden.«

»Du hast mit dem Thema angefangen.«

»Dann höre ich eben wieder damit auf.«

In dem Moment piept ihre Uhr. »Zeit ist um«, sagt sie und steht auf.

Stöhnend komme ich ebenfalls auf die Füße und fange den Ball, den sie mir an die Brust wirft.

»Wo warst du?«, fragt sie und zeigt auf die Dreipunktelinie.

»Was meinst du?«

Sie geht zu der Stelle, an der ich meinen Wurf vermasselt habe. »War es hier?«

»Ungefähr, ja.«

Sie winkt mich zu sich, und als ich mich neben sie stelle, verlässt sie das Feld.

»Mach deinen Wurf«, sagt sie.

Kurz lache ich auf. »Ich bin immer noch betrunken.«

»Mach's trotzdem.«

Ich werfe – und versenke ihn.

Sie schnappt sich den Ball und wirft ihn zu mir zurück. »Noch mal.«

Ich treffe erneut.

Wieder wirft sie den Ball zu mir zurück. »Noch mal.«

Die nächsten fünf Würfe versenke ich. Einer geht daneben. Die nächsten zwei landen wieder perfekt im Korb.

Als ich fertig bin, nimmt sie den Basketball auf und hält ihn sich an die Hüfte. »Neun von zehn Treffern, und du bist betrunken, Connor.«

»Was du mir damit sagen willst, ist also, dass ich den Wurf hätte versenken müssen? Das weiß ich selbst, *Karen.* Aber danke, dass du mich noch mal dran erinnerst.«

»Nein.« Sie schüttelt energisch den Kopf und wirft den Ball zu mir zurück. »Was ich damit sagen will, ist: Du vergibst hundert Prozent der Würfe, die du nicht wirfst.«

Ich dribble gemächlich, während ich ihr widerspreche: »Du

spielst auf das Zitat von Wayne Gretzky an, und der hat sich auf Eishockey bezogen …«

»Sei still.« Sie lacht laut. »Jetzt habe ich vergessen, was ich sagen wollte. Irgendetwas Bedeutendes über neunzig Prozent der Würfe, die du versenkt hast, oder so was in der Art.«

»Ich hab's schon begriffen«, sage auch ich lachend. »Und ich weiß das wirklich zu schätzen, auch wenn es nicht wirklich Sinn ergibt.«

Sie verdreht die Augen. Dann kommt sie auf mich zu und hält mir auffordernd die Hand hin. Ich werfe ihr den Ball zu und mache ihr Platz, als sie sich an die Dreipunktelinie stellt. Sie versenkt den Wurf problemlos.

»Verdammt. Du hast echt was drauf.«

Ihre Augen verengen sich. »Du weißt schon, dass ich die Kapitänin der Mädchenbasketballmannschaft bin, oder?«

»Ich wusste nicht mal, dass wir eine Mädchenbasketballmannschaft haben.«

Sie wollte keine Gnade von mir, als wir gegeneinander spielten, also habe ich sie 21:3 geschlagen. Als ich wie Steph Curry einen Siegestanz um sie herum aufführe, grinst sie nur.

Dann wirft sie sich auf den Boden. »Hey, wer bin ich?«, fragt sie, während sie auf dem Rücken liegt und zum Himmel hinaufschaut. »Buhu. Ich hab unter enormem Druck einen Dreipunktewurf vermasselt, und jetzt ist mein Leben vorbei. Waaah.«

Mit gerunzelter Stirn sehe ich zu ihr hinunter. »Du bist ein ziemliches Miststück.«

»Das weiß ich schon.«

Ich lege mich neben sie, den Ball zwischen uns, und starre in die Dunkelheit hinauf.

»Was war für dich das beste NBA-Finalspiel aller Zeiten?«, fragt sie.

»Ähm … 1980. Spiel 6, Los Angeles Lakers gegen Philadelphia 76er.«

»O jaaaa. Das war reine Magie!«, jubelt sie.

»Deins?«, frage ich.

»Ohne Zweifel, 1976, Spiel 5, Boston Celtics gegen Phoenix Suns.«

Ich schüttle enttäuscht den Kopf. »So eine schwache Antwort. Das sagt *jeder.* Findest du das eigentliche Spiel gut oder den Kampf?«

»Ich meine, es gab dreimal Overtime. Also war es ein gutes Spiel. Aber, Mann, ich spüre immer ein Kribbeln zwischen den Beinen, wenn Jungs sich prügeln.«

»Du bist merkwürdig.«

»Nein, du.«

AVA

»Mama, hör auf, bitte!«, rufe ich. »Es tut mir leid, dass ich dich angeschrien habe.« Ich drücke sie fest an meine Brust, versuche, sie davon abzuhalten, ihren Kopf gegen die Zimmertür zu hauen, wie sie es die letzten fünfzehn Minuten gemacht hat.

Wegen der Tränen, die sich immer wieder in meinen Augen sammeln, kann ich kaum noch etwas sehen, aber Trevor ist bereits an der Haustür und lässt das Krisenteam herein. Noch mehr Geld, das wir nicht haben.

Mom hört auf, ihren Kopf gegen die Tür zu donnern, und

schlägt sich nun stattdessen mit der Handfläche immer wieder gegen den Kopf. Mit angezogenen Knien schaukelt sie vor und zurück, und ich weiß nicht, wie lange ich das noch aushalte.

»Hör einfach auf, Mama.«

»Ich kann nicht. Ich kann nicht. Ich kann nicht.«

»Doch, du kannst das! Ich verstehe nicht …«

»WAS VERSTEHST DU NICHT?« Sie schreit so laut, dass ich sie loslasse. Immer wieder schlägt sie die Hand gegen den Kopf, obwohl ich nach ihrem Arm greife und versuche, sie davon abzuhalten. »Ich will nicht hier sein, Ava!« Mit weit aufgerissenen Augen starrt sie zu mir hoch. »Ich. Will. Nicht. HIER. Sein.«

Ich zucke zurück. Nachdem ich mir mit dem Handrücken die Tränen von den Wangen gewischt habe, atme ich schnaubend aus. »Ich weiß!«, rufe ich kraftlos. Physisch. Körperlich. Beides zusammen. »Ich weiß, dass du nicht hier sein willst, aber ich *brauche* dich hier. Warum kannst du das nicht verstehen?!« Ich unterbreche mich selbst mit einem Schluchzen. »Sieh mich an.« Ich presse eine Hand an meine Brust, um den Schmerz zu lindern. So viel Schmerz. Jahre über Jahre voller Schmerz. »Das tut mir genauso weh wie dir.« Ich versuche, den Schmerz nicht an mich heranzulassen, aber er wächst und wächst und wächst, jeden verdammten Tag, und ich bin am Ende. »Ich kann das nicht mehr«, stoße ich tränenerstickt hervor. »Ich kann einfach nicht mehr.«

»Ich hab dich nie darum gebeten!«, schreit sie so laut, dass ihre Spucke durch die Luft fliegt. »Ich *hasse* dich für das, was du mir angetan hast, Ava! Ich *hasse* dich.«

Alles in mir stockt.

Mein Atem.

Mein Herzschlag

Meine Tränen.

Ich sehe sie an, versuche, in ihr eine Ähnlichkeit zu der Frau zu finden, die ich liebe, zu der Mutter, die mich großgezogen hat. Aber sie ist weg. Sie ist so weit weg, von ihr ist nichts mehr übrig geblieben. Von *mir* ist nichts mehr übrig geblieben. »Ich versuche doch, alles richtig zu machen«, flüstere ich und stehe auf. Meine Brust hebt und senkt sich, doch ich bekomme keine Luft mehr. In mir ist kein *Leben* mehr. »Ich versuche es so sehr, aber es reicht einfach nicht. Es wird nie reichen.«

Ohne nachzudenken, greife ich nach meinem Handy und stürme an Trevor und dem Krisenteam vorbei nach draußen.

Ich brauche Zeit.

Ich brauche Ruhe.

Ich brauche Luft.

Ich brauche *Connor*.

Mit dem Handy in der Hand stehe ich vor seinem Haus, doch da fällt mir seine letzte Nachricht wieder ein. Durch die Tränen hindurch kann ich den Bildschirm kaum sehen, also versuche ich, mich zu beruhigen, während ich im Internet nach den letzten Minuten des Spiels suche.

Ich muss vorbereitet sein.

Ich muss *da* sein.

Für ihn.

Ich finde das Video, spule bis zum Ende vor – mit offenem Mund verfolge ich die letzten Minuten, und das Herz rutscht mir in die Hose.

Ich denke nicht nach. So schnell ich kann, renne ich zu seinem Fenster und klopfe. Mein Magen zieht sich vor lauter Schuldgefühlen schmerzhaft zusammen. Als etwas Zeit verstrichen ist und Connor immer noch kein Lebenszeichen von sich gibt, klopfe ich noch mal. Warte. Ich sehe nach seinem Wagen, doch er ist nicht da, und ich klopfe noch mal und noch mal und noch mal, jedes Mal lauter.

Mein schwerer Atem bildet einen Nebel vor meinen Augen, der sich auch um meine Gedanken legt. Ich sehe auf die Uhr: 2:27. Laut schniefend wähle ich seine Nummer und presse das Handy an mein Ohr.

Das Freizeichen ertönt, aber in seinem Zimmer bleibt es still. Ich habe keine Ahnung, wo er sein könnte. Selbstzweifel und Unsicherheit drängen sich in meine Gedanken, und ich habe keine Kraft, sie wegzudrücken. Die Mailbox springt an. Ich atme tief durch, versuche, meine Schwäche durch Mut zu ersetzen.

Vincit qui se vincit.

»Hey, Connor. Ich bin's …«

Kapitel 48

AVA

Es ist ewig her, dass ich in den Gängen der Schule »rumgehangen« habe, und ich habe das Gefühl, dass ich *noch* mehr angestarrt werde, dass *noch* mehr über mich getuschelt wird. Mit gekreuzten Beinen und gesenktem Blick sitze ich vor Connors Spind und warte auf ihn. Ich will ihn nach seinem Training und vor dem Psychologiekurs erwischen, sodass wir zumindest ein paar Minuten Zeit zum Reden haben und ich ihm diese dumme Nachricht erklären kann.

Ich habe meine Kopfhörer auf, aber keine Musik aufgedreht, damit ich es höre, wenn Connor kommt. Sie dienen nur dazu, dass ich in Ruhe gelassen werde. Stattdessen höre ich, wie die Leute sich im Vorbeigehen über mich lustig machen. Zwei Paar Schuhe, Mädchenschuhe, kommen in mein Sichtfeld, doch ich schaue nicht auf. Nicht, als die beiden zu kichern anfangen. Und auch nicht, als eine von ihnen sagt: »Ich wette, sie hat keine Ahnung, was er macht, wenn sie nicht dabei ist.«

In meinem Kopf beginnt sich alles zu drehen, und auch mein Magen zieht sich zusammen. Ich … ich verstehe nicht, was sie damit meinen. Alles, was ich weiß, ist, dass Connor in den frühen Morgenstunden nicht zu Hause war. Vielleicht haben sie also recht. Vielleicht kenne ich ihn wirklich nicht.

Ein anderes Paar Schuhe kommt neben mir zum Stehen: Connor. »Hey«, sagt er.

Ich brauche einen Moment, um mich zu fassen, bevor ich zu ihm hochschaue. Sein Gesicht ist ganz blass, und dunkle Ringe liegen unter seinen Augen. Sein ganzer Körper wirkt schlaff, als wäre es eine Herausforderung, sich aufrecht zu halten.

Schnell stehe ich auf. »Hey«, murmle ich und versuche, den Stich in meiner Brust zu ignorieren, als er unseren üblichen Morgenkuss überspringt und direkt seinen Spind öffnet, um seine Tasche reinzuwerfen.

Ohne etwas herauszunehmen, knallt er die Tür zu, ehe er die Hände in seinen Hosentaschen vergräbt und sich gegen den Spind lehnt. »Was ist los?«

Seine Augen sind auf mich gerichtet, doch es liegen keine Gefühle dahinter ... Das ist nicht Connor.

Ich ziehe die Kopfhörer aus den Ohren und verschränke die Arme vor der Brust. Ich fühle mich so klein und unbedeutend, und ich brauche ihn, damit er dieses Gefühl verdrängt. »Ich hab versucht, dich anzurufen«, sage ich leise.

Er zuckt mit den Schultern. »Ich hab mein Handy verloren.«

Meine Augen weiten sich. »Was meinst du mit: Du hast dein Handy *verloren*?«

»Ich meine damit«, sagt er von oben herab, »dass ich es verlegt habe. Ich weiß nicht, wo es ist.«

»Ich kenne die Bedeutung von ›verloren‹, Connor. Du musst mich nicht so herablassend behandeln.«

»Das tue ich nicht.« Er stößt einen leisen Seufzer aus und schließt kurz die Augen. Seine Schultern heben sich, als er tief einatmet. »Hör mal, ich bin den ganzen Morgen Suicide-Sprints gelaufen, weil Coach Sykes meint, es wäre lustig, ein paar verkaterte Jungs herumzujagen, also …«

»Du hast einen Kater?«, unterbreche ich ihn.

Er schüttelt den Kopf. »Nein, ich bin einfach nur verdammt ausgelaugt. Ich habe mir selbst viel zu lange viel zu viel Druck gemacht; das und der konstante Schlafmangel – vor allem letzte Nacht – und … Jeder hat seine Grenzen, Ava.« Sein Blick bohrt sich in meinen. »Und ich glaube, ich habe meine erreicht.«

Schweigen breitet sich zwischen uns aus, die Sekunden fühlen sich an wie Stunden, in denen wir nichts anderes tun, als uns anzustarren, als würden wir beide in dem anderen nach etwas suchen, was nicht mehr da ist. Als das Brennen in meinen Augen stärker wird, sehe ich weg.

Connor stößt sich von seinem Spind ab, und als er die Hand hebt, schließe ich die Augen, warte darauf, dass er sie an meine Wange legt oder dass seine Finger eine lose Haarsträhne aus meinem Gesicht streichen … Aber nichts.

»Danke!«, stößt er auf einmal erleichtert aus, und ich reiße überrascht die Augen auf. Jemand hält Connors Handy zwischen uns, und als ich seiner Hand folge, entdecke ich – Karen.

»Wo zum Teufel war es?«, fragt er sie.

»Du hast es in meinem Wagen vergessen, *Idiot.*«

Connor lacht. »Selber.«

Karen wendet sich mir zu. »Hey, Ava.«

Ich kann nichts anderes tun, als dazustehen und gegen den Schmerz und den Verrat anzukämpfen. Mir ist klar, dass sie mich beobachtet, dass beide mich beobachten, doch es gibt keine gerechtfertigte Reaktion, die dem entspricht, was ich in diesem Moment fühle, was ich denke.

Ich wette, sie hat keine Ahnung, was er macht, wenn sie nicht dabei ist.

Ich sehe zu Connor und schlucke die Tränen hinunter.

»Wir sehen uns im Unterricht.«

Connor und ich reden kein Wort miteinander, als wir in Psychologie nebeneinandersitzen. Seine Hand liegt nicht auf meinem Oberschenkel, und es gibt kein witziges Geplänkel.

Es gibt nur ihn.

Und mich.

In zwei sehr unterschiedlichen Welten.

Ich klammere mich an mein Psychologiebuch, während ich nach vorn starre und zuhöre, was um mich herum passiert. Doch ich bekomme nichts davon wirklich mit. Das Klassentelefon klingelt, und Mr McCallister unterbricht seinen Vortrag, um ranzugehen. Als er der Klasse den Rücken zuwendet, beginnen leise Gespräche.

»Psst!«, zischt Rhys und tritt gegen die Rückenlehne von Connors Stuhl. »Wohin zum Teufel bist du gestern verschwunden?«

Connor zuckt mit den Schultern, antwortet jedoch nicht.

Ich halte meinen Blick weiter nach vorn gerichtet und beobachte, wie Mr McCallister sich, immer noch mit dem Telefon am Ohr, wieder umdreht – und dann sieht er mich an. Er nickt, und seine Mundwinkel wandern nach unten. Meine Brust hebt sich, als ich zittrig Luft hole. Ich setze mich aufrechter hin, mein Herz schlägt schneller, als er auflegt und auf mich zukommt. Die Welt um mich herum verstummt, abgesehen von seinen schweren Schritten, die immer näher kommen.

Stockend atme ich aus.

Und dann nimmt Connor meine Hand, verschränkt seine Finger mit meinen.

Mr McCallister geht neben mir in die Hocke. »Ava, Liebes, hast du dein Handy dabei?«

Ich hole es aus meiner Tasche. Der Akku ist leer, da ich keine Zeit hatte, es aufzuladen. Ich bin die ganze Nacht ziellos durch die Straßen geirrt, und ich war nur kurz zu Hause, um meine Schuluniform anzuziehen. Ich hatte nicht vor, hier zu bleiben. Ich bin nur wegen Connor gekommen …

»Es ist … ähm … es ist …« Ich lasse das Handy auf den Tisch fallen und schaue zu ihm auf. »Was ist passiert?«

»Du wirst zu Hause gebraucht.«

»Okay«, flüstere ich heiser, während die erste Träne über meine Wange rollt. Schnell wische ich sie weg. »Kann ich das Telefon benutzen, um ein Taxi zu rufen?«

Mr McCallister wirft einen Blick zu Connor, doch Connor schüttelt den Kopf. »Ich hab mein Auto nicht hier.«

»Ich fahre dich, A«, sagt Rhys laut.

CONNOR

Ich hatte mich den ganzen Morgen davor gefürchtet, Ava zu sehen. Und als sie dann bei meinem Spind auf mich gewartet hat, habe ich an meinem Entschluss festgehalten. Ich wollte ihr zeigen, wie sehr sie mich verletzt hat und dass ich wütend war und dass ich diesmal nicht nachgeben würde. Die letzten Male, die wir zusammen waren, hätte ich sie gebraucht, und sie war gedanklich nicht mal so weit bei mir, um mir zuzuhören.

Doch als Mr McCallister in Psychologie auf sie zukam, habe ich ihre Angst gespürt, und mir ist klar geworden, dass ich keine Ahnung habe, was bei ihr los war. Nicht wirklich. Es liegt nicht daran, dass ich nicht fragen würde, sondern daran, dass sie sich nicht öffnet. Sie lässt mich nie wirklich an sich heran. Erzählt mir nichts.

Während der Mittagspause bitte ich Rhys, mich zu seinem Haus zu fahren, damit ich meinen Wagen abholen kann. Er hat keine Ahnung, warum Ava nach Hause musste. Er meinte, sie sei auf der Fahrt ganz still gewesen und er habe sie nicht bedrängen wollen.

Ich schicke ihr eine Nachricht und hoffe, dass sie schon Zeit hatte, ihr Handy aufzuladen.

Connor: Ist alles okay?

Ava: Ja.

Ich weiß, dass ich wieder in die Schule fahren sollte, aber sobald ich in meinem Wagen bin, will ich nur noch an einen Ort fahren: zu Ava.

Als ich auf dem Rasen vor ihrem Haus stehe, schicke ich ihr noch eine Nachricht.

Connor: Kannst du vielleicht fünf Minuten rauskommen? Ich glaube, wir müssen reden.

Die Vorhänge vor Avas Fenster teilen sich, und kurz darauf öffnet sie die Tür und lässt sich auf die Verandatreppe sinken.

Mit schwerem Herzen setze ich mich neben sie. In meinem Kopf herrscht ein einziges Durcheinander. Ich schlucke meine Nervosität hinunter. »Ist alles okay?«

»Ja, es hatte nur niemand Zeit, heute bei ihr zu bleiben«, sagt sie mit monotoner Stimme und abwesendem Blick.

Ich stoße die Luft aus, lasse Ava jedoch nicht aus den Augen. Und ich weiß, das hier ist weder der richtige Zeitpunkt noch der richtige Ort, aber ich kann so nicht weitermachen. Zusehen, wie wir uns weiterhin nur im Kreis drehen. »Was ist los mit uns, A?«

»Ich weiß es nicht.« Ihr Blick findet meinen. »Warum sagst *du* es mir nicht?«

»Was meinst du damit?«

»Warum hast du mir nicht von Karen erzählt?«

»Wann denn?« Mein Geduldsfaden reißt. »Wann genau hätte ich dir das denn erzählen sollen?«

»Ich weiß auch nicht«, antwortet sie trocken. »Vielleicht heute Morgen, als ich direkt vor dir stand?« Sie schnaubt leise. »Was ist letzte Nacht passiert, Connor?«

Ich raufe mir die Haare. Das ist nicht das Gespräch, das ich führen wollte. »Was genau meinst du? Dass ich in den letzten Sekunden des Spiels einen Blackout hatte oder dass du mir eine Nachricht geschrieben hast, in der du mir bewiesen hast, dass es dir egal ist?« Meine Stimme zittert vor Wut, was ich eigentlich vermeiden wollte.

»Ich habe es versucht«, flüstert sie. »Ich hab mir das ganze Turnier angesehen, aber dann hat meine Mom …« Ihre Stimme bricht. Sie richtet sich auf und strafft die Schultern. »Was ist nach dem Spiel passiert?«

Ich seufze. »Wir sind zu Rhys gefahren. Wir haben was getrunken, und einige der Jungs konnten nicht mehr fahren, deshalb hat Karen uns mitgenommen. Darum war mein Handy in ihrem Wagen.« Ich weiß nicht, warum ich lüge, und es ist das erste Mal, dass ich das tue, aber das ist alles unwichtig. Das ist nicht der Grund, warum wir hier sind.

Einen Moment lang schweigt sie, dann verengen sich ihre Augen. »Wann bist du nach Hause gekommen?«

Ich schüttle den Kopf und balle die Hände zu Fäusten, um meinen Frust im Zaum zu halten. »Keine Ahnung. So gegen Mitternacht?« Ich weiß, dass es später war. Viel später. Aber ich will nicht, dass sie sich *darauf* konzentriert, denn im Moment ist das alles zweitrangig. Und das sage ich ihr auch. »Es ist völlig unwichtig, was ich gestern Nacht getan oder nicht getan habe, und Karen ist nicht das Problem. Das Problem ist zwischen uns, A. Zwischen dir und mir.«

»Hör auf, mich A zu nennen«, presst sie hervor. »Nur Rhys nennt mich so.«

»Ja?« Ich schnaube. »War das vor oder nachdem du mit ihm geschlafen hast?«

»Connor!«

Ich ignoriere sie, lasse nicht locker. Lasse alles raus. »Und wenn wir schon dabei sind, dass *ich* dir nicht alles erzähle: Warum muss ich alles, was ich über dich weiß, von anderen Leuten erfahren?«

Verwirrt starrt sie mich an. »Wovon zur Hölle redest du?«

Ich zähle alle Punkte an meinen Fingern ab. »Erst erfahre ich das mit deiner Mom von meinem Dad. Dann das von dir und Rhys von Rhys. Dass deine Mom eine Kriegsgefangene war von Trevor. Und sogar Peter Parker scheint zu glauben, dass …«

»Meine Mom war *was*?«, unterbricht sie mich, und ihre Stimme zittert.

Fuck. Alles in mir erstarrt. Ava beobachtet mich, ihre Augen füllen sich mit Tränen, und ihre Unterlippe fängt an zu beben.

Ich öffne den Mund, aber nichts kommt heraus.

»Connor?« Sie schluchzt auf, fleht nach einer Antwort. »Ist meine Mom … ist sie …?«

»Nein, Ava, sie …«

»Sag mir die Wahrheit!«

»Fuck«, stoße ich hervor und presse die Handballen auf meine Augen. »Scheiße, Ava, ich hätte nicht …«

Schluchzend atmet sie scharf ein, als sie mich mit offenem Mund anstarrt. »Warum hältst du so etwas vor mir geheim?!« Und dann bricht etwas in ihr, ihre Schultern beben. Sie verbirgt ihr Gesicht in diesen kleinen Händen, die ich so sehr liebe, und fängt an zu weinen. So laut und ungehemmt, wie ich es noch nie bei ihr erlebt habe, und in dem Moment fügen sich all die zerbrochenen Stücke meines Herzens wieder zusammen.

Ich erinnere mich wieder an alles, was ich an ihr, an uns liebe. Ich habe mich in ihre Schwäche genauso verliebt wie in ihre Stärke und … »Es tut mir leid, Ava.« Ich schniefe laut, kämpfe selbst gegen die Tränen an, während ich zusehen muss, wie sie vor meinen Augen zerbricht. »Ich liebe dich. Es tut mir so leid.«

Ich greife nach ihr, versuche, sie festzuhalten, ihr die Magie zu zeigen … Doch sie drückt mich weg.

»Fass mich ja nicht an!« Sie springt auf die Füße, läuft zur Tür, und ich versuche noch, sie aufzuhalten, aber sie ist zu … Alles. Sie ist zu willensstark, zu wütend und zu … zu *gebrochen*. Sie knallt die Tür hinter sich zu, aber ich gebe nicht auf. Kann nicht aufgeben.

Ich drehe am Türknauf und drücke, aber nichts passiert. »Ava, bitte!«, flehe ich und lege die Stirn an die Tür. »Es tut mir leid.«

Ich mache mir nicht die Mühe, zur Schule zurückzufahren. Stattdessen erkläre ich Dad, dass ich mich nicht so gut fühle, damit er mir eine Entschuldigung für den Rest des Tages schreibt. Ich verkrieche mich in meinem Zimmer, presse mein Handy ans Ohr und rufe sie immer und immer wieder an. Meine Daumen tippen so schnell wie noch nie, als ich ihr eine verdammte Nachricht nach der anderen schreibe; jede davon bleibt unbeantwortet. Ich stehe sogar viermal vor ihrer Tür, die Faust bereits zum Klopfen erhoben, aber dann halte ich mich selbst zurück. Mir ist klar, dass ich es dadurch nur noch schlimmer machen könnte.

Als die Welt um mich herum dunkel wird und alle Hoffnung erloschen ist, versuche ich noch mal, sie anzurufen. Dieses Mal geht jemand ran. Aber nicht Ava ist am anderen Ende der Leitung, sondern Trevor.

»Hör verdammt noch mal auf, anzurufen, Connor. Du hast genug angerichtet.«

Nachdem er aufgelegt hat, starre ich auf mein Handy; Wut und Angst und Enttäuschung überrollen mich wie eine Flutwelle. In dem Moment entdecke ich, dass ich eine Nachricht auf der Mailbox habe. Sofort durchflutet mich Hoffnung. Vielleicht hat sie zur selben Zeit angerufen wie ich sie, und vielleicht hat Trevor ihr das Handy weggenommen, weil er wütender ist als sie …

Ich spiele die Nachricht ab, sie ist von 2:27. »Hey, Connor. Ich bin's … Es ist … ähm … es ist halb drei in der Früh, und ich stehe vor deinem Fenster, aber … aber du bist nicht zu Hause und ich weiß nicht wirklich, wo du bist … Ich … ich wollte nur sagen, wie sehr mir die Nachricht leidtut. Ich habe das ganze Turnier angeschaut, aber dann, fünf Minuten vor der Schlusssirene … Mom … sie hat den Fernseher zerstört … mit Absicht, und Gott, Connor, ich bin so wütend geworden. Ich habe sie angeschrien, was ich vorher noch nie gemacht habe. Und ich … bei mir läuft es gerade wirklich scheiße. Und ich weiß, bei dir auch, und dass das im Moment wichtiger ist, daher: Es tut mir leid. Es tut mir leid, dass ich nicht für dich da war, wie du immer für mich da bist, und wahrscheinlich kannst du meine Entschuldigungen nicht mehr hören, aber … Ich weiß auch nicht. Ich dachte nur … Ich dachte, vielleicht könnten wir die Nacht zusammen verbringen oder zumindest ein paar Stunden. Denn … ähm … denn ich liebe dich, Connor. Ich liebe dich einfach … so sehr.«

Ich werfe das Handy quer durchs Zimmer und sehe zu, wie es an der Wand zerschellt. Und genau wie bei Ava zerbricht nun etwas in *mir.* Als wäre der Druck endgültig zu groß geworden, und ich platze. Alles bricht aus mir heraus. Ich explodiere. »Fuck!«, schreie ich und schlage mit der Faust gegen die Wand. Immer und immer wieder. Als Dad reinkommt, sieht er mich schockiert an, und ich sinke zu Boden, vergrabe den Kopf in den Händen.

»Verdammt, Connor«, flüstert er und geht vor mir auf die Knie. Er greift nach meiner Hand und wischt das Blut von meinen Knöcheln. »Was zum Teufel machst du denn?« Er untersucht meine Hand genauer, und als er aufschaut, sind seine Augen geweitet. »Das ist deine Wurfhand.«

Kapitel 49

CONNOR

Am nächsten Tag sehe ich Ava nicht in der Schule. Ich habe auch nicht damit gerechnet. Aber am Tag darauf kommt sie in Psychologie zur Tür herein. Sofort setze ich mich aufrechter hin und verberge meine verbundene Hand unter dem Tisch. Ich muss mit ihr reden, mich bei ihr entschuldigen. Ich habe mir bereits alles zurechtgelegt, was ich ihr sagen will: wie sehr mir mein Verhalten leidtut und dass alles meine Schuld ist. Dass ich mit dem Druck nicht mehr klargekommen bin und dass ich das an ihr ausgelassen habe. Und ich muss ihr sagen, dass ich sie liebe, dass ich nie aufgehört habe, sie zu lieben. Nicht mal für eine Sekunde.

Doch sie schaut mich nicht mal an. Stattdessen geht sie zu Karen hinüber, ihre Lippen bewegen sich, doch sie ist zu weit weg, als dass ich sie verstehen könnte. Karen wirft mir kurz einen traurigen Blick zu, ehe sie sich wieder zu Ava herumdreht. Sie nickt, steht auf und überlässt Ava ihren Platz.

Mir wird schwer ums Herz, und ich starre auf die Tischplatte, als Karen sich neben mich setzt.

»Es tut mir leid, Connor«, flüstert sie. »Ich konnte nicht Nein sagen.«

Den Rest des Tages nehme ich nur undeutlich wahr, ich kann mich auf nichts konzentrieren. Nicht mal auf Basketball. Das Training nach der Schule ist eine verdammte Katastrophe, und meine verletzte Hand macht meine grottenschlechte Performance nur noch schlechter.

»Sieht aus, als würde es gut verheilen«, sagt einer der Trainer, als er sich meine Hand nach dem Training ansieht.

»Mein Dad ist Sanitäter«, murmle ich. »Er hat sich darum gekümmert. Glauben Sie mir, niemand wünscht sich mehr, dass meine Hand schnell wieder verheilt.«

»Wo zur Hölle ist mein Deo?«, ruft Oscar hinter mir, während er auf der Suche danach alle Spindtüren auf- und wieder zumacht.

»Nimm einfach meins«, schlägt Rhys vor.

»Ich hab sensible Haut, Bro.«

»Dann schau halt in deinem Wagen nach«, sagt Rhys.

»Was du nicht sagst, du Klugscheißer. Du hast ja offenbar doch nicht nur ein hübsches Gesicht, Co-Kapitän«, feixt Oscar.

Ich konzentriere mich wieder auf den Trainer, der meine Hand neu verbindet. »Was meint dein Dad – wird sie bis zu dem Event an Thanksgiving wieder verheilt sein?«

Ich nicke. »Es ist nur eine leichte Verstauchung. Keine Knochenbrüche.«

»Gut. Willst du mir erzählen, wie es dazu gekommen ist?«

»Nicht wirklich.«

»Connor«, sagt Oscar, als er zurückkommt, und klopft mir auf die Schulter. »Dein Mädchen wartet draußen auf dem Parkplatz.«

Ich ziehe eine Braue hoch.

Er zuckt mit der Schulter. »Sie wartet bestimmt nicht auf mich.«

Ava stößt sich von meinem Wagen ab, als sie mich kommen sieht, und schlingt die Arme um sich selbst. Ein paar Meter weiter beobachtet mich Trevor von seinem Truck aus.

Niedergeschlagen deute ich zu ihm. »Hast du deinen Bodyguard mitgebracht?«

Ava blickt zu Boden, als ich wieder zu ihr schaue. »Er wartet nur darauf, mich nach Hause zu fahren.« Dann bemerkt sie meine Hand, sofort greift sie danach und hält sie fest. »Was ist passiert?«

Ich lasse die Hand sinken, berühre zögerlich ihre Finger und halte sie fest. »Eine Wand ist mir entgegengekommen. Ich musste mich verteidigen«, sage ich mit schwacher Stimme.

Als sie endlich den Kopf hebt, ist ihr Blick getrübt. Sanft drücke ich ihre Finger, und es ist, als hätte sie erst jetzt gemerkt, dass ich sie festhalte, denn sie reißt ihre Hand weg und vergräbt sie in den Taschen ihres Blazers. Meine Kehle ist wie zugeschnürt, und ich seufze leise. »Ich hatte gehofft, wir könnten noch mal reden. Es gibt einiges, was ich dir sagen muss.«

»Ich auch«, stößt sie schnell hervor. »Und ich muss es zuerst sagen, sonst …« Sie verstummt, und ich nicke. Mein Blick wird von ihrem magisch angezogen, genau wie sich meine ganze Seele zu ihr hingezogen fühlt.

Sie sieht kurz zu Trevor, als bräuchte sie seinen Mut und seine Bestätigung, dann wieder zu mir. »Als das zwischen uns angefangen hat, habe ich dir gesagt, dass es nicht gut gehen würde. Dass es kein Happy End …«

»Nicht, Ava«, flehe ich. »Du tust so, als wäre es vorbei.«

»Es *ist* vorbei, Connor.«

Ich lache ungläubig auf. »Das heißt«, sage ich, »ich mache *einen* Fehler, und das war's? Du gibst auf?«

»Du hast keine Fehler gemacht.« Sie seufzt. »Wir hätten gar nicht erst etwas miteinander anfangen sollen. Es war egoistisch von uns zu glauben, dass es funktionieren könnte.« Sie hält einen Moment inne, bevor sie mit leiser Stimme hinzufügt: »Ich bin nicht dafür gemacht.«

»Wofür? Mit mir zusammen zu sein?«

»Nein.« Sie macht einen Schritt auf mich zu. Nur einen. Doch sie weicht weiterhin meinem Blick aus. »Ich habe nicht die Kraft, das alles unter einen Hut zu bringen. Mich um meine Mom zu kümmern, ist alles, was ich schaffe, und sogar das überfordert mich manchmal. Du hast mir gesagt, dass du an deine Grenzen gekommen bist, und ich glaube, ich habe meine schon vor langer Zeit überschritten, Connor. Ich kann mich nicht um sie kümmern und mich gleichzeitig auf dich konzentrieren und dann das zwischen uns auch noch ständig hinterfragen.«

Ich mache einen Schritt auf sie zu und nehme ihre Hand. »Du musst das zwischen uns nicht hinterfragen«, sage ich flehend. »Zwischen Karen und mir ist nichts passiert. Das schwöre ich, Ava.«

Sie hebt den Kopf und sieht mich direkt an. »Warum hast du mich dann angelogen?«

»Was genau meinst du?«, frage ich, obwohl ich die Antwort bereits kenne. Genau wie mein Herz, denn es bebt in meiner Brust.

»Du bist der Einzige, der mit ihr gefahren ist. Und du warst nicht um Mitternacht zu Hause, Connor, weil ich zu der Zeit an dein Fenster …« Ihre Stimme zittert, und sie räuspert sich laut. »Wenn nichts passiert ist«, sagt sie, und Tränen steigen ihr in die Augen, »warum lügst du mich dann an?«

Ich schüttle den Kopf, kämpfe gegen das Brennen in meiner Nase an und blicke zu Boden, während meine Schultern beschämt nach unten sinken. »Weil ich nicht wollte, dass du dir Sorgen machst«, gebe ich zu. »Aber das war wohl ein Fehler.« Ich schlucke den Kloß in meiner Kehle hinunter und sehe sie wieder an. »Aber das ist nicht der Grund, warum du es beendest. Das ist doch nur ein Vorwand.«

Sie schluchzt kurz auf, bevor sie sich hektisch über die Augen wischt. »Es ist zu schwer«, stößt sie tränenerstickt hervor; ihr ganzer Körper scheint vor Niedergeschlagenheit in sich zusammenzuschrumpfen. »Ich kann nicht …« Sie weint inzwischen so heftig, dass sie kurz Luft holen muss. »Ich kann nicht die Person sein, die ich gern wäre, wenn ich mit dir zusammen bin. Ich darf nicht vergessen, dass … dass meine Mom mich mehr braucht als ich dich. Doch das habe ich. Für den Bruchteil einer Sekunde habe ich es vergessen. Denn ich liebe dich, Connor. Und ich glaube auch nicht, dass ich jemals aufhören werde, dich zu lieben …« Sie wirft sich in meine Arme, umschlingt mich und hält mich fest. »Aber ich kann nicht mit dir zusammen sein.«

Ich lasse ihre Worte sacken, nehme jedes einzelne in mir auf. »Du warst mein Ziel«, flüstere ich, obwohl ich weiß, dass sie mich über ihr Schluchzen hinweg nicht hören kann. Ich wische die Tränen auf meinen Wangen an ihren Haaren ab und drücke ihren Kopf an meine Brust, ihr Ohr an mein Herz.

Ihre Schluchzer verklingen.

Sie scheint zu warten.

Zu lauschen.

Aber sie wird nicht finden, wonach sie sucht.

Denn: »Es gibt keine Magie in einem gebrochenen Herzen, Ava.«

TRIGGERWARNUNG

(Achtung: Spoiler!)

Dieses Buch enthält Themen, die triggern können.
Diese sind:

Umgang mit Menschen mit Posttraumatischer Belastungsstörung
aufgrund von Kriegserfahrungen und -gefangenschaft
Gewalt
Rückblick auf Suizidversuch
Rückblick auf Kindesvernachlässigung

LESEPROBE

»First & Forever«
Band 2. »Be My Forever«
von Jay McLean
ISBN 978-3-43-58616-5

CONNOR

Die Tage verschwimmen, und das Einzige, was mich interessiert, ist Basketball. Denn noch nie wollte ich so sehr einen Ausweg aus diesem brennenden Müllhaufen von Leben finden wie in letzter Zeit. In Psychologie sitzt jetzt Karen neben mir, Ava hingegen ist am anderen Ende des Raums, so weit wie möglich von mir entfernt. Sie redet kein Wort mehr mit mir, sieht mich noch nicht mal an. Ich verbringe jede Mittagspause in der Cafeteria, wo ich an der Dummheit der Menschen um mich herum ersticke.

Es gibt keine Gutenachtküsse mehr.

Kein Klopfen an meinem Fenster.

Keine langen Nachrichten.

Keine nächtlichen Anrufe.

Und keine Luftballons vor meinen Basketballspielen.

Es gibt nur noch mich. Der in einer Welt dahinvegetiert, die sich auf einmal völlig fremd anfühlt. Der ein Leben lebt, von dem er geglaubt hat, dass er es will, und der ein Mädchen liebt, das ihn nicht zurücklieben kann.

Und natürlich gibt es da auch noch dieses Scheißauto, das aus dem Nichts beschlossen hat, den Geist aufzugeben. Dabei wollte ich nach einem weiteren Marathon an privaten Trainingseinheiten einfach nur nach Hause. Mir bleibt gerade noch genug Zeit, um an den Straßenrand zu fahren, bevor der Motor komplett absäuft. Seufzend lasse ich die Stirn auf das Lenkrad sinken und drehe den Zündschlüssel. Nichts. Ich prüfe die Tankanzeige, doch da ist alles in Ordnung. Also mache ich die Warnblinkanlage an und trete vor lauter Frust die Tür mit beiden Füßen und einem lauten, entnervten Stöhnen auf. Ich öffne die Motorhaube, starre auf den Haufen Metall und habe keinen blassen Schimmer, was ich da überhaupt vor mir habe. Ich laufe um den Wagen herum, prüfe die Reifen, weil … keine Ahnung, warum. Ich bin müde, mir tut alles weh, und ich will einfach heim, auf meinem Bett liegen und nie wieder aufstehen – wenn es nicht wirklich sein muss. Ich hole das Handy aus dem Auto und wähle Dads Nummer. Es klingelt … und klingelt … bis die Mailbox anspringt. Also versuche ich es noch mal. Und noch mal. Es gibt bestimmt auch jemand anders, den ich anrufen könnte, aber ich bin so geschlaucht, sowohl körperlich als auch gefühlstechnisch, dass ich mich einfach vor dem Auto an den Straßenrand setze und die Stille um mich herum in mir aufnehme. Sie regelrecht begrüße. Es ist bereits dunkel, der Himmel ist klar, ein paar einsame Sterne blinken darin. Sollte jetzt ein Serienmörder vorbeikommen, ich wäre das perfekte Opfer. Der Gedanke bringt mich zum Lachen, und ich greife instinktiv nach dem Handy, um Ava zu schreiben … Doch dann fällt es mir wieder ein, dass sie ja mit mir Schluss gemacht hat. Und ich frage mich, wie ich das überhaupt hatte vergessen können.

Ich hebe die Hand vors Gesicht, um meine Augen vor den Scheinwerfern abzuschirmen, die direkt auf mich zukommen. Das Auto wird langsamer, wechselt die Spur und bleibt vor meiner Schrottkarre stehen, Scheinwerfer an Scheinwerfer. Sobald ich wieder klar sehen kann, erkenne ich den Wagen und kurz darauf auch die langen Beine, die unter einem kurzen Rock hervorschauen.

Karen tritt zwischen die beiden Fahrzeuge und steht damit genau vor mir. »Was zum Teufel machst du hier?«

Ich zucke mit den Schultern, den Blick auf ihre Schuhe gerichtet, denn würde ich den Kopf heben, bekäme ich weitaus mehr zu sehen, als mir lieb ist. »Die Landschaft genießen.«

»Was?« Schnaubend setzt sie sich vor mich und streckt die Beine neben meinen aus.

»Mein Auto hat eine Panne. Sieht man doch.«

Sie seufzt. »Vielleicht sollte ich anfangen, ein Cape zu tragen, wenn ich dir weiterhin so oft den Arsch retten muss.«

»Du musst nicht bleiben«, sage ich. »Mein Dad kann mich abholen. Er geht gerade nur nicht ans Telefon.«

Karen nickt, verzieht aber missbilligend die Lippen. »Aber du gibst so ein erbärmliches und kreuzunglückliches Bild ab, und ich habe Mitleid mit dir …«

Ich lache kurz auf. »Ist es so offensichtlich?«

»Connor«, sagt sie und atmet laut aus. »Hast du vergessen, dass ich sie damals auch verloren habe?«

Ich starre auf meine Hände und räuspere mich, um den Kloß in meinem Hals loszuwerden.

»Aber du tust so, als wäre dein gesamtes Leben nun ein absolutes Trauerspiel – und das kann ich sogar verstehen.« In ihrer Stimme liegt überraschend viel ehrliches Mitgefühl. »Vielleicht hilft es, wenn ihr noch mal darüber redet.«

»Ich glaube nicht, dass es da noch etwas zu sagen gibt.«

»Was ist denn bloß passiert? Was hat sich verändert zwischen euch?«

»Ich weiß es nicht …« Ich hebe einen Kieselstein vom Boden auf und lasse ihn gedankenverloren von einer in die andere Hand fallen. »Ihre Mom ist ‚passiert', und mein Basketballtraining hat den Rest der wenigen freien Zeit, die wir noch miteinander hatten, in Anspruch genommen. Es war, als hätten wie nie zur selben Zeit dasselbe gewollt.«

»Das ist wirklich Mist, aber es war eigentlich auch unvermeidbar, oder?«

Ich schniefe und verdränge die Erinnerungen, die mich zu überwältigen drohen. »Weißt du, was das Schlimmste ist?«

»Was?«

Ich erwidere ihren Blick und gestehe ihr die eine Wahrheit, die ich bisher für mich behalten habe: »Ich habe das alles nur für sie getan.«

Ihre Augenbrauen wandern nach oben. »Wie meinst du das?«

»Mein Plan war immer, vier Jahre an einem D-1-College zu studieren und danach hoffentlich ein Profibasketballer zu werden. Aber dann habe ich Ava kennengelernt und ihre Mom und … und sie haben mit allem so sehr zu kämpfen. Ich dachte, wenn ich mich jetzt so richtig reinhänge, dann komme ich in eins der D-1-Colleges rein und könnte mich dann nach dem einen verpflichtenden Jahr für den NBA Draft aufstellen lassen, in der Hoffnung, dass ich dort einen halbwegs vernünftigen Vertrag bekomme, um … um mich um die beiden zu kümmern, verstehst du?«

Karen mustert mich schweigend, sieht mir direkt in die Augen, und dieses Mal wende ich mich nicht ab, da ich nichts mehr zu verbergen habe. »Weiß sie davon?«, fragt sie, ihre Stimme ein kaum hörbares Flüstern.

Ich schüttle den Kopf.

»Warum nicht?«

»Weil ich es ihr nie erzählt habe«, sage ich mit einem tiefen Seufzer.

»Warum nicht?«, fragt sie noch einmal.

Ich atme tief ein. »Weil … Was, wenn ich es nicht schaffe? Was, wenn sie ihre ganze Hoffnung und alle Wünsche für die Zukunft in mich setzt und ich sie nicht erfüllen kann?« Frustriert werfe ich den Stein über die Straße. »Was, wenn ich versage?«

Karen schluckt, dann unterbricht sie den Augenkontakt und senkt den Kopf. »Das ist eine Menge Druck, den du dir da selbst machst, Connor.«

»Aber es ist nicht nur das«, fahre ich fort und spüre, wie sich das Engegefühl in meiner Brust langsam löst, jetzt, wo ich die Worte endlich laut ausspreche. »Ich habe ihr nichts davon erzählt, weil ich nicht wollte, dass sie sich verpflichtet fühlt, bei mir zu bleiben, falls sie mich irgendwann nicht mehr liebt.«

Karen mustert mich erneut mit hochgezogenen Augenbrauen. »Hat sie gesagt, dass sie dich liebt?«

Ich nicke.

»Und du? Liebst du sie auch?«

»Mein Herz schlägt nur für sie.«

AVA

Etwa eine Stunde schaffe ich es, konzentriert an einem Englischaufsatz zu arbeiten, bevor meine Gedanken anfangen, auf Wanderschaft zu gehen. Meine Sehnsucht übernimmt die Kontrolle über meine Finger, lässt sie über die Tastatur fliegen. Obwohl Trevor nicht zu Hause ist, werfe ich einen schnellen Blick über die Schulter, um sicherzugehen, dass er nicht doch zufällig lässig im Türrahmen lehnt. Aus irgendeinem Grund schäme ich mich, als ich auf die Schulwebsite gehe, auf den Sport-Reiter klicke und zu »*Wildcats Basketball*« scrolle. Ich schaue mir die Highlights des letzten Spiels an, und jedes Mal, wenn er auftaucht, verziehen sich meine Lippen zu einem Lächeln.

»Ava?«, ruft auf einmal Trevor hinter mir, und ich wirble herum; mein Herz rast.

»Verdammt, du hast mich erschreckt! Wann, zum Teufel, bist du nach Hause gekommen?«

»Gerade eben.« Das Grinsen auf seinem Gesicht ist so breit, dass ich misstrauisch werde. »Und ich hab eine Überraschung für dich.« Er macht einen Schritt zur Seite, und eine zweite Person tritt vor.

»Amy!« Sofort bin ich auf den Beinen und umarme sie so fest, dass sie zurückstolpert. Ich hatte keine Ahnung, dass Trevor wieder mit seiner Ex redet. Ich weiche ein Stück zurück, und mein Grinsen ist inzwischen genauso breit wie das von Trevor. »Was machst du hier?«

Trevor schlingt seinen Arm um ihre Hüfte, bevor er ihr einen schmatzenden Kuss auf die Wange drückt. »Sie ist hier, um ihren *Freund* zu besuchen.«

Ich quietsche kaum hörbar auf, und dann umarme ich sie beide.

In diesem Moment startet mein Laptop ein neues Video mit Ton, und Trevor wirft einen Blick über meine Schulter auf den Bildschirm. Es ist ein Reel mit Connor-Ledger-Highlights. Schnell schaue ich zu Boden, während ich auf seine Reaktion warte.

»Verdammt noch mal, Ava, ich dachte, du hättest diesen Arsch abserviert?!«

»Nenn ihn nicht so«, zische ich.

Er drängt sich an mir vorbei und klappt den Laptop zu. Seine Schultern sind vor Wut angespannt, als er sich wieder zu mir umdreht. »Du solltest dir das nicht ansehen. Du machst es dir selbst nur noch schwerer.«

»Hör auf!«, schreie ich beinahe. »Du hast doch dasselbe mit Amy und ihrem neuen Freund gemacht. Du hast sie regelrecht gestalkt.«

»Hast du das?«, fragt Amy.

Trevor schüttelt den Kopf, und seine Nasenflügel blähen sich auf, als er ausatmet. »Das ist nicht dasselbe!«

»Warum nicht? Nur weil wir nicht mehr zusammen sind, heißt das nicht, dass mir sein Leben oder seine Zukunft egal sind.«

»Das sollte es aber. Er ist ein Arsch. Er hätte dir das mit Mom nicht sagen dürfen!«

»Nein! Du bist der Arsch, weil du es vor mir geheim gehalten hast.«

»Ich wollte dich schützen!«

»Das hast du ja wahnsinnig gut hingekriegt«, schreie ich nun wirklich; daran, dass meine Mom im Raum nebenan schläft, denke ich nicht mehr. »Und das ist sowieso alles deine Schuld!«

»*Meine Schuld?*«

»Ja. Erinnerst du dich daran, als du gesagt hast …« Ich spreche mit tieferer Stimme, um seine nachzumachen. »*Natürlich kannst du mit jemandem ausgehen, Ava. Du wärst eine großartige Freundin.*« Schnaubend lasse ich mich aufs Bett fallen, verschränke die Arme vor meiner Brust und schmolle. »Ich hätte nie auf dich hören sollen!«

Trevor stößt ein kurzes, hysterisches Lachen aus. »Du gibst mir die Schuld, weil dein Ex sich als der größte Arsch auf Erden herausgestellt hat?!«

»Raus hier«, sagen Amy und ich gleichzeitig.

Trevors Augen weiten sich, als er erst mich und dann Amy ansieht. *»Was?!«*

»Raus hier«, wiederholt Amy, ihre Stimme klingt um einiges gefasster als meine. Sie legt ihm beruhigend die Hand auf die Brust und drückt ihn Richtung Tür. »Gib Ava und mir einen kurzen Moment, um allein unter Mädels zu reden, okay?«

Trevor grunzt, gibt ihr aber trotzdem einen Kuss. »Meinetwegen.«

Sobald Trevor das Zimmer verlassen hat und die Tür hinter ihm ins Schloss gefallen ist, setzt Amy sich mit dem Rücken zur Wand auf mein Bett. Als sie auffordernd neben sich auf die Matratze klopft, rutsche ich zu ihr. »Also, dieser Junge … Connor, richtig?«

Ich nicke. »Wie viel weißt du?«

Sie zupft an dem gerissenen Stoff ihrer Jeans. »Trevor und ich haben in letzter Zeit sehr viel miteinander gesprochen. Er hat mich über so ziemlich alles auf dem Laufenden gehalten. Aber ich bin mir sicher, es gibt eine ganze Menge, was er nicht weiß. Also, vielleicht erzählst du mir davon?«